Selected Sho...

Contes Ch...

A Dual-Language Book

Honoré de Balzac

Edited and Translated by
STANLEY APPELBAUM

DOVER PUBLICATIONS, INC.
Mineola, New York

Bibliographical Note

This Dover edition, first published in 2000, contains the full French text of six stories by Honoré de Balzac (see Introduction for bibliographic details), reprinted from a standard edition, plus new translations of each by Stanley Appelbaum, who also made the selection, wrote the Introduction, and supplied the explanatory notes.

Library of Congress Cataloging-in-Publication Data

Balzac, Honoré de, 1799–1850.
    [Short stories. English. Selections]
    Selected short stories = Contes choisis : a dual language book / Honoré de Balzac ; edited and translated by Stanley Appelbaum.
       p. cm.
    Includes bibliographical references.
    ISBN 0-486-40895-7 (pbk.)
    1. Balzac, Honoré de, 1799–1850—Translations into English. 2. France—Social life and customs—Fiction. I. Appelbaum, Stanley. II. Title. III. Title: Contes choisis.
PQ2161.A67   2000a
843'.7—dc21
                                     99-39916
                                           CIP

Manufactured in the United States of America
Dover Publications, Inc., 31 East 2nd Street, Mineola, N.Y. 11501

Contents

INTRODUCTION

The Author

Balzac was born in Tours on May 20, 1799. His father, a native of southern France (the family name was actually Balssa), was then living in Tours as a supplier to the Revolutionary armies; he had filled various administrative and government posts earlier. Young Honoré was educated in Vendôme and Tours, and in Paris beginning in 1814, when his family moved there. With a law career in mind, Balzac was employed as a clerk in law offices from 1817 to 1819, and received an appropriate degree. However, literature was paramount in his mind, and he persuaded his parents (by then out of Paris again) to let him live in the capital on a paltry allowance until he could become established as a writer.

The next ten years saw a huge burst of activity on his part, including a number of unsuccessful plays (he never really made headway in the theater, which was the most lucrative area for a writer at the time) and a series of melodramatic novels, some written in collaboration with hacks, all published pseudonymously. The latter years of the 1820s also witnessed some of Balzac's futile attempts at entrepreneurship, first as a publisher of French classics, then as owner of a printing shop and later a type foundry. (The foundry became one of the most famous and long-lived in France—*after* Balzac relinquished it to others.) All these adventures saddled the author with debts that were to plague him the rest of his life, and were to fuel his insatiable desire for money—which he was never able to fulfill, partly because of bad luck, partly because of lack of business skills, and largely because of his inordinate extravagance (essentially a social climber's) in clothing, furniture, and bric-a-brac.

His literary career took its definitive turn in 1829, with the novel *Le dernier Chouan* (later called *Les Chouans*), the first that he signed "Honoré Balzac." The first novel signed "Honoré de Balzac" (his

father had already appropriated the particle indicating nobility years before, with equally little legal basis) was *La peau de chagrin* in 1831. From then on, the real story of his life is that of his creations, as dozens of remarkable novels and stories flowed from his pen in almost superhuman abundance.

By 1834 Balzac had conceived the idea of arranging most of his acknowledged works into a single great cycle that would not only reflect all facets of the life around him but would explain (in his own special fashion!) the universal laws that govern man's social existence. To unify his creation, he would have many of his characters reappear from book to book, living out their lives now here, now there, and lending an air of familiarity to each new publication. He began to alter the works he already had written, changing the names of characters to bring them into line with this new conception.

In the following years, he constantly regrouped his old and new works into various categories and subcategories, devising a number of different unifying titles for his own private printer's-ink cosmos. By 1841, he had decided on the *Comédie humaine* as the overall name; there are various theories about the choice of this name, but the most natural is the one that sees it as the counterpart to Dante's *Divine Comedy*.

Ultimately, after numerous changes, the *Comédie humaine* comprised the following main subgroups: "Scènes de la vie privée" (27 works), "Scènes de la vie de province" (10 works, counting the three parts of *Illusions perdues* as one), "Scènes de la vie parisienne" (19 works, counting the four parts of *Splendeurs et misères des courtisanes,* and the two parts of *L'envers de l'histoire contemporaine,* as one work each), "Scènes de la vie politique" (4 works), "Scènes de la vie militaire" (2 works), "Scènes de la vie de campagne" (4 works), "Etudes philosophiques" (20 works), and "Etudes analytiques" (2 works)—not counting a host of fragments and uncompleted ideas. Ranging from a handful of pages to several hundred each, these nearly 100 novels and stories include such great triumphs as *Le père Goriot, Eugénie Grandet, La cousine Bette,* and *Le cousin Pons,* in addition to those mentioned above. All were produced in a 20-year period, in addition to plays, articles, reviews, and the *Contes drolatiques* (risqué stories written in an imitation of sixteenth-century French), not to mention many other literary activities such as (unsuccessful) magazine publication.

In this crowded life, there were plenty of interruptions to literary creation: intensive socializing, extensive travels, moneymaking schemes, bouts of ill health (progressively more serious from 1843

on), and, especially, romance. Although Balzac was somewhat unprepossessing—short, fat, florid, with very bad teeth—he had hypnotic eyes and a gift of gab second to none. A successful lady-killer, even among the nobility, he would frequently cross the length and breadth of Europe in pursuit of his prey. His most famous mistress, who started corresponding with him in 1832 (they met the next year), was the Polish Madame Hanska, whom Balzac was eventually desperate to marry, perhaps seeking financial security and social position as much as domestic bliss. Even after her husband died, she kept Balzac on a string. They married on March 14, 1850 (when his health was visibly deteriorating), only months before his death on August 18 of that year.

Balzac had not only lived a very full life, but had transferred many elements of it creatively into his writings. There are thousands of close parallels between his own adventures and those of his characters (see the following sections on the individual stories for just a few examples). It even seems that he wrote some of his stories in order to have them influence his own real existence (for instance, to overcome the last resistance of a lady friend)!

As a true child of the Romantic era—living through the rule of Napoleon, the restoration of the old, conservative monarchy, and the more up-to-date July Monarchy of Louis-Philippe, he became as much a subject of legend as any of his characters. The tales are legion of his working all night, dressed in a monkish robe and fortifying himself with strong coffee; of his heavy rewriting at the proof stage (up to thirty sets of galleys for some stories—perhaps a salutary counterbalance to his habit of creating his first drafts at white-hot speed); of his many ruses to hide from his eternal creditors; of his dandyism (the most famous item being a walking stick with an amazingly expensive handle); and so much more.

Balzac's Romantic nature spills over into his style, which is often similar to a lava flow. Often chided as "incorrect" by very traditional French critics (though it only rarely descends to the level of undeniably wrong syntax), his style *is* extremely personal, and sometimes reflects a tangle of thought associations or exhibits unusual phraseology—though it is always highly readable, and often whisks the reader along with its rapid pace. In many instances, long passages of description and meditation are suddenly followed by major events narrated with breathtaking concision and abruptness. The characters, who "exclaim" their dialogue just as often as they "say" it, and sometimes indulge in seemingly irrational behavior, are emanations of their creator's fiery nature.

Balzac's vocabulary is immense, and includes colloquialisms and slang (e.g., *connu* and *gruger* in "Une passion dans le désert"), technical terms (e.g., *se beurrer*), words used in special ways (e.g., *lansquenet*), and extremely rare archaic words (e.g., *noiseuse*—the last three all in "Le chef-d'œuvre inconnu.")[1]*

One of the principal creators of the modern novel, Balzac has exerted enormous influence on other novelists worldwide. Henry James once called him "the man who is really the father of us all."

*

Most of the short stories that were incorporated into the *Comédie humaine* were written in the first few years after Balzac began signing his works with his real name. They were originally published in magazines, in one or two installments, and only later gathered (with alterations) into various collected volumes. Many of them can be seen as trials or experiments on subjects and themes that would later be central to the large-scale novels.

The present volume contains six of the most highly regarded stories, each exemplifying trains of thought, not to say fixations, discoverable in many other works by Balzac. The individual sections that follow in this Introduction contain early publication data (from the very first magazine appearance through definitive incorporation into the *Comédie*); identification of the dedicatee (if any); a discussion of the characters, both historical and fictitious, with some indication of their other appearances in the *Comédie*; clarification of the locales, particularly streets and buildings in Paris; a very brief exposition of the immediate historical background; and commentary on special aspects of the story. The sequence of stories is chronological, by first publication date.

"Un épisode sous la Terreur"

Written in 1829 or 1830, this story was first published, anonymously, in the journal *Le Cabinet de lecture* in January and February of 1830; in the same year it appeared in a volume of fictitious memoirs of Sanson (for whom, see below) that was actually written by Balzac and one of his literary associates. Balzac acknowledged authorship when

*The notes (numbered separately for the Introduction and for each story) are all at the end of the volume.

the story was reprinted (as "Une messe en 1793") in the anthology *Le Royal-Keepsake* in 1842. Under its definitive title, but heavily revised, it found its place in the "Scènes de la vie politique" section of the *Comédie humaine* in 1846; the 1831 date Balzac then assigned to it (at the end) is false.[2]

The (1846) dedicatee of the story, Jean-Baptiste Guillonnet de Merville (1773–1855) was a lawyer in whose office Balzac acted as clerk in 1817 and 1818. The Scribe mentioned in the dedication as another (earlier) clerk in the same office is the famous playwright and librettist Eugène Scribe (1791–1861).

The Langeais family (to which, in this story, Agathe and the Duc de Langeais belong) appears in some ten other works by Balzac, most extensively in *La duchesse de Langeais*. For the Beauséant family (represented here by Marthe and the Marquis de Beauséant), see the section of this introduction covering the story "La femme abandonnée." Monsieur and Madame Ragon, and their perfume shop, reappear prominently in the novel *César Birotteau*. Monsieur de Marolles occurs only here, as does his landlord, Mucius Scaevola (a revolutionary pseudonym glorifying the ancient Roman republic; the original Mucius was an ardent patriot who burned his own right hand to show his Etruscan captors just how unafraid he was of their threatened tortures). Robespierre (1758–1794), the leading statesman during the "second Terror" (see below), and the Prince de Conti (1717–1776), a great general and a patron of literature, are historical characters, as is, of course, the mysterious visitor to the garret, whose name was Charles-Henri-Nicolas Sanson (1767–1840).

Two different Parisian neighborhoods figure in the story. The garret in which the three old people live is in the area around the (later) Gare de l'Est in the northeastern part of the city. Of the obsolete street names: the Rue des Morts is now the Rue des Ecluses-St-Martin; the Route de l'Allemagne is part of the Avenue Jean-Jaurès (a continuation toward the northeast of the Rue La Fayette); the Barrière (tollgate) de Pantin was at the crossing of the modern Rue du Faubourg-St-Martin and Rue La Fayette (north of the Rue des Ecluses-St-Martin). The Ragons' perfume shop was in the (later) Garnier Opéra neighborhood: the Rue des Frondeurs is now the Rue de l'Echelle, just north of the Musée des Arts Décoratifs. The Place Louis XV has become the Place de la Concorde. Other street and church names are instantly recognizable.

The Terror, or Reign of Terror, is usually divided into two phases by French historians, the "first Terror" occurring in the late summer of

1792. The longer-lasting, and more notorious, "second Terror" began in the late summer of 1793 and ended with Robespierre's downfall on the ninth of Thermidor (July 27), 1794. The execution of Louis XVI on January 21, 1793, one day before our story opens, is not considered an event of the Terror. In fact, Balzac plays fast and loose with chronology to an alarming extent (see also Note 18 to the story).

"Un épisode sous la Terreur," one of the earliest of his texts that Balzac eventually incorporated into the *Comédie*, exemplifies his ongoing interest in the Revolutionary period (which began just a few years before his own birth) and his monarchist leanings. It moves from a suspenseful beginning to a solemn tableau in which material poverty is strongly contrasted with spiritual riches. The descriptions of both people and milieus do great credit to the author's powers of observation. The annotator of the "Pléiade" edition of the *Comédie* calls this story "one of the works in which Balzac achieves his greatest mastery."

"Une passion dans le désert"

This story was first published on December 26, 1830, in the *Revue de Paris*. In 1837 Balzac included it in his *Etudes philosophiques*. In 1844 he included it in the same volume with his novel *Modeste Mignon*. In 1846 he finally incorporated it into the (very small) "Scènes de la vie militaire" section of the *Comédie humaine* with the false date 1832. (In accordance with an unfulfilled plan of 1845, it would have formed part of a subsection—together with a few other stories, never written—to be called "Les Français en Egypte.")

Apart from Napoleon and the soldier's mistress Virginie, only two of the human characters have names, and they are both historical figures. The lion tamer Henry Martin (born 1793; no death date available) probably supplied Balzac with a lot of his information (some wrong) about animals, if not with the basic plot. General Desaix (Louis-Charles-Antoine Desaix de Veygoux, 1768–1800), one of Napoleon's chief generals during the Egyptian campaign and soon afterward killed at Marengo in northern Italy, is mentioned in three other works by Balzac.

The Egyptian campaign, 1798–1801, was part of the long war between Revolutionary (and then Imperial) France and Great Britain. Napoleon, sent to Egypt by the Directory largely to get him out of the way, hastened back to France as early as 1799 to reclaim his place on the political stage. He had brought scholars with him to Egypt, and

their subsequent publications were epoch-making, as was the discovery of the Rosetta Stone, which eventually led to the decipherment of hieroglyphics.

The story is indicative of Balzac's permanent fascination with Napoleon. It was also inspired by the interest in the Near East that was being generated at the time by Victor Hugo's poetry and especially by the French invasion of Algeria. Balzac never visited the desert, and his evocation of its moods is a fine tribute to his empathic imagination. Lastly, the story can be seen as one of his investigations of special (or even aberrant) forms of love (other works in the *Comédie* treat of male and female homosexuality). The annotator of the Seuil "L'Intégrale" edition of the *Comédie* finds that this story is "handled with a great delicacy that proves Balzac to be a virtuoso narrator."

"Le réquisitionnaire"

This story was first published on February 27, 1831, in the *Revue de Paris*. In September of that year, Balzac included it in his *Romans et contes philosophiques*; in 1835, in his *Etudes philosophiques*. In 1846 it was incorporated into the *Comédie humaine*, remaining in the "Etudes philosophiques" section.

The dedicatee, Albert Marchand de la Ribellerie (1800–1840), was a childhood friend who lived in the Balzac family's old house in Tours, where the author visited him repeatedly. Marchand (or Marchant) was already dead at the time of this 1846 dedication, so Balzac (as on other occasions when he wished his readers to believe that a dedication was being made to a living person) antedated it to 1836.

Madame de Dey and Julien Jussieu do not reappear in any other story by Balzac. On the other hand, her servants, the Cottins, are mentioned in the novel *Les Chouans,* and Doctor Tronchin, a historical character (1709–1781), also appears in *L'interdiction.*

The Lower Normandy locale was a favorite one with Balzac (see also the story "La femme abandonnée" in this volume). Carentan is a town on the coast. Granville, a Channel port, is not far away. Morbihan, mentioned in the final paragraph, is part of Brittany.

The story takes place during the "second Terror" (see the section, above, on "Un épisode sous la Terreur") late in 1793, a year in which the First Republic, already threatened from the outside, had to face serious uprisings within its own borders (see notes 6 and 7 to the

story). The *réquisitionnaires* were not normal conscripts, but members of a special levy of men between 18 and 25 decreed by the Convention (national legislative assembly, in Paris) on August 23, 1793. By November, they might have been better organized than they are in the story.

Balzac's critique of provincial life, which forms the background to the present story, becomes even more accentuated elsewhere, as in "La femme abandonnée." In the main plot, the suspense is more subtle than in "Un épisode sous la Terreur"; here we are not merely solicitous about an old lady's safety, or curious about the identity of the characters, but empathically linked to the main character's cruel state of uncertainty. Other typically Balzacian elements are the exclusive love shown by Madame de Dey, a form of the monomania afflicting many people in the *Comédie*, and the psychic phenomena (second sight, thought transference, and the like) alluded to in the epigraph and at the very end of the story.

The eminent story writer of the later 19th century, Jules-Amadée Barbey d'Aurevilly (1808–1889), had high praise for this story, which the Seuil editor finds "gripping" and a product of "the mastery that Balzac had attained as a story teller as early as 1831."

"Le chef-d'œuvre inconnu"

This story was first published in the July 31 and August 7, 1831, issues of *L'Artiste*. Later that year, somewhat expanded, it was included in the set *Romans et contes philosophiques*, which was reprinted in 1833. In 1837, greatly expanded (Balzac had acquired a lot of art-studio terminology from such friends as the painter Eugène Delacroix and the poet/critic Théophile Gautier), the story was included in the *Etudes philosophiques*; and in 1845, with a false date of 1832 at the end and a dedication that was probably a hoax, in the "Etudes philosophiques" section of the *Comédie humaine*.

Frenhofer, Gillette, Catherine Lescault, and Father Hardouin are fictional characters who appear nowhere else in the *Comédie*. Nicolas Poussin (1594–1665) is the great 17th-century painter, active chiefly in Rome; he was born near Les Andelys in Upper Normandy (he is referred to once in the story as "the Norman"); he *had* had art training before coming to Paris, unlike in the story. He is mentioned in six other works by Balzac. The Pourbus of the story is Frans (in France called François) Pourbus the Younger (Flemish;

1569–1622), who was the court painter of Marie de Médicis, the second wife of Henri IV, from 1609 on. Pourbus is mentioned nowhere else in Balzac. Nor is the painter Mabuse. This is the Flemish artist Jan Gossaert (1470s–1530s; no two sources give the same precise years!). He used that pseudonym. Gossaert lived too early to have been Frenhofer's teacher, but Balzac may have had access only to incorrect dates for his lifespan. The real Mabuse was intended, because the anecdote about his painted clothing is from a historical source.

The Rue des Grands-Augustins, where Pourbus lives, is on the Left Bank and runs south from a point opposite the Ile de la Cité; it is in what is now the Sixth Arrondissement. Picasso, who illustrated a brilliant edition of this story for the art dealer and publisher Ambroise Vollard in 1931, lived on that street at one time. The Rue de la Harpe, where Poussin lives, is in the Latin Quarter (Fifth Arrondissement), between the Boulevard St-Michel and the Rue St-Jacques.

This story, admired by Cézanne and by Zola, who emulated it in L'œuvre, is ultimately based on several plot elements in stories by E. T. A. Hoffmann, the German writer of fantasy who strongly influenced Balzac and some of his friends, such as Charles Nodier, the chief librarian of the Bibliothèque de l'Arsenal, who was not only a writer but a mentor of many young Romantics. The description of Frenhofer's appearance could have come right out of Hoffmann. Again, we have a severe case of monomania, together with an exemplification of Balzac's pet notion that mental activity takes a deadly toll. Frenhofer's search for absolute perfection is also a recurring theme in the Comédie.

French annotators seem to identify the main theme of the story as the artist's struggle against refractory matter in order to express an ideal (the "Pléiade" annotator somewhat fatuously opines that Frenhofer erred by straying too far from nature, just as insufficiently traditional "modern" painters are wont to do!); but a closer reading indicates that the overriding theme (one that would naturally appeal to Balzac, especially) is the conflict between an artist's commitment to his work and his duty to live a generally fulfilling life that would include the happiness of loved ones. This theme, supported by many bits of the dialogue, is exemplified by Poussin's relationship with Gillette; and it should not be overlooked that the two numbered sections of the story are named for Poussin's flesh-and-blood sweetheart and for the painted courtesan from the preceding century who becomes her implacable rival.

"La femme abandonnée"

This story was first published in the September 9 and 16, 1832, issues
of the *Revue de Paris*; it was written in the city of Angoulême, as
Balzac states at the end, but in August, not September. In 1833 (and
an 1839 reprint) it was included in the set *Scènes de la vie de province*,
but in 1842, when it entered the *Comédie humaine*, it was placed in
the section "Scènes de la vie privée."

The dedicatee, the Duchesse d'Abrantès (1784–1838), was dead
when Balzac added this dedication in 1842, antedating it to 1835 (see
the section on "Le réquisitionnaire," above). She had been a mistress
of Balzac, who helped her write her memoirs, and he may have borrowed the basic plot of this story from her.

Madame de Beauséant, née Claire de Bourgogne (from a bastard
branch of the Burgundy ducal family), plays a big part in Balzac's famous novel *Le père Goriot* (in the course of which she becomes the
forsaken woman, deserted by her lover Ajuda-Pinto), and also appears, or is mentioned, in *Albert Savarus, Le lys dans la vallée* (which
is, to some extent, an expansion of "La femme abandonnée"), *La
duchesse de Langeais, Gobseck, Le cabinet des antiques,
L'interdiction, Béatrix,* and *Les secrets de la princesse de Cadignan*—
a good example of Balzac's distribution of characters in the *Comédie*.
Her husband appears in three other works, and various family members here and there, including two in "Un épisode sous la Terreur," in
this volume. Her lover, Miguel, Marquis d'Ajuda-Pinto (to mention
only him, and not *his* family), appears in nine other works. Gaston de
Nueil appears again in *Albert Savarus*; his parents and wife, only here.

Among the minor characters, Gaston's cousin, Madame de Sainte-
Sévère, appears only here, but the Champignelles family is to be
found in *L'envers de l'histoire contemporaine*. The aristocratic families Navarreins, Grandlieu, Cadignan, and Blamont-Chauvry are frequently on the scene in the *Comédie*. Madame de Beauséant's
manservant Jacques is also in her employ in *Le père Goriot*.

The locales, aside from Geneva, include the Bessin (the area
around Bayeux in Lower Normandy) and the Auge valley, in the eastern part of that region. The era (at the beginning) is that of the
Restoration of the monarchy after Waterloo, in the person of Louis
XVIII, younger brother of the guillotined Louis XVI. It was a period
of reaction, but the social changes during the Revolution and the
Empire couldn't be casually brushed aside, and the form of government was now a constitutional monarchy (under the Charte, the

charter of 1814) with a modicum of free speech allowed. In his open-ing pages, Balzac mercilessly satirizes not only the old fossils of that day, but also the money-mad rising minor nobility and bourgeoisie.

With regard to love life, it was one of the frequent (and widespread) eras in which, among the titled and moneyed, marriages were busi-ness propositions and the partners relatively free to seek amusement elsewhere. A young bachelor was almost obliged to win the affections of some married woman—Gaston's first thought when he gets bored in the country! Thus the story, with all its other fine qualities— exploration of female psychology (a specialty of Balzac's), delicate nu-ances of emotion, gentle humor poked even at the hero and heroine— becomes a how-to manual of this particular brand of seduction, in-cluding model love letters and a number of bold ploys.

Balzac drew heavily on his own experiences. Madame de Beauséant is in a situation much like that of his maternal mistress Madame de Berny, but her physical appearance is like that of an elusive prey, the Marquise de Castries, whom Balzac was on the point of pursuing to Geneva (!) at the moment of writing the story. In addition, the author had visited a relative in Bayeux for more than two months in 1822, the very year in which the story begins.

The annotator of the Seuil edition calls this work "one of Balzac's most beautiful stories: sober, classical, heartfelt."

"Facino Cane"

This story first appeared in the March 17, 1836, issue of Balzac's own magazine, the *Chronique de Paris*.[3] In 1837 it was included in the *Etudes philosophiques*. In 1843, under the title "Le père Canet," it formed part of a series called *Les mystères de province* (even though it takes place in Paris and Venice!). In 1844, with its old title, it was in-corporated into the section "Scènes de la vie parisienne" of the *Comédie humaine*.

The real Facino Cane, ancestor of the old man in the story, was a Piedmontese condottiere (1360–1412) in the employ of Giangaleazzo Visconti of Milan. The Facino met by the narrator, his family, and the successors to his title, are mentioned again in *Gambara, Albert Savarus,* and *Massimilla Doni*; the last-named story also mentions the Vendramini family. Mother Vaillant reappears in *César Birotteau*; she really was Balzac's cleaning woman at the time of the story.

The Rue de Lesdiguières, where Balzac lived in straitened circum-

stances in 1819 (his parents had given him a period of two years to
make his mark as a writer in Paris), is in the Fourth Arrondissement,
very close to the Place de la Bastille; it still has the two endpoints
mentioned in the first sentence of the story. The Quinze-Vingts (15 ×
20 = 300 original inmates) hospital is located to the immediate southeast of the Opéra Bastille, Paris's most recent opera house; the hospital was founded (in a different part of Paris) in 1260 by Louis IX and
established at its present location in 1780. The Bibliothèque de
l'Arsenal (called the Bibliothèque de Monsieur—that is, the king's
brother—in the text) is only a few blocks southwest of the Rue de
Lesdiguières. Other streets mentioned are to the north of Balzac's
1819 residence. The Ambigu-Comique Theater, which specialized in
a genre resembling musical comedy, was located on the section of the
Boulevard du Temple popularly known as the Boulevard du Crime (so
memorably recreated in the film *Les enfants du paradis*); a virtually
north–south line between the Place de la République and the Place
de la Bastille is formed by the Boulevard du Temple, the Boulevard
des Filles-du-Calvaire (mysteriously called the Boulevard du Pont-
aux-Choux by Balzac!), and the Boulevard Beaumarchais. The Rue de
Charenton runs along the east side of the Quinze-Vingts and far beyond it to the southeast. The Boulevard Bourdon starts at the Place de
la Bastille and runs southwest, flanking the Port de Plaisance de Paris-
Arsenal. The Bicêtre was an insane asylum just south of the edge of
Paris.

When he wrote the story, Balzac had not yet visited Venice; all the
places he mentions there are standard tourist sites. Yet his evocation
of the atmosphere does credit to his creative imagination (as does the
prison break, prefiguring that of Edmond Dantès in Dumas's *Count
of Monte Cristo*).

The story is beloved by Balzac fans because of his forthright description of his surroundings in 1819; because of his discussion of his
intuitive powers and his ability to penetrate people's character; and
because of his positive evaluation of at least some members of the la-
boring class. But other, pervasive, *Comédie* themes are also present:
Facino's monomania (in this case, for precious metals and stones; a
desire shared by Balzac, who at one point wanted to become an en-
trepreneur of silver mines in Sardinia) and the notion that creative talents corrode their possessor (Facino surmises that his blindness may
have been caused by his talent for sensing gold). The strong ironic
sense of contrast, pointed out above in the section on "Un épisode

sous la Terreur," is in even greater evidence here, as an old, destitute blind man dreams of boundless power.

*

In "Facino Cane," the (Italian) terms relating to Venice have not been left in their French form. In gauging the value of money in that story and the others, a rule of thumb is to multiply the value of today's franc by a factor of twenty. In conformity with the goals of Dover's dual-language series, this translation, in up-to-date English, strives for accuracy and completeness. Unusual words have been researched, not guessed at. There are no arbitrary expurgations, omissions, additions, or restructuring of the text. The original dedications and titles have been retained. Explanatory notes have been supplied for the nonspecialist reader.

Selected Short Stories

Contes Choisis

UN ÉPISODE SOUS LA TERREUR

A MONSIEUR GUYONNET-MERVILLE: Ne faut-il pas, cher et ancien patron, expliquer aux gens curieux de tout connaître, où j'ai pu apprendre assez de procédure pour conduire les affaires de mon petit monde, et consacrer ici la mémoire de l'homme aimable et spirituel qui disait à Scribe, autre clerc-amateur, «Passez donc à l'étude, je vous assure qu'il y a de l'ouvrage» en le rencontrant au bal; mais avez-vous besoin de ce témoignage public pour être certain de l'affection de l'auteur?

Le 22 janvier 1793, vers huit heures du soir, une vieille dame descendait, à Paris, l'éminence rapide qui finit devant l'église Saint-Laurent, dans le faubourg Saint-Martin. Il avait tant neigé pendant toute la journée, que les pas s'entendaient à peine. Les rues étaient désertes. La crainte assez naturelle qu'inspirait le silence s'augmentait de toute la terreur qui faisait alors gémir la France; aussi la vieille dame n'avait-elle encore rencontré personne; sa vue affaiblie depuis longtemps ne lui permettait pas d'ailleurs d'apercevoir dans le lointain, à la lueur des lanternes, quelques passants clairsemés comme des ombres dans l'immense voie de ce faubourg. Elle allait courageusement seule à travers cette solitude, comme si son âge était un talisman qui dût la préserver de tout malheur.

Quand elle eut dépassé la rue des Morts, elle crut distinguer le pas lourd et ferme d'un homme qui marchait derrière elle. Elle s'imagina qu'elle n'entendait pas ce bruit pour la première fois; elle s'effraya d'avoir été suivie, et tenta d'aller plus vite encore afin d'atteindre à une boutique assez bien éclairée, espérant pouvoir vérifier à la lumière les soupçons dont elle était saisie. Aussitôt qu'elle se trouva dans le rayon de lueur horizontale qui partait de cette boutique, elle retourna brusquement la tête, et entrevit une forme humaine dans le brouillard; cette indistincte vision lui suffit, elle chancela un moment sous le poids de la terreur dont elle fut accablée, car elle ne douta plus alors qu'elle n'eût été escortée par l'inconnu depuis le premier pas

2

AN EPISODE DURING THE TERROR

TO MONSIEUR GUYONNET-MERVILLE: I think it's only right, my dear former employer, to explain to those who are curious about everything where I was able to learn enough about legal matters to conduct the business of my little world; and only right to honor here the memory of the affable and witty man who, meeting Scribe, another amateur clerk, at a ball, said to him: "Why not stop by my office? I'm sure some work can be found for you." But do you need this public testimony to be certain of the author's affection?

On January 22, 1793, about eight in the evening, in Paris, an old lady was walking down the steep rise that comes to an end in front of the church of Saint-Laurent in the Faubourg Saint-Martin.[1] It had snowed so much during the day that footsteps could hardly be heard. The streets were deserted. The altogether natural fear the silence inspired was heightened by all the terror under which France was then groaning; thus, the old lady had not yet met anybody; moreover, her sight, weak for some time now, didn't allow her to make out in the distance, by the light of the streetlamps, a few thinly scattered passersby, like shadows in the immense thoroughfare of that faubourg. She was walking alone courageously across that solitude, as if her age were a charm bound to protect her from any misfortune.

After passing by the Rue des Morts, she thought she could discern the heavy, firm step of a man walking behind her. It occurred to her that this wasn't the first time she had heard that sound; she took fright at having been followed, and tried to walk even more swiftly in order to reach a shop that was quite brightly lit, hoping she could verify in the light the suspicions that had gripped her. As soon as she was within the horizontal beam of light issuing from that shop, she turned her head sharply and half made out a human form in the fog; that indistinct sight was enough for her, she staggered a moment beneath the weight of the terror that overwhelmed her, for by then she no longer doubted that she had been escorted by the unknown man

3

qu'elle avait fait hors de chez elle, et le désir d'échapper à un espion lui prêta des forces. Incapable de raisonner, elle doubla le pas, comme si elle pouvait se soustraire à un homme nécessairement plus agile qu'elle. Après avoir couru pendant quelques minutes, elle parvint à la boutique d'un pâtissier, y entra et tomba, plutôt qu'elle ne s'assit, sur une chaise placée devant le comptoir. Au moment où elle fit crier le loquet de la porte, une jeune femme occupée à broder leva les yeux, reconnut, à travers les carreaux du vitrage, la mante de forme antique et de soie violette dans laquelle la vieille dame était enveloppée, et s'empressa d'ouvrir un tiroir comme pour y prendre une chose qu'elle devait lui remettre. Non seulement le geste et la physionomie de la jeune femme exprimèrent le désir de se débarrasser promptement de l'inconnue, comme si c'eût été une de ces personnes qu'on ne voit pas avec plaisir, mais encore elle laissa échapper une expression d'impatience en trouvant le tiroir vide; puis, sans regarder la dame, elle sortit précipitamment du comptoir, alla vers l'arrière-boutique, et appela son mari, qui parut tout à coup.

— Où donc as-tu mis? . . . lui demanda-t-elle d'un air de mystère en lui désignant le vieille dame par un coup d'œil et sans achever sa phrase.

Quoique le pâtissier ne pût voir que l'immense bonnet de soie noire environné de nœuds en rubans violets qui servait de coiffure à l'inconnue, il disparut après avoir jeté à sa femme un regard qui semblait dire: — Crois-tu que je vais laisser cela dans ton comptoir? . . .

Étonnée du silence et de l'immobilité de la vieille dame, la marchande revint auprès d'elle; et, en la voyant, elle se sentit saisie d'un mouvement de compassion ou peut-être aussi de curiosité. Quoique le teint de cette femme fût naturellement livide comme celui d'une personne vouée à des austérités secrètes, il était facile de reconnaître qu'une émotion récente y répandait une pâleur extraordinaire. Sa coiffure était disposée de manière à cacher ses cheveux, sans doute blanchis par l'âge; car la propreté du collet de sa robe annonçait qu'elle ne portait pas de poudre. Ce manque d'ornement faisait contracter à sa figure une sorte de sévérité religieuse. Ses traits étaient graves et fiers. Autrefois les manières et les habitudes des gens de qualité étaient si différentes de celles des gens appartenant aux autres classes, qu'on devinait facilement une personne noble. Aussi la jeune femme était-elle persuadée que l'inconnue était une *ci-devant,* et qu'elle avait appartenu à la cour.

— Madame? . . . lui dit-elle involontairement et avec respect en oubliant que ce titre était proscrit.

from the very first step she had taken outside of her residence, and the desire to escape from a spy lent her strength. Incapable of thinking things out, she doubled her pace, as if she could elude a man who was surely more agile than she was. After hastening for a few minutes, she arrived at a pastry shop, went in, and fell rather than sat down on a chair placed in front of the cash desk. At the moment she made the door latch squeak, a young woman busy with embroidery raised her eyes and, through the panes of the shop window, recognized the old-fashioned violet silk mantle in which the old lady was wrapped, and hastened to open a drawer as if to take from it something she needed to hand to her. Not only did the motions and features of the young woman express the desire to get rid of the stranger quickly, as if she were the kind of person one isn't happy to see, but she also manifested an expression of impatience when she found the drawer empty; then, without looking at the lady, she dashed out of the cashier's box, headed for the back room, and called her husband, who appeared at once.

"Well, where did you put . . .?" she asked him with an air of mystery, indicating the old lady with a look and not finishing her sentence.

Although the pastryman could only see the enormous black silk bonnet, circled with knots of violet ribbon, that constituted the stranger's headgear, he vanished after throwing his wife a glance that seemed to say "Do you think I'm going to leave that in your cash desk?"

Surprised at the old lady's silence and motionlessness, the shopkeeper's wife approached her again; and, looking at her, she felt gripped by a strong feeling of pity or perhaps also curiosity. Although the woman's complexion was naturally sallow, like that of a person devoted to secret austerities, it was easy to discern that a recent emotion made her extraordinarily pale. Her hat was arranged so as to hide her hair, which was no doubt white with age; for the clean condition of her dress collar showed that she wore no powder. This lack of ornament made her face acquire a sort of religious severity. Her features were serious and proud. In the past the manners and habits of the people of quality were so different from those of people belonging to other classes that it was easy to recognize one of the nobility. Thus the young woman was convinced that the stranger was a former aristocrat and had belonged to the royal court.

"Madame? . . ." she said to her involuntarily and respectfully, forgetting that such a term of address was forbidden.[2]

La vieille dame ne répondit pas. Elle tenait ses yeux fixés sur le vitrage de la boutique, comme si un objet effrayant y eût été dessiné.

— Qu'as-tu, citoyenne? demanda le maître du logis qui reparut tout aussitôt.

Le citoyen pâtissier tira la dame de sa rêverie en lui tendant une petite boîte de carton couverte en papier bleu.

— Rien, rien, mes amis, répondit-elle d'une voix douce.

Elle leva les yeux sur le pâtissier comme pour lui jeter un regard de remerciement; mais en lui voyant un bonnet rouge sur la tête, elle laissa échapper un cri.

— Ah! . . . vous m'avez trahie? . . .

La jeune femme et son mari répondirent par un geste d'horreur qui fit rougir l'inconnue, soit de les avoir soupçonnés, soit de plaisir.

— Excusez-moi, dit-elle alors avec une douceur enfantine. Puis, tirant un louis d'or de sa poche, elle le présenta au pâtissier: — Voici le prix convenu, ajouta-t-elle.

Il y a une indigence que les indigents savent deviner. Le pâtissier et sa femme se regardèrent et se montrèrent la vieille femme en se communiquant une même pensée. Ce louis d'or devait être le dernier. Les mains de la dame tremblaient en offrant cette pièce, qu'elle contemplait avec douleur et sans avarice; mais elle semblait connaître toute l'étendue du sacrifice. Le jeûne et la misère étaient gravés sur cette figure en traits aussi lisibles que ceux de la peur et des habitudes ascétiques. Il y avait dans ses vêtements des vestiges de magnificence. C'était de la soie usée, une mante propre, quoique passée, des dentelles soigneusement raccommodées; enfin les haillons de l'opulence! Les marchands, placés entre la pitié et l'intérêt, commencèrent par soulager leur conscience en paroles.

— Mais, citoyenne, tu parais bien faible.

— Madame aurait-elle besoin de prendre quelque chose? reprit la femme en coupant la parole à son mari.

— Nous avons de bien bon bouillon, dit le pâtissier.

— Il fait si froid, madame aura peut-être été saisie en marchant; mais vous pouvez vous reposer ici et vous chauffer un peu.

— Nous ne sommes pas aussi noirs que le diable, s'écria le pâtissier.

Gagnée par l'accent de bienveillance qui animait les paroles des charitables boutiquiers, la dame avoua qu'elle avait été suivie par un homme, et qu'elle avait peur de revenir seule chez elle.

— Ce n'est que cela? reprit l'homme au bonnet rouge. Attends-moi, citoyenne.

The old lady didn't reply. She kept her eyes glued to the shop window, as if some terrifying thing had been drawn on it.

"What's wrong, citizen?" asked the proprietor, who reappeared immediately.

The citizen pastryman brought the lady out of her musing as he handed her a little cardboard box wrapped in blue paper.

"Nothing, nothing, friends," she answered in a soft voice.

She lifted her eyes toward the pastryman as if to throw him a look of thanks; but, seeing a red cap[3] on his head, she uttered a cry.

"Oh! You've betrayed me? . . ."

The young woman and her husband replied with a shocked gesture that made the stranger blush, either because she had suspected them or because she was pleased.

"Excuse me," she then said with childlike sweetness. Then, taking a gold *louis* from her pocket, she presented it to the pastryman. "This is the price we agreed on," she added.

There is a poverty that the poor can guess at. The pastryman and his wife looked at each other and indicated the old woman to each other, sharing a single thought. That gold *louis* must be her last. The lady's hands were trembling as she held out that coin, which she looked at with sorrow but without greed; yet she seemed aware of the full extent of her sacrifice. Fasting and indigence were engraved on her face in lines as clear as those of fear and ascetic habits. Her clothes showed traces of former splendor. They were of worn-out silk; a clean, if faded, mantle; carefully mended lace; in short, opulence in tatters! The shopkeepers, torn between pity and self-interest, began by soothing their conscience with words.

"But, citizen, you seem quite weak."

"Would Madame need to eat something?" the wife continued, interrupting her husband.

"We have some very good bouillon," said the pastryman.

"It's so cold out, Madame may have become chilled walking; but you can rest here and warm up a little."

"We aren't as bad as we're painted!"[4] exclaimed the pastryman.

Won over by the benevolent tone that enlivened the words of the charitable shopkeepers, the lady confessed that she had been followed by a man, and that she was afraid to return home alone.

"Is that all?" replied the man in the red cap. "Wait for me, citizen."

Il donna le louis à sa femme. Puis, mû par cette espèce de reconnaissance qui se glisse dans l'âme d'un marchand quand il reçoit un prix exorbitant d'une marchandise de médiocre valeur, il alla mettre son uniforme de garde national, prit son chapeau, passa son briquet et reparut sous les armes; mais sa femme avait eu le temps de réfléchir. Comme dans bien d'autres cœurs, la Réflexion ferma la main ouverte de la Bienfaisance. Inquiète et craignant de voir son mari dans quelque mauvaise affaire, la femme du pâtissier essaya de le tirer par le pan de son habit pour l'arrêter; mais obéissant à un sentiment de charité, le brave homme offrit sur-le-champ à la vieille dame de l'escorter.

— Il paraît que l'homme dont a peur la citoyenne est encore à rôder devant la boutique, dit vivement la jeune femme.

— Je le crains, dit naïvement la dame.

— Si c'était un espion? si c'était une conspiration? N'y va pas, et reprends-lui la boîte . . .

Ces paroles, soufflées à l'oreille du pâtissier par sa femme, glacèrent le courage impromptu dont il était possédé.

— Eh! je m'en vais lui dire deux mots, et vous en débarrasser sur-le-champ, s'écria le pâtissier en ouvrant la porte et sortant avec précipitation.

La vieille dame, passive comme un enfant et presque hébétée, se rassit sur sa chaise. L'honnête marchand ne tarda pas à reparaître, son visage, assez rouge de son naturel et enluminé d'ailleurs par le feu du four, était subitement devenu blême; une si grande frayeur l'agitait que ses jambes tremblaient et que ses yeux ressemblaient à ceux d'un homme ivre.

— Veux-tu nous faire couper le cou, misérable aristocrate? . . . s'écria-t-il avec fureur. Songe à nous montrer les talons, ne reparais jamais ici, et ne compte pas sur moi pour te fournir des éléments de conspiration!

En achevant ces mots, le pâtissier essaya de reprendre à la vieille dame la petite boîte qu'elle avait mise dans une de ses poches. A peine les mains hardies du pâtissier touchèrent-elles ses vêtements, que l'inconnue, préférant se livrer aux dangers de la route sans autre défenseur que Dieu, plutôt que de perdre ce qu'elle venait d'acheter, retrouva l'agilité de sa jeunesse; elle s'élança vers la porte, l'ouvrit brusquement, et disparut aux yeux de la femme et du mari stupéfaits et tremblants.

Aussitôt que l'inconnue se trouva dehors, elle se mit à marcher avec vitesse; mais ses forces la trahirent bientôt, car elle entendit l'espion par lequel elle était impitoyablement suivie, faisant crier la neige qu'il

He gave the *louis* to his wife. Then, stirred by the kind of gratitude that slips into a merchant's soul when he receives an exorbitant price for a commodity of moderate value, he went to put on his National Guard[5] uniform, took his hat, girded on his short sword, and reappeared in arms; but his wife had had time to reflect. As in many another heart, reflection closed the open hand of benevolence. Worried, afraid to find her husband mixed up in some bad business, the pastryman's wife tried to pull the tail of his coat to hold him back; but, in obedience to a feeling of charity, the good man immediately offered himself to the old lady as an escort.

"It seems that the man the citizen is afraid of is still prowling in front of the shop," the young woman said excitedly.

"I'm afraid so," the lady said naïvely.

"What if he's a spy? What if it's a conspiracy? Don't go out there, and take back the box from her . . ."

Those words, whispered in the pastryman's ear by his wife, froze the impromptu courage that had possessed him.

"Oh, I'm going out to tell him a thing or two, and get rid of him for you right away," exclaimed the pastryman, opening the door and dashing out.

The old lady, passive as a child and nearly numb, sat back down on her chair. Before very long, the honest merchant reappeared; his face, quite florid by nature and further reddened by the fire of his oven, had suddenly become pale; he was shaken by such a great fright that his legs were trembling and his eyes looked like those of a drunken man.

"Do you want to make us lose our heads, filthy aristocrat?" he shouted in a rage. "Show us your heels, never turn up here again, and don't count on me to supply you with material for a conspiracy!"

Finishing this tirade, the pastryman tried to take back from the old lady the box she had put in one of her pockets. Hardly had the pastryman's bold hands touched her clothes when the stranger, preferring to chance the dangers of the road with no defender but God, rather than losing what she had just bought, recovered the agility of her youth; she darted toward the door, opened it briskly, and vanished from the sight of the stupefied, trembling husband and wife.

As soon as the stranger was outside, she started walking rapidly; but her strength soon failed her, for she heard the spy by whom she was relentlessly followed, making the snow creak beneath his heavy

pressait de son pas pesant; elle fut obligée de s'arrêter, il s'arrêta; elle n'osait ni lui parler ni le regarder, soit par suite de la peur dont elle était saisie, soit par manque d'intelligence. Elle continua son chemin en allant lentement, l'homme ralentit alors son pas de manière à rester à une distance qui lui permettait de veiller sur elle. L'inconnu semblait être l'ombre même de cette vieille femme. Neuf heures sonnèrent quand le couple silencieux repassa devant l'église de Saint-Laurent. Il est dans la nature de toutes les âmes, même la plus infirme, qu'un sentiment de calme succède à une agitation violente, car, si les sentiments sont infinis, nos organes sont bornés. Aussi l'inconnue, n'éprouvant aucun mal de son prétendu persécuteur, voulut-elle voir en lui un ami secret empressé de la protéger; elle réunit toutes les circonstances qui avaient accompagné les apparitions de l'étranger comme pour trouver des motifs plausibles à cette consolante opinion, et il lui plut alors de reconnaître en lui plutôt de bonnes que de mauvaises intentions. Oubliant l'effroi que cet homme venait d'inspirer au pâtissier, elle avança donc d'un pas ferme dans les régions supérieures du faubourg Saint-Martin. Après une demi-heure de marche, elle parvint à une maison située auprès de l'embranchement formé par la rue principale du faubourg et par celle qui mène à la barrière de Pantin. Ce lieu est encore aujourd'hui un des plus déserts de tout Paris. La bise, passant sur les buttes Saint-Chaumont et de Belleville, sifflait à travers les maisons, ou plutôt les chaumières, semées dans ce vallon presque inhabité où les clôtures sont en murailles faites avec de la terre et des os. Cet endroit désolé semblait être l'asile naturel de la misère et du désespoir. L'homme qui s'acharnait à la poursuite de la pauvre créature assez hardie pour traverser nuitamment ces rues silencieuses, parut frappé du spectacle qui s'offrait à ses regards. Il resta pensif, debout et dans une attitude d'hésitation, faiblement éclairé par un réverbère dont la lueur indécise perçait à peine le brouillard. La peur donna des yeux à la vieille femme, qui crut apercevoir quelque chose de sinistre dans les traits de l'inconnu; elle sentit ses terreurs se réveiller, et profita de l'espèce d'incertitude qui arrêtait cet homme pour se glisser dans l'ombre vers la porte de la maison solitaire; elle fit jouer un ressort, et disparut avec une rapidité fantasmagorique. Le passant, immobile, contemplait cette maison, qui présentait en quelque sorte le type des misérables habitations de ce faubourg. Cette chancelante bicoque bâtie en moellons était revêtue d'une couche de plâtre jauni, si fortement lézardée, qu'on craignait de la voir tomber au moindre effort du vent. Le toit de tuiles brunes et couvert de mousse s'affaissait en plusieurs endroits de

steps; she was compelled to stop, and he stopped; she didn't dare
speak to him or look at him, either because of the fear that gripped
her or because she didn't have her wits about her. She continued
along her way, walking slowly; then the man slackened his pace so as
to remain at a distance that allowed him to keep his eye on her. The
strange man seemed like that old woman's own shadow. The bells
were ringing nine when the silent pair once more passed in front of
the church of Saint-Laurent. It lies in the nature of every soul, even
the feeblest, that a feeling of calm follows a violent agitation, because
there may be no end to emotions but our mental capacity is limited.
Thus, the unknown woman, having experienced no harm from her
imagined persecutor, decided to take him for a secret friend eager to
protect her; she put together all the circumstances that had attended
the appearances of the stranger as if to find plausible motives for that
comforting view, and it then pleased her to discover that his intentions were good rather than bad. Forgetting the fright the man had
just given the pastryman, she therefore walked on with firm strides
through the upper reaches of the Faubourg Saint-Martin. After a half
hour's walk, she arrived at a house situated near the fork formed by
the main street of the faubourg and the street that leads to the Pantin
tollgate. This spot is still one of the most deserted anywhere in Paris.
The wintry wind, passing over the hills of Saint-Chaumont and
Belleville, was whistling through the houses, or rather huts, widely
scattered in this almost uninhabited valley, in which the properties
are divided by walls made of earth and bones. This desolate location
seemed to be the natural refuge of poverty and despair. The man who
was doggedly pursuing the poor creature bold enough to cross those
silent streets at night seemed awestruck at the spectacle that met his
eyes. He remained pensive, standing in an attitude of hesitation,
under the feeble light of a streetlamp whose vague gleam barely
pierced the fog. Fear lent eyes to the old lady, who thought she saw
something sinister in the stranger's features; she felt her terrors
reawakening, and took advantage of the seeming uncertainty that
held the man back by slipping into the darkness in the direction of
the doorway of the solitary house; she worked a spring and vanished
with supernatural speed. The man, motionless, observed that house,
which in a way was representative of the wretched dwellings of that
neighborhood. This tumbledown shanty built of rubble was covered
with a coat of yellowing plaster so heavily cracked that you were
afraid it would collapse at the slightest puff of wind. The roof, made
of brown tiles and covered with moss, was sagging so much in several

manière à faire croire qu'il allait céder sous le poids de la neige. Chaque étage avait trois fenêtres dont les châssis, pourris par l'humidité et disjoints par l'action du soleil, annonçaient que le froid devait pénétrer dans les chambres. Cette maison isolée ressemblait à une vieille tour que le temps oubliait de détruire. Une faible lumière éclairait les croisées qui coupaient irrégulièrement la mansarde par laquelle ce pauvre édifice était terminé; tandis que le reste de la maison se trouvait dans une obscurité complète.

La vieille femme ne monta pas sans peine l'escalier rude et grossier, le long duquel on s'appuyait sur une corde en guise de rampe; elle frappa mystérieusement à la porte du logement qui se trouvait dans la mansarde, et s'assit avec précipitation sur une chaise que lui présenta un vieillard.

— Cachez-vous, cachez-vous! lui dit-elle. Quoique nous ne sortions que bien rarement, nos démarches sont connues, nos pas sont épiés.

— Qu'y a-t-il de nouveau, demanda una autre vieille femme assise auprès du feu.

— L'homme qui rôde autour de la maison depuis hier m'a suivie ce soir.

A ces mots, les trois habitants de ce taudis se regardèrent en laissant paraître sur leurs visages les signes d'une terreur profonde. Le vieillard fut le moins agité des trois, peut-être parce qu'il était le plus en danger. Sous le poids d'un grand malheur ou sous le joug de la persécution, un homme courageux commence pour ainsi dire par faire le sacrifice de lui-même, il ne considère ses jours que comme autant de victoires remportées sur le Sort. Les regards des deux femmes, attachés sur ce vieillard, laissaient facilement deviner qu'il était l'unique objet de leur vive sollicitude.

— Pourquoi désespérer de Dieu, mes sœurs? dit-il d'une voix sourde mais onctueuse, nous chantions ses louanges au milieu des cris que poussaient les assassins et les mourants au couvent des Carmes. S'il a voulu que je fusse sauvé de cette boucherie, c'est sans doute pour me réserver à une destinée que je dois accepter sans murmure. Dieu protège les siens, il peut en disposer à son gré. C'est de vous, et non de moi qu'il faut s'occuper.

— Non, dit l'une des deux vieilles femmes, qu'est-ce que notre vie en comparaison de celle d'un prêtre?

— Une fois que je me suis vue hors de l'abbaye de Chelles, je me suis considérée comme morte, s'écria celle des deux religieuses qui n'était pas sortie.

places that it seemed likely to give way beneath the weight of the snow. Each story had three windows, whose frames, rotted by humidity and disjointed by the effects of sunlight, indicated that the cold surely must penetrate into the rooms. This isolated house resembled an old tower that time still forgot to destroy. A feeble light illumined the casement windows that irregularly punctuated the garret which crowned this poor edifice, while the rest of the house was in total darkness.

It was an effort for the old woman to climb the rough, coarse staircase, along which a rope took the place of a railing to lean upon; she knocked furtively at the door of the dwelling that was located in the garret, and hastily sat down on a chair that an old man offered her.

"Hide, hide!" she said to him. "Even though we go out so very seldom, our activities are known, our excursions are spied on."

"What new has happened?" asked another old woman seated near the fire.

"The man who's been prowling around the house since yesterday followed me this evening."

At those words, the three inhabitants of that hovel looked at one another, their faces showing the signs of extreme terror. The old man was the least upset of the three, perhaps because he was in the greatest danger. Under the weight of a great misfortune or under the yoke of persecution, a brave man begins to sacrifice himself, as it were, he considers each new day merely as one more victory over fate. The eyes of the two women, glued on that old man, promptly revealed that he was the sole object of their intense concern.

"Why lose hope in God, sisters?" he said in a muffled but fervidly pious voice. "We once sang His praises amid the cries uttered by the murderers and the dying at the Carmelite convent.[6] If He decided to rescue me from that slaughter, it was no doubt to save me for a destiny that I must accept without complaining. God protects His own, He can dispose of them as He sees fit. It's you, not me, that we should be worrying about."

"No," said one of the two old women, "what does our life count for compared with a priest's?"

"Once I found myself outside the abbey of Chelles,[7] I looked upon myself as dead!" exclaimed the nun who hadn't gone out.

— Voici, reprit celle qui arrivait en tendant la petite boîte au prêtre, voici les hosties. Mais, s'écria-t-elle, j'entends monter les degrés.

A ces mots, tous trois ils se mirent à écouter. Le bruit cessa.

— Ne vous effrayez pas, dit le prêtre, si quelqu'un essaie de parvenir jusqu'à vous. Une personne sur la fidélité de laquelle nous pouvons compter a dû prendre toutes ses mesures pour passer la frontière, et viendra chercher les lettres que j'ai écrites au duc de Langeais et au marquis de Beauséant, afin qu'ils puissent aviser aux moyens de vous arracher à cet affreux pays, à la mort ou à la misère qui vous y attendent.

— Vous ne nous suivrez donc pas? s'écrièrent doucement les deux religieuses en manifestant une sorte de désespoir.

— Ma place est là où il y a des victimes, dit le prêtre avec simplicité.

Elles se turent et regardèrent leur hôte avec une sainte admiration.

— Sœur Marthe, dit-il en s'adressant à la religieuse qui était allée chercher les hosties, cet envoyé devra répondre *Fiat voluntas,* au mot *Hosanna.*

— Il y a quelqu'un dans l'escalier! s'écria l'autre religieuse en ouvrant une cachette pratiquée sous le toit.

Cette fois, il fut facile d'entendre, au milieu du plus profond silence, les pas d'un homme qui faisant retentir les marches couvertes de callosités produites par de la boue durcie. Le prêtre se coula péniblement dans une espèce d'armoire, et la religieuse jeta quelques hardes sur lui.

— Vous pouvez fermer, sœur Agathe, dit-il d'une voix étouffée.

A peine le prêtre était-il caché, que trois coups frappés sur la porte firent tressaillir les deux saintes filles, qui se consultèrent des yeux sans oser pronouncer une seule parole. Elles paraissaient avoir toutes deux une soixantaine d'années. Séparées du monde depuis quarante ans, elles étaient comme des plantes habituées à l'air d'une serre, et qui meurent si on les en sort. Accoutumées à la vie du couvent, elles n'en pouvaient plus concevoir d'autre. Un matin, leurs grilles ayant été brisées, elles avaient frémi de se trouver libres. On peut aisément se figurer l'espèce d'imbécillité factice que les événements de la Révolution avaient produite dans leurs âmes innocentes. Incapables d'accorder leurs idées claustrales avec les difficultés de la vie, et ne comprenant même pas leur situation, elles ressemblaient à des enfants dont on avait pris soin jusqu'alors, et qui, abandonnés par leur providence maternelle, priaient au lieu de crier. Aussi, devant le danger qu'elles prévoyaient en ce moment, demeurèrent-elles muettes et passives, ne connaissant d'autre défense que la résignation chrétienne. L'homme qui demandait à entrer

"Here," said the one who had just arrived, "here are the wafers. But," she cried, "I hear someone climbing the stairs!"

At those words, all three started to listen. The sound stopped.

"Don't be frightened," said the priest, "if someone tries to make his way to where you are. A person whose fidelity we can count on is sure to have taken every step necessary for crossing the border, and will come to pick up the letters I've written to the Duc de Langeais and the Marquis de Beauséant, so that they can devise a way to snatch you out of this horrible country, out of the death or destitution that awaits you here."

"Then, you won't come along?" the two nuns gently cried, with a measure of despair.

"My place is wherever there are victims," the priest said matter-of-factly.

They fell silent and looked at their guest in holy admiration.

"Sr. Marthe," he said, addressing the nun who had gone out for the wafers; "this messenger is to reply '*Fiat voluntas*'[8] to the watchword '*Hosanna*.'"

"There's someone on the stairs!" cried the other nun, opening a hiding place that had been made under the roof.

This time, amid the deepest silence, it was easy to hear a man's steps resounding on the stair treads, which were covered with hard lumps of dried mud. The priest squeezed painfully into a sort of wardrobe, and the nun threw some old clothes over him.

"You can close it, Sr. Agathe," he said in a smothered voice.

Hardly had the priest hidden when three knocks on the door made the two holy women start; they looked at each other questioningly without uttering a word. Each of them seemed to be about sixty. Separated from the world for forty years, they were like plants accustomed to the atmosphere of a hothouse, plants that die if you remove them from it. Used to convent life, they were unable to conceive of any other. One morning, their grilles having been broken, they had trembled to find themselves free. It's easy to imagine the sort of induced weakness of mind that the events of the Revolution had created in their innocent souls. Unable to adjust their cloistered notions to the difficulties of life, and not even understanding their situation, they were like children who had been taken care of until then and who, deprived of their mother's protection, now prayed instead of clamoring. Thus, in the face of the danger they foresaw at that moment, they remained mute and passive, knowing no defense other than Christian resignation. The man seeking admission

interpréta ce silence à sa manière, il ouvrit la porte et se montra tout à coup. Les deux religieuses frémirent en reconnaissant le personnage qui, depuis quelque temps, rôdait autour de leur maison et prenait des informations sur leur compte; elles restèrent immobiles en le contemplant avec une curiosité inquiète, à la manière des enfants sauvages, qui examinent silencieusement les étrangers. Cet homme était de haute taille et gros; mais rien dans sa démarche, dans son air ni dans sa physionomie, n'indiquait un méchant homme. Il imita l'immobilité des religieuses, et promena lentement ses regards sur la chambre où il se trouvait.

Deux nattes de paille, posées sur des planches, servaient de lit aux deux religieuses. Une seule table était au milieu de la chambre, et il y avait dessus un chandelier de cuivre, quelques assiettes, trois couteaux et un pain rond. Le feu de la cheminée était modeste. Quelques morceaux de bois, entassés dans un coin, attestaient d'ailleurs la pauvreté des deux recluses. Les murs, enduits d'une couche de peinture très ancienne, prouvaient le mauvais état de la toiture, où des taches, semblables à des filets bruns, indiquaient les infiltrations des eaux pluviales. Une relique, sans doute sauvée du pillage de l'abbaye de Chelles, ornait le manteau de la cheminée. Trois chaises, deux coffres et une mauvaise commode complétaient l'ameublement de cette pièce. Une porte pratiquée auprès de la cheminée faisait conjecturer qu'il existait une seconde chambre.

L'inventaire de cette cellule fut bientôt fait par le personnage qui s'était introduit sous de si terribles auspices au sein de ce ménage. Un sentiment de commisération se peignit sur sa figure, et il jeta un regard de bienveillance sur les deux filles, au moins aussi embarrassé qu'elles. L'étrange silence dans lequel ils demeurèrent tous trois dura peu, car l'inconnu finit par deviner la faiblesse morale et l'inexpérience des deux pauvres créatures, et il leur dit alors d'une voix qu'il essaya d'adoucir: — Je ne viens point ici en ennemi, citoyennes . . . Il s'arrêta et se reprit pour dire: — Mes sœurs, s'il vous arrivait quelque malheur, croyez que je n'y aurais pas contribué. J'ai une grâce à réclamer de vous . . .

Elles gardèrent toujours le silence.

— Si je vous importunais, si . . . je vous gênais, parlez librement . . . je me retirerais; mais sachez que je vous suis tout dévoué; que, s'il est quelque bon office que je puisse vous rendre, vous pouvez m'employer sans crainte, et que moi seul, peut-être, suis au-dessus de la loi, puisqu'il n'y a plus de roi . . .

Il y avait un tel accent de vérité dans ces paroles, que la sœur Agathe, celle des deux religieuses qui appartenait à la maison de

interpreted that silence in his own way; he opened the door and re-vealed himself all of a sudden. The two nuns trembled when they recognized the person who, for some time, had been prowling around their house and making inquiries about them; they remained motionless, observing him with a nervous curiosity, like wild children who examine strangers in silence. This man was tall and heavy; but nothing in his actions, appearance, or face indicated a bad man. He imitated the nuns' immobility, slowly casting glances all around the room he stood in.

Two straw mats placed on boards served as a bed for the two nuns. A single table stood in the center of the room, and on it were a copper candlestick, a few plates, three knives, and a round loaf of bread. The blaze in the fireplace was low. A few sticks of wood piled up in a corner were further testimony to the poverty of the two recluses. The walls, covered with a coat of very old paint, attested to the bad condition of the roofing, for stains re-sembling brown nets showed where rainwater had seeped in. A relic, no doubt rescued from the sack of the abbey of Chelles, adorned the fireplace mantelpiece. Three chairs, two chests, and a poor commode completed the furnishings of the room. A door located near the fireplace led one to conjecture that there was a second room.

The inventory of the cell was quickly taken by the man who had en-tered within that household under such frightening circumstances. A feeling of pity was reflected on his face, and he cast a benevolent glance at the two women; he was at least as much at a loss as they were. The strange silence in which all three remained was soon bro-ken, for the stranger, finally guessing the mental weakness and inex-perience of the two poor creatures, said to them in a voice he strove to make gentle: "I haven't come here as an enemy, citizens." He stopped, then resumed, saying: "Sisters, if you should meet with some misfortune, please believe that I had nothing to do with it. I have a favor to ask of you . . ."

They still kept silent.

"If I'm disturbing you, if . . . I'm inconveniencing you, please speak freely . . . I'll leave; but I must tell you that I'm completely at your ser-vice; that, if there's anything I can do for you, you can make use of me without fear; and that I alone, perhaps, am above the law, since there is no more king . . ."

There was such a tone of truth in his words that Sr. Agathe, the one of the two nuns who belonged to the Langeais family, and whose

Langeais, et dont les manières semblaient annoncer qu'elle avait autrefois connu l'éclat des fêtes et respiré l'air de la cour, s'empressa d'indiquer une des chaises comme pour prier leur hôte de s'asseoir. L'inconnu manifesta une sorte de joie mêlée de tristesse en comprenant ce geste, et attendit pour prendre place que les deux respectables filles fussent assises.

— Vous avez donné asile, reprit-il, à un vénérable prêtre non assermenté, qui a miraculeusement échappé aux massacres des Carmes.

— *Hosanna!* . . . dit la sœur Agathe en interrompant l'étranger et le regardant avec une inquiète curiosité.

— Il ne se nomme pas ainsi, je crois, répondit-il.

— Mais, monsieur, dit vivement la sœur Marthe, nous n'avons pas de prêtre ici, et . . .

— Il faudrait alors avoir plus de soin et de prévoyance, répliqua doucement l'étranger en avançant le bras vers la table et y prenant un bréviaire. Je ne pense pas que vous sachiez le latin, et . . .

Il ne continua pas, car l'émotion extraordinaire qui se peignit sur les figures des deux pauvres religieuses lui fit craindre d'être allé trop loin, elles étaient tremblantes et leurs yeux s'emplirent de larmes.

— Rassurez-vous, leur dit-il d'une voix franche, je sais le nom de votre hôte et les vôtres, et depuis trois jours je suis instruit de votre détresse et de votre dévouement pour le vénérable abbé de . . .

— Chut! dit naïvement sœur Agathe en mettant un doigt sur ses lèvres.

— Vous voyez, mes sœurs, que, si j'avais conçu l'horrible dessein de vous trahir, j'aurais déjà pu l'accomplir plus d'une fois . . .

En entendant ces paroles, le prêtre se dégagea de sa prison et reparut au milieu de la chambre.

— Je ne saurais croire, monsieur, dit-il à l'inconnu, que vous soyez un de nos persécuteurs, et je me fie à vous. Que voulez-vous de moi?

La sainte confiance du prêtre, la noblesse répandue dans tous ses traits auraient désarmé des assassins. Le mystérieux personnage qui était venu animer cette scène de misère et de résignation contempla pendant un moment le groupe formé par ces trois êtres; puis, il prit un ton de confidence, s'adressa au prêtre en ces termes: — Mon père, je venais vous supplier de célébrer une messe mortuaire pour le repos de l'âme . . . d'un . . . d'une personne sacrée et dont le corps ne reposera jamais dans la terre sainte . . .

Le prêtre frissonna involontairement. Les deux religieuses, ne comprenant pas encore de qui l'inconnu voulait parler, restèrent le cou tendu, le visage tourné vers les deux interlocuteurs, et dans une attitude de curiosité. L'ecclésiastique examina l'étranger: une anxiété non

manners seemed to indicate that she had once known the splendor of festivities and had breathed the air of the court, hastened to point to one of the chairs, as if asking their guest to be seated. The stranger showed a kind of joy mingled with sadness as he understood her gesture, but didn't take a seat until the two respectable maidens had sat down.

"You have given refuge," he resumed, "to a venerable nonjuring priest[9] who miraculously escaped the Carmelite massacres."

"*Hosanna!*" said Sr. Agathe, interrupting the stranger and looking at him with an uneasy curiosity.

"I don't believe that's his name," he replied.

"But, sir," Sr. Marthe said hastily, "we have no priest here, and. . ."

"In that case, you should have more care and foresight," the stranger replied softly, stretching out his arm toward the table and picking up a breviary. "I don't think you know Latin, and . . ."

He didn't continue, for the extraordinary emotion depicted on the faces of the two poor nuns made him fear he had gone too far; they were trembling, and their eyes filled with tears.

"Be reassured," he said to them in a candid voice, "I know your guest's name and yours, and for three days now I've known about your distress and your devotion to the venerable Abbé de . . ."

"Sh!" said Sr. Agathe naïvely, putting a finger to her lips.

"You see, sisters, that, if I had formed the horrible purpose of betraying you, I could already have accomplished it more than once . . ."

Hearing those words, the priest squeezed out of his prison and reappeared in the center of the room.

"I'm unable to believe, sir," he said to the stranger, "that you are one of our persecutors, and I put my trust in you. What do you want of me?"

The holy confidence shown by the priest, the nobility diffused through all his features, would have disarmed murderers. The mysterious person who had come and injected life into that scene of poverty and resignation observed for a moment the group formed by those three beings; then, assuming a confidential tone, he addressed the priest in these terms: "Father, I've come to beg you to celebrate a funeral mass for the repose of the soul . . . of a . . . of a sacred person whose body will never rest in hallowed ground . . ."

The priest shuddered involuntarily. The two nuns, not yet understanding who the stranger was talking about, kept straining their necks and turning their faces toward the two interlocutors, in an attitude of curiosity. The ecclesiastic studied the stranger: an unmistakable

équivoque était peinte sur sa figure et ses regards exprimaient d'ardentes supplications.

— Eh! bien, répondit le prêtre, ce soir, à minuit, revenez, et je serai prêt à célébrer le seul service funèbre que nous puissions offrir en expiation du crime dont vous parlez . . .

L'inconnu tressaillit, mais une satisfaction tout à la fois douce et grave parut triompher d'une douleur secrète. Après avoir respectueusement salué le prêtre et les deux saintes filles, il disparut en témoignant une sorte de reconnaissance muette qui fut comprise par ces trois âmes généreuses. Environ deux heures après cette scène, l'inconnu revint, frappa discrètement à la porte du grenier, et fut introduit par mademoiselle de Beauséant, qui le conduisit dans la seconde chambre de ce modeste réduit, où tout avait été préparé pour la cérémonie. Entre deux tuyaux de la cheminée, les deux religieuses avaient apporté la vieille commode dont les contours antiques étaient ensevelis sous un magnifique devant d'autel en moire verte. Un grand crucifix d'ébène et d'ivoire attaché sur le mur jaune en faisait ressortir la nudité et attirait nécessairement les regards. Quatre petits cierges fluets, que les sœurs avaient réussi à fixer sur cet autel improvisé en les scellant dans de la cire à cacheter, jetaient une lueur pâle et mal réfléchie par le mur. Cette faible lumière éclairait à peine le reste de la chambre; mais, en ne donnant son éclat qu'aux choses saintes, elle ressemblait à un rayon tombé du ciel sur cet autel sans ornement. Le carreau était humide. Le toit, qui, des deux côtés, s'abaissait rapidement, comme dans les greniers, avait quelques lézardes par lesquelles passait un vent glacial. Rien n'était moins pompeux, et cependant rien peut-être ne fut plus solennel que cette cérémonie lugubre. Un profond silence, qui aurait permis d'entendre le plus léger cri proféré sur la route d'Allemagne, répandait une sorte de majesté sombre sur cette scène nocturne. Enfin la grandeur de l'action contrastait si fortement avec la pauvreté des choses, qu'il en résultait un sentiment d'effroi religieux. De chaque côté de l'autel, les deux vieilles recluses, agenouillées sur la tuile du plancher sans s'inquiéter de son humidité mortelle, priaient de concert avec le prêtre, qui, revêtu de ses habits pontificaux, disposait un calice d'or orné de pierres précieuses, vase sacré sauvé sans doute du pillage de l'abbaye de Chelles. Auprès de ce ciboire, monument d'une royale magnificence, l'eau et le vin destinés au saint sacrifice étaient contenus dans deux verres à peine dignes du dernier cabaret. Faute de missel, le prêtre avait posé son bréviaire sur un coin de l'autel. Une assiette commune était préparée pour le lavement des mains innocentes et

anxiety was reflected on his face, and his eyes were expressive of ardent supplications.

"All right," replied the priest, "come back tonight at midnight, and I'll be ready to celebrate the only funeral service we can offer in expiation of the crime of which you speak . . ."

The stranger gave a start, but a satisfaction, sweet and grave at the same time, appeared to win out over a secret sorrow. After respectfully taking leave of the priest and the two holy maidens, he vanished, manifesting a sort of mute gratitude that was understood by those three noble souls. About two hours after that scene, the stranger returned, knocked discreetly at the garret door, and was shown in by Mademoiselle de Beauséant, who led him into the second room of that poor hovel, where every preparation had been made for the ceremony. Between two chimney flues, the two nuns had brought in the old commode whose old-fashioned outlines were hidden beneath a magnificent altar cloth of green watered silk. A large ebony and ivory crucifix, hanging on the yellow wall, made its bareness more obvious and drew all eyes powerfully toward itself. Four small, thin tapers, which the sisters had managed to keep upright on that improvised altar by holding them down with sealing wax, cast a pale gleam, only fitfully reflected on the wall. That feeble light barely illuminated the rest of the room; but, by lending its glow solely to the sacred objects, it was like a ray falling from heaven upon that unadorned altar. The tile floor was damp. The roof, which sloped down steeply on both sides, as in attics, had several cracks through which a glacial wind blew in. Nothing was less splendid, and yet nothing, perhaps, was more solemn than that gloomy ceremony. A deep silence, which would have allowed them to hear the quietest call of a person passing along the Route d'Allemagne, cast a sort of somber majesty over that nocturnal scene. In short, the grandeur of the action contrasted so sharply with the poverty of the surroundings that a feeling of religious awe was generated. On either side of the altar, the two old recluses, kneeling on the floor tiles with no concern for their deadly dampness, were praying along with the priest, who, wearing his ecclesiastical robes, was arranging a gold chalice adorned with precious stones, a sacred vessel rescued, no doubt, from the sack of the abbey of Chelles. Next to this vessel,[10] a magnificent gift from a king, the water and wine prepared for the holy sacrifice were contained in two glasses that were hardly worthy of the lowest tavern. Having no missal, the priest had placed his breviary on a corner of the altar. An ordinary plate was on hand for washing those innocent hands, guiltless of bloodshed.

pures de sang. Tout était immense, mais petit; pauvre, mais noble; profane et saint tout à la fois.

L'inconnu vint pieusement s'agenouiller entre les deux religieuses. Mais tout à coup, en apercevant un crêpe au calice et au crucifix, car, n'ayant rien pour annoncer la destination de cette messe funèbre, le prêtre avait mis Dieu lui-même en deuil, il fut assailli d'un souvenir si puissant que des gouttes de sueur se formèrent sur son large front. Les quatre silencieux acteurs de cette scène se regardèrent alors mystérieusement; puis leurs âmes, agissant à l'envi les unes sur les autres, se communiquèrent ainsi leurs sentiments et se confondirent dans une commisération religieuse: il semblait que leur pensée eût évoqué le martyr dont les restes avaient été dévorés par de la chaux vive, et que son ombre fût devant eux dans toute sa royale majesté. Ils célébraient un *obit* sans le corps du défunt. Sous ces tuiles et ces lattes disjointes, quatre chrétiens allaient intercéder auprès de Dieu pour un Roi de France, et faire son convoi sans cercueil. C'était le plus pur de tous les dévouements, un acte étonnant de fidélité accompli sans arrière-pensée. Ce fut sans doute aux yeux de Dieu, comme le verre d'eau qui balance les plus grandes vertus. Toute la Monarchie était là, dans les prières d'un prêtre et de deux pauvres filles; mais peut-être aussi la Révolution était-elle représentée par cet homme dont la figure trahissait trop de remords pour ne pas croire qu'il accomplissait les vœux d'un immense repentir.

Au lieu de prononcer les paroles latines: «*Introïbo ad altare Dei*», etc., le prêtre, par une inspiration divine, regarda les trois assistants qui figuraient la France chrétienne, et leur dit, pour effacer les misères de ce taudis: — Nous allons entrer dans le sanctuaire de Dieu!

A ces paroles jetées avec une onction pénétrante, une sainte frayeur saisit l'assistant et les deux religieuses. Sous les voûtes de Saint-Pierre de Rome, Dieu ne se serait pas montré plus majestueux qu'il le fut alors dans cet asile de l'indigence aux yeux de ces chrétiens: tant il est vrai qu'entre l'homme et lui tout intermediaire semble inutile, et qu'il ne tire sa grandeur que de lui-même. La ferveur de l'inconnu était vraie. Aussi le sentiment qui unissait les prières de ces quatre serviteurs de Dieu et du Roi fut-il unanime. Les paroles saintes retentissaient comme une musique céleste au milieu du silence. Il y eut un moment où les pleurs gagnèrent l'inconnu, ce fut au *Pater noster*. Le prêtre y ajouta cette prière latine, qui fut sans doute comprise par l'étranger: *Et remitte scelus regicidis sicut Ludovicus eis remisit*

Everything was gigantic but small, poor but noble, profane and holy at the same time.

The stranger came and knelt down piously between the two nuns. But suddenly, noticing black crepe on the chalice and the crucifix (for, having nothing with which to signalize the intent of this funeral mass, the priest had dressed God himself in mourning), he was overcome by such a powerful recollection that beads of sweat stood out on his broad forehead. Thereupon the four silent actors of that scene looked at one another mysteriously; then their souls, influencing one another emulously, communicated their feelings to one another in that way and were mingled in religious pity: it was as if their minds had recalled the martyr whose remains had been consumed by quicklime; as if his shade stood there before them in all its royal majesty. They celebrated a funeral mass without the body of the deceased. Beneath those disjointed roof tiles and slats, four Christians were about to intercede with God for a king of France and perform his last rites without a coffin. It was the purest of all devotions, an astonishing act of fidelity accomplished with no ulterior motives. Surely in the eyes of God it was like the charitable glass of water that weighs as much in the balance as the greatest virtues. The entire monarchy was there, in the prayers of a priest and two poor maidens; but perhaps the revolution was also represented by that man whose face betrayed so much remorse that anyone had to believe he was fulfilling the vows of an enormous repentance.

Instead of pronouncing the Latin words *"Introibo ad altare Dei,"* etc.,[11] the priest, by divine inspiration, looked at the other three present, who stood for Christian France, and said to them in French, in order to counter the indigence of that hovel: "We shall enter into the sanctuary of God!"

At those words, pronounced with deepest fervor, a holy dread gripped the listening man and the two nuns. Even beneath the vaults of Saint Peter's in Rome, God would not have shown Himself in greater majesty than He did then to the eyes of those Christians in that poverty-stricken refuge: so true is it that, between Him and man, no intermediary seems necessary, and that He derives His grandeur from Himself alone. The stranger's fervor was genuine. Thus the emotion that united the prayers of those four servants of God and king was unanimous. The holy words resounded like heavenly music amid the silence. There was one moment when tears got the better of the stranger, at the *Pater noster.*[12] The priest added to it this Latin prayer, which was surely understood by the stranger: *Et remitte scelus*

semetipse. (Et pardonnez aux régicides comme Louix XVI leur a pardonné lui-même.)

Les deux religieuses virent deux grosses larmes traçant un chemin humide le long des joues mâles de l'inconnu et tombant sur le plancher. L'office des Morts fut récité. Le *Domine salvum fac regem*, chanté à voix basse, attendrit ces fidèles royalistes qui pensèrent que l'enfant-roi, pour lequel ils suppliaient en ce moment le Très-Haut, était captif entre les mains de ses ennemis. L'inconnu frissonna en songeant qu'il pouvait encore se commettre un nouveau crime auquel il serait sans doute forcé de participer. Quand le service funèbre fut terminé, le prêtre fit un signe aux deux religieuses, qui se retirèrent. Aussitôt qu'il se trouva seul avec l'inconnu, il alla vers lui d'un air doux et triste; puis il lui dit d'une voix paternelle: — Mon fils, si vous avez trempé vos mains dans le sang du Roi Martyr, confiez-vous à moi. Il n'est pas de faute qui, aux yeux de Dieu, ne soit effacée par un repentir aussi touchant et aussi sincère que le vôtre paraît l'être.

Aux premiers mots prononcés par l'ecclésiastique, l'étranger laissa échapper un mouvement de terreur involontaire; mais il reprit une contenance calme, et regarda avec assurance le prêtre étonné: — Mon père, lui dit-il d'une voix visiblement altérée, nul n'est plus innocent que moi du sang versé . . .

— Je dois vous croire, dit le prêtre . . .

Il fit une pause pendant laquelle il examina derechef son pénitent; puis, persistant à le prendre pour un de ces peureux Conventionnels qui livrèrent une tête inviolable et sacrée afin de conserver la leur, il reprit d'une voix grave: — Songez, mon fils, qu'il ne suffit pas pour être absous de ce grand crime, de n'y avoir pas coopéré. Ceux qui, pouvant défendre le Roi, ont laissé leur épée dans le fourreau, auront un compte bien lourd à rendre devant le Roi des cieux . . . Oh! oui, ajouta le vieux prêtre en agitant la tête de droite à gauche par un mouvement expressif, oui, bien lourd! . . . car, en restant oisifs, ils sont devenus les complices involontaires de cet épouvantable forfait . . .

— Vous croyez, demanda l'inconnu stupéfait, qu'une participation indirecte sera punie . . . Le soldat qui a été commandé pour former la haie est-il donc coupable? . . .

Le prêtre demeura indécis. Heureux de l'embarras dans lequel il mettait ce puritain de la royauté en le plaçant entre le dogme de l'obéissance passive qui doit, selon les partisans de la monarchie, dominer les codes militaires, et le dogme tout aussi important qui consacre le respect dû à la personne des rois, l'étranger s'empressa de voir dans l'hésitation du prêtre une solution favorable à des doutes par

regicidis sicut Ludovicus eis remisit semetipse (And forgive the regicides just as Louis XVI himself forgave them).

The two nuns saw two heavy tears trace a moist path down the stranger's virile cheeks and fall onto the floor. The office of the dead was recited. The *Domine salvum fac regem*,[13] chanted in a low voice, sadly affected these loyal monarchists, who recalled that the child king, for whom they were beseeching the Almighty at that moment, was a captive in the hands of his enemies.[14] The stranger shuddered at the thought that a new crime could be committed in which he would surely be compelled to participate. When the funeral service was over, the priest made a sign to the two nuns, who withdrew. As soon as he was alone with the stranger, he walked over to him with a gentle, sad air, then said to him in a paternal voice: "My son, if you have dipped your hands in the blood of the martyred king, trust in me. There is no fault that, in the eyes of God, cannot be erased by a repentance as touching and sincere as yours appears to be."

At the first words spoken by the ecclesiastic, the stranger, in spite of himself, gave an indication of terror; but he resumed a calm bearing and looked at the astonished priest with self-assurance: "Father," he said, in a noticeably shaky voice, "no one is more innocent than I of the blood that has been shed . . ."

"I must believe you," said the priest . . .

He paused while studying his penitent once again; then, persisting in taking him for one of those timorous members of the Convention[15] who handed over an inviolable, hallowed head in order to save their own, he continued in a grave voice: "My son, remember that, to be absolved of this great crime, it is not sufficient not to have had a direct hand in it. Those who were able to defend the king but left their swords in their sheath, will have a very heavy account to settle before the King of Heaven. . . . Oh, yes," added the old priest, shaking his head from right to left with an expressive motion, "yes, very heavy! . . . because, by standing by, they became the involuntary accomplices of that frightful crime . . ."

"Do you believe," asked the dumbfounded stranger, "that an indirect participation will be punished? . . . Is the soldier guilty who was assigned to stand in line at the occasion?"

The priest was undecided. Happy over the dilemma in which he was placing that Puritan of royalty—between the dogma of passive obedience, which, according to the partisans of the monarchy, ought to prevail in military regulations, and the equally major dogma that consecrates the respect due to the person of kings—the stranger eagerly saw in the priest's hesitation a favorable solution of

lesquels il paraissait tourmenté. Puis, pour ne pas laisser le vénérable janséniste réfléchir plus longtemps, il lui dit: — Je rougirais de vous offrir un salaire quelconque du service funéraire que vous venez de célébrer pour le repos de l'âme du Roi et pour l'acquit de ma conscience. On ne peut payer une chose inestimable que par une offrande qui soit aussi hors de prix. Daignez donc accepter, monsieur, le don que je vous fais d'une sainte relique . . . Un jour viendra peut-être où vous en comprendrez la valeur.

En achevant ces mots, l'étranger présentait à l'ecclésiastique une petite boîte extrêmement légère, le prêtre la prit involontairement pour ainsi dire, car la solennité des paroles de cet homme, le ton qu'il y mit, le respect avec lequel il tenait cette boîte l'avaient plongé dans une profonde surprise. Ils rentrèrent alors dans la pièce où les deux religieuses les attendaient.

— Vous êtes, leur dit l'inconnu, dans une maison dont le propriétaire, Mucius Scævola, ce plâtrier qui habite le premier étage, est célèbre dans la section par son patriotisme; mais il est secrètement attaché aux Bourbons. Jadis il était piqueur de monseigneur le prince de Conti, et il lui doit sa fortune. En ne sortant pas de chez lui, vous êtes plus en sûreté ici qu'en aucun lieu de la France. Restez-y. Des âmes pieuses veilleront à vos besoins, et vous pourrez attendre sans danger des temps moins mauvais. Dans un an, au 21 janvier . . . (en prononçant ces derniers mots, il ne put dissimuler un mouvement involontaire), si vous adoptez ce triste lieu pour asile, je reviendrai célébrer avec vous la messe expiatoire . . .

Il n'acheva pas. Il salua les muets habitants du grenier, jeta un dernier regard sur les symptômes qui déposaient de leur indigence, et il disparut.

Pour les deux innocentes religieuses, une semblable aventure avait tout l'intérêt d'un roman; aussi, dès que le vénérable abbé les instruisit du mystérieux présent si solennellement fait par cet homme, la boîte fut-elle placée par elles sur la table, et les trois figures inquiètes, faiblement éclairées par la chandelle, trahirent-elles une indescriptible curiosité. Mademoiselle de Langeais ouvrit la boîte, y trouva un mouchoir de batiste très fine, souillé de sueur; et en le dépliant, ils y reconnurent des taches.

— C'est du sang! . . . dit le prêtre.

— Il est marqué de la couronne royale! s'écria l'autre sœur.

Les deux sœurs laissèrent tomber la précieuse relique avec horreur. Pour ces deux âmes naïves, le mystère dont s'enveloppait l'étranger

doubts that seemed to torment him. Then, so as not to let the venerable Jansenist[16] reflect any longer, he said: "I'd be ashamed to offer you any fee for the funeral service you have just celebrated for the repose of the king's soul and for soothing my conscience. An inestimable action can only be repaid by an offering that is itself priceless. Therefore, sir, deign to accept the gift I make you of a holy relic. . . . A day may perhaps come when you will understand its value."

Saying these words, the stranger presented to the ecclesiastic a small, extremely lightweight box; the priest took it almost involuntarily, for the solemnity of that man's words, the tone in which he spoke, the respect with which he had held that box, had caused him tremendous surprise. Then they returned to the room in which the two nuns were awaiting them.

"You are," the stranger said to them, "in a house whose owner, Mucius Scaevola, the plasterer who lives on the second floor, is famous in the neighborhood for his patriotism; but in secret he is an adherent of the Bourbons. He was formerly a groom of the Prince de Conti and owes his fortune to him. If you don't leave his house, you'll be safer here than anywhere else in France. Stay here. Pious persons will see to your needs, and you can await better times without danger. In a year, on January twenty-first,"—in uttering these last words, he couldn't repress an involuntary start—"if you adopt this miserable spot as a refuge, I will return and celebrate the expiatory mass with you . . ."

He broke off. He greeted the mute inhabitants of the garret, cast a final glance at the material tokens of their destitution, and vanished.

For the two innocent nuns, an adventure like that one was as interesting as a storybook; thus, as soon as the venerable priest had informed them of the mysterious present so solemnly offered by that man, they placed the box on the table, and the three worried figures, feebly lit by the tallow candle, betrayed an indescribable curiosity. Mademoiselle de Langeais opened the box and found in it a very fine cambric handkerchief, soiled with sweat; unfolding it, they discovered stains.

"It's blood!" said the priest.

"It's marked with the royal crown!" exclaimed the other sister.

The two sisters dropped the precious relic in their horror. For those two naïve souls, the mystery enveloping the stranger became

devint inexplicable; et, quant au prêtre, dès ce jour il ne tenta même pas de se l'expliquer.

Les trois prisonniers ne tardèrent pas à l'apercevoir, malgré la Terreur, qu'une main puissante était étendue sur aux. D'abord, ils reçurent du bois et des provisions; puis, les deux religieuses devinèrent qu'une femme était associée à leur protecteur, quand on leur envoya du linge et des vêtements qui pouvaient leur permettre de sortir sans être remarquées par les modes aristocratiques des habits qu'elles avaient été forcées de conserver; enfin Mucius Scævola leur donna deux cartes civiques. Souvent des avis nécessaires à la sûreté du prêtre lui parvinrent par des voies détournées; et il reconnut une telle opportunité dans ces conseils, qu'ils ne pouvaient être donnés que par une personne initiée aux secrets de l'État. Malgré la famine qui pesa sur Paris, les proscrits trouvèrent à la porte de leur taudis des rations de *pain blanc* qui y étaient régulièrement apportées par des mains invisibles; néanmoins ils crurent reconnaître dans Mucius Scævola le mystérieux agent de cette bienfaisance toujours aussi ingénieuse qu'intelligente. Les nobles habitants du grenier ne pouvaient pas douter que leur protecteur ne fût le personnage qui était venu faire célébrer la messe expiatoire dans la nuit du 22 janvier 1793; aussi devint-il l'objet d'un culte tout particulier pour ces trois êtres qui n'espéraient qu'en lui et ne vivaient que par lui. Ils avaient ajouté pour lui des prières spéciales dans leurs prières; soir et matin, ces âmes pieuses formaient des vœux pour son bonheur, pour sa prospérité, pour son salut; elles suppliaient Dieu d'éloigner de lui toutes embûches, de le délivrer de ses ennemis et de lui accorder une vie longue et paisible. Leur reconnaissance étant, pour ainsi dire, renouvelée tous les jours, s'allia nécessairement à un sentiment de curiosité qui devint plus vif de jour en jour. Les circonstances qui avaient accompagné l'apparition de l'étranger étaient l'objet de leurs conversations, ils formaient mille conjectures sur lui, et c'était un bienfait d'un nouveau genre que la distraction dont il était le sujet pour eux. Ils se promettaient bien de ne pas laisser échapper l'étranger à leur amitié le soir où il reviendrait, selon sa promesse, célébrer le triste anniversaire de la mort de Louis XVI. Cette nuit, si impatiemment attendue, arriva enfin. A minuit, le bruit des pas pesants de l'inconnu retentit dans le vieil escalier de bois, la chambre avait été parée pour le recevoir, l'autel était dressé. Cette fois, les sœurs ouvrirent la porte d'avance, et toutes deux s'empressèrent d'éclairer l'escalier. Mademoiselle de Langeais descendit même quelques marches pour voir plus tôt son bienfaiteur.

inexplicable; and, as for the priest, from that day on he didn't even attempt to seek an explanation.

Before long the three prisoners, despite the Terror, noticed that a powerful hand was extended over them. First, they received firewood and provisions; then, the two nuns guessed that a woman was associated with their protector, when they were sent linens and clothes that would allow them to go out without calling attention to the aristocratic style of the garments they had been compelled to keep; finally, Mucius Scaevola gave them two citizen's identification cards. Frequently, information necessary to the priest's safety came to him in roundabout ways; and he observed that this advice arrived at such opportune moments that it had to come from a person privy to state secrets. Despite the famine oppressing Paris, the outlaws found at the door of their hovel rations of *white bread* regularly left there by invisible hands; nevertheless, they thought they could identify Mucius Scaevola as the secret agent of that charity, which was as ingenious as it was intelligent. The noble inhabitants of the garret had no doubt but that their protector was the person who had come to celebrate the expiatory Mass on the night of January 22, 1793; thus, he became the object of a very special devotion for those three beings, who hoped in him alone and lived through him alone. They had added special prayers for him to their regular prayers; morning and evening, those pious souls made wishes for his happiness, prosperity, and welfare; they begged God to keep him safe from every ambush, to deliver him from his enemies, and to grant him a long, peaceful life. Their gratitude, which was renewed daily, so to speak, was of necessity combined with a feeling of curiosity that became livelier from day to day. The circumstances that had attended the stranger's appearance were the subject of their conversations, they made countless conjectures about him, and the distraction he supplied them with was another benefaction of a new type. They promised one another not to let the stranger go without expressing their friendship on the evening he came back, as he had promised, to celebrate the sad anniversary of the death of Louis XVI. That night, so impatiently awaited, finally arrived. At midnight, the sound of the stranger's heavy steps was heard on the old wooden staircase; the room had been decorated to receive him, the altar was prepared. This time, the sisters opened the door in advance, and both of them hastened to light the stairs. Mademoiselle de Langeais even walked down a few steps, to catch sight of her benefactor sooner.

— Venez, lui dit-elle d'une voix émue et affectueuse, venez . . . l'on vous attend.

L'homme leva la tête, jeta un regard sombre sur la religieuse, et ne répondit pas; elle sentit comme un vêtement de glace tombant sur elle, et garda le silence; à son aspect, la reconnaissance et la curiosité expirèrent dans tous les cœurs. Il était peut-être moins froid, moins taciturne, moins terrible qu'il le parut à ces âmes que l'exaltation de leurs sentiments disposait aux épanchements de l'amitié. Les trois pauvres prisonniers, qui comprirent que cet homme voulait rester un étranger pour eux, se résignèrent. Le prêtre crut remarquer sur les lèvres de l'inconnu un sourire promptement réprimé au moment où il s'aperçut des apprêts qui avaient été faits pour le recevoir, il entendit la messe et pria; mais il disparut, après avoir répondu par quelques mots de politesse négative à l'invitation que lui fit mademoiselle de Langeais de partager la petite collation préparée.

Après le 9 thermidor, les religieuses et l'abbé de Marolles purent aller dans Paris, sans y courir le moindre danger. La première sortie du vieux prêtre fut pour un magasin de parfumerie, à l'enseigne de *la Reine des Fleurs,* tenu par les citoyen et citoyenne Ragon, anciens parfumeurs de la cour, restés fidèles à la famille royale, et dont se servaient les Vendéens pour correspondre avec les princes et le comité royaliste de Paris. L'abbé, mis comme le voulait cette époque, se trouvait sur le pas de la porte de cette boutique, située entre Saint-Roch et la rue des Frondeurs, quand une foule, qui remplissait la rue Saint-Honoré, l'empêcha de sortir.

— Qu'est-ce? dit-il à madame Ragon.

— Ce n'est rien, reprit-elle, c'est la charrette et le bourreau qui vont à la place Louis XV. Ah! nous l'avons vu bien souvent l'année dernière; mais aujourd'hui, quatre jours après l'anniversaire du 21 janvier, on peut regarder cet affreux cortège sans chagrin.

— Pourquoi? dit l'abbé, ce n'est pas chrétien, ce que vous dites.

— Eh! c'est l'exécution des complices de Robespierre, ils se sont défendus tant qu'ils ont pu; mais ils vont à leur tour là où ils ont envoyé tant d'innocents.

Une foule qui remplissait la rue Saint-Honoré passa comme un flot. Au-dessus des têtes, l'abbé de Marolles, cédant à un mouvement de curiosité, vit debout, sur la charrette, celui qui, trois jours auparavant, écoutait sa messe . . .

— Qui est-ce? . . . dit-il, celui qui . . .

— C'est le bourreau, répondit monsieur Ragon en nommant l'exécuteur des hautes œuvres par son nom monarchique.

"Come," she said to him in an emotional, loving voice, "come . . . you've been expected."

The man raised his head, cast a somber glance at the nun, but didn't reply; she felt as if a garment of ice had fallen upon her, and kept silent; at the sight of him, gratitude and curiosity were extinguished in all their hearts. He was perhaps less cold, less taciturn, less terrifying, than he appeared to those souls, whose exalted spirits disposed them toward a warm display of friendship. The three poor prisoners, who understood that that man wished to remain a stranger to them, resigned themselves. The priest thought he noticed on the man's lips a smile, quickly repressed, when he caught sight of the preparations that had been made for entertaining him; he heard the Mass and prayed; but he vanished after declining with a few polite words the invitation extended by Mademoiselle de Langeais to share in the little collation they had prepared.

After the Ninth of Thermidor, the nuns and the Abbé de Marolles were able to walk about in Paris without running the slightest risk. On his first walk outside, the old priest went to a perfume shop, at the sign of the Queen of Flowers, run by the citizens Ragon, former purveyors of perfume to the court who had remained loyal to the royal family, and whom the Vendéens[17] made use of to correspond with the princes and the royalist committee in Paris. The priest, dressed in the fashions of the time, was on the doorstep of that shop, located between the church of Saint-Roch and the Rue des Frondeurs, when a crowd that filled the Rue Saint-Honoré prevented him from leaving.

"What's going on?" he asked Mme. Ragon.

"It's nothing," she replied, "it's the tumbril and hangman heading for the Place Louis XV. Oh, we saw it often last year; but today, four days after the anniversary of January twenty-first,[18] it's possible to see that awful procession without any grief."

"Why?" asked the priest. "What you're saying is unchristian."

"Oh, it's the execution of Robespierre's accomplices; they defended themselves as much as they were able to; but it's their turn now to go where they sent so many innocent people."

A crowd that filled the Rue Saint-Honoré passed by like an ocean wave. Above their heads, the Abbé de Marolles, yielding to an impulse of curiosity, saw standing on the tumbril the man who three days earlier had been listening to his Mass . . .

"Who is that?" he asked, "the man who . . ."

"He's the hangman," replied M. Ragon, using the old royal-era term for the public executioner.

— Mon ami! mon ami! cria madame Ragon, monsieur l'abbé se meurt.

Et la vieille dame prit un flacon de vinaigre pour faire revenir le vieux prêtre évanoui.

— Il m'a sans doute donné, dit-il, le mouchoir avec lequel le Roi s'est essuyé le front, en allant au martyre . . . Pauvre homme! . . . le couteau d'acier a eu du cœur quand toute la France en manquait! . . .

Les parfumeurs crurent que le pauvre prêtre avait le délire.

Paris, janvier 1831.

"Husband, husband!" cried Mme. Ragon, "the Abbé is dying."

And the old lady fetched a flask of vinegar to bring around the old priest, who had fainted.

"I'm sure now," he said, "that he gave me the handkerchief with which the king mopped his brow on the way to his martyrdom. . . . Poor man! . . . The steel blade had a heart when all of France was without one! . . ."

The perfumers thought the poor priest was delirious.

Paris, January 1831.

UNE PASSION DANS LE DÉSERT

1. Histoire naturelle d'une histoire surnaturelle.

— Ce spectacle est effrayant! s'écria-t-elle en sortant de la ménagerie de monsieur Martin.

Elle venait de contempler ce hardi spéculateur *travaillant* avec sa hyène, pour parler en style d'affiche.

— Par quels moyens, dit-elle en continuant, peut-il avoir apprivoisé ses animaux au point d'être assez certain de leur affection pour . . .

— Ce fait, qui vous semble un problème, répondis-je en l'interrompant, est cependant une chose naturelle . . .

— Oh! s'écria-t-elle en laissant errer sur ses lèvres un sourire d'incrédulité.

— Vous croyez donc les bêtes entièrement dépourvues de passions? lui demandai-je, apprenez que nous pouvons leur donner tous les vices dus à notre état de civilisation.

Elle me regarda d'un air étonné.

— Mais, repris-je, en voyant monsieur Martin pour la première fois, j'avoue qu'il m'a échappé, comme à vous, une exclamation de surprise. je me trouvais alors près d'un ancien militaire amputé de la jambe droite entré avec moi. Cette figure m'avait frappé. C'était une de ces têtes intrépides, marquées du sceau de la guerre et sur lesquelles sont écrites les batailles de Napoléon. Ce vieux soldat avait surtout un air de franchise et de gaieté qui me prévient toujours favorablement. C'était sans doute un de ces troupiers que rien ne surprend, qui trouvent matière à rire dans la dernière grimace d'un camarade, l'ensevelissent ou le dépouillent gaiement, interpellent les boulets avec autorité, dont enfin les délibérations sont courtes, et qui fraterniseraient avec le diable. Après avoir regardé fort attentivement le propriétaire de la ménagerie au moment où il sortait de la loge, mon compagnon plissa ses lèvres de manière à formuler un dédain moqueur par cette espèce de moue significative que se permettent les

A PASSION IN THE DESERT

1. Natural History of a Preternatural Story

"What a frightening show!" she exclaimed upon leaving Martin's menagerie.[1]

She had just been watching that bold, enterprising showman "working" with his hyena, to use the language of advertising posters.

"In what way," she went on, "can he have tamed his animals so thoroughly that he's sure enough of their affection to . . ."

"That fact, which seems problematic to you," I interrupted her, "is nonetheless something quite natural . . ."

"Oh!" she cried, a smile of disbelief playing on her lips.

"So you think that animals are totally devoid of passions?" I asked. "Let me tell you that we can infect them with every vice endemic to our degree of civilization."

She looked at me with surprise.

"But," I resumed, "I admit that, when I first saw Martin, an exclamation of surprise escaped me, just as with you now. At the time, I was seated next to an army veteran, who had lost his right leg; he had come in along with me. I was struck by his appearance. He was one of those daredevils marked with the brand of war, who have Napoleon's battles written all over them. Most of all, that old soldier had a candid and cheerful look that I always find prepossessing. No doubt he was the kind of old trooper whom nothing catches off guard, who can find something to laugh about even while a comrade is dying beside him, who will bury him or ransack his body merrily, who faces up to cannonballs without flinching; in short, someone who doesn't take long to make up his mind and who would rub elbows with the devil. After studying the menagerie owner most attentively when he stepped out of the cage, my companion pursed his lips, so as to indicate mockery and contempt with that sort of meaningful sneer which superior men

hommes supérieurs pour se faire distinguer des dupes. Aussi, quand je me récriai sur le courage de monsieur Martin, sourit-il, et me dit-il d'un air capable en hochant la tête: — Connu! . . .

— Comment, connu? lui répondis-je. Si vous voulez m'expliquer ce mystère, je vous serai très obligé.

Après quelques instants pendant lesquels nous fîmes connaissance, nous allâmes dîner chez le premier restaurateur dont la boutique s'offrit à nos regards. Au dessert, une bouteille de vin de Champagne rendit aux souvenirs de ce curieux soldat toute leur clarté. Il me raconta son histoire et je vis qu'il avait eu raison de s'écrier: — *Connu!*

2. Curiosité de femme.

Rentrée chez elle, elle me fit tant d'agaceries, tant de promesses, que je consentis à lui rédiger la confidence du soldat. Le lendemain elle reçut donc cet épisode d'une épopée qu'on pourrait intituler: Les Français en Égypte.

3. Le désert.

Lors de l'expédition entreprise dans la Haute-Égypte par le général Desaix, un soldat provençal, étant tombé au pouvoir des Maugrabins, fut emmené par ces Arabes dans les déserts situés au delà des cataractes du Nil.

Afin de mettre entre eux et l'armée française un espace suffisant pour leur tranquillité, les Maugrabins firent une marche forcée, et ne s'arrêtèrent qu'à la nuit. Ils campèrent autour d'un puits masqué par des palmiers, auprès desquels ils avaient précédemment enterré quelques provisions. Ne supposant pas que l'idée de fuir pût venir à leur prisonnier, ils se contentèrent de lui attacher les mains, et s'endormirent tous après avoir mangé quelques dattes et donné de l'orge à leurs chevaux.

Quand le hardi Provençal vit ses ennemis hors d'état de le surveiller, il se servit de ses dents pour s'emparer d'un cimeterre, puis, s'aidant de ses genoux pour en fixer la lame, il trancha les cordes qui lui ôtaient l'usage de ses mains et se trouva libre. Aussitôt il se saisit d'une carabine et d'un poignard, se précautionna d'une provision de dattes sèches, d'un petit sac d'orge, de poudre et de balles; ceignit un

affect to set themselves apart from the gullible crowd. Thus, when I protested, insisting that Martin was a brave man, he smiled and, shaking his head, said with an air of competence: "Old hat!"

"What do you mean, 'old hat'?" I replied. "If you're willing to explain that mystery to me, I'll be much obliged to you."

A few minutes later, after we had introduced ourselves, we went to dine in the first restaurant we came across. When we got to dessert, a bottle of champagne totally refreshed that odd soldier's memory. He told me his story and I saw that he had been justified in calling out: "Old hat!"

2. A Woman's Curiosity

Back at her place, she wheedled me so and made me so many promises that I agreed to set down on paper what the soldier had told me in confidence. Thus, the next day she received this episode of an epic that might be called "The French in Egypt."

3. The Desert

During General Desaix's campaign in Upper Egypt, a Provençal soldier fell into the hands of the Maghribis[2] and was carried by those arabs into the desert located beyond the cataracts[3] of the Nile.

In order to put between themselves and the French army a distance sufficient to relieve them of worry, the Maghribis made a forced march, not stopping until nightfall. They camped around a well that was hidden by palm trees, near which they had previously buried some food supplies. Never imagining that their prisoner might get the idea of running away, they were content merely to tie his hands, and they all went to sleep after eating a few dates and giving their horses barley.

When the bold Provençal saw that his enemies were no longer able to guard him, he used his teeth to take hold of a scimitar; then, using his knees to keep the blade steady, he cut the cords that deprived him of the use of his hands, and he was free. He immediately seized a carbine and a dagger, provided himself with a supply of dried dates, a little bag of barley, gunpowder, and bullets; girded on a scimitar,

cimeterre, monta sur un cheval, et piqua vivement dans la direction
où il supposa que devait être l'armée française.

Impatient de revoir un bivouac, il pressa tellement le coursier déjà
fatigué, que le pauvre animal expira, les flancs déchirés, laissant le
Français au milieu du désert.

Après avoir marché pendant quelque temps dans le sable avec tout
le courage d'un forçat qui s'évade, le soldat fut forcé de s'arrêter, le
jour finissait. Malgré la beauté du ciel pendant les nuits en Orient, il
ne se sentit pas la force de continuer son chemin. Il avait heureusement pu gagner une éminence sur le haut de laquelle s'élançaient
quelques palmiers, dont les feuillages aperçus depuis longtemps
avaient réveillé dans son cœur les plus douces espérances. Sa lassitude
était si grande qu'il se coucha sur une pierre de granit, capricieusement taillée en lit de camp, et s'y endormit sans prendre aucune précaution pour sa défense pendant son sommeil. Il avait fait le sacrifice
de sa vie. Sa dernière pensée fut même un regret. Il se repentait déjà
d'avoir quitté les Maugrabins dont la vie errante commençait à lui
sourire, depuis qu'il était loin d'eux et sans secours.

Il fut réveillé par le soleil, dont les impitoyables rayons, tombant
d'aplomb sur le granit, y produisaient une chaleur intolérable. Or, le
Provençal avait eu la maladresse de se placer en sens inverse de l'ombre projetée par les têtes verdoyantes et majestueuses des palmiers
. . . Il regarda ces arbres solitaires, et tressaillit! ils lui rappelèrent les
fûts élégants et couronnés de longues feuilles qui distinguent les
colonnes sarrasines de la cathédrale d'Arles. Mais quand, après avoir
compté les palmiers, il jeta les yeux autour de lui, le plus affreux désespoir fondit sur son âme. Il voyait un océan sans bornes. Les sables
noirâtres du désert s'étendaient à perte de vue dans toutes les directions, et ils étincelaient comme une lame d'acier frappée par une vive
lumière. Il ne savait pas si c'était une mer de glaces ou des lacs unis
comme un miroir. Emportée par lames, une vapeur de feu tourbil-
lonnait au-dessus de cette terre mouvante. Le ciel avait un éclat oriental d'une pureté désespérante, car il ne laisse alors rien à désirer à
l'imagination. Le ciel et la terre étaient en feu. Le silence effrayait par
sa majesté sauvage et terrible. L'infini, l'immensité, pressaient l'âme
de toutes parts: pas un nuage au ciel, pas un souffle dans l'air, pas un
accident au sein du sable agité par petites vagues menues; enfin l'horizon finissait, comme en mer, quand il fait beau, par une ligne de lumière aussi déliée que le tranchant d'un sabre.

Le Provençal serra le tronc d'un des palmiers, comme si c'eût été
le corps d'un ami; puis, à l'abri de l'ombre grêle et droite que l'arbre

mounted a horse, and lit out briskly in the direction where he imagined the French army to be.

Impatient to see a bivouac again, he spurred on the already weary horse so hard that the poor animal died, with its flanks lacerated, leaving the Frenchman in the middle of the desert.

After walking a while on the sand with all the courage of an escaped convict, the soldier was compelled to halt; the sun was going down. Despite the beauty of the night sky in the East, he didn't feel strong enough to keep going. Fortunately he had been able to reach a rise at the top of which a few palms stood straight and tall; their leaves, which he had sighted some time before, had kindled the fondest hopes in his heart. His weariness was so great that he lay down on a granite rock that was whimsically shaped like an army cot, and dropped off without taking any precautions for his safety while asleep. He had thrown his life away. In fact, his last thought was one of regret. He was already sorry that he had left the Maghribis, whose nomadic life was beginning to look good to him now that he was far from them and without aid.

He was awakened by the sun, whose pitiless beams, striking vertically on the granite, made it unbearably hot. Well, the Provençal had committed the blunder of situating himself in the direction opposite to the shade cast by the majestic green caps of the palm trees. . . . He looked at those solitary trees, and gave a start! They reminded him of the elegant shafts, crowned by long leaves, that characterize the Saracen columns of the Arles cathedral.[4] But when he had finished counting the trees and he cast his eyes all around, the most fearful despair settled on his soul. He saw a boundless ocean. The blackish sands of the desert extended in every direction as far as the eye could see, and they were sparkling like a steel blade struck by a bright light. He didn't know whether it was a sea of ice or a series of lakes smooth as a mirror. Borne in waves, a fiery vapor eddied above that shifting terrain. The sky had an Eastern brilliance of a heart-wrenching purity, which leaves nothing to the imagination. The sky and the earth were ablaze. The silence was frightening in its wild and awesome majesty. Infinity and immensity oppressed the soul on every side: not a cloud in the sky, not a breeze in the air, no unevenness on the bosom of the sands, which were patterned with tiny ripples; lastly, just as at sea in good weather, the horizon ended in a line of light as thin as the edge of a sword.

The Provençal hugged the trunk of one of the palms as if it were the body of a friend; then, sheltered in the slender, straight shadow

dessinait sur le granit, il pleura, s'assit et resta là, contemplant avec une tristesse profonde la scène implacable qui s'offrait à ses regards. Il cria comme pour tenter la solitude. Sa voix, perdue dans les cavités de l'éminence, rendit au loin un son maigre qui ne réveilla point l'écho; l'écho était dans son cœur: le Provençal avait vingt-deux ans, il arma sa carabine.

— Il sera toujours bien temps! se dit-il en posant à terre l'arme libératrice.

4. Le nouveau Robinson trouve un singulier Vendredi.

Regardant tour à tour l'espace noirâtre et l'espace bleu, le soldat rêvait à la France. Il sentait avec délices les ruisseaux de Paris, il se rappelait les villes par lesquelles il avait passé, les figures de ses camarades, et les plus légères circonstances de sa vie. Enfin, son imagination méridionale lui fit bientôt entrevoir les cailloux de sa chère Provence dans les jeux de la chaleur qui ondoyait au-dessus de la nappe étendue dans le désert.

Craignant tous les dangers de ce cruel mirage, il descendit le revers opposé à celui par lequel il était monté, la veille, sur la colline. Sa joie fut grande en découvrant une espèce de grotte, naturellement taillée dans les immenses fragments de granit qui formaient la base de ce monticule. Les débris d'un natte annonçaient que cet asile avait été jadis habité. Puis à quelques pas il aperçut des palmiers chargés de dattes. Alors l'instinct qui nous attache à la vie se réveilla dans son cœur. Il espéra vivre assez pour attendre le passage de quelques Maugrabins, ou peut-être! entendrait-il bientôt le bruit des canons; car, en ce moment, Bonaparte parcourait l'Égypte.

Ranimé par cette pensée, le Français abattit quelques régimes de fruits mûrs sous le poids desquels les dattiers semblaient fléchir, et il s'assura en goûtant cette manne inespérée, que l'habitant de la grotte avait cultivé les palmiers. La chair savoureuse et fraîche de la datte accusait en effet les soins de son prédécesseur. Le Provençal passa subitement d'un sombre désespoir à une joie presque folle. Il remonta sur le haut de la colline, et s'occupa pendant le reste du jour à couper un des palmiers inféconds qui, la veille, lui avaient servi de toit. Un vague souvenir lui fit penser aux animaux du désert; et, prévoyant qu'ils pourraient venir boire à la source perdue dans les sables qui apparaissait au bas des quartiers de roche, il résolut de se garantir de leurs visites en mettant une barrière à la porte de son ermitage.

that the tree cast on the granite, he started to weep; he sat down and remained there, observing in deep dejection the merciless scene that met his eyes. He called out as if to tempt the solitude. His voice, lost among the hollows of the rise, produced a thin sound far off that awakened no echo; the echo was in his heart: the Provençal was twenty-two, he loaded his carbine.

"Whenever the time comes!" he said to himself as he placed the weapon of his deliverance on the ground.

4. The New Robinson Crusoe Finds an Unusual Friday

Looking back and forth between the blackish space and the blue space, the soldier dreamed of France. He smelled with delight the gutters of Paris, he recalled the cities he had passed through, the faces of his comrades, and the most insignificant events in his life. Finally, his Southern imagination soon made him believe he saw the stones of his dear Provence in the effects of the heat that floated over the out-spread sheet of the desert.

Fearing all the dangers of that cruel mirage, he walked down the slope opposite to the one he had climbed up the day before. He was overjoyed to discover a kind of cave naturally hewn from the immense blocks of granite that formed the base of that hillock. The remains of a mat indicated that that refuge had once been inhabited. Then, a few steps further, he caught sight of palm trees laden with dates. Thereupon the instinct that keeps us alive was reawakened in his heart. He had hopes of living long enough to await the approach of some Maghribis, or perhaps he would soon hear the roar of cannons; for at that time Bonaparte was making his way across Egypt.

Revived by that thought, the Frenchman knocked down a few bunches of ripe fruit, under the weight of which the date palms seemed to be bending, and, when tasting that unexpected manna, he was sure that the inhabitant of the cave had cultivated the palms. Indeed, the fresh, tasty flesh of the date testified to the pains taken by his predecessor. The Provençal suddenly veered from deep despair to almost delirious joy. He climbed back to the top of the hill and busied himself for the rest of the day in cutting down one of the infertile palm trees that had shaded him the day before. A vague recollection made him think about desert animals; and, foreseeing that they might come to drink at the spring that, hidden among the sands, emerged below the blocks of stone, he decided to protect himself from their

Malgré son ardeur, malgré les forces que lui donna la peur d'être dévoré pendant son sommeil, il lui fut impossible de couper le palmier en plusieurs morceaux dans cette journée; mais il réussit à l'abattre. Quand, vers le soir, ce roi du désert tomba, le bruit de chute retentit au loin, et ce fut comme un gémissement poussé par la solitude; le soldat en frémit comme s'il eût entendu quelque voix lui prédire un malheur.

Mais, comme un héritier qui ne s'apitoie pas longtemps sur la mort d'un parent, il dépouilla ce bel arbre des larges et hautes feuilles vertes qui en sont le poétique ornement, et s'en servit pour réparer la natte sur laquelle il allait se coucher.

Fatigué par la chaleur et le travail, il s'endormit sous les lambris rouges de sa grotte humide. Au milieu de la nuit son sommeil fut troublé par un bruit extraordinaire. Il se dressa sur son séant, et le silence profond qui régnait lui permit de reconnaître l'accent alternatif d'une respiration dont la sauvage énergie ne pouvait appartenir à une créature humaine. Une profonde peur, encore augmentée par l'obscurité, par le silence et par les fantaisies du réveil lui glaça le cœur. Il sentit même à peine la douloureuse contraction de sa chevelure quand, à force de dilater les pupilles de ses yeux, il aperçut dans l'ombre deux lueurs faibles et jaunes. D'abord il attribua ces lumières à quelque reflet de ses prunelles; mais bientôt, le vif éclat de la nuit l'aidant par degrés à distinguer les objets qui se trouvaient dans la grotte, il aperçut un énorme animal couché à deux pas de lui. Était-ce un lion, un tigre, ou un crocodile? Le Provençal n'avait pas assez d'instruction pour savoir dans quel sous-genre était classé son ennemi; mais son effroi fut d'autant plus violent que son ignorance lui fit supposer tous les malheurs ensemble. Il endura le cruel supplice d'écouter, de saisir les caprices de cette respiration, sans en rien perdre, et sans oser se permettre le moindre mouvement. Une odeur aussi forte que celle exhalée par les renards, mais plus pénétrante, plus grave pour ainsi dire, remplissait la grotte; et quand le Provençal l'eut dégustée du nez, sa terreur fut au comble, car il ne pouvait plus révoquer en doute l'existence du terrible compagnon, dont l'antre royal lui servait de bivouac. Bientôt les reflets de la lune qui se précipitait vers l'horizon éclairant la tanière firent insensiblement resplendir la peau tachetée d'une panthère.

Ce lion d'Égypte dormait, roulé comme un gros chien, paisible possesseur d'une niche somptueuse à la porte d'un hôtel; ses yeux, ouverts pendant un moment, s'étaient refermés. Il avait la face tournée vers le Français.

visits by erecting a barrier at the door to his hermitage. Despite his zeal, despite the strength he derived from his fear of being devoured while sleeping, he was unable to cut up the palm tree into sections that day; but he managed to fell it. When, toward evening, that king of the desert toppled, the noise of the fall resounded far and wide; it was like a groan uttered by the solitude; it made the soldier shudder as if he had heard some voice predicting a disaster.

But, like an heir who doesn't mourn the death of his relative too long, he stripped that fine tree of the tall, wide green leaves that are its poetic ornament, and used them to repair the mat on which he was going to sleep.

Wearied by the heat and his labors, he fell asleep beneath the red ceiling of his damp cave. In the middle of the night his sleep was disturbed by an unusual sound. He sat up, and the deep silence that reigned allowed him to make out inhalations and exhalations of such wild force that they couldn't be those of a human being. A deep-seated fear, made even greater by the darkness, the silence, and his imaginings upon being awakened, turned his heart to ice. In fact, he hardly felt the painful crawling of his scalp when, by dilating the pupils of his eyes, he saw in the shadow two weak yellow lights. At first he attributed those lights to some reflection from his own pupils; but soon, the great brightness of the night gradually helping him to distinguish the objects that were located in the cave, he caught sight of an enormous animal lying two paces away from him. Was it a lion, a tiger, or a crocodile?[5] The Provençal wasn't sufficiently educated to know under which subgenus to classify his enemy; but his fright was all the stronger because his ignorance made him imagine all sorts of disasters at once. He endured the cruel torture of listening, of perceiving the ups and downs of that breathing, without missing a beat of it, and without daring to make the slightest move. An odor as strong as the one emitted by foxes, but more piercing—heavier, so to speak—filled the cave; and, when the Provençal had got a whiff of it, his terror was at its height, for he could no longer call into question the existence of the dreadful companion whose royal den he was using as a bivouac. Soon the rays of the moon, which was hastening toward the horizon, illuminated the lair and cast an imperceptible glow on the spotted fur of a leopard.

That Egyptian kin of the lion was sleeping curled up like a big dog, the peaceful occupant of a fancy doghouse at the entrance to a mansion; its eyes, opened for a moment, had shut again. Its face was turned toward the Frenchman.

Mille pensées confuses passèrent dans l'âme du prisonnier de la panthère; d'abord il voulut la tuer d'un coup de fusil; mais il s'aperçut qu'il n'y avait pas assez d'espace entre elle et lui pour l'ajuster, le canon aurait dépassé l'animal. Et s'il l'éveillait? Cette hypothèse le rendit immobile. En écoutant battre son cœur au milieu du silence, il maudissait les pulsations trop fortes que l'affluence du sang y produisait, redoutant de troubler ce sommeil qui lui permettait de chercher un expédient salutaire. Il mit la main deux fois sur son cimeterre dans le dessein de trancher la tête à son ennemi; mais la difficulté de couper un poil ras et dur l'obligea de renoncer à son hardi projet.

— La manquer? ce serait mourir sûrement, pensa-t-il.

Il préféra les chances d'un combat, et résolut d'attendre le jour.

Et le jour ne se fit pas longtemps désirer.

Le Français put alors examiner la panthère; elle avait le museau teint de sang.

— Elle a bien mangé! . . . pensa-t-il sans s'inquiéter si le festin avait été compose de chair humaine, elle n'aura pas faim à son réveil.

5. Les bêtes ont-elles une âme?

C'était une femelle. La fourrure du ventre et des cuisses étincelait de blancheur. Plusieurs petites taches, semblables à du velours, formaient de jolis bracelets autour des pattes. La queue musculeuse était également blanche, mais terminée par des anneaux noirs. Le dessus de la robe, jaune comme de l'or mat, mais bien lisse et doux, portait ces mouchetures caractéristiques, nuancées en forme de roses, qui servent à distinguer les panthères des autres espèces de *felis*.

Cette tranquille et redoutable hôtesse ronflait dans une pose aussi gracieuse que celle d'une chatte couchée sur le coussin d'une ottomane. Ses sanglantes pattes, nerveuses et bien armées, étaient en avant de sa tête qui reposait dessus, et de laquelle partaient ces barbes rares et droites, semblables à des fils d'argent. Si elle avait été ainsi dans une cage, le Provençal aurait certes admiré la grâce de cette bête et les vigoureux contrastes des couleurs vives qui donnaient à sa simarre un éclat impérial; mais en ce moment il sentait sa vue troublée par cet aspect sinistre. La présence de la panthère, même endormie, lui faisait éprouver l'effet que les yeux magnétiques du serpent produisent, dit-on, sur le rossignol. Le courage du soldat finit par

A thousand muddled thoughts passed through the mind of the leopard's prisoner; at first, he wanted to kill it with a gunshot; but he observed that there wasn't enough space between him and it to take aim at it; the barrel would have extended beyond the animal. And what if he should awaken it? That possibility paralyzed him. Listening to his heart beat in the silence, he cursed the overloud beats that the rush of blood was creating, fearing to disturb that slumber which allowed him to look for some way to save his life. Twice he laid his hand on his scimitar with the purpose of cutting off his enemy's head; but the difficulty of cutting through short, coarse hair made him give up his bold plan.

"And if I missed? That would mean certain death," he thought.

He preferred to try his chances in a fight, and decided to wait until daybreak.

And day wasn't long in coming.

The Frenchman was then able to scrutinize the leopard; its muzzle was stained with blood.

"It's had a good meal!" he thought, without worrying whether the feast had consisted of human flesh. "It won't be hungry when it wakes up."

5. Do Animals Have a Soul?

It was a female. The fur on her stomach and thighs was gleaming white. Several small spots, like velvet, formed pretty bracelets around her paws. Her muscular tail was also white, but had black rings near the tip. The coat on her back and sides, yellow as dull gold, but very smooth and soft, bore those typical spots, grouped into rosettes, which distinguish leopards from the other species of the genus *Felis.*

This calm but frightening hostess was snoring in a pose as graceful as that of a cat lying on an ottoman cushion. Her bloodied paws, sinewy and well armed, were stretched out in front of her head, which was resting on them, and from which sprang those sparse, straight whiskers that resemble silver wires. If, looking like that, she had been in a cage, the Provençal would surely have admired the animal's grace and the lively contrasts of the bright colors that lent her coat an imperial brilliance; but at that moment his sight was dimmed by that sinister appearance. The presence of the leopard, even asleep, made him experience the effect that the hypnotic eyes of a snake are said to have on a nightingale. The soldier's courage finally melted away for a

s'évanouir un moment devant ce danger, tandis qu'il se serait sans doute exalté sous la bouche des canons vomissant la mitraille. Cependant, une pensée intrépide se fit jour en son âme, et tarit, dans sa source, la sueur froide qui lui découlait du front. Agissant comme les hommes qui, poussés à bout par le malheur arrivent à défier la mort et s'offrent à ses coups, il vit sans s'en rendre compte une tragédie dans cette aventure, et résolut d'y jouer son rôle avec honneur jusqu'à la dernière scène.

— Avant-hier, les Arabes m'auraient peut-être tué? . . . se dit-il.

Se considérant comme mort, il attendit bravement et avec une inquiète curiosité le réveil de son ennemi. Quand le soleil parut, la panthère ouvrit subitement les yeux; puis elle étendit violemment ses pattes, comme pour les dégourdir et dissiper des crampes. Enfin elle bâilla, montrant ainsi l'épouvantable appareil de ses dents et sa langue fourchue, aussi dure qu'une râpe.

— C'est comme une petite maîtresse! . . . pensa le Français en la voyant se rouler et faire les mouvements les plus doux et les plus coquets.

Elle lécha le sang qui teignait ses pattes, son museau, et se gratta la tête par des gestes réitérés pleins de gentillesse.

— Bien! . . . Fais un petit bout de toilette! . . . dit en lui-même le Français qui retrouva sa gaieté en reprenant du courage, nous allons nous souhaiter le bonjour.

Et il saisit le petit poignard court dont il avait débarrassé les Maugrabins.

En ce moment, la panthère retourna la tête vers le Français, et le regarda fixement sans avancer. La rigidité de ces yeux métalliques et leur insupportable clarté firent tressaillir le Provençal, surtout quand la bête marcha vers lui; mais il la contempla d'un air caressant, et la guignant comme pour la magnétiser, il la laissa venir près de lui; puis, par un mouvement aussi doux, aussi amoureux que s'il avait voulu caresser la plus jolie femme, il lui passa la main sur tout le corps, de la tête à la queue, en irritant avec ses ongles les flexibles vertèbres qui partageaient le dos jaune de la panthère.

La bête redressa voluptueusement sa queue, ses yeux s'adoucirent; et quand, pour la troisième fois, le Français accomplit cette flatterie intéressée, elle fit entendre un de ces *rourou* par lesquels nos chats expriment leur plaisir; mais ce murmure partait d'un gosier si puissant et si profond, qu'il retentit dans la grotte comme les derniers ronflements des orgues dans une église. Le Provençal, comprenant l'importance de ses caresses, les redoubla de manière à étourdir, à stupéfier cette courtisane impérieuse. Quand il se crut sûr d'avoir éteint la

moment in the face of that danger, whereas he would surely have been eager to face the mouth of cannons spewing grapeshot. Nevertheless, a brave thought awoke in his heart and dried up at its source the cold sweat that was pouring down his brow. Behaving like men who are pushed to the wall by misfortune but still defy death and lay themselves open to its blows, he saw, though not fully aware of it, that there was a tragedy being enacted in this adventure, and he resolved to play his part in it with honor down to the final scene.

"Wouldn't the Arabs have killed me the other day?" he said to himself.

Considering himself already dead, he waited bravely and with a nervous curiosity until his enemy awakened. When the sun appeared, the leopard suddenly opened her eyes; then she stretched out her paws violently, as if to rid them of their numbness and get all the stiffness out of them. Finally she yawned, showing her fearful dental equipment and her forked tongue,[6] rough as a rasp.

"She's like a spoiled, elegant lady!" thought the Frenchman, seeing her curl up and make the gentlest, most coquettish movements.

She licked the blood that stained her paws and muzzle, and scratched her head with repeated gestures full of gracefulness.

"Good! Tidy up a little!" the Frenchman said to himself, regaining his good humor as his courage mounted. "We're going to wish each other good day."

And he took hold of the small, short dagger of which he had unburdened the Maghribis.

At that moment, the leopard turned her head toward the Frenchman and stared at him hard without moving forward. The rigidity of those metallic eyes and their intolerable brightness made the Provençal start, especially when the animal walked toward him; but he observed her in a fond way, and, looking her in the eye as if to hypnotize her, he let her approach him; then, with a motion just as gentle and loving as if he were about to caress the loveliest woman, he passed his hand along her whole body, from head to tail, scratching with his nails the flexible vertebrae that formed a ridge down the leopard's yellow back.

The animal lifted her tail voluptuously, her eyes suddenly became soft; and when, for the third time, the Frenchman bestowed those self-seeking caresses, she emitted one of those purrs with which our cats express their pleasure; but that murmur arose from a gullet so powerful and deep that it resounded in the cave like the last boomings of an organ in a church. The Provençal, understanding the importance of his caresses, multiplied them in a way that would bemuse and daze that imperious courtesan. When he felt sure he had quenched the

férocité de sa capricieuse compagne, dont la faim avait été si heureusement assouvie la veille, il se leva et voulut sortir de la grotte; la panthère le laissa bien partir, mais quand il eut gravi la colline, elle bondit avec la légèreté des moineaux sautant d'une branche à une autre, et vint se frotter contre les jambes du soldat en faisant le gros dos à la manière des chattes. Puis, regardant son hôte d'un œil dont l'éclat était devenu moins inflexible, elle jeta ce cri sauvage que les naturalistes comparent au bruit d'une scie.

— Elle est exigeante! s'écria le Français en souriant.

Il essaya de jouer avec les oreilles, de lui caresser le ventre et lui gratter fortement la tête avec ses ongles. Et, s'apercevant de ses succès, il lui chatouilla le crâne avec la pointe de son poignard, en épiant l'heure de la tuer; mais la dureté des os le fit trembler de ne pas réussir.

La sultane du désert agréa les talents de son esclave en levant la tête, en tendant le cou, en accusant son ivresse par la tranquillité de son attitude. Le Français songea soudain que, pour assassiner d'un seul coup cette farouche princesse, il fallait la poignarder dans la gorge, et il levait la lame, quand la panthère, rassasiée sans doute, se coucha gracieusement à ses pieds en jetant de temps en temps des regards où, malgré une rigueur native, se peignait confusément de la bienveillance.

Le pauvre Provençal mangea ses dattes, en s'appuyant sur un des palmiers; mais il lançait tour à tour un œil investigateur sur le désert pour y chercher des libérateurs, et sur sa terrible compagne pour en épier la clémence incertaine. La panthère regardait l'endroit où les noyaux de datte tombaient, chaque fois qu'il en jetait un, et ses yeux exprimaient alors une incroyable méfiance. Elle examinait le Français avec une prudence commerciale; mais cet examen lui fut favorable, car lorsqu'il eut achevé son maigre repas, elle lui lécha ses souliers, et, d'une langue rude et forte, elle en enleva miraculeusement la poussière incrustée dans les plis.

— Mais quand elle aura faim? . . . pensa le Provençal.

6. L'idée du Provençal.

Malgré le frisson que lui causa son idée, le soldat se mit à mesurer curieusement les proportions de la panthère, certainement, un des plus beaux individus de l'espèce, car elle avait trois pieds de hauteur et quatre pieds de longueur, sans y comprendre la queue. Cette arme

ferocity of his capricious companion, whose hunger had been so fortunately assuaged the day before, he got up and tried to leave the cave; the leopard did let him go but, when he had climbed up the hill, she bounded with the lightness of sparrows hopping from branch to branch, and, coming up to the soldier, rubbed herself against his legs, arching her back like a housecat. Then, looking at her guest with eyes whose bright beams had become less rigid, she uttered that wild cry which naturalists compare to the sound of a saw.

"She's a demanding one!" exclaimed the Frenchman, with a smile.

He ventured to play with her ears, to stroke her stomach, and scratch her head hard with his nails. And, noticing his success, he tickled the top of her head with the point of his dagger, watching for the right opportunity to kill her; but the hardness of the bones made him fearful of not succeeding.

The sultana of the desert showed her appreciation of her slave's talents by raising her head, stretching out her neck, and manifesting her state of intoxication by the calmness of her behavior. The Frenchman suddenly realized that, to kill that fierce princess at one blow, it was necessary to stab her in the throat, and he was raising his blade when the leopard, no doubt satiated, lay down gracefully at his feet, from time to time casting glances in which, despite an inborn harshness, some benevolent feeling was confusedly depicted.

The poor Provençal ate his dates, leaning against one of the palm trees; but, by turns, he darted a scrutinizing eye now over the desert in search of liberators, and now over his terrifying companion to see how constant her clemency would be. The leopard watched the place where the date kernels fell each time he threw one away, and at those moments her eyes expressed an incredible lack of trust. She was examining the Frenchman with a businessman's caution; but the examination came out in his favor, because, when he had finished his frugal meal, she licked his shoes and, with her strong, rough tongue, miraculously removed the dust that was encrusted in their creases.

"But when she gets hungry?" thought the Provençal.

6. The Provençal's Idea

Despite the shudder that his idea gave him, the soldier began measuring carefully the dimensions of the leopard, who was surely one of the most beautiful specimens of her species, for she was three feet tall and four feet long, not counting her tail. That powerful weapon, as

puissante, ronde comme un gourdin, était haute de près de trois pieds. La tête, aussi grosse que celle d'une lionne, se distinguait par une rare expression de finesse; la froide cruauté des tigres y dominait bien, mais il y avait aussi une vague ressemblance avec la physionomie d'une femme artificieuse. Enfin la figure de cette reine solitaire révélait en ce moment une sorte de gaieté semblable à celle de Néron ivre: elle s'était désaltérée dans le sang et voulait jouer.

Le soldat essaya d'aller et de venir, la panthère le laissa libre, se contentant de le suivre des yeux, ressemblant ainsi moins à un chien fidèle qu'à un gros angora inquiet de tout, même des mouvements de son maître. Quand il se retourna, il aperçut du côté de la fontaine les restes de son cheval, la panthère en avait traîné jusque-là le cadavre. Les deux tiers environ étaient dévorés. Ce spectacle rassura le Français. Il lui fut facile alors d'expliquer l'absence de la panthère, et le respect qu'elle avait eu pour lui pendant son sommeil.

Ce premier bonheur l'enhardissant à tenter l'avenir, il conçut le fol espoir de faire bon ménage avec la panthère pendant toute la journée, en ne négligeant aucun moyen de l'apprivoiser et de se concilier ses bonnes grâces. Il revint près d'elle et eut l'ineffable bonheur de lui voir remuer la queue par un mouvement presque insensible. Il s'assit alors sans crainte auprès d'elle, et ils se mirent à jouer tous les deux, il lui prit les pattes, le museau, lui tournilla les oreilles, la renversa sur le dos, et gratta fortement ses flancs chauds et soyeux. Elle se laissa faire, et quand le soldat essaya de lui lisser le poil des pattes, elle rentra soigneusement ses ongles recourbés comme des damas. Le Français, qui gardait une main sur son poignard, pensait encore à le plonger dans le ventre de la trop confiante panthère; mais il craignit d'être immédiatement étranglé dans la dernière convulsion qui l'agiterait. Et d'ailleurs, il entendit dans son cœur une sorte de remords qui lui criait de respecter une créature inoffensive. Il lui semblait avoir trouvé une amie dans ce désert sans bornes.

Il songea involontairement à sa première maîtresse, qu'il avait surnommée *Mignonne* par antiphrase, parce qu'elle était d'une si atroce jalousie, que pendant tout le temps que dura leur passion, il eut à craindre le couteau dont elle l'avait toujours menacé. Ce souvenir de son jeune âge lui suggéra d'essayer de faire répondre à ce nom la jeune panthère de laquelle il admirait, maintenant avec moins d'effroi, l'agilité, la grâce et la mollesse.

Vers la fin de la journée, il s'était familiarisé avec sa situation périlleuse, et il en aimait presque les angoisses. Enfin sa compagne

round as a cudgel, was nearly three feet long. Her head, as large as that of a lioness, was distinguished by an unusual expression of shrewdness; the cold cruelty of tigers was its dominant feature, but it also had a vague resemblance to the face of a calculating woman. In short, the face of that solitary queen revealed at that moment a sort of good humor like that of Nero when he was drunk: she had slaked her thirst in blood and wanted to play.

The soldier made the experiment of walking to and fro; the leopard left him alone, contenting herself with watching him constantly, thus acting not so much like a faithful dog as like a fat Angora cat nervous over everything, even her master's movements. When he turned around, he saw, in the direction of the spring, the remains of his horse; the leopard had dragged its carcass all the way there. About two thirds of it was consumed. That sight reassured the Frenchman. It was easy for him then to explain the leopard's absence and the way she had spared him while he was sleeping.

That first good fortune emboldening him to see what the future would bring, he conceived the foolhardy hope of keeping on good terms with the leopard all day long, omitting no chance of taming her and getting into her good graces. He returned to her side and had the unutterable happiness to see her wave her tail almost imperceptibly. Then he sat down next to her without fear, and they started playing together; he took hold of her paws, her muzzle; he twisted her ears, turned her over on her back, and scratched her hot, silky sides hard. She let him do so, and when the soldier went to smooth the hair on her paws, she carefully drew in her claws, which were curved like Damascene blades. The Frenchman, who kept a hand on his dagger, still thought about plunging it into the belly of the overconfident leopard; but he was afraid of being throttled immediately as she thrashed about in her last throes. Besides, he heard in his heart something like remorse, calling out to him to spare a creature that was doing him no harm. It seemed to him he had found a friend in that boundless waste.

Involuntarily he recalled his first mistress, whom he had euphemistically nicknamed "Sweetie" because she was horribly jealous and because, the whole time their passion lasted, he had had to be on guard against the knife she constantly threatened him with. That memory of his earlier youth prompted him to try making the young leopard answer to that name, now that, with less fear, he was admiring her agility, grace, and softness.

Toward the end of the day, he had taken full stock of his perilous situation, and he almost enjoyed the anguish it entailed. At last, his

avait fini par prendre l'habitude de le regarder quand il criait en voix de fausset: «*Mignonne.*»

Au coucher du soleil, Mignonne fit entendre à plusieurs reprises un cri profond et mélancolique.

— Elle est bien élevée! . . . pensa le gai soldat; elle dit ses prières! . . .

Mais cette plaisanterie mentale ne lui vint en l'esprit que quand il eut remarqué l'attitude pacifique dans laquelle restait sa camarade.

— Va, ma petite blonde, je te laisserai coucher la première, lui dit-il en comptant bien sur l'activité de ses jambes pour s'évader au plus vite quand elle serait endormie, afin d'aller chercher un autre gîte pendant la nuit.

7. Un service comme en rendent les grisettes.

Le soldat attendit avec impatience l'heure de sa fuite, et quand elle fut arrivée, il marcha vigoureusement dans la direction du Nil; mais à peine eut-il fait un quart de lieue dans les sables qu'il entendit la panthère bondissant derrière lui, et jetant par intervalles ce cri de scie, plus effrayant encore que le bruit lourd de ses bonds.

— Allons! se dit-il, elle m'a pris en amitié! . . . Cette jeune panthère n'a peut-être encore rencontré personne, il est flatteur d'avoir son premier amour!

En ce moment le Français tomba dans un de ces sables mouvants si redoutables pour les voyageurs, et d'où il est impossible de se sauver. En se sentant pris il poussa un cri d'alarme, la panthère le saisit avec ses dents par le collet; et, sautant avec vigueur en arrière, elle le tira du gouffre, comme par magie.

— Ah! Mignonne, s'écria le soldat en la caressant avec enthousiasme, c'est entre nous maintenant à la vie à la mort. Mais pas de farces?

Et il revint sur ses pas.

Le désert fut dès lors comme peuplé. Il renfermait un être auquel le Français pouvait parler, et dont la férocité s'était adoucie pour lui, sans qu'il s'expliquât les raisons de cette incroyable amitié. Quelque puissant que fût le désir du soldat de rester debout et sur ses gardes, il dormit. A son réveil, il ne vit plus Mignonne; il monta sur la colline, et dans le lointain, il l'aperçut accourant par bonds, suivant l'habitude de ces animaux, auxquels la course est interdite par l'extrême flexibilité de leur colonne vertébrale. Mignonne arriva les babines sanglantes, elle reçut les caresses nécessaires que lui fit son compagnon, en témoignant même par plusieurs *rourou* graves combien

companion had ended up by becoming used to looking at him when he called out "Sweetie" in falsetto tones.

At sunset, Sweetie repeatedly uttered a deep, melancholy cry.

"She's well brought up!" thought the merry soldier. "She's saying her prayers!"

But that silent joke only occurred to him after he had observed the peaceful attitude that his comrade maintained.

"Go ahead, blondie dear, I'll let you go to bed first," he said, trusting to the power of his legs to escape as quickly as possible, once she was asleep, and to find another lodging during the night.

7. A Favor Such as Shopgirls[7] Grant

The soldier awaited the time for his escape impatiently, and when it came, he walked vigorously in the direction of the Nile; but he had covered scarcely a quarter of a league over the sand when he heard the leopard bounding after him, uttering at intervals that sawlike sound which was even more terrifying than the dull thuds of her bounds.

"Well, well!" he said to himself, "she's taken a liking to me! . . . maybe this young leopard has never met anyone before; it's flattering to be the first one she's loved!"

At that moment the Frenchman fell into one of those patches of quicksand, so hazardous to travelers, from which it's impossible to escape. Feeling himself held fast, he cried out in alarm; the leopard seized him by the collar with her teeth, and, leaping back vigorously, drew him out of the pit as if by magic.

"Oh, Sweetie," exclaimed the soldier, patting her enthusiastically, "we're friends for life now. But no tricks, you hear?"

And he retraced his steps.

From that time on, it was as if the desert were inhabited. It contained a being to which the Frenchman could talk, one whose ferocity had softened where he was concerned, even though he couldn't find the reasons for that unbelievable friendship. Despite the strength of the soldier's desire to keep on his feet and on guard, he fell asleep. When he awoke, he no longer saw Sweetie; he climbed the hill and, in the distance, he caught sight of her bounding toward him, as is the wont of those animals, which are prevented from running by the extreme flexibility of their spine. Sweetie arrived with bloodied chops; she accepted the necessary caresses of her companion, even showing

elle en était heureuse. Ses yeux pleins de mollesse se tournèrent avec
encore plus de douceur que la veille sur le Provençal, qui lui parlait
comme à un animal domestique.

— Ah! ah! mademoiselle, car vous êtes une honnête fille, n'est-ce
pas? Voyez-vous ça?... Nous aimons à être câlinée. N'avez-vous pas
honte? Vous avez mangé quelque Maugrabin? — Bien! C'est pourtant
des animaux comme vous!... Mais n'allez pas gruger les Français au
moins.... Je ne vous aimerais plus!...

Elle joua comme un jeune chien joue avec son maître, se laissant
rouler, battre et flatter tour à tour; et parfois elle provoquait le soldat
en avançant la patte sur lui par un geste de solliciteur.

8. Mignonne, pas bavarde et fidèle.

Quelques jours se passèrent ainsi.

Cette compagnie permit au Provençal d'admirer les sublimes
beautés du désert. Du moment où il y trouvait des heures de crainte
et de tranquillité, des aliments, et une créature à laquelle il pensait, il
eut l'âme agitée par des contrastes.... C'était une vie pleine d'oppositions. La solitude lui révéla tous ses secrets, l'enveloppa de ses
charmes. Il découvrit dans le lever et le coucher du soleil des specta-
cles inconnus au monde. Il sut tressaillir en entendant au-dessus de sa
tête le doux sifflement des ailes d'un oiseau — rare passager! — en
voyant les nuages se confondre — voyageurs changeants et colorés! Il
étudia pendant la nuit les effets de la lune sur l'océan des sables où le
simoun produisait des vagues, des ondulations et de rapides change-
ments. Il vécut avec le jour de l'Orient, il en admira les pompes mer-
veilleuses; et souvent, après avoir joui du terrible spectacle d'un ouragan dans cette plaine où les sables soulevés produisaient des brouil-
lards rouges et secs, des nuées mortelles, il voyait venir la nuit avec
délices, car alors tombait la bienfaisante fraîcheur des étoiles. Il
écouta des musiques imaginaires dans les cieux. Puis la solitude lui apprit à déployer les trésors de la rêverie. Il passait des heures entières
à se rappeler des riens, à comparer sa vie passée à sa vie présente.

Enfin il se passionna pour sa panthère; car il lui fallait bien une affection.

Soit que sa volonté, puissamment projetée, eût modifié le caractère de
sa compagne, soit qu'elle trouvât une nourriture abondante, grâce aux
combats qui se livraient alors dans ces déserts, elle respecta la vie du
Français, qui finit par ne plus s'en défier en la voyant si bien apprivoisée.

how happy they made her with some rumbling purrs. Her eyes, full of indolence, turned toward the Provençal with even more gentleness than the day before, as he spoke to her as if she were a pet.

"Oh, ho, miss, for you are a respectable girl, aren't you? See that? . . . We like to be cuddled. Aren't you ashamed? Did you eat some Maghribi?—Good! They're animals like you, anyhow! . . . But don't go gobbling up Frenchmen, will you? . . . I wouldn't love you anymore!"

She played like a puppy with its master, allowing herself to be curled up, struck, and petted in turns; and at times she egged the soldier on, stretching out a paw and touching him with an entreating gesture.

8. Sweetie, Untalkative but Loyal

A few days went by in that manner.

This company allowed the Provençal to admire the sublime beauties of the desert. From the moment when he found in it hours of fear and calm, nourishment, and a creature to occupy his thoughts, his soul was agitated by contrasts . . . It was a life full of opposing elements. The solitude revealed all its secrets to him, enveloped him in its charms. In the rising and setting of the sun he discovered sights unknown to the world. He learned to give a start when hearing above his head the soft rustling of a bird's wings—a rare passerby!—when seeing the clouds mingle together—changeable and colorful travelers! At night he studied the effects of the moon on the ocean of sand, on which the simoom[8] created waves, ripples, and swift changes. He lived with the Eastern day, admiring its wonderful displays; and often, after enjoying the fearsome spectacle of a sandstorm on that plain where the blown sand created dry, red fogs, death-dealing clouds, he watched the approach of the night with delight, for it was then that beneficent coolness fell from the stars. He listened to imaginary music in the sky. Then the solitude taught him to enjoy the treasures of daydreams. He would spend whole hours recalling trifles, comparing his past life with his present existence.

Finally he conceived a passion for his leopard, for he certainly needed some affection.

Whether it was because his will, powerfully projected, had altered his companion's nature, or because she found plenty to eat thanks to the battles then being fought in the desert, she spared the life of the Frenchman, who finally lost his mistrust, seeing her so tame.

Il employait la plus grande partie du temps à dormir; mais il était obligé de veiller, comme une araignée au sein de sa toile, pour ne pas laisser échapper le moment de sa délivrance, si quelqu'un passait dans la sphère décrite par l'horizon. Il avait sacrifié sa chemise pour en faire un drapeau, arboré sur le haut d'un palmier dépouillé de feuillage. Conseillé par la nécessité, il sut trouver le moyen de le garder déployé en le tendant avec des baguettes, car le vent aurait pu ne pas l'agiter au moment où le voyageur attendu regarderait le désert.

C'était pendant les longues heures où l'abandonnait l'espérance qu'il s'amusait avec la panthère. Il avait fini par connaître les différentes inflexions de sa voix, l'expression de ses regards, il avait étudié les caprices de toutes les taches qui nuançaient l'or de sa robe. Mignonne ne grondait même plus quand il lui prenait la touffe par laquelle sa redoutable queue était terminée, pour en compter les anneaux noirs et blancs, ornement gracieux, qui brillait de loin au soleil comme des pierreries. Il avait plaisir à contempler les lignes moelleuses et fines des contours, la blancheur du ventre, la grâce de la tête. Mais c'était surtout quand elle folâtrait qu'il la contemplait complaisamment, et l'agilité, la jeunesse de ses mouvements, le surprenaient toujours; il admirait sa souplesse quand elle se mettait à bondir, à ramper, à se glisser, à se fourrer, à s'accrocher, se rouler, se blottir, s'élancer partout. Quelque rapide que fût son élan, quelque glissant que fût un bloc de granit, elle s'y arrêtait tout court, au mot de «Mignonne . . .»

Un jour, par un soleil éclatant, un immense oiseau plana dans les airs. Le Provençal quitta sa panthère pour examiner ce nouvel hôte; mais après un moment d'attente, la sultane délaissée gronda sourdement.

— Je crois, Dieu m'emporte, qu'elle est jalouse, s'écria-t-il en voyant ses yeux redevenus rigides. L'âme de Virginie aura passé dans ce corps-là, c'est sûr! . . .

L'aigle disparut dans les airs pendant que le soldat admirait la croupe rebondie de la panthère. Mais il y avait tant de grâce et de jeunesse dans ses contours! C'était joli comme une femme. La blonde fourrure de la robe se mariait par des teintes fines aux tons du blanc mat qui distinguait les cuisses. La lumière profusément jetée par le soleil faisait briller cet or vivant, ces taches brunes, de manière à leur donner d'indéfinissables attraits.

Le Provençal et la panthère se regardèrent l'un et l'autre d'un air intelligent, la coquette tressaillit quand elle sentit les ongles de son

He spent most of his time sleeping; but he was compelled at intervals to stay awake, like a spider at the center of its web, so as not to miss the moment when he would be delivered, if someone passed by within the circle of the horizon. He had sacrificed his shirt to make a flag, hoisted at the top of a palm tree he had stripped of its leaves. Counseled by necessity, he managed to keep it unfurled by holding it firm with sticks, because the wind might not be blowing it at the moment when the hoped-for traveler was scanning the desert.

It was during the long hours in which he abandoned hope that he amused himself with the leopard. Eventually he had come to know the various inflections of her voice, the expressions in her eyes; he had studied the capricious patterns of all the spots that adorned the gold of her coat. Sweetie no longer growled even when he took hold of the tuft of hair at the end of her mighty tail, to count its black and white rings, a graceful ornament that gleamed at a distance in the sun like gems. He took pleasure in contemplating her fine, velvety contours, the whiteness of her belly, the grace of her head. But it was especially when she frisked about that he contemplated her with greatest satisfaction, and the agility and youthfulness of her movements always surprised him; he admired her suppleness when she started to bound, creep, slide, crawl into tight places, catch hold of things, curl up, snuggle, dart about everywhere. However rapid her motion, however slippery a block of granite might be, she would stop short on it at the word "Sweetie."

One day, when the sun was blazing, an immense bird hovered in the air. The Provençal abandoned his leopard to examine this new guest; but, after waiting a moment, the deserted sultana gave a low growl.

"Devil take me, I believe she's jealous!" he exclaimed, seeing that her eyes had become rigid again. "Virginie's soul has entered that body, I'm sure of it!"

The eagle disappeared into the sky while the soldier admired the leopard's rounded rump. But there was so much grace and youth in her outlines! She was pretty as a woman. The blond fur of her coat blended by subtle gradations into the tones of dull white that characterized her thighs. The light voluminously shed by the sun made that living gold, those brown spots, shine, lending them an indefinable attractiveness.

The Provençal and the leopard looked at each other knowingly; the coquette gave a start when she felt her friend's fingernails scratching

ami lui gratter le crâne, ses yeux brillèrent comme deux éclairs, puis elle les ferma fortement.

— Elle a une âme . . . dit-il en étudiant la tranquillité de cette reine des sables, dorée comme eux, blanche comme eux, solitaire et brûlante comme eux . . .

9. Un malentendu.

— Eh! bien, me dit-elle, j'ai lu votre plaidoyer en faveur des bêtes; mais comment deux personnes si bien faites pour se comprendre ont-elles fini? . . .

— Ah! voilà! . . . Elles ont fini comme finissent toutes les grandes passions, par un malentendu. On croit de part et d'autre à quelque trahison, l'on ne s'explique point par fierté, l'on se brouille par entêtement.

— Et quelquefois dans les plus beaux moments, dit-elle; un regard, une exclamation suffisent. Eh! bien, alors, achevez l'histoire?

— C'est horriblement difficile, mais vous comprendrez ce que m'avait déjà confié le vieux grognard quand, en finissant sa bouteille de vin de Champagne, il s'est écrié: «Je ne sais pas quel mal je lui ai fait, mais elle se retourna comme si elle eût été enragée; et, de ses dents aiguës, elle m'entama la cuisse, faiblement sans doute. Moi, croyant qu'elle voulait me dévorer, je lui plongeai mon poignard dans le cou. Elle roula en jetant un cri qui me glaça le cœur, je la vis se débattant en me regardant sans colère. J'aurais voulu pour tout au monde, pour ma croix, que je n'avais pas encore, la rendre à la vie. C'était comme si j'eusse assassiné une personne véritable. Et les soldats qui avaient vu mon drapeau, et qui accoururent à mon secours, me trouvèrent tout en larmes . . . — Eh! bien, monsieur, reprit-il après un moment de silence, j'ai fait depuis la guerre en Allemagne, en Espagne, en Russie, en France; j'ai bien promené mon cadavre, je n'ai rien vu de semblable au désert. . . . Ah! c'est que cela est bien beau. — Qu'y sentiez-vous? lui ai-je demandé. — Oh! cela ne se dit pas, jeune homme. D'ailleurs je ne regrette pas toujours mon bouquet de palmiers et ma panthère . . . il faut que je sois triste pour cela. Dans le désert, voyez-vous, il y a tout et il n'y a rien . . . — Mais encore expliquez-moi? — Eh! bien, reprit-il en laissant échapper un geste d'impatience, c'est Dieu sans les hommes» . . .

Paris, 1832.

the top of her head; her eyes gleamed like two lightning flashes, then she shut them tight.

"She has a soul," he said, observing the tranquillity of that queen of the sands, golden like them, white like them, solitary and burning like them . . .

9. A Misunderstanding

"Well," she said to me, "I've read your speech in defense of animals, but how did two persons so well suited to get along together finally end up?"

"Ah, there you have it! . . . They ended up the way all great passions end up, with a misunderstanding. Both parties believe they've been betrayed somehow, and they don't talk things through out of pride, they quarrel out of stubbornness."

"And sometimes just when everything is going beautifully," she said; "one look, one remark is enough. Well, will you finish the story?"

"It's extremely difficult, but you'll understand what the old trooper[9] had already told me in confidence when, finishing his bottle of champagne, he exclaimed: 'I don't know what harm I did her, but she turned around as if she'd gone crazy; and, with her sharp teeth she bit into my thigh—with very little force, I'm sure. Thinking she wanted to eat me, I plunged my dagger into her neck. She rolled over, uttering a cry that chilled my heart; I saw her thrashing around as she looked at me without anger. I would have given everything in the world, even my decoration, which I didn't have yet, to bring her back to life. It was as if I had murdered a human being. And the soldiers who had seen my flag, and who came up to help me, found me bathed in tears . . . Well, sir,' he resumed after a moment of silence, 'since then I've been in wars in Germany, Spain, Russia, and France; I've carted my carcass all over, but I've never seen anything else like the desert . . . Oh, *that* is really beautiful.' 'What were your feelings there?' I asked. 'Oh, it can't be expressed, young man. Anyway, I don't miss my clump of palms and my leopard all the time . . . I have to be sad for that to happen. In the desert, you see, there's everything and there's nothing . . .' 'But can't you explain it to me?' 'Well,' he went on, with a gesture of impatience, 'it's God without people . . .'"

Paris, 1832.

LE RÉQUISITIONNAIRE

A MON CHER ALBERT MARCHAND DE LA RIBELLERIE. Tours, 1836.

Tantôt ils lui voyaient, par un phénomène de vision ou de locomotion, abolir l'espace dans ses deux modes de Temps et de Distance, dont l'un est intellectuel et l'autre physique. (*Hist. intell. de Louis Lambert.*)

Par un soir du mois de novembre 1793, les principaux personnages de Carentan se trouvaient dans le salon de madame de Dey, chez laquelle l'*assemblée* se tenait tous les jours. Quelques circonstances qui n'eussent point attiré l'attention d'une grande ville, mais qui devaient fortement en préoccuper une petite, prêtaient à ce rendez-vous habituel un intérêt inaccoutumé. La surveille, madame de Dey avait fermé sa porte à sa société, qu'elle s'était encore dispensée de recevoir la veille, en prétextant d'une indisposition. En temps ordinaire, ces deux événements eussent fait à Carentan le même effet que produit à Paris un *relâche* à tous les théâtres. Ces jours-là, l'existence est en quelque sorte incomplète. Mais, en 1793, la conduite de madame de Dey pouvait avoir les plus funestes résultats. La moindre démarche hasardée devenait alors presque toujours pour les nobles une question de vie ou de mort. Pour bien comprendre la curiosité vive et les étroites finesses qui animèrent pendant cette soirée les physionomies normandes de tous ces personnages, mais surtout pour partager les perplexités secrètes de madame de Dey, il est nécessaire d'expliquer le rôle qu'elle jouait à Carentan. La position critique dans laquelle elle se trouvait en ce moment ayant été sans doute celle de bien des gens pendant la Révolution, les sympathies de plus d'un lecteur achèveront de colorer ce récit.

Madame de Dey, veuve d'un lieutenant général, chevalier des ordres, avait quitté la cour au commencement de l'émigration. Possédant des biens considérables aux environs de Carentan, elle

THE REVOLUTIONARY CONSCRIPT

TO MY DEAR ALBERT MARCHAND DE LA RIBELLERIE. Tours, 1836.

At times they saw him, by a phenomenon of vision or locomotion, abolish space in its two modes of Time and Distance, of which one is mental and the other physical. (Louis Lambert)[1]

On a November evening in 1793, the leading citizens of Carentan were in the salon of Madame de Dey, in whose home an "assembly" was held daily.[2] A few circumstances that wouldn't have attracted attention in a big city, but were bound to preoccupy a small town enormously, lent that customary gathering unusual interest. Two days earlier, Madame de Dey had closed her door to society, and had still begged off from receiving on the following day, claiming that she was feeling unwell. Even in ordinary times these two events would have had the same effect in Carentan as a closing of all theaters in Paris. On days like that, existence is somehow incomplete. But in 1793 Madame de Dey's conduct could have the most baleful results. At that time the slightest activity ventured by the nobility almost always became a matter of life or death for them. To understand fully the lively curiosity and narrow-mindedly shrewd guesses that enlivened the Norman faces[3] of all those people that evening, but especially to share in Madame de Dey's secret dilemma, it is necessary to explain the role she played in Carentan. The critical situation in which she found herself at that moment having no doubt been shared by many people during the Revolution, the fellow-feeling of many a reader will complete the fleshing-out of this narrative.

Madame de Dey, widow of a lieutenant general who had been knight of various orders, had left the royal court at the outset of the emigration. Possessing considerable property in the neighborhood of

s'y était réfugiée, en espérant que l'influence de la terreur s'y ferait peu sentir. Ce calcul, fondé sur une connaissance exacte du pays, était juste. La Révolution exerça peu de ravages en Basse-Normandie. Quoique madame de Dey ne vît jadis que les familles nobles du pays quand elle y venait visiter ses propriétés, elle avait, par politique, ouvert sa maison aux principaux bourgeois de la ville et aux nouvelles autorités, en s'efforçant de les rendre fiers de sa conquête, sans réveiller chez eux ni haine ni jalousie. Gracieuse et bonne, douée de cette inexprimable douceur qui sait plaire sans recourir à l'abaissement ou à la prière, elle avait réussi à se concilier l'estime générale par un tact exquis dont les sages avertissements lui permettaient de se tenir sur la ligne délicate, où elle pouvait satisfaire aux exigences de cette société mêlée, sans humilier le rétif amour-propre des parvenus, ni choquer celui de ses anciens amis.

Agée d'environ trente-huit ans, elle conservait encore, non cette beauté fraîche et nourrie qui distingue les filles de la Basse-Normandie, mais une beauté grêle et pour ainsi dire aristocratique. Ses traits étaient fins et délicats; sa taille était souple et déliée. Quand elle parlait, son pâle visage paraissait s'éclairer et prendre de la vie. Ses grands yeux noirs étaient pleins d'affabilité, mais leur expression calme et religieuse semblait annoncer que le principe de son existence n'était plus en elle. Mariée à la fleur de l'âge avec un militaire vieux et jaloux, la fausseté de sa position au milieu d'une cour galante contribua beaucoup sans doute à répandre un voile de grave mélancolie sur une figure où les charmes et la vivacité de l'amour avaient dû briller autrefois. Obligée de réprimer sans cesse les mouvements naïfs, les émotions de la femme alors qu'elle sent encore au lieu de réfléchir, la passion était restée vierge au fond de son cœur. Aussi, son principal attrait venait-il de cette intime jeunesse que, par moments, trahissait sa physionomie, et qui donnait à ses idées une innocente expression de désir. Son aspect commandait la retenue, mais il y avait toujours dans son maintien, dans sa voix, des élans vers un avenir inconnu, comme chez une jeune fille; bientôt l'homme le plus insensible se trouvait amoureux d'elle, et conservait néanmoins une sorte de crainte respectueuse, inspirée par ses manières polies qui imposaient. Son âme, nativement grande, mais fortifiée par des luttes cruelles, semblait placée trop loin du vulgaire, et les hommes se faisaient justice. A cette âme, il fallait nécessairement une haute passion. Aussi les affections de madame de Dey s'étaient-elles concentrées dans un seul sentiment, celui de la maternité. Le bonheur et les plaisirs dont avait

Carentan, she had taken refuge there, hoping that the influence of the Terror would be little felt there. This reasoning, based on a precise acquaintance with the area, was correct. The Revolution caused little damage in Lower Normandy. Although in the past Madame de Dey had seen only the noble families of the vicinity whenever she came to visit her lands, from political considerations she had now opened her doors to the town's leading middle-class citizens and to the new authorities, doing her best to make them proud of having conquered her, without arousing either hatred or jealousy among them. Gracious and kind, endowed with that ineffable sweetness which can please without recourse to self-abasement or entreaty, she had succeeded in winning general esteem by means of her exquisite tact, whose wise counsel allowed her to toe a delicate line and satisfy the demands of this hybrid society without humbling the touchy amour-propre of the parvenus or shocking that of her old friends.

About thirty-eight, she still retained, not that rosy, well-fed beauty which characterizes the girls of Lower Normandy, but a slender and, so to speak, aristocratic beauty. Her features were fine and delicate, her figure was supple and slender. When she spoke, her pale face seemed to light up and take on life. Her large, dark eyes were full of affability, but their calm, religious expression seemed to indicate that the basis for her existence was no longer located within herself. She had been wed at a very young age to an old, jealous soldier; the falseness of her position in a court given over to lovemaking surely aided greatly in casting a veil of grave melancholy over a face in which the charms and vivacity of love must once have shone. Since she was constantly compelled to repress those simple impulses, the emotions of a woman who still lives by her feelings, not her reflections, at the bottom of her heart she was still virginal where strong passions were concerned. Therefore, her principal charm was a result of that deep-seated youthfulness which her features sometimes revealed, and which lent her thoughts an innocent expression of desire. Her appearance commanded reserve, but in her bearing, in her voice, there was always an impetus toward an unknown future, as if she were still a young girl; soon even the coldest man found himself in love with her, and yet maintained a sort of respectful shyness, thanks to her polished manners, which kept him at a distance. Her soul, intrinsically lofty, but strengthened by bitter struggles, seemed to be too far beyond the commonplace, and the men around her felt unequal to the challenge. That soul definitely had need of a great passion. And so Madame de Dey's affections had centered on a single kind of love: maternal love.

été privée sa vie de femme, elle les retrouvait dans l'amour extrême qu'elle portait à son fils. Elle ne l'aimait pas seulement avec le pur et profond dévouement d'une mère, mais avec la coquetterie d'une maîtresse, avec la jalousie d'une épouse. Elle était malheureuse loin de lui, inquiète pendant ses absences, ne le voyait jamais assez, ne vivait que par lui et pour lui. Afin de faire comprendre aux hommes la force de ce sentiment, il suffira d'ajouter que ce fils était non seulement l'unique enfant de madame de Dey, mais son dernier parent, le seul être auquel elle pût rattacher les craintes, les espérances et les joies de sa vie. Le feu comte de Dey fut le dernier rejeton de sa famille, comme elle se trouva seule héritière de la sienne. Les calculs et les intérêts humains s'étaient donc accordés avec les plus nobles besoins de l'âme pour exalter dans le cœur de la comtesse un sentiment déjà si fort chez les femmes. Elle n'avait élevé son fils qu'avec des peines infinies, qui le lui avaient rendu plus cher encore; vingt fois les médecins lui en présagèrent la perte; mais, confiante en ses pressentiments, en ses espérances, elle eut la joie inexprimable de lui voir heureusement traverser les périls de l'enfance, d'admirer les progrès de sa constitution, en dépit des arrêts de la Faculté.

Grâce à des soins constants, ce fils avait grandi, et s'était si gracieusement développé, qu'à vingt ans, il passait pour un des cavaliers les plus accomplis de Versailles. Enfin, par un bonheur qui ne couronne pas les efforts de toutes les mères, elle était adorée de son fils; leurs âmes s'entendaient par de fraternelles sympathies. S'ils n'eussent pas été liés déjà par le vœu de la nature, ils auraient instinctivement éprouvé l'un pour l'autre cette amitié d'homme à homme, si rare à rencontrer dans la vie. Nommé sous-lieutenant de dragons à dix-huit ans, le jeune comte avait obéi au point d'honneur de l'époque en suivant les princes dans leur émigration.

Ainsi madame de Dey, noble, riche, et mère d'un émigré, ne se dissimulait point les dangers de sa cruelle situation. Ne formant d'autre vœu que celui de conserver à son fils une grande fortune, elle avait renoncé au bonheur de l'accompagner; mais en lisant les lois rigoureuses en vertu desquelles la République confisquait chaque jour les biens des émigrés à Carentan, elle s'applaudissait de cet acte de courage. Ne gardait-elle pas les trésors de son fils au péril de ses jours? Puis, en apprenant les terribles exécutions ordonnées par la Convention, elle s'endormait heureuse de savoir sa seule richesse en sûreté, loin des dangers, loin des échafauds. Elle se complaisait à croire qu'elle avait pris le meilleur parti pour sauver à la fois toutes ses fortunes. Faisant à cette secrète pensée les

The happiness and pleasures she had been deprived of as a woman and wife she rediscovered in the excessive love she bore for her son. She loved him not only with a mother's pure and deep devotion, but also with a sweetheart's coquetry, with a wife's jealousy. She was unhappy when far from him, worried when he was away; she could never see enough of him; she lived only in him and for him. In order to make men understand the strength of this feeling, it will suffice to add that that son was not merely Madame de Dey's only child, but also her last surviving relative, the only being to whom she could link the fears, hopes, and joys of her life. The late Comte de Dey had been the last descendant of his family, just as she was sole heir of hers. Thus human calculations and interests had joined forces with the noblest needs of the soul to heighten in the countess' heart a feeling that is already so strong in women. She had had infinite trouble raising her son, and this had made him even more precious to her; twenty times, doctors had predicted his death; but, trusting to her presentiments and hopes, she had had the inexpressible joy of seeing him negotiate the perils of childhood successfully and of admiring the improvements in his constitution, in despite of the medical profession's pronouncements.

Thanks to unremitting care, that son had grown up and had developed so gracefully that, at twenty, he was counted as one of the most accomplished cavaliers at Versailles. Lastly, through a good fortune that doesn't always reward a mother's efforts, she was worshipped by her son; their souls were united by a fraternal fellow-feeling. If they hadn't been already joined to each other at the desire of nature, they would have instinctively felt for each other that man-to-man friendship so rarely found in life. Appointed second lieutenant of dragoons at eighteen, the young count had obeyed that era's conception of honor by following the princes into emigration.

Thus Madame de Dey, a noblewoman, wealthy, and the mother of an émigré, was fully aware of the dangers of her cruel situation. With no other desire than to preserve her great fortune for her son, she had renounced the happiness of accompanying him; but, when she read the rigorous laws by which the Republic was daily confiscating the property of émigrés in Carentan, she applauded herself for that act of courage. Wasn't she holding on to her son's treasures at the risk of her life? Then, upon hearing of the terrible executions ordered by the Convention,[4] she went to bed each night happy in the knowledge that her only wealth was in safety, far from the dangers, far from the scaffolds. She was pleased to believe that she had chosen the best course to save all her wealth, of every sort, at the same time. Making the concessions to that secret goal

concessions voulues par le malheur des temps, sans compromettre ni sa dignité de femme ni ses croyances aristocratiques, elle enveloppait ses douleurs dans un froid mystère. Elle avait compris les difficultés qui l'attendaient à Carentan. Venir y occuper la première place, n'était-ce pas y défier l'échafaud tous les jours? Mais, soutenue par un courage de mère, elle sut conquérir l'affection des pauvres en soulageant indifféremment toutes les misères, et se rendit nécessaire aux riches en veillant à leurs plaisirs. Elle recevait le procureur de la commune, le maire, le président du district, l'accusateur public, et même les juges du tribunal révolutionnaire. Les quatre premiers de ces personnages, n'étant pas mariés, la courtisaient dans l'espoir de l'épouser, soit en l'effrayant par le mal qu'ils pouvaient lui faire, soit en lui offrant leur protection. L'accusateur public, ancien procureur à Caen, jadis chargé des intérêts de la comtesse, tentait de lui inspirer de l'amour par une conduite pleine de dévouement et de générosité; finesse dangereuse! Il était le plus redoutable de tous les prétendants. Lui seul connaissait à fond l'état de la fortune considérable de son ancienne cliente. Sa passion devait s'accroître de tous les désirs d'une avarice qui s'appuyait sur un pouvoir immense, sur le droit de vie et de mort dans le district. Cet homme, encore jeune, mettait tant de noblesse dans ses procédés, que madame de Dey n'avait pas encore pu le juger. Mais, méprisant le danger qu'il y avait à lutter d'adresse avec des Normands, elle employait l'esprit inventif et la ruse que la nature a départis aux femmes pour opposer ces rivalités les unes aux autres. En gagnant du temps, elle espérait arriver saine et sauve à la fin des troubles. A cette époque, les royalistes de l'intérieur se flattaient tous les jours de voir la Révolution terminée le lendemain; et cette conviction a été la perte de beaucoup d'entre eux.

Malgré ces obstacles, la comtesse avait assez habilement maintenu son indépendance jusqu'au jour où, par une inexplicable imprudence, elle s'était avisée de fermer sa porte. Elle inspirait un intérêt profond et si véritable, que les personnes venues ce soir-là chez elle conçurent de vives inquiétudes en apprenant qu'il lui devenait impossible de les recevoir; puis, avec cette franchise de curiosité empreinte dans les mœurs provinciales, elles s'enquirent du malheur, du chagrin, de la maladie qui devait affliger madame de Dey. A ces questions une vieille femme de charge, nommée Brigitte, répondait que sa maîtresse s'était enfermée et ne voulait voir personne, pas même les gens de sa maison. L'existence, en quelque sorte claustrale, que mènent les habitants d'une petite ville crée en eux une habitude d'analyser et

that were demanded by the misfortunes of the era, but compromising neither her womanly dignity nor her aristocratic code, she cloaked her sorrow in cool mystery. She had understood the difficulties that awaited her in Carentan. Coming there and taking her place at the top of the social ladder, wasn't that a daily defiance of the scaffold? But, upheld by a mother's courage, she was able to gain the affection of the poor by alleviating all cases of poverty indiscriminately, and made herself necessary to the rich by providing pleasure for them. She entertained the *procureur*[5] of the commune, the mayor, the chief district judge, the public prosecutor, and even the judges of the revolutionary tribunal. The first four of the above-mentioned, being unmarried, were courting her in hopes of winning her hand, either by frightening her with the harm they could do her or by offering her their protection. The public prosecutor, formerly a procurator in Caen, who had once taken care of the countess' business affairs, tried to make her love him by showing himself full of devotion and noble feelings: a shrewd scheme that had its dangers! He was the most to be dreaded among all her suitors. He alone knew thoroughly the amount of his former client's considerable fortune. His passion must have been fueled by all the greedy desires that could find support in a boundless power, his right to pronounce life or death in the district. This man, still young, injected so much nobility into his methods that Madame de Dey had not yet been able to see through him. But, scorning the danger involved in trying to outsmart Normans, she made use of the inventive wit and cunning with which nature has endowed women to play off the rival suitors against one another. By buying time she hoped to arrive safe and sound at the end of this turbulent period. At that time, the royalists still in France were deluded daily that they'd see the end of the Revolution the next day; and that belief was the ruin of many of them.

Despite these obstacles, the countess had quite skillfully kept her independence up to the day when, through an inexplicable imprudence, she had taken it into her head to close her doors. She generally inspired such a profound and genuine interest that the persons who had come to her home that first evening became seriously worried on learning she found it impossible to receive them; then, with that unconcealed curiosity which is an integral part of provincial customs, they asked about the misfortune, grief, or illness that must be afflicting Madame de Dey. To these questions an old housekeeper, whose name was Brigitte, replied that her mistress had shut herself in her room and didn't wish to see anybody, not even the members of her household. The existence, somewhat monastic, that the inhabitants of a small town lead creates in

d'expliquer les actions d'autrui si naturellement invincible qu'après
avoir plaint madame de Dey, sans savoir si elle était réellement
heureuse ou chagrine, chacun se mit à rechercher les causes de sa
soudaine retraite.

— Si elle était malade, dit le premier curieux, elle aurait envoyé chez
le médecin; mais le docteur est resté pendant toute la journée chez moi
à jouer aux échecs. Il me disait en riant que, par le temps qui court, il
n'y a qu'une maladie . . . et qu'elle est malheureusement incurable.

Cette plaisanterie fut prudemment hasardée. Femmes, hommes,
vieillards et jeunes filles se mirent alors à parcourir le vaste champ
des conjectures. Chacun crut entrevoir un secret, et ce secret occupa toutes les imaginations. Le lendemain les soupçons s'enveni-
mèrent. Comme la vie est à jour dans une petite ville, les femmes
apprirent les premières que Brigitte avait fait au marché des provisions plus considérables qu'à l'ordinaire. Ce fait ne pouvait être con-
testé. L'on avait vu Brigitte de grand matin sur la place, et, chose extraordinaire, elle y avait acheté le seul lièvre qui s'y trouvât. Toute la
ville savait que madame de Dey n'aimait pas le gibier. Le lièvre
devint un point de départ pour des suppositions infinies. En faisant
leur promenade périodique, les vieillards remarquèrent dans la maison de la comtesse une sorte d'activité concentrée qui se révélait par
les précautions même dont se servaient les gens pour la cacher. Le
valet de chambre battait un tapis dans le jardin; la veille, personne
n'y aurait pris garde; mais ce tapis devint une pièce à l'appui des romans que tout le monde bâtissait. Chacun avait le sien. Le second
jour, en apprenant que madame de Dey se disait indisposée, les
principaux personnages de Carentan se réunirent le soir chez le
frère du maire, vieux négociant marié, homme probe, généralement
estimé, et pour lequel la comtesse avait beaucoup d'égards. Là, tous
les aspirants à la main de la riche veuve eurent à raconter une fable
plus ou moins probable; et chacun d'eux pensait à faire tourner à son
profit la circonstance secrète qui la forçait de se compromettre ainsi.
L'accusateur public imaginait tout un drame pour amener nuitamment le fils de madame de Dey chez elle. Le maire croyait à un
prêtre insermenté, venu de la Vendée, et qui lui aurait demandé un
asile; mais l'achat du lièvre, un vendredi, l'embarrassait beaucoup.
Le président du district tenait fortement pour un chef de Chouans
ou de Vendéens vivement poursuivi. D'autres voulaient un noble
échappé des prisons de Paris. Enfin tous soupçonnaient la comtesse
d'être coupable d'une de ces générosités que les lois d'alors nom-
maient un crime, et qui pouvaient conduire à l'échafaud.

them a habit of analyzing and accounting for other people's doings so insurmountable by nature that, after expressing sympathy for Madame de Dey, without knowing if she was really happy or sad, each of them began tracing the reasons for her sudden withdrawal.

"If she were ill," said the first curious one, "she would have sent for the doctor; but the doctor stayed at my place all day playing chess. He said to me, laughing, that, with times as they are, there's only one sickness . . . and that it's unfortunately incurable."

That joke was ventured cautiously. Then women, men, old codgers, and young girls started to scour the vast field of conjectures. Each one thought he could espy a secret, and that secret worked on everyone's imagination. The next day, their suspicions became malicious. Since everyone's life is an open book in a small town, the women were the first to learn that Brigitte had bought more provisions than usual in the market. This was an undeniable fact. Brigitte had been seen in the market square early in the morning and, quite surprisingly, had bought the only available hare. The whole town knew that Madame de Dey didn't like game. The hare became a point of departure for infinite suppositions. While taking their regular walk, the old men observed in the countess' house a sort of concerted activity that was revealed by the very precautions the servants took to conceal it. The valet was beating a carpet in the garden; the day before, no one would have paid any mind to that, but now that carpet became supporting evidence for the stories everyone was concocting. Everybody had his own. On that second day, learning that Madame de Dey had announced she was unwell, the leading citizens of Carentan met in the evening at the home of the mayor's brother, an old, married wholesale merchant, an honest and widely respected man to whom the countess showed a great deal of consideration. There, all the aspirants to the rich widow's hand had a more or less believable story to tell; and each of them was thinking how to turn to his own advantage the secret circumstance that compelled her to compromise herself in that way. The public prosecutor imagined a complicated plot for bringing Madame de Dey's son into her house at night. The mayor believed that a nonjuring priest, coming from Vendée,[6] had asked her for asylum; but the purchase of the hare, and on a Friday, made that theory very shaky. The chief district judge was strongly in favor of a Chouan[7] or Vendéen leader who was being hotly pursued. Others voted for a nobleman who had escaped from a Parisian prison. In short, everyone suspected the countess of being guilty of one of those generous actions that the laws of the day branded as a crime, one that could lead her to the scaf-

L'accusateur public disait d'ailleurs à voix basse qu'il fallait se taire, et tâcher de sauver l'infortunée de l'abîme vers lequel elle marchait à grands pas.

—Si vous ébruitez cette affaire, ajouta-t-il, je serai obligé d'intervenir, de faire des perquisitions chez elle, et alors! . . . Il n'acheva pas, mais chacun comprit cette réticence.

Les amis sincères de la comtesse s'alarmèrent tellement pour elle que, dans la matinée du troisième jour, le procureur-syndic de la commune lui fit écrire par sa femme un mot pour l'engager à recevoir pendant la soirée comme à l'ordinaire. Plus hardi, le vieux négociant se présenta dans la matinée chez madame de Dey. Fort du service qu'il voulait lui rendre, il exigea d'être introduit auprès d'elle, et resta stupéfait en l'apercevant dans le jardin, occupée à couper les dernières fleurs de ses plates-bandes pour en garnir des vases.

— Elle a sans doute donné asile à son amant, se dit le vieillard pris de pitié pour cette charmante femme. La singulière expression du visage de la comtesse le confirma dans ses soupçons. Vivement ému de ce dévouement si naturel aux femmes, mais qui nous touche toujours, parce que tous les hommes sont flattés par les sacrifices qu'une d'elles fait à un homme, le négociant instruisit la comtesse des bruits qui couraient dans la ville et du danger où elle se trouvait. — Car, lui dit-il en terminant, si, parmi nos fonctionnaires, il en est quelques-uns assez disposés à vous pardonner un héroïsme qui aurait un prêtre pour objet, personne ne vous plaindra si l'on vient à découvrir que vous vous immolez à des intérêts de cœur.

A ces mots, madame de Dey regarda le vieillard avec un air d'égarement et de folie qui le fit frissonner, lui, vieillard.

— Venez, lui dit-elle en le prenant par la main pour le conduire dans sa chambre, où, après s'être assurée qu'ils étaient seuls, elle tira de son sein une lettre sale et chiffonnée: — Lisez, s'écria-t-elle en faisant un violent effort pour prononcer ce mot.

Elle tomba dans son fauteuil, comme anéantie. Pendant que le vieux négociant cherchait ses lunettes et les nettoyait, elle leva les yeux sur lui, le contempla pour la première fois avec curiosité; puis, d'une voix altérée: — Je me fie à vous, lui dit-elle doucement.

— Est-ce que je ne viens pas partager votre crime, répondit le bonhomme avec simplicité.

Elle tressaillit. Pour la première fois, dans cette petite ville, son âme sympathisait avec celle d'un autre. Le vieux négociant comprit tout à coup et l'abattement et la joie de la comtesse. Son fils avait fait partie de l'expédition de Granville, il écrivait à sa mère du fond

fold. Moreover, the public prosecutor said in a low voice that they had to keep quiet and try to save the unfortunate woman from the precipice which she was approaching with rapid strides.

"If you let this matter get around," he added, "I shall be compelled to step in, search her house, and then! . . ." He didn't finish, but everyone understood that reticence.

The countess' devoted friends were so alarmed for her sake that, on the morning of the third day, the *procureur* had his wife write her a note urging her to entertain as usual that evening. The old merchant, who was bolder, presented himself at Madame de Dey's home during the morning. Bolstered by the knowledge that he intended doing her a service, he demanded to be shown in to see her, and was dumbfounded to catch sight of her in the garden, busy cutting the last flowers from her beds to decorate vases with them.

"No doubt she's offering asylum to a lover," the old man said to himself, seized with pity for that charming woman. The old expression on the countess' face made him sure that his suspicions were correct. Deeply stirred by this devotion, which is natural in women but always touches our heart, because all men are flattered when a woman makes a sacrifice for any individual man, the merchant informed the countess of the rumors flying around the town and the danger she was in. "For," he said in conclusion, "if some of our officials are quite ready to forgive you for a heroic act on behalf of a priest, no one will pity you if they discover you're sacrificing yourself for an affair of the heart."

At these words, Madame de Dey looked at the old man with an air of bewilderment and irrationality that made him shudder, old as he was.

"Come," she said, taking him by the hand and leading him to her bedroom, where, after making sure they were alone, she drew from her bosom a dirty, crumpled letter. "Read this," she cried, making a violent effort to utter the words.

She fell into her armchair as if prostrate with exhaustion. While the old merchant was looking for his glasses and cleaning them, she raised her eyes in his direction, studied him curiously for the first time, then, in a shaky voice, said softly: "I'm putting myself in your hands."

"Am I not participating in your crime?" the good man replied matter-of-factly.

She started. For the first time, in that small town, her soul was attuned to someone else's. The old merchant suddenly understood both the depression and the joy of the countess. Her son had taken part in the expedition to Granville;[8] he was writing to his mother from the

de sa prison, en lui donnant un triste et doux espoir. Ne doutant pas de ses moyens d'évasion, il lui indiquait trois jours pendant lesquels il devait se présenter chez elle, déguisé. La fatale lettre contenait de déchirants adieux au cas où il ne serait pas à Carentan dans la soirée du troisième jour, et il priait sa mère de remettre une assez forte somme à l'émissaire qui s'était chargé du lui apporter cette dépêche, à travers mille dangers. Le papier tremblait dans les mains du vieillard.

— Et voici le troisième jour, s'écria madame de Dey qui se leva rapidement, reprit la lettre, et marcha.

— Vous avez commis des imprudences, lui dit le négociant. Pourquoi faire prendre des provisions?

— Mais il peut arriver, mourant de faim, exténué de fatigue, et . . . Elle n'acheva pas.

— Je suis sûr de mon frère, reprit le vieillard, je vais aller le mettre dans vos intérêts.

Le négociant retrouva dans cette circonstance la finesse qu'il avait mise jadis dans les affaires, et lui dicta des conseils empreints de prudence et de sagacité. Après être convenus de tout ce qu'ils devaient dire et faire l'un ou l'autre, le vieillard alla, sous des prétextes habilement trouvés, dans les principales maisons de Carentan, où il annonça que madame de Dey qu'il venait de voir, recevrait dans la soirée, malgré son indisposition. Luttant de finesse avec les intelligences normandes dans l'interrogatoire que chaque famille lui imposa sur la nature de la maladie de la comtesse, il réussit à donner le change à presque toutes les personnes qui s'occupaient de cette mystérieuse affaire. Sa première visite fit merveille. Il raconta devant une vieille dame goutteuse que madame de Dey avait manqué périr d'une attaque de goutte à l'estomac; le fameux Tronchin lui ayant recommandé jadis, en pareille occurrence, de se mettre sur la poitrine la peau d'un lièvre écorché vif, et de rester au lit sans se permettre le moindre mouvement, la comtesse, en danger de mort, il y a deux jours, se trouvait, après avoir suivi ponctuellement la bizarre ordonnance de Tronchin, assez bien rétablie pour recevoir ceux qui viendraient la voir pendant la soirée. Ce conte eut un succès prodigieux, et le médecin de Carentan, royaliste *in petto,* en augmenta l'effet par l'importance avec laquelle il discuta le spécifique. Néanmoins les soupçons avaient trop fortement pris racine dans l'esprit de quelques entêtés ou de quelques philosophes pour être entièrement dissipés; en sorte que, le soir, ceux qui étaient admis chez madame de Dey vinrent avec empressement et de bonne heure chez elle, les uns pour épier sa contenance, les autres

depths of his prison, holding out a sad and sweet hope to her. Having no doubt he would be able to escape, he announced a period of three days in the course of which he was to show up at her house in disguise. The fatal letter contained heart-rending farewells in case he wasn't in Carentan by the evening of the third day, and he asked his mother to hand over quite a large sum to the messenger who had agreed to bring her that dispatch in the face of a thousand dangers. The paper shook in the old man's hands.

"And this is the third day," cried Madame de Dey, who rose rapidly, took back the letter, and started pacing.

"You've done imprudent things," said the merchant. "Why did you buy provisions?"

"But he may arrive starving, worn out with fatigue, and . . ." She didn't finish.

"I can count on my brother," resumed the old man. "I'm going to make him cooperate with you."

On this occasion the merchant regained the shrewdness he had formerly exercised in his business dealings, and he gave her advice that was full of prudence and wisdom. After they had agreed on everything each of them was to say and do, the old man, finding clever pretexts, visited the leading homes in Carentan, announcing that Madame de Dey, whom he had just seen, would be entertaining that evening, despite her poor health. Pitting his wits against Norman cunning during the interrogation each family put him through concerning the nature of the countess' illness, he managed to deceive almost everyone who was interested in that mysterious affair. His first visit worked wonders. To an old, gout-ridden lady he recounted that Madame de Dey had almost died from an attack of gout on the stomach; the celebrated Tronchin once having instructed her, whenever the same problem occurred, to place on her chest the skin of a hare that had been flayed alive, and to stay in bed without making the slightest move, the countess, in mortal danger two days earlier, was now, after religiously following Tronchin's peculiar prescription, far enough recovered to entertain visitors to her house that evening. This yarn was amazingly effective, and the Carentan doctor, a royalist at heart, increased its success by the pompous way in which he discussed the remedy. Nevertheless, suspicions had taken root too deeply in the mind of a few stubborn or philosophical people to be entirely eliminated; so that, in the evening, those admitted to Madame de Dey's home arrived there eagerly and early, some to observe her behavior, the others out of friendship, and most of them affected by the miraculous

par amitié, la plupart saisis par le merveilleux de sa guérison. Ils trouvèrent la comtesse assise au coin de la grande cheminée de son salon,
à peu près aussi modeste que l'étaient ceux de Carentan; car, pour ne
pas blesser les étroites pensées de ses hôtes, elle s'était refusée aux
jouissances de luxe auxquelles elle était jadis habituée, elle n'avait donc
rien changé chez elle. Le carreau de la salle de réception n'était même
pas frotté. Elle laissait sur les murs de vieilles tapisseries sombres, conservait les meubles du pays, brûlait de la chandelle, et suivait les modes
de la ville, en épousant la vie provinciale sans reculer ni devant les pe-
titesses les plus dures, ni devant les privations les plus désagréables.
Mais, sachant que ses hôtes lui pardonneraient les magnificences qui
auraient leur bien-être pour but, elle ne négligeait rien quand il s'agissait de leur procurer des jouissances personnelles. Aussi leur donnait-
elle d'excellents dîners. Elle allait jusqu'à feindre de l'avarice pour
plaire à ces esprits calculateurs; et, après avoir eu l'art de se faire arracher certaines concessions de luxe, elle savait obéir avec grâce.
Donc, vers sept heures du soir, la meilleure mauvaise compagnie de
Carentan se trouvait chez elle, et décrivait un grand cercle devant la
cheminée. La maîtresse du logis, soutenue dans son malheur par les
regards compatissants que lui jetait le vieux négociant, se soumit avec
un courage inouï aux questions minutieuses, aux raisonnements frivo-
les et stupides de ses hôtes. Mais à chaque coup de marteau frappé sur
sa porte, ou toutes les fois que des pas retentissaient dans la rue, elle
cachait ses émotions en soulevant des questions intéressantes pour la
fortune du pays. Elle éleva de bruyantes discussions sur la qualité des
cidres, et fut si bien secondée par son confident, que l'assemblée ou-
blia presque de l'espionner en trouvant sa contenance naturelle et son
aplomb imperturbable. L'accusateur public et l'un des juges du tribunal révolutionnaire restaient taciturnes, observaient avec attention
les moindres mouvements de sa physionomie, écoutaient dans la maison, malgré le tumulte; et, à plusieurs reprises, ils lui firent des questions embarrassantes, auxquelles la comtesse répondit cependant avec
une admirable présence d'esprit. Les mères ont tant de courage! Au
moment où madame de Dey eut arrangé les parties, placé tout le
monde à des tables de boston, de reversis ou de whist, elle resta encore
à causer auprès de quelques jeunes personnes avec un extrême laissez-
aller, en jouant son rôle en actrice consommée. Elle se fit demander un
loto, prétendit savoir seule où il était, et disparut.

— J'étouffe, ma pauvre Brigitte, s'écria-t-elle en essuyant des
larmes qui sortirent vivement de ses yeux brillants de fièvre, de
douleur et d'impatience. — Il ne vient pas, reprit-elle en regardant la

nature of her recovery. They found the countess seated at the corner of the large fireplace in her salon, which was almost as plain as the others in Carentan; for, to avoid wounding her guests' narrow minds, she had decided to do without the luxurious pleasures she had formerly been accustomed to, and had made no changes in her house. The tile floor of the reception room wasn't even polished. She left the dark old tapestries on the walls, kept the local furniture, used tallow candles, and followed the town's customs, adopting provincial life without shrinking from the hardest-to-bear pettiness or the most unpleasant privations. But, knowing that her guests would forgive her for extravagance intended for their own well-being, she neglected nothing when it came to supplying them with personal pleasures. Thus, she gave them excellent dinners. She went so far as to feign avarice so as to please those calculating minds; and, after being skillful enough to allow them to wring some concessions out of her in the way of luxuries, she knew how to obey them gracefully. Thus, about seven in the evening, the best bad company in Carentan was in her home, forming a wide circle in front of the fireplace. The lady of the house, supported in her misfortune by the compassionate glances that the old merchant cast at her, submitted with matchless courage to the detailed questions and the frivolous and stupid discourses of her guests. But each time she heard her door knocker, or each time she heard steps on the street, she hid her emotions, raising questions that were of monetary interest to the community. She initiated noisy arguments about the quality of various ciders, and was so well seconded by her confidant that the gathering nearly forgot to spy on her, finding her behavior natural and her self-control unshakable. The public prosecutor and one of the judges of the revolutionary tribunal remained silent, attentively observing the slightest expressions on her face and listening for sounds in the house, despite the hubbub; on several occasions, they asked her embarrassing questions, to which the countess nevertheless replied with admirable presence of mind. Mothers have such courage! After Madame de Dey had organized the card games, placing everyone at tables for boston, reversi, or whist, she remained a while longer chatting with some young ladies with extreme unconstraint, playing her part like a consummate actress. She got someone to ask her for a set of lotto, claimed she was the only one who knew where it was, and vanished.

"I'm choking to death, poor Brigitte," she exclaimed, wiping away tears that flowed freely from her eyes, which shone with fever, sorrow, and impatience. "He just doesn't come," she continued, looking at the

chambre où elle était montée. Ici, je respire et je vis. Encore quelques
moments, et il sera là, pourtant! car il vit encore, j'en suis certaine.
Mon cœur me le dit. N'entendez-vous rien, Brigitte? Oh! je donnerais
le reste de ma vie pour savoir s'il est en prison ou s'il marche à travers
la campagne! Je voudrais ne pas penser.

Elle examina de nouveau si tout était en ordre dans l'appartement.
Un bon feu brillait dans la cheminée; les volets étaient soigneusement
fermés; les meubles reluisaient de propreté; la manière dont avait été
fait le lit prouvait que la comtesse s'était occupée avec Brigitte des
moindres détails; et ses espérances se trahissaient dans les soins délicats qui paraissaient avoir été pris dans cette chambre où se respi-
raient et la gracieuse douceur de l'amour et ses plus chastes caresses
dans les parfums exhalés par les fleurs. Une mère seule pouvait avoir
prévu les désirs d'un soldat et lui préparer de si complètes satisfac-
tions. Un repas exquis, des vins choisis, la chaussure, le linge, enfin
tout ce qui devait être nécessaire ou agréable à un voyageur fatigué,
se trouvait rassemblé pour que rien ne lui manquât, pour que les
délices du chez soi lui révélassent l'amour d'une mère.

— Brigitte? dit la comtesse d'un son de voix déchirant en allant
placer un siège devant la table, comme pour donner de la réalité à ses
vœux, comme pour augmenter la force de ses illusions.

— Ah! madame, il viendra. Il n'est pas loin. — Je ne doute pas qu'il
ne vive et qu'il ne soit en marche, reprit Brigitte. J'ai mis une chef
dans la Bible, et je l'ai tenue sur mes doigts pendant que Cottin lisait
l'Évangile de saint Jean . . . et, madame! la chef n'a pas tourné.

— Est-ce bien sûr? demanda la comtesse.

— Oh! madame, c'est connu. Je gagerais mon salut qu'il vit encore.
Dieu ne peut pas se tromper.

— Malgré le danger qui l'attend ici, je voudrais bien cependant l'y
voir.

— Pauvre monsieur Auguste! s'écria Brigitte, il est sans doute à
pied, par les chemins.

— Et voilà huit heures qui sonnent au clocher, s'écria la comtesse
avec terreur.

Elle eut peur d'être restée plus longtemps qu'elle ne le devait,
dans cette chambre où elle croyait à la vie de son fils, en voyant
tout ce qui lui en attestait la vie, elle descendit; mais avant d'entrer
au salon, elle resta pendant un moment sous le péristyle de
l'escalier, en écoutant si quelque bruit ne réveillait pas les silencieux échos de la ville. Elle sourit au mari de Brigitte, qui se tenait
en sentinelle, et dont les yeux semblaient hébétés à force de prêter

room which she had entered. "Here I can breathe and go on living. Just a few more minutes, though, and he'll be here! For he's still alive, I'm sure. My heart tells me so. Don't you hear anything, Brigitte? Oh, I'd give the rest of my life to know whether he's in prison or if he's walking across country! I wish I could stop thinking."

Once more she examined the quarters to see if everything was in order. A good fire was burning in the fireplace; the shutters were carefully closed; the furniture was so clean, it shone; the way the bed was made proved that the countess, along with Brigitte, had seen to the slightest details; and her hopes were revealed by the tender care that seemed to have been taken with that room, in which the fragrance emitted by the flowers bespoke the gracious sweetness of love and its most chaste caresses. Only a mother could have foreseen a soldier's wants and have prepared everything to satisfy them so completely. A delicious meal, choice wines, footwear, linens; in short, everything that might be needful or pleasing to a weary traveler was assembled so that he would lack for nothing, so that the delights of home would show him how a mother could love.

"Brigitte?" said the countess in a heart-rending tone of voice as she went to place a chair in front of the table, as if to make her wishes come true, as if to increase the strength of her illusions.

"Oh, madame, he'll come. He's not far away.—I'm sure he's alive and on the way," Brigitte continued. "I put a key in the Bible and held it on my fingers while Cottin[9] was reading the Gospel of Saint John . . . and, madame, the key didn't turn!"

"Is that a sure sign?" asked the countess.

"Oh, madame, everyone knows it is. I'd wager my salvation that he's still alive. God can't make a mistake."

"Despite the danger that awaits him here, I would still like to see him with us."

"Poor Monsieur Auguste!" cried Brigitte. "He must be on foot, walking along the roads."

"And here are the church bells ringing eight o'clock," cried the countess in terror.

She was afraid she had tarried longer than she ought in that room where she could believe her son was alive, seeing everything that bore witness to his life. She went downstairs; but, before entering the salon, she stopped for a moment below the staircase colonnade, listening to hear whether any sound was awakening the silent echoes of the town. She smiled at Brigitte's husband, who was acting as sentinel, and whose eyes seemed dazed from giving so much attention to the

attention aux murmures de la place et de la nuit. Elle voyait son fils en tout et partout. Elle rentra bientôt, en affectant un air gai, et se mit à jouer au loto avec de petites filles; mais, de temps en temps, elle se plaignit de souffrir, et revint occuper son fauteuil auprès de la cheminée.

Telle était la situation des choses et des esprits dans la maison de madame de Dey, pendant que, sur le chemin de Paris à Cherbourg, un jeune homme vêtu d'une carmagnole brune, costume de rigueur à cette époque, se dirigeait vers Carentan. A l'origine des réquisitions, il y avait peu ou point de discipline. Les exigences du moment ne permettaient guère à la République d'équiper sur le champ ses soldats, et il n'était pas rare de voir les chemins couverts de réquisitionnaires qui conservaient leurs habits bourgeois. Ces jeunes gens devançaient leurs bataillons aux lieux d'étape, ou restaient en arrière, car leur marche était soumise à leur manière de supporter les fatigues d'une longue route. Le voyageur dont il est ici question se trouvait assez en avant de la colonne de réquisitionnaires qui se rendait à Cherbourg, et que le maire de Carentan attendait d'heure en heure, afin de leur distribuer des billets de logement. Ce jeune homme marchait d'un pas alourdi, mais ferme encore, et son allure semblait annoncer qu'il s'était familiarisé depuis longtemps avec les rudesses de la vie militaire. Quoique la lune éclairât les herbages qui avoisinent Carentan, il avait remarqué de gros nuages blancs prêts à jeter de la neige sur la campagne; et la crainte d'être surpris par un ouragan animait sans doute sa démarche, alors plus vive que ne le comportait sa lassitude. Il avait sur le dos un sac presque vide, et tenait à la main une canne de buis, coupée dans les hautes et larges haies que cet arbuste forme autour de la plupart des héritages en Basse-Normandie. Ce voyageur solitaire entra dans Carentan, dont les tours, bordées de lueurs fantastiques par la lune, lui apparaissaient depuis un moment. Son pas réveilla les échos des rues silencieuses, où il ne rencontra personne; il fut obligé de demander la maison du maire à un tisserand qui travaillait encore. Ce magistrat demeurait à une faible distance, et le réquisitionnaire se vit bientôt à l'abri sous le porche de la maison du maire, et s'y assit sur un banc de pierre, en attendant le billet de logement qu'il avait réclamé. Mais mandé par ce fonctionnaire, il comparut devant lui, et devint l'objet d'un scrupuleux examen. Le fantassin était un jeune homme de bonne mine qui paraissait appartenir à une famille distinguée. Son air trahissait la noblesse. L'intelligence due à une bonne éducation respirait sur sa figure.

murmurs of the town square and the night. She saw her son in all things, everywhere. Soon she returned to the salon, putting on a cheerful appearance, and started playing lotto with some little girls; but, from time to time, she complained of feeling unwell, and went back to sit in her armchair near the fireplace.

That is how things stood and what was on people's minds in Madame de Dey's home, while, on the road from Paris to Cherbourg, a young man wearing a brown carmagnole,[10] an obligatory garment at that time, was heading for Carentan. When the levies were just beginning, there was little discipline, if any. The needs of the moment hardly permitted the Republic to outfit its soldiers immediately, and it wasn't unusual to see the roads covered with conscripts who still had on their civilian clothing. These young men would reach their halting places before the rest of their battalion, or would fall behind, since their progress depended on how well they could endure the fatigue of a long march. The traveler of whom we are speaking was far in advance of the column of conscripts who were heading for Cherbourg, and whom the mayor of Carentan was expecting at any hour, so he could give them their billeting orders.[11] This young man was walking with steps that were heavy but still firm, and his bearing seemed to indicate that he had been familiar for some time with the rigors of army life. Even though the moon was illuminating the meadows bordering on Carentan, he had noticed large white clouds ready to dump snow onto the countryside; and the fear of being caught in a blizzard no doubt lent urgency to his gait, which at the moment was livelier than his weariness could stand. On his back was a nearly empty rucksack, and in his hand he held a boxwood walking stick that he had cut from the high, wide hedges formed by that shrub around most of the estates in Lower Normandy. This solitary traveler entered Carentan, whose towers, edged with eerie gleams of moonlight, had come into sight a while before. His footsteps awakened the echoes of the silent streets, in which he came across no one; he was compelled to ask a weaver who was still working where the mayor's house was. That official lived a short distance away, and the conscript was soon sheltered in the porch of the mayor's house, where he sat down on a stone bench to await the billeting order he had requested. But, called inside by that official, he appeared before him and became the object of a careful scrutiny. The infantryman was a young man of pleasing appearance who seemed to belong to a distinguished family. His attitude bespoke nobility. The intelligence that a good education imparts was clearly to be seen on his face.

— Comment te nommes-tu? lui demanda le maire en lui jetant un regard plein de finesse.

— Julien Jussieu, répondit le réquisitionnaire.

— Et tu viens? dit le magistrat en laissant échapper un sourire d'incrédulité.

— De Paris.

— Tes camarades doivent être loin, reprit le Normand d'un ton railleur.

— J'ai trois lieues d'avance sur le bataillon.

— Quelque sentiment t'attire sans doute à Carentan, citoyen réquisitionnaire? dit le maire d'un air fin. C'est bien, ajouta-t-il en imposant silence par un geste de main au jeune homme prêt à parler, nous savons où t'envoyer. Tiens, ajouta-t-il en lui remettant son billet de logement, va, *citoyen Jussieu!*

Une teinte d'ironie se fit sentir dans l'accent avec lequel le magistrat prononça ces deux derniers mots, en tendant un billet sur lequel la demeure de madame de Dey était indiquée. Le jeune homme lut l'adresse avec un air de curiosité.

— Il sait bien qu'il n'a pas loin à aller. Et quand il sera dehors, il aura bientôt traversé la place! s'écria le maire en se parlant à lui-même, pendant que le jeune homme sortait. Il est joliment hardi! que Dieu le conduise! Il a réponse à tout. Oui, mais si un autre que moi lui avait demandé à voir ses papiers, il était perdu!

En ce moment, les horloges de Carentan avaient sonné neuf heures et demie; les falots s'allumaient dans l'antichambre de madame de Dey; les domestiques aidaient leurs maîtresses et leurs maîtres à mettre leurs sabots, leurs houppelandes ou leurs mantelets; les joueurs avaient soldé leurs comptes, et allaient se retirer tous ensemble, suivant l'usage établi dans toutes les petites villes.

— Il paraît que l'accusateur veut rester, dit une dame en s'apercevant que ce personnage important leur manquait au moment où chacun se sépara sur la place pour regagner son logis, après avoir épuisé toutes les formules d'adieu.

Ce terrible magistrat était en effet seul avec la comtesse, qui attendait, en tremblant, qu'il lui plût de sortir.

— Citoyenne, dit-il enfin après un long silence qui eut quelque chose d'effrayant, je suis ici pour faire observer les lois de la République . . .

Madame de Dey frissonna.

— N'as-tu donc rien à me révéler? demanda-t-il.

— Rien, répondit-elle étonnée.

— Ah! madame, s'écria l'accusateur en s'asseyant auprès d'elle et

"What's your name?" asked the mayor, casting a very shrewd glance at him.

"Julien Jussieu," answered the conscript.

"And you come from?" said the official, showing a smile of disbelief.

"From Paris."

"Your comrades must be far away," the Norman continued, in a sarcastic tone.

"I'm three leagues ahead of the battalion."

"Some strong feeling must surely bring you to Carentan, citizen[12] conscript?" said the mayor with a shrewd expression. "It's all right," he added, enjoining silence with a gesture of his hand on the young man, who was ready to speak; "we know where to send you. Here," he added, handing him his billeting order, "get along with you, *Citizen Jussieu!*"

A touch of irony was to be heard in the way the official uttered the last two words, as he held out an order on which Madame de Dey's address was written. The young man read the address with an air of curiosity.

"He knows very well he doesn't have far to go. And when he's outside, it won't take him long to cross the square!" exclaimed the mayor to himself as the young man left. "He's really brave, may God guide him! He's got an answer for everything. Yes, but if someone other than I had asked to see his papers, he would have been done for!"

At that moment the Carentan bells had rung nine-thirty; the lanterns were being lit in Madame de Dey's vestibule; the servants were helping their masters and mistresses on with their clogs, greatcoats, or mantelets; the cardplayers had settled their accounts, and were preparing to leave all together, in accordance with the established custom in every small town.

"It looks as if the prosecutor wants to stay," said a lady, noticing that that significant person was missing when they all separated on the square, each couple heading for home after exhausting all the goodnight formulas.

That fearsome official was in fact alone with the countess, who, all atremble, was waiting for him to decide to go.

"Citizen," he said at last after a long silence that was somewhat frightening, "I am here to enforce the laws of the Republic . . ."

Madame de Dey shuddered.

"Don't you have anything to disclose to me?" he asked.

"Nothing," she answered in surprise.

"Oh, madame," cried the prosecutor, sitting down beside her and

changeant de ton, en ce moment, faute d'un mot, vous ou moi, nous pouvons porter notre tête sur l'échafaud. J'ai trop bien observé votre caractère, votre âme, vos manières, pour partager l'erreur dans laquelle vous avez su mettre votre société ce soir. Vous attendez votre fils, je n'en saurais douter.

La comtesse laissa échapper un geste de dénégation; mais elle avait pâli, mais les muscles de son visage s'étaient contractés par la nécessité où elle se trouvait d'afficher une fermeté trompeuse, et l'œil implacable de l'accusateur public ne perdit aucun de ses mouvements.

— Eh! bien, recevez-le, reprit le magistrat révolutionnaire; mais qu'il ne reste pas plus tard que sept heures du matin sous votre toit. Demain, au jour, armé d'une dénonciation que je me ferai faire, je viendrai chez vous . . .

Elle le regarda d'un air stupide qui aurait fait pitié à un tigre.

— Je démontrerai, poursuivit-il d'une voix douce, la fausseté de la dénonciation par d'exactes perquisitions, et vous serez, par la nature de mon rapport, à l'abri de tous soupçons ultérieurs. Je parlerai de vos dons patriotiques, de votre civisme, et nous serons *tous* sauvés.

Madame de Dey craignait un piège, elle restait immobile, mais son visage était en feu et sa langue glacée. Un coup de marteau retentit dans la maison.

— Ah! cria la mère épouvantée, en tombant à genoux. Le sauver, le sauver!

— Oui, sauvons-le! reprit l'accusateur public, en lui lançant un regard de passion, dût-il *nous* en coûter la vie.

— Je suis perdue, s'écria-t-elle pendant que l'accusateur la relevait avec politesse.

— Eh! madame, répondit-il par un beau mouvement oratoire, je ne veux vous devoir à rien . . . qu'à vous-même.

— Madame, le voi . . . ! s'écria Brigitte qui croyait sa maîtresse seule.

A l'aspect de l'accusateur public, la vieille servante, de rouge et joyeuse qu'elle était, devint immobile et blême.

— Qui est-ce, Brigitte? demanda le magistrat d'un air doux et intelligent.

— Un réquisitionnaire que le maire nous envoie à loger, répondit la servante en montrant le billet.

— C'est vrai, dit l'accusateur après avoir lu le papier. Il nous arrive un bataillon ce soir!

Et il sortit.

changing his tone of voice, "at a time like this, for keeping silent, you or I could be bringing our head to the scaffold. I have observed your character, your soul, and your manners too long to share in the mistake you were able to lead your guests into this evening. You're waiting for your son, I have no doubt of it."

The countess made a gesture of denial; but she had turned pale, and her facial muscles had contracted under her strenuous attempt to wear a deceptive mask of firmness. The implacable eye of the public prosecutor followed each of her movements.

"Very well, receive him," continued the revolutionary official; "but he is not to remain beneath your roof a moment later than seven in the morning. Tomorrow at daybreak, bearing an accusation that I shall get drawn up, I shall come to your house . . ."

She looked at him with a dazed air that would have instilled pity in a tiger.

"I shall demonstrate," he went on softly, "the falsity of the accusation by making a thorough search, and after my report you will be safe from any further suspicions. I shall speak of your patriotic gifts and your civic spirit, and we shall *all* be saved."

Madame de Dey feared some trap; she remained motionless, but her face was burning and her tongue was frozen. The sound of the door knocker echoed through the house.

"Oh!" cried the frightened mother, falling on her knees. "Save him, save him!"

"Yes, let us save him!" replied the public prosecutor, darting a look of passion at her, "even if it should cost *us* our lives."

"I'm undone!" she cried while the prosecutor politely raised her up.

"Ah, madame," he answered, with a fine oratorical flourish, "I wish to owe you to nothing . . . but to yourself."

"Madame, here he . . .!" exclaimed Brigitte, who thought her mistress was alone.

At the sight of the public prosecutor, the old servant, who had been flushed and happy, became motionless and pale.

"Who is it, Brigitte?" asked the official with a gentle, knowing air.

"A conscript that the mayor has sent us to put up," answered the servant, showing the order.

"It's true," said the prosecutor after reading the paper. "We're getting a battalion tonight!"

And he left.

La comtesse avait trop besoin de croire en ce moment à la sincérité de son ancien procureur pour concevoir le moindre doute; elle monta rapidement l'escalier, ayant à peine la force de se soutenir; puis, elle ouvrit la porte de sa chambre, vit son fils, se précipita dans ses bras, mourante: — Oh! mon enfant, mon enfant! s'écria-t-elle en sanglotant et le couvrant de baisers empreints d'une sorte de frénésie.

— Madame, dit l'inconnu.

— Ah! ce n'est pas lui, cria-t-elle en reculant d'épouvante et restant debout devant le réquisitionnaire qu'elle contemplait d'un air hagard.

— O saint bon Dieu, quelle ressemblance! dit Brigitte.

Il y eut un moment de silence, et l'étranger lui-même tressaillit à l'aspect de madame de Dey.

— Ah! monsieur, dit-elle en s'appuyant sur le mari de Brigitte, et sentant alors dans toute son étendue une douleur dont la première atteinte avait failli la tuer; monsieur, je ne saurais vous voir plus longtemps, souffrez que mes gens me remplacent et s'occupent de vous.

Elle descendit chez elle, à demi portée par Brigitte et son vieux serviteur.

— Comment, madame! s'écria la femme de charge en asseyant sa maîtresse, cet homme va-t-il coucher dans le lit de monsieur Auguste, mettre les pantoufles de monsieur Auguste, manger le pâté que j'ai fait pour monsieur Auguste! quand on devrait me guillotiner, je . . .

— Brigitte! cria madame de Dey.

Brigitte resta muette.

— Tais-toi donc, bavarde, lui dit son mari à voix basse, veux-tu tuer madame?

En ce moment, le réquisitionnaire fit du bruit dans sa chambre en se mettant à table.

— Je ne resterai pas ici, s'écria madame de Dey, j'irai dans la serre, d'où j'entendrai mieux ce qui se passera au dehors pendant la nuit.

Elle flottait encore entre la crainte d'avoir perdu son fils et l'espérance de le voir reparaître. La nuit fut horriblement silencieuse, il y eut, pour la comtesse, un moment affreux, quand le bataillon des réquisitionnaires vint en ville et que chaque homme y chercha son logement. Ce fut des espérances trompées à chaque pas, à chaque bruit; puis bientôt la nature reprit un calme effrayant. Vers le matin, la comtesse fut obligée de rentrer chez elle. Brigitte, qui surveillait les mouvements de sa maîtresse, ne la voyant pas sortir, entra dans la chambre et y trouva la comtesse morte.

— Elle aura probablement entendu ce réquisitionnaire qui achève

The countess at that moment had too much need to believe in her former procurator's sincerity to form the slightest doubt; she went upstairs swiftly, with barely enough strength to support herself; then she opened the door to the room, saw her son, and dashed into his arms, nearly dead: "Oh, my child, my child!" she cried, sobbing and covering him with kisses that betokened a sort of frenzy.

"Madame!" said the stranger.

"Oh, it's not him!" she cried, recoiling in fright and remaining on her feet in front of the conscript, observing him distraughtly.

"Oh, holy God, what a resemblance!" said Brigitte.

There was a moment of silence, and the stranger himself gave a start at the sight of Madame de Dey.

"Oh, sir," she said, leaning on Brigitte's husband, and at that moment feeling the full force of a sorrow that had almost killed her at its first onslaught; "sir, I can't look at you any longer; permit my servants to take my place and see to your needs."

She went downstairs to her room, half carried by Brigitte and her old servant.

"What, madame!" the housekeeper exclaimed as she sat her mistress down, "is that man going to sleep in Monsieur Auguste's bed, put on Monsieur Auguste's slippers, eat the pâté that I made for Monsieur Auguste! Even if they guillotined me, I . . ."

"Brigitte!" cried Madame de Dey.

Brigitte fell silent.

"Be quiet, can't you, you babbler," her husband said to her quietly; "do you want to kill madame?"

At that moment, the conscript made a sound in his room as he sat down at the table.

"I won't stay here," exclaimed Madame de Dey, "I'll go into the hothouse. From there I'll be able to hear better whatever happens outside during the night."

She was still tossed between the fear of having lost her son and the hope of seeing him reappear. The night was terribly silent; there was a frightful moment for the countess when the battalion of conscripts reached town and every man was looking for his quarters there. Her hopes were deceived at every footstep, every sound; soon afterward, nature resumed a terrifying calm. Toward morning, the countess was compelled to go back to her room. Brigitte, who was observing her mistress's movements, not seeing her come out, entered the room and found the countess dead.

"She probably heard that conscript, who's just gotten dressed and

de s'habiller et qui marche dans la chambre de monsieur Auguste en chantant leur damnée *Marseillaise,* comme s'il était dans une écurie! s'écria Brigitte. Ça l'aura tuée!

La mort de la comtesse fut causée par un sentiment plus grave, et sans doute par quelque vision terrible. A l'heure précise où madame de Dey mourait à Carentan, son fils était fusillé dans le Morbihan. Nous pouvons joindre ce fait tragique à toutes les observations sur les sympathies qui méconnaissent les lois de l'espace; documents que rassemblent avec une savante curiosité quelques hommes de solitude, et qui serviront un jour à asseoir les bases d'une science nouvelle à laquelle il a manqué jusqu'à ce jour un homme de génie.

Paris, février 1831.

who's walking around in Monsieur Auguste's room singing their damned 'Marseillaise' as if he were in a stable!" cried Brigitte. "That's what must have killed her!"

But the countess' death was caused by a deeper emotion, and no doubt by some fearful vision. At the very hour when Madame de Dey died in Carentan, her son was shot by a firing squad in Morbihan. We can add this tragic fact to all those other observations relative to sympathetic thought transference in disregard of the laws of space—documents being assembled with learned curiosity by a few solitary men, which one day will serve to lay the foundations of a new science that has so far lacked a man of genius to formulate it.

Paris, February 1831.

LE CHEF-D'ŒUVRE INCONNU

A UN LORD. 1845.

1. Gillette.

Vers la fin de l'année 1612, par une froide matinée de décembre, un jeune homme dont le vêtement était de très mince apparence, se promenait devant la porte d'une maison située rue des Grands-Augustins, à Paris. Après avoir assez longtemps marché dans cette rue avec l'irrésolution d'un amant qui n'ose se présenter chez sa première maîtresse, quelque facile qu'elle soit, il finit par franchir le seuil de cette porte, et demanda si maître François Porbus était en son logis. Sur la réponse affirmative que lui fit une vieille femme occupée à balayer une salle basse, le jeune homme monta lentement les degrés, et s'arrêta de marche en marche, comme quelque courtisan de fraîche date, inquiet de l'accueil que le roi va lui faire. Quand il parvint en haut de la vis, il demeura pendant un moment sur le palier, incertain s'il prendrait le heurtoir grotesque qui ornait la porte de l'atelier où travaillait sans doute le peintre de Henri IV délaissé pour Rubens par Marie de Médicis. Le jeune homme éprouvait cette sensation profonde qui a dû faire vibrer le cœur des grands artistes quand, au fort de la jeunesse et de leur amour pour l'art, ils ont abordé un homme de génie ou quelque chef-d'œuvre. Il existe dans tous les sentiments humains une fleur primitive, engendrée par un noble enthousiasme qui va toujours faiblissant jusqu'à ce que le bonheur ne soit plus qu'un souvenir et la gloire un mensonge. Parmi ces émotions fragiles, rien ne ressemble à l'amour comme la jeune passion d'un artiste commençant le délicieux supplice de sa destinée de gloire et de malheur, passion pleine d'audace et de timidité, de croyances vagues et de découragements certains. A celui qui léger d'argent, qui adolescent de génie, n'a pas vivement palpité en se présentant devant un maître, il

THE UNKNOWN MASTERPIECE

TO A LORD. 1845.

1. Gillette

Toward the end of the year 1612, on a cold December morning, a young man whose clothing looked very thin was walking to and fro in front of the door to a house located on the Rue des Grands-Augustins in Paris.[1] After walking on that street for quite some time with the indecision of a lover who lacks the courage to visit his first mistress, no matter how easy her virtue, he finally crossed the threshold of that door and asked whether Master François Pourbus was at home. On the affirmative reply made by an old woman busy sweeping a downstairs room, the young man slowly climbed the steps, stopping from stair to stair like some recently appointed courtier worried about how the king will receive him. When he reached the top of the spiral staircase, he remained on the landing for a while, unsure about seizing the grotesque knocker that decorated the door to the studio in which Henri IV's painter, abandoned by Marie de Médicis in favor of Rubens, was no doubt working. The young man was experiencing that profound emotion that must have stirred the heart of all great artists when, at the height of their youth and love of art, they approached a man of genius or some masterpiece. There exists in all human feelings a pristine purity, engendered by a noble enthusiasm, that gradually grows weaker until happiness is only a memory, and glory a lie. Among these delicate emotions, the one most resembling love is the youthful ardor of an artist beginning the delicious torture of his destiny of glory and misfortune, an ardor full of audacity and shyness, of vague beliefs and inevitable discouragements. The man who, short of money but of budding genius, has never felt a sharp thrill when introducing himself to a master, will always be lacking a

89

manquera toujours une corde dans le cœur, je ne sais quelle touche de pinceau, un sentiment dans l'œuvre, une certaine expression de poésie. Si quelques fanfarons bouffis d'eux-mêmes croient trop tôt à l'avenir, ils ne sont gens d'esprit que pour les sots. A ce compte, le jeune inconnu paraissait avoir un vrai mérite, si le talent doit se mesurer sur cette timidité première, sur cette pudeur indéfinissable que les gens promis à la gloire savent perdre dans l'exercice de leur art, comme les jolies femmes perdent la leur dans le manège de la coquetterie. L'habitude du triomphe amoindrit le doute, et la pudeur est un doute peut-être.

Accablé de misère et surpris en ce moment de son outrecuidance, le pauvre néophyte ne serait pas entré chez le peintre auquel nous devons l'admirable portrait de Henri IV, sans un secours extraordinaire que lui envoya le hasard. Un vieillard vint à monter l'escalier. A la bizarrerie de son costume, à la magnificence de son rabat de dentelle, à la prépondérante sécurité de sa démarche, le jeune homme devina dans ce personnage ou le protecteur ou l'ami du peintre; il se recula sur le palier pour lui faire place, et l'examina curieusement, espérant trouver en lui la bonne nature d'un artiste ou le caractère serviable des gens qui aiment les arts; mais il aperçut quelque chose de diabolique dans cette figure, et surtout ce *je ne sais quoi* qui affriande les artistes. Imaginez un front chauve, bombé, proéminent, retombant en saillie sur un petit nez écrasé, retroussé du bout comme celui de Rabelais ou de Socrate; une bouche rieuse et ridée, un menton court, fièrement relevé, garni d'une barbe grise taillée en pointe, des yeux vert de mer ternis en apparence par l'âge, mais qui par le contraste du blanc nacré dans lequel flottait la prunelle devaient parfois jeter des regards magnétiques au fort de la colère ou de l'enthousiasme. Le visage était d'ailleurs singulièrement flétri par les fatigues de l'âge, et plus encore par ces pensées qui creusent également l'âme et le corps. Les yeux n'avaient plus de cils, et à peine voyait-on quelques traces de sourcils au-dessus de leurs arcades saillantes. Mettez cette tête sur un corps fluet et débile, entourez-la d'une dentelle étincelante de blancheur et travaillée comme une truelle à poisson, jetez sur le pourpoint noir du vieillard une lourde chaîne d'or, et vous aurez une image imparfaite de ce personnage auquel le jour faible de l'escalier prêtait encore une couleur fantastique. Vous eussiez dit d'une toile de Rembrandt marchant silencieusement et sans cadre dans la noire atmosphère que s'est appropriée ce grand peintre. Le vieillard jeta sur le jeune homme un regard empreint de sagacité, frappa trois coups à la porte, et dit à un homme valétudinaire, âgé de quarante ans environ, qui vint ouvrir: — Bonjour, maître.

string in his heart, some stroke of the brush, a certain feeling in his work, some poetic expressiveness. If a few braggarts, puffed up with themselves, believe in their future too soon, only fools consider them wise. Judging by this, the young stranger seemed to possess real merit, if talent can be measured by that initial shyness, by that indefinable modesty that men slated for glory are prone to lose during the practice of their art, just as pretty women lose theirs in the habits of coquetry. Being accustomed to triumph lessens one's self-doubt, and modesty may be a form of doubt.

Overwhelmed with poverty and, at that moment, surprised at his own presumptuousness, the poor novice wouldn't have entered the studio of the painter to whom we owe the admirable portrait of Henri IV if it hadn't been for an unusual helping hand sent his way by chance. An old man came up the stairs. From the oddness of his clothes, from the magnificence of his lace collar, from the exceptional self-assurance of his gait, the young man guessed that this person must be the painter's protector or friend; he moved back on the landing to give him room and studied him with curiosity, hoping to find in him the good nature of an artist or the helpful disposition of an art lover; but he discerned something diabolical in that face, and especially that indefinable something which attracts artists. Imagine a bald, convex, jutting forehead, sloping down to a small, flat nose turned up at the end like Rabelais's or Socrates'; a smiling, wrinkled mouth; a short chin, lifted proudly and adorned with a gray beard cut in a point; sea-green eyes apparently dimmed by age but which, through the contrast of the pearly white in which the irises swam, must sometimes cast hypnotic looks at the height of anger or enthusiasm. In addition, his face was singularly withered by the labors of old age, and still more by the kind of thoughts that hollow out both the soul and the body. His eyes had no more lashes, and only a few traces of eyebrows could be made out above their protruding ridges. Place this head on a thin, weak body, encircle it with sparkling-white lace of openwork like that of a fish slice, throw onto the old man's black doublet a heavy gold chain, and you will have an imperfect picture of that character, whom the feeble daylight of the staircase lent an additional tinge of the fantastic. You would have thought him a Rembrandt painting, walking silently without a frame in the dark atmosphere which that great painter made all his own. The old man cast a glance imbued with wisdom at the young man, knocked three times at the door, and said to the sickly man of about forty, who opened it: "Good day, master."

Porbus s'inclina respectueusement, il laissa entrer le jeune homme en le croyant amené par le vieillard et s'inquiéta d'autant moins de lui que le néophyte demeura sous le charme que doivent éprouver les peintres-nés à l'aspect du premier atelier qu'ils voient et où se révèlent quelques-uns des procédés matériels de l'art. Un vitrage ouvert dans la voûte éclairait l'atelier de maître Porbus. Concentré sur une toile accrochée au chevalet, et qui n'était encore touchée que de trois ou quatre traits blancs, le jour n'atteignait pas jusqu'aux noires profondeurs des angles de cette vaste pièce; mais quelques reflets égarés allumaient dans cette ombre rousse une paillette argentée au ventre d'une cuirasse de reître suspendue à la muraille, rayaient d'un brusque sillon de lumière la corniche sculptée et cirée d'un antique dressoir chargé de vaisselles curieuses, ou piquaient de points éclatants la trame grenue de quelques vieux rideaux de brocart d'or aux grands plis cassés, jetés là comme modèles. Des écorchés de plâtre, des fragments et des torses de déesses antiques, amoureusement polis par les baisers des siècles, jonchaient les tablettes et les consoles. D'innombrables ébauches, des études aux trois crayons, à la sanguine ou à la plume, couvraient les murs jusqu'au plafond. Des boîtes à couleurs, des bouteilles d'huile et d'essence, des escabeaux renversés ne laissaient qu'un étroit chemin pour arriver sous l'auréole que projetait la haute verrière dont les rayons tombaient à plein sur la pâle figure de Porbus et sur le crâne d'ivoire de l'homme singulier. L'attention du jeune homme fut bientôt exclusivement acquise à un tableau qui, par ce temps de trouble et de révolutions, était déjà devenu célèbre, et que visitaient quelques-uns de ces entêtés auxquels on doit la conservation du feu sacré pendant les jours mauvais. Cette belle page représentait une *Marie égyptienne* se disposant à payer le passage du bateau. Ce chef-d'œuvre, destiné à Marie de Médicis, fut vendu par elle aux jours de sa misère.

— Ta sainte me plaît, dit le vieillard à Porbus, et je te la paierais dix écus d'or au delà du prix que donne la reine; mais aller sur ses brisées? . . . du diable!

— Vous la trouvez bien?

— Heu! heu! fit le vieillard, bien? . . . oui et non. Ta bonne femme n'est pas mal troussée, mais elle ne vit pas. Vous autres, vous croyez avoir tout fait lorsque vous avez dessiné correctement une figure et mis chaque chose à sa place d'après les lois de l'anatomie! Vous colorez ce linéament avec un ton de chair fait d'avance sur votre palette en ayant soin de tenir un côté plus sombre que l'autre, et parce que vous regardez de temps en temps une femme nue qui se tient debout sur une table, vous croyez avoir copié la nature, vous vous imaginez

Pourbus bowed respectfully; he let the young man in, thinking the old man had brought him along, and didn't trouble himself over him, especially since the novice was under the spell that born painters must undergo at the view of the first studio they've seen, where they can discover some of the practical methods of their art. A skylight in the vaulted ceiling illuminated Master Pourbus's studio. Falling directly onto a canvas attached to the easel, on which only three or four white lines had been placed, the daylight didn't reach the black depths of the corners of that vast room; but a few stray reflections in that russet shadow ignited a silvery flash on the belly of a knight's breastplate hung on the wall; streaked with a sudden furrow of light the carved, waxed cornice of an antique sideboard laden with curious platters; or jabbed with brilliant dots the grainy weave of some old curtains of gold brocade with large, sharp folds, thrown there as models. Plaster anatomical figures, fragments and torsos of ancient goddesses, lovingly polished by the kisses of the centuries, were strewn over the shelves and consoles. Innumerable sketches, studies in three colors of crayon, in sanguine, or in pen and ink, covered the walls up to the ceiling. Paintboxes, bottles of oil and turpentine, and overturned stools left only a narrow path to reach the aureole projected by the tall window, whose beams fell directly onto Pourbus's pale face and the peculiar man's ivory-colored cranium. The young man's attention was soon claimed exclusively by a painting which, in that time of chaos and revolutions, had already become famous and was visited by some of those obstinate men to whom we owe the preservation of the sacred fire in dark days. That beautiful canvas depicted Saint Mary of Egypt preparing to pay her boat fare.[2] That masterpiece, painted for Marie de Médicis, was sold by her when she had become destitute.

"I like your saint," the old man said to Pourbus, "and I'd pay ten gold *écus* for it over and above what the queen is paying; but, compete with her? Never!"

"You find it good?"

"Hm, hm!" said the old man. "Good? Yes and no. Your lady isn't badly set up, but she's not alive. You people think you've done it all when you've drawn a figure correctly and you've put everything in the right place according to the laws of anatomy! You color in that outline with a flesh tone prepared in advance on your palette, making sure to keep one side darker than the other, and because from time to time you look at a naked woman standing on a table, you think you've copied nature, you imagine you're painters and that

être des peintres et avoir dérobé le secret de Dieu!... Prrr! Il ne suffit pas pour être un grand poète de savoir à fond la syntaxe et de ne
pas faire de fautes de langue! Regarde ta sainte, Porbus? Au premier
aspect, elle semble admirable; mais au second coup d'œil on s'aperçoit
qu'elle est collée au fond de la toile et qu'on ne pourrait pas faire le
tour de son corps. C'est une silhouette qui n'a qu'une seule face, c'est
une apparence découpée, une image qui ne saurait se retourner, ni
changer de position. Je ne sens pas d'air entre ce bras et le champ du
tableau; l'espace et la profondeur manquent; cependant tout est bien
en perspective, et la dégradation aérienne est exactement observée;
mais, malgré de si louables efforts, je ne saurais croire que ce beau
corps soit animé par le tiède souffle de la vie. Il me semble que si je
portais la main sur cette gorge d'une si ferme rondeur, je la trouverais
froide comme du marbre! Non, mon ami, le sang ne court pas sous
cette peau d'ivoire, l'existence ne gonfle pas de sa rosée de pourpre
les veines et les fibrilles qui s'entrelacent en réseaux sous la transparence ambrée des tempes et de la poitrine. Cette place palpite,
mais cette autre est immobile; la vie et la mort luttent dans chaque détail: ici c'est une femme, là une statue, plus loin un cadavre. Ta création est incomplète. Tu n'as pu souffler qu'une portion de ton âme à
ton œuvre chérie. Le flambeau de Prométhée s'est éteint plus d'une
fois dans tes mains, et beaucoup d'endroits de ton tableau n'ont pas
été touchés par la flamme céleste.

— Mais pourquoi, mon cher maître? dit respectueusement Porbus
au vieillard tandis que le jeune homme avait peine à réprimer une
forte envie de le battre.

— Ah! voilà, dit le petit vieillard. Tu as flotté indécis entre les
deux systèmes, entre le dessin et la couleur, entre le flegme minu-
tieux, la raideur précise des vieux maîtres allemands et l'ardeur
éblouissante, l'heureuse abondance des peintres italiens. Tu as voulu
imiter à la fois Hans Holbein et Titien, Albrecht Dürer et Paul
Véronèse. Certes c'était là une magnifique ambition! Mais qu'est-il
arrivé? Tu n'as eu ni le charme sévère de la sécheresse, ni les déce-
vantes magies du clair-obscur. Dans cet endroit, comme un bronze
en fusion qui crève son trop faible moule, la riche et blonde couleur
du Titien a fait éclater le maigre contour d'Albrecht Dürer où tu
l'avais coulée. Ailleurs, le linéament a résisté et contenu les magni-
fiques débordements de la palette vénitienne. Ta figure n'est ni parfaitement dessinée, ni parfaitement peinte, et porte partout les
traces de cette malheureuse indécision. Si tu ne te sentais pas assez
fort pour fondre ensemble au feu de ton génie les deux manières

you've stolen God's secrets! Brrr! To be a great poet, it's not enough to have a full command of syntax and avoid solecisms of language! Look at your saint, will you, Pourbus? At first glance she seems admirable; but at the second look, you notice that she's glued to the background and that you could never walk all around her. She's a silhouette with only one side, she's a cut-out likeness, an image that couldn't turn around or shift position. I feel no air between this arm and the field of the picture; space and depth are lacking; and yet the perspective is quite correct, and the atmospheric gradation of tones is precisely observed; but, despite such laudable efforts, I can't believe that that beautiful body is animated by the warm breath of life. It seems to me that, if I placed my hand on that bosom so firm and round, I'd find it as cold as marble! No, my friend, the blood isn't flowing beneath that ivory skin, life is not swelling with its crimson dew the veins and capillaries that intertwine in networks beneath the transparent amber of the temples and chest. This spot is throbbing, but this other spot is rigid; life and death are locked in combat in every detail: here she's a woman, there she's a statue, over there she's a corpse. Your creation is incomplete. You've been able to breathe only a portion of your soul into your beloved work. Prometheus's torch has gone out more than once in your hands, and many places in your painting haven't been touched by the heavenly flame."[3]

"But why is that, dear master?" Pourbus respectfully asked the old man, while the youngster had difficulty repressing a strong urge to strike him.

"Ah! This is it," said the little old man. "You've wavered indecisively between the two systems, between drawing and color, between the painstaking stolidity and precise stiffness of the old German masters and the dazzling fervor and felicitous richness of the Italian painters. You wanted to imitate Hans Holbein and Titian, Albrecht Dürer and Paolo Veronese, at the same time. Certainly that was a magnificent ambition! But what happened? You haven't achieved either the austere charm of dryness or the deceptive magic of chiaroscuro. In this spot here, like molten bronze cracking a mold that's too weak for it, Titian's rich, blonde color has smashed through the thin outline à la Dürer into which you had poured it. In other places, the outline resisted, and restrained the magnificent outpouring of the Venetian palette. Your figure is neither perfectly drawn nor perfectly painted, and everywhere it bears the traces of that unfortunate indecisiveness. If you didn't feel strong enough to weld together in the flame of your genius the two competing manners, you

rivales, il fallait opter franchement entre l'une ou l'autre, afin
d'obtenir l'unité qui simule une des conditions de la vie. Tu n'es vrai
que dans les milieux, tes contours sont faux, ne s'enveloppent pas et
ne promettent rien par derrière. Il y a de la vérité ici, dit le vieillard
en montrant la poitrine de la sainte. Puis, ici, reprit-il en indiquant
le point où sur le tableau finissait l'épaule. — Mais là, fit-il en
revenant au milieu de la gorge, tout est faux. N'analysons rien, ce
serait faire ton désespoir.

Le vieillard s'assit sur une escabelle, se tint la tête dans les mains et
resta muet.

— Maître, lui dit Porbus, j'ai cependant bien étudié sur le nu cette
gorge; mais, pour notre malheur, il est des effets vrais dans la nature
qui ne sont plus probables sur la toile . . .

— La mission de l'art n'est pas de copier la nature, mais de l'exprimer! Tu n'es pas un vil copiste, mais un poète! s'écria vivement le
vieillard en interrompant Porbus par un geste despotique. Autrement
un sculpteur serait quitte de tous ses travaux en moulant une femme!
Hé! bien, essaie de mouler la main de ta maîtresse et de la poser devant toi, tu trouveras un horrible cadavre sans aucune ressemblance,
et tu seras forcé d'aller trouver le ciseau de l'homme qui, sans te la
copier exactement, t'en figurera le mouvement et la vie. Nous avons à
saisir l'esprit, l'âme, la physionomie des choses et des êtres. Les effets!
les effets! mais ils sont les accidents de la vie, et non la vie. Une main,
puisque j'ai pris cet exemple, une main ne tient pas seulement au
corps, elle exprime et continue une pensée qu'il faut saisir et rendre.
Ni le peintre, ni le poète, ni le sculpteur ne doivent séparer l'effet de
la cause qui sont invinciblement l'un dans l'autre! La véritable lutte
est là! Beaucoup de peintres triomphent instinctivement sans connaître ce thème de l'art. Vous dessinez une femme, mais vous ne la
voyez pas! Ce n'est pas ainsi que l'on parvient à forcer l'arcane de la
nature. Votre main reproduit, sans que vous y pensiez, le modèle que
vous avez copié chez votre maître. Vous ne descendez pas assez dans
l'intimité de la forme, vous ne la poursuivez pas avec assez d'amour et
de persévérance dans ses détours et dans ses fuites. La beauté est une
chose sévère et difficile qui ne se laisse point atteindre ainsi, il faut attendre ses heures, l'épier, la presser et l'enlacer étroitement pour la
forcer à se rendre. La Forme est un Protée bien plus insaisissable et
plus fertile en replis que le Protée de la fable, ce n'est qu'après de
longs combats qu'on peut la contraindre à se montrer sous son véritable aspect; vous autres! vous vous contentez de la première apparence
qu'elle vous livre, ou tout au plus de la seconde, ou de la troisième; ce

should have opted openly for one or the other, so you could achieve that unity which simulates one of the conditions of life. You are true only in the interior sections; your outlines are false, they fail to join up properly, and they don't indicate that there's anything behind them. There's truth here," said the old man, pointing to the saint's chest. "And then here," he continued, indicating the place on the painting where the shoulder ended. "But here," he said, returning to the center of the bosom, "everything is false. Let's not analyze it, it would drive you to despair."

The old man sat down on a stool, held his head in his hands, and fell silent.

"Master," Pourbus said to him, "all the same, I studied that bosom from a nude live model; but, to our misfortune, there are true effects in nature that are no longer lifelike on the canvas . . ."

"The mission of art is not to copy nature but to express it! You're not a cheap copyist but a poet!" the old man exclaimed hotly, interrupting Pourbus with a lordly gesture. "Otherwise a sculptor would be through with all his labors if he just took a cast of a woman! Well now, just try taking a cast of your sweetheart's hand and setting it down in front of you; you'll find a hideous corpse that's not at all like the real thing, and you'll be compelled to seek out the chisel of a man who wouldn't copy it exactly for you, but would depict its movement and its life for you. Our job is to grasp the spirit, the soul, the face of objects and living beings. Effects! Effects! They're merely the incidental phenomena of life, not life itself. A hand, since I've chosen that example, a hand isn't merely part of a body, it expresses and prolongs an idea that must be grasped and rendered. Neither the painter, nor the poet, nor the sculptor should separate the effect from the cause, since they're inevitably interconnected! The real struggle is there! Many painters achieve an instinctive sort of success without knowing that theme of art. You draw a woman, but you don't see her! That's not the way to make nature yield up her secrets. Your hand, without any thought on your part, reproduces the model you had copied in your teacher's studio. You don't delve sufficiently into the intimate depths of the form, you don't pursue it with sufficient love and perseverance through its twists and turns and its elusive maneuvers. Beauty is something austere and difficult that cannot be attained that way; you have to wait for the right moment, spy it out, seize it, and hug it tight to force it to surrender. Form is a Proteus much more unseizable and rich in hidden secrets than the Proteus of legend;[4] it's only after lengthy struggles that you can compel it to show itself in its true guise; all of you are satisfied with the first

n'est pas ainsi qu'agissent les victorieux lutteurs! Ces peintres invain-
cus ne se laissent pas tromper à tous ces faux-fuyants, ils persévèrent
jusqu'à ce que la nature en soit réduite à se montrer toute nue et dans
son véritable esprit. Ainsi a procédé Raphaël, dit le vieillard en ôtant
son bonnet de velours noir pour exprimer le respect que lui inspirait
le roi de l'art, sa grande supériorité vient du sens intime qui, chez lui,
semble vouloir briser la Forme. La Forme est, dans ses figures, ce
qu'elle est chez nous, un truchement pour se communiquer des idées,
des sensations, une vaste poésie. Toute figure est un monde, un portrait dont le modèle est apparu dans une vision sublime, teint de lumière, désigné par une voix intérieure, dépouillé par un doigt céleste
qui a montré, dans le passé de toute une vie, les sources de l'expression. Vous faites à vos femmes de belles robes de chair, de belles
draperies de cheveux, mais où est le sang qui engendre le calme ou la
passion et qui cause des effets particuliers. Ta sainte est une femme
brune, mais ceci, mon pauvre Porbus, est d'une blonde! Vos figures
sont alors de pâles fantômes colorés que vous nous promenez devant
les yeux, et vous appelez cela de la peinture et de l'art. Parce que vous
avez fait quelque chose qui ressemble plus à une femme qu'à une
maison, vous pensez avoir touché le but, et, tout fiers de n'être plus
obligés d'écrire à côté de vos figures, *currus venustus* ou *pulcher
homo,* comme les premiers peintres, vous vous imaginez être des
artistes merveilleux! Ha! ha! vous n'y êtes pas encore, mes braves
compagnons, il vous faudra user bien des crayons, couvrir bien des
toiles avant d'arriver. Assurément, une femme porte sa tête de cette
manière, elle tient sa jupe ainsi, ses yeux s'alanguissent et se fondent
avec cet air de douceur résignée, l'ombre palpitante des cils flotte
ainsi sur les joues! C'est cela, et ce n'est pas cela. Qu'y manque-t-il?
un rien, mais ce rien est tout. Vous avez l'apparence de la vie, mais
vous n'exprimez pas son trop-plein qui déborde, ce je ne sais quoi qui
est l'âme peut-être et qui flotte nuageusement sur l'enveloppe; enfin
cette fleur de vie que Titien et Raphaël ont surprise. En partant du
point extrême où vous arrivez, on ferait peut-être d'excellente peinture; mais vous vous lassez trop vite. Le vulgaire admire, et le vrai con-
naisseur sourit. O Mabuse, ô mon maître, ajouta ce singulier personnage, tu es un voleur, tu as emporté la vie avec toi! — A cela près,
reprit-il, cette toile vaut mieux que les peintures de ce faquin de
Rubens avec ses montagnes de viandes flamandes, saupoudrées de
vermillon, ses ondées de chevelures rousses, et son tapage de
couleurs. Au moins, avez-vous là couleur, sentiment et dessin, les trois
parties essentielles de l'Art.

semblance it yields to you, or at most the second, or the third; that's not how victorious fighters go about it! Those unvanquished painters don't allow themselves to be deceived by all those subterfuges; they persevere until nature is forced to show itself bare, in its true spirit. That's how Raphael went about it," said the old man, taking off his black velvet cap to show the respect he felt for the king of art; "his great superiority is due to the intimate sense which, in his works, seems set on breaking through form. In his figures, form is what it is in us, an interpreter of ideas and feelings, a great poetry. Every figure is a world, a portrait whose model appeared in a sublime vision, colored by light, pointed out by an inner voice, stripped bare by a heavenly finger that showed the sources of expression within the past of an entire lifetime. You make beautiful robes of flesh for your women, beautiful draperies of hair, but where is the blood that produces either calm or passion and causes particular effects? Your saint is a brunette, but this here, my poor Pourbus, is suitable for a blonde! And so your figures are pale, colored-in phantoms that you trot out before us, and you call that painting and art. Because you've produced something that looks more like a woman than like a house, you think you've hit the mark; and, really proud because you no longer need to label your figures *currus venustus* or *pulcher homo*,[5] the way the earliest painters did, you imagine you're wonderful artists! Ha, ha! You're not there yet, my worthy friends, you'll have to use up many a crayon and cover many a canvas before you get there. Of course, a woman carries her head this way, she holds her skirt like that, her eyes grow languid and melt with that air of resigned gentleness, that's the way that the fluttering shadow of her lashes hovers over her cheeks! It's right, and it isn't. What's missing? A trifle, but that trifle is everything. You have the semblance of life, but you aren't expressing its overflowing superabundance, that indefinable something, which may be the soul, hovering like a cloud above the outer husk; in short, that bloom of life which Titian and Raphael captured. Starting out from where you've left off, some excellent painting might be achieved; but you get tired too soon. The layman admires you, but the true connoisseur merely smiles. O Mabuse, my teacher," that odd character added, "you're a thief, you stole life when you died!—Aside from that," he resumed, "this canvas is better than the paintings of that brute Rubens, with his mountains of Flemish meat, sprinkled with vermilion, his tidal waves of red hair, and his glaring colors. At least you've got color, feeling, and drawing there, the three essential components of art."

— Mais cette sainte est sublime, bon homme! s'écria d'une voix forte le jeune homme en sortant d'une rêverie profonde. Ces deux figures, celle de la sainte et celle du batelier, ont une finesse d'intention ignorée des peintres italiens, je n'en sais pas un seul qui eût inventé l'indécision du batelier.

— Ce petit drôle est-il à vous? demanda Porbus au vieillard.

— Hélas! maître, pardonnez à ma hardiesse, répondit le néophyte en rougissant. Je suis inconnu, barbouilleur d'instinct, et arrivé depuis peu dans cette ville, source de toute science.

— A l'œuvre! lui dit Porbus en lui présentant un crayon rouge et une feuille de papier.

L'inconnu copia lestement la Marie au trait.

— Oh! oh! s'écria le vieillard. Votre nom?

Le jeune homme écrivit au bas Nicolas Poussin.

— Voilà qui n'est pas mal pour un commençant, dit le singulier personnage qui discourait si follement. Je vois que l'on peut parler peinture devant toi. Je ne te blâme pas d'avoir admiré la sainte de Porbus. C'est un chef-d'œuvre pour tout le monde, et les initiés aux plus profonds arcanes de l'art peuvent seuls découvrir en quoi elle pèche. Mais puisque tu es digne de la leçon, et capable de comprendre, je vais te faire voir combien peu de chose il faudrait pour compléter cette œuvre. Sois tout œil et tout attention, une pareille occasion de t'instruire ne se représentera peut-être jamais. Ta palette, Porbus?

Porbus alla chercher palette et pinceaux. Le petit vieillard retroussa ses manches avec un mouvement de brusquerie convulsive, passa son pouce dans la palette diaprée et chargée de tons que Porbus lui tendait; il lui arracha des mains plutôt qu'il ne les prit une poignée de brosses de toutes dimensions, et sa barbe taillée en pointe se remua soudain par des efforts menaçants qui exprimaient le prurit d'une amoureuse fantaisie. Tout en chargeant son pinceau de couleur, il grommelait entre ses dents: — Voici des tons bons à jeter par la fenêtre avec celui qui les a composés, ils sont d'une crudité et d'une fausseté révoltantes, comment peindre avec cela? Puis il trempait avec une vivacité fébrile la pointe de la brosse dans les différents tas de couleurs dont il parcourait quelquefois la gamme entière plus rapidement qu'un organiste de cathédrale ne parcourt l'étendue de son clavier à l'*O Filii* de Pâques.

Porbus et Poussin se tenaient immobiles chacun d'un côté de la toile, plongés dans la plus véhémente contemplation.

— Vois-tu, jeune homme, disait le vieillard sans se détourner, vois-tu

"But that saint is sublime, my good man!" the young man called out loudly, emerging from his deep daydreams. "These two figures, the saint and the boatman, have a subtlety of purpose that the Italian painters have no notion of; I don't know one of them who could have created the indecisiveness of the boatman."

"Does this little rascal belong to you?" Pourbus asked the old man.

"Alas, master, forgive my boldness," replied the novice, blushing. "I'm a nobody, a dauber of pictures by instinct who has recently arrived in this city, which is the fount of all knowledge."

"Get to work!" Pourbus said to him, offering him a red crayon and a sheet of paper.

The stranger nimbly made a line copy of the Saint Mary.

"Oh, ho!" cried the old man. "Your name?"

The young man signed "Nicolas Poussin" at the bottom.

"That's not bad for a beginner," said the odd character who had been speaking so extravagantly. "I see that it's possible to talk about painting in your presence. I don't blame you for having admired Pourbus's saint. It's a masterpiece for the world at large, and only those initiated into the deepest secrets of art can discover what's wrong with it. But, since you're worthy of the lesson, and able to understand, I'm going to show you just how little it would take to complete this picture. Be all eyes and give me complete attention; another opportunity to teach you like this may never occur again! Your palette, Pourbus?"

Pourbus went to get a palette and brushes. The little old man rolled up his sleeves in a convulsively brusque fashion, stuck his thumb into the palette, mottled and laden with paints, that Pourbus held out to him; he not so much took as ripped from his hands a fistful of brushes of all sizes, and his pointy beard suddenly started bobbing in menacing motions that expressed the urgings of an ardent imagination. While loading his brush with paint, he muttered between his teeth: "Here are tints that are only good enough to be thrown out the window along with the man who mixed them; they're revoltingly crude and false, how can I paint with this?" Then, with feverish energy, he dipped the tip of his brush into the various gobs of paint, at times running through their entire gamut more rapidly than a cathedral organist races from one end of his keyboard to another during the Easter *O Filii.*

Pourbus and Poussin remained motionless on either side of the canvas, sunk in the most vehement contemplation.

"Do you see, young man," said the old man without turning away,

comme au moyen de trois ou quatre touches et d'un petit glacis
bleuâtre, on pouvait faire circuler l'air autour de la tête de cette pauvre
sainte qui devait étouffer et se sentir prise dans cette atmosphère
épaisse! Regarde comme cette draperie voltige à présent et comme on
comprend que la brise la soulève! Auparavant elle avait l'air d'une toile
empesée et soutenue par des épingles. Remarques-tu comme le luisant
satiné que je viens de poser sur la poitrine rend bien la grasse souplesse
d'une peau de jeune fille, et comme le ton mélangé de brun-rouge et
d'ocre calciné réchauffe la grise froideur de cette grande ombre où le
sang se figeait au lieu de courir. Jeune homme, jeune homme, ce que je
te montre là, aucun maître ne pourrait te l'enseigner. Mabuse seul possédait le secret de donner de la vie aux figures. Mabuse n'a eu qu'un
élève, qui est moi. Je n'en ai pas eu, et je suis vieux! Tu as assez d'intelligence pour deviner le reste, par ce que je te laisse entrevoir.

Tout en parlant, l'étrange vieillard touchait à toutes les parties du
tableau: ici deux coups de pinceau, là un seul, mais toujours si à propos qu'on aurait dit une nouvelle peinture, mais une peinture trem-
pée de lumière. Il travaillait avec une ardeur si passionnée que la
sueur se perla sur son front dépouillé; il allait si rapidement par de petits mouvements si impatients, si saccadés, que pour le jeune Poussin
il semblait qu'il y eût dans le corps de ce bizarre personnage un
démon qui agissait par ses mains en les prenant fantastiquement contre le gré de l'homme. L'éclat surnaturel des yeux, les convulsions qui
semblaient l'effet d'une résistance donnaient à cette idée un semblant
de vérité qui devait agir sur une jeune imagination. Le vieillard allait
disant: — Paf, paf, paf! voilà comment cela se beurre, jeune homme!
venez, mes petites touches, faites-moi roussir ce ton glacial! Allons
donc! Pon! pon! pon! disait-il en réchauffant les parties où il avait si-
gnalé un défaut de vie, en faisant disparaître par quelques plaques de
couleur les différences de tempérament, et rétablissant l'unité de ton
que voulait une ardente Égyptienne.

— Vois-tu, petit, il n'y a que le dernier coup de pinceau qui compte.
Porbus en a donné cent, moi, je n'en donne qu'un. Personne ne nous
sait gré de ce qui est dessous. Sache bien cela!

Enfin ce démon s'arrêta, et se tournant vers Porbus et Poussin
muets d'admiration, il leur dit: —Cela ne vaut pas encore ma *Belle-
Noiseuse,* cependant on pourrait mettre son nom au bas d'une pareille
œuvre. Oui, je la signerais, ajouta-t-il en se levant pour prendre un
miroir dans lequel il la regarda. — Maintenant, allons déjeuner, dit-il.
Venez tous deux à mon logis. J'ai du jambon fumé, du bon vin! Hé! hé!
malgré le malheur des temps, nous causerons peinture! Nous sommes

"do you see how, with three or four strokes and a little bluish glaze, it was possible to make the air circulate around the head of this poor saint, who must have been stifled, trapped in that thick atmosphere? See how this drapery now flutters and how one now realizes that the breeze is lifting it! Before, it looked like a starched cloth held up by pins. Do you notice how the gleaming gloss I've just put on her chest reproduces the plump suppleness of a girl's skin, and how the tint blended of red-brown and burnt ocher warms up the gray chill of this large shadow, in which the blood was coagulating instead of flowing? Young man, young man, what I'm showing you here, no master could teach you. Mabuse alone possessed the secret of giving figures life. Mabuse had only one pupil: me. I never had any, and I'm old! You have enough intelligence to guess the rest from what I allow you to glimpse."

While speaking, the old man was placing strokes on every part of the painting: here two brushstrokes, there just one, but always so felicitously that you would have said it was a different picture, one bathed in light. He worked with such passionate fervor that beads of sweat stood out on his hairless brow; he moved so rapidly, with short movements that were so impatient and jerky, that it seemed to young Poussin as if the body of that peculiar character contained a demon acting through his hands, seizing them eerily as if against the man's will. The preternatural brightness of his eyes, the convulsions that looked like the effects of resistance, lent that notion a semblance of truth that had to affect a young imagination. The old man kept saying: "Bang, bang, bang! That's how it takes on consistency, young man! Come, little brushstrokes, make that icy tint grow red for me! Let's go!—Boom, boom, boom!" he would say, while adding warmth to the areas he had accused of lacking life, while eliminating the differences in feeling with a few patches of color, and restoring the unity of tone that an ardent Egyptian woman demanded.

"You see, youngster, it's only the final brushstroke that counts. Pourbus laid on a hundred and I've laid on just one. No one is going to thank us for what's underneath. Remember that!"

Finally that demon halted and, turning around to address Pourbus and Poussin, who were speechless with admiration, he said: "This is still not as good as my *Quarrelsome Beauty*, and yet it would be possible to put one's name at the bottom of a picture like this. Yes, I'd sign it," he added, standing up to fetch a mirror, in which he looked at it. "Now let's go dine," he said. "Both of you come to my house. I have smoked ham, I have good wine! Ho, ho! Despite the unfortunate era we live in, we'll chat about

de force. Voici un petit bonhomme, ajouta-t-il en frappant sur l'épaule de Nicolas Poussin, qui a de la facilité.

Apercevant alors la piètre casaque du Normand, il tira de sa ceinture une bourse de peau, y fouilla, prit deux pièces d'or, et les lui montrant: — J'achète ton dessin, dit-il.

— Prends, dit Porbus à Poussin en le voyant tressaillir et rougir de honte, car ce jeune adepte avait la fierté du pauvre. Prends donc, il a dans son escarcelle la rançon de deux rois!

Tous trois, ils descendirent de l'atelier et cheminèrent en devisant sur les arts, jusqu'à une belle maison de bois, située près du pont Saint-Michel, et dont les ornements, le heurtoir, les encadrements de croisées, les arabesques émerveillèrent Poussin. Le peintre en espérance se trouva tout à coup dans une salle basse, devant un bon feu, près d'une table chargée de mets appétissants, et par un bonheur inouï, dans la compagnie de deux grands artistes pleins de bonhomie.

— Jeune homme, lui dit Porbus en le voyant ébahi devant un tableau, ne regardez pas trop cette toile, vous tomberiez dans le désespoir.

C'était l'*Adam* que fit Mabuse pour sortir de prison où ses créanciers le retinrent si longtemps. Cette figure offrait, en effet, une telle puissance de réalité, que Nicolas Poussin commença dès ce moment à comprendre le véritable sens des confuses paroles dites par le vieillard. Celui-ci regardait le tableau d'un air satisfait, mais sans enthousiasme, et semblait dire: «J'ai fait mieux!»

— Il y a de la vie, dit-il, mon pauvre maître s'y est surpassé; mais il manquait encore un peu de vérité dans le fond de la toile. L'homme est bien vivant, il se lève et va venir à nous. Mais l'air, le ciel, le vent que nous respirons, voyons et sentons, n'y sont pas. Puis il n'y a encore là qu'un homme! Or le seul homme qui soit immédiatement sorti des mains de Dieu, devait avoir quelque chose de divin qui manque. Mabuse le disait lui-même avec dépit quand il n'était pas ivre.

Poussin regardait alternativement le vieillard et Porbus avec une inquiète curiosité. Il s'approcha de celui-ci comme pour lui demander le nom de leur hôte; mais le peintre se mit un doigt sur les lèvres d'un air de mystère, et le jeune homme, vivement intéressé, garda le silence, espérant que tôt ou tard quelque mot lui permettrait de deviner le nom de son hôte, dont la richesse et les talents étaient suffisamment attestés par le respect que Porbus lui témoignait, et par les merveilles entassées dans cette salle.

painting! We're equally matched. Here's a little fellow," he added, tapping Nicolas Poussin on the shoulder, "who has some aptitude."

Then, catching sight of the Norman's wretched coat, he drew a leather purse from his belt, rummaged in it, drew out two gold coins, and, showing them to him, said: "I'll buy your drawing."

"Take it," said Pourbus to Poussin, seeing him give a start and blush with shame, for that young adept had a poor man's pride. "Go on and take it; he's got enough in his moneybag to ransom two kings!"

The three of them left the studio and walked, conversing about the arts, until they reached a beautiful wooden house located near the Saint-Michel Bridge; its decorations, its door knocker, the frames of its casement windows, its arabesques, all amazed Poussin. The aspiring painter suddenly found himself in a downstairs room, in front of a good fire, near a table laden with appetizing food, and, by unusual good fortune, in the company of two great artists who were exceptionally good-natured.

"Young man," Pourbus said to him, seeing him dumbfounded in front of a painting, "don't look at that picture too long, or it will drive you to despair."

It was the *Adam* that Mabuse painted to get out of the prison where his creditors kept him so long. Indeed, that figure gave such a strong impression of being real that, from that moment on, Nicolas Poussin began to understand the true meaning of the confused words the old man had uttered. The old man looked at the picture with seeming satisfaction, but without enthusiasm, and appeared to be saying: "I've done better!"

"There's life in it," he said. "My poor master outdid himself in it; but there was still a little truth missing in the background of the picture. The man is really alive; he's getting up and is going to approach us. But the air, sky, and wind that we breathe, see, and feel aren't there. Besides, he's still just a man! Now, the only man who ever came directly from the hands of God ought to have something divine about him, which is missing. Mabuse used to say so himself, with vexation, when he wasn't drunk."

Poussin was looking back and forth between the old man and Pourbus with restless curiosity. He came up to Pourbus as if to ask him their host's name; but the painter put a finger to his lips with an air of mystery, and the young man, though keenly interested, kept silent, hoping that sooner or later some remark would allow him to learn the name of his host, whose wealth and talents were sufficiently attested to by the respect Pourbus showed him and by the wonders assembled in that room.

Poussin, voyant sur la sombre boiserie de chêne un magnifique portrait de femme, s'écria: — Quel beau Giorgion!

— Non! répondit le vieillard, vous voyez un de mes premiers barbouillages!

— Tudieu! je suis donc chez le dieu de la peinture, dit naïvement le Poussin.

Le vieillard sourit comme un homme familiarisé depuis longtemps avec cet éloge.

— Maître Frenhofer! dit Porbus, ne sauriez-vous faire venir un peu de votre bon vin du Rhin pour moi?

— Deux pipes, répondit le vieillard. Une pour m'acquitter du plaisir que j'ai eu ce matin en voyant ta jolie pécheresse, et l'autre comme un présent d'amitié.

— Ah! si je n'étais pas toujours souffrant, reprit Porbus, et si vous vouliez me laisser voir votre *Belle-Noiseuse,* je pourrais faire quelque peinture haute, large et profonde, où les figures seraient de grandeur naturelle.

— Montrer mon œuvre, s'écria le vieillard tout ému. Non, non, je dois la perfectionner encore. Hier, vers le soir, dit-il, j'ai cru avoir fini. Ses yeux me semblaient humides, sa chair était agitée. Les tresses de ses cheveux remuaient. Elle respirait! Quoique j'aie trouvé le moyen de réaliser sur une toile plate le relief et la rondeur de la nature, ce matin, au jour, j'ai reconnu mon erreur. Ah! pour arriver à ce résultat glorieux, j'ai étudié à fond les grands maîtres du coloris, j'ai analysé et soulevé couche par couche les tableaux de Titien, ce roi de la lumière; j'ai, comme ce peintre souverain, ébauché ma figure dans un ton clair avec une pâte souple et nourrie, car l'ombre n'est qu'un accident, retiens cela, petit. Puis je suis revenu sur mon œuvre, et au moyen de demi-teintes et de glacis dont je diminuais de plus en plus la transparence, j'ai rendu les ombres les plus vigoureuses et jusqu'aux noirs les plus fouillés; car les ombres des peintres ordinaires sont d'une autre nature que leurs tons éclairés; c'est du bois, de l'airain, c'est tout ce que vous voudrez, excepté de la chair dans l'ombre. On sent que si leur figure changeait de position, les places ombrées ne se nettoieraient pas et ne deviendraient pas lumineuses. J'ai évité ce défaut où beaucoup d'entre les plus illustres sont tombés, et chez moi la blancheur se révèle sous l'opacité de l'ombre la plus soutenue! Comme une foule d'ignorants qui s'imaginent dessiner correctement parce qu'ils font un trait soigneusement ébarbé, je n'ai pas marqué sèchement les bords extérieurs de ma figure et fait

Seeing a magnificent portrait of a woman on the somber oak paneling, Poussin exclaimed: "What a beautiful Giorgione!"

"No," replied the old man, "you're looking at one of my first smears."

"Damn! Then I'm in the home of the god of painting," Poussin said naïvely.

The old man smiled like a man long accustomed to such praise.

"Master Frenhofer," said Pourbus, "could you possibly send for a little of your good Rhenish wine for me?"

"Two casks," replied the old man. "One to repay you for the pleasure I had this morning looking at your pretty sinner, and the other as a present to a friend."

"Oh, if I weren't always under the weather," continued Pourbus, "and if you were willing to let me see your *Quarrelsome Beauty,* I could paint some tall, wide, deep picture in which the figures were life-size."

"Show my painting!" cried the old man, quite upset. "No, no, I still have to perfect it. Yesterday, toward evening," he said, "I thought I had finished it. Her eyes seemed moist to me, her flesh was stirring. The locks of her hair were waving. She was breathing! Even though I've found the way to achieve nature's relief and three-dimensionality on a flat canvas, this morning, when it got light, I realized my mistake. Oh, to achieve this glorious result, I've studied thoroughly the great masters of color, I've analyzed and penetrated layer by layer the paintings of Titian, that king of light; like that sovereign painter, I sketched in my figure in a light tint with a supple, heavily loaded brush—for shadow is merely an incidental phenomenon, remember that, youngster. Then I went back over my work and, by means of gradations and glazes that I made successively less transparent, I rendered the heaviest shadows and even the deepest blacks; for the shadows of ordinary painters are of a different nature from their bright tints; they're wood, bronze, or whatever you want, except flesh in shadow. You feel that, if their figure shifted position, the areas in shadow would never be cleared up and wouldn't become bright. I avoided that error, into which many of the most illustrious have fallen, and in my picture the whiteness can be discerned beneath the opacity of even the most dense shadow! Unlike that pack of ignoramuses who imagine they're drawing correctly because they produce a line carefully shorn of all rough edges, I haven't indicated the outer borders of my figure in a

ressortir jusqu'au moindre détail anatomique, car le corps humain ne finit pas par des lignes. En cela, les sculpteurs peuvent plus approcher de la vérité que nous autres. La nature comporte une suite de rondeurs qui s'enveloppent les unes dans les autres. Rigoureusement parlant, le dessin n'existe pas! Ne riez pas, jeune homme! Quelque singulier que vous paraisse ce mot, vous en comprendrez quelque jour les raisons. La ligne est le moyen par lequel l'homme se rend compte de l'effet de la lumière sur les objets; mais il n'y a pas de lignes dans la nature où tout est plein: c'est en modelant qu'on dessine, c'est-à-dire qu'on détache les choses du milieu où elles sont, la distribution du jour donne seule l'apparence au corps! Aussi, n'ai-je pas arrêté les linéaments, j'ai répandu sur les contours un nuage de demi-teintes blondes et chaudes qui fait que l'on ne saurait précisément poser le doigt sur la place où les contours se rencontrent avec les fonds. De près, ce travail semble cotonneux et paraît manquer de précision, mais à deux pas, tout se raffermit, s'arrête et se détache; le corps tourne, les formes deviennent saillantes, l'on sent l'air circuler tout autour. Cependant je ne suis pas encore content, j'ai des doutes. Peut-être faudrait-il ne pas dessiner un seul trait, et vaudrait-il mieux attaquer une figure par le milieu en s'attachant d'abord aux saillies les plus éclairées, pour passer ensuite aux portions les plus sombres. N'est-ce pas ainsi que procède le soleil, ce divin peintre de l'univers. Oh! nature, nature! qui jamais t'a surprise dans tes fuites! Tenez, le trop de science, de même que l'ignorance, arrive à une négation. Je doute de mon œuvre!

Le vieillard fit une pause, puis il reprit: — Voilà dix ans, jeune homme, que je travaille; mais que sont dix petites annés quand il s'agit de lutter avec la nature? Nous ignorons le temps qu'employa le seigneur Pygmalion pour faire la seule statue qui ait marché!

Le vieillard tomba dans une rêverie profonde, et resta les yeux fixes en jouant machinalement avec son couteau.

— Le voilà en conversation avec son *esprit,* dit Porbus à voix basse.

A ce mot, Nicolas Poussin se sentit sous la puissance d'une inexplicable curiosité d'artiste. Ce vieillard aux yeux blancs, attentif et stupide, devenu pour lui plus qu'un homme, lui apparut comme un génie fantasque qui vivait dans une sphère inconnue. Il réveillait mille idées confuses en l'âme. Le phénomène moral de cette espèce de fascination ne peut pas plus se définir qu'on ne peut traduire l'émotion excitée par un chant qui rappelle la patrie au cœur de l'exilé. Le mépris que ce vieil homme affectait d'exprimer pour les belles tentatives de

dry manner, bringing out even the slightest detail of the anatomy, because the human body isn't bounded by lines. In that area, sculptors
can come nearer the truth than we can. Nature is comprised of a series of solid shapes that dovetail into one another. Strictly speaking,
there's no such thing as drawing! Don't laugh, young man! As peculiar
as that remark may sound to you, you'll understand the reasons behind it some day. Line is the means by which man renders the effect
of light on objects; but there are no lines in nature, where everything
is continuous: it's by modeling that we draw; that is, we separate
things from the medium in which they exist; only the distribution of
the light gives the body its appearance! Thus, I haven't fixed any outlines, I've spread over the contours a cloud of blonde, warm inter-
mediate tints in such a way that no one can put his finger on the exact
place where the contours meet the background. From close up, this
work looks fleecy and seems lacking in precision, but, at two paces,
everything firms up, becomes fixed, and stands out; the body turns,
the forms project, and you feel the air circulating all around them.
And yet I'm still not satisfied, I have some doubts. Perhaps it's wrong
to draw a single line, perhaps it would be better to attack a figure from
the center, first concentrating on the projecting areas that catch most
of the light, and only then moving on to the darker sections. Isn't that
how the sun operates, that divine painter of the universe? O nature,
nature, who has ever captured you in your inmost recesses? You see,
just like ignorance, an excess of knowledge leads to a negation. I have
doubts about my painting!"

The old man paused, then resumed: "It's ten years now, young man,
that I've been working on it; but what are ten short years when it's a
question of struggling with nature? We don't know how long it took
Sir Pygmalion to make the only statue that ever walked!"

The old man dropped into deep musing, and sat there with fixed
eyes, mechanically playing with his knife.

"Now he's in converse with his 'spirit,'" said Pourbus quietly.

At that word, Nicholas Poussin felt himself under the power of an
unexplainable artistic curiosity. That old man with white eyes, attentive and in a stupor, had become more than a man to him; he seemed
like a whimsical genius living in an unknown sphere. He awakened a
thousand confused ideas in his soul. The moral phenomenon of that
type of fascination can no more be defined than one can render in
words the emotion caused by a song that reminds an exiled man's
heart of his homeland. The scorn this old man affected to express for

l'art, sa richesse, ses manières, les déférences de Porbus pour lui,
cette œuvre tenue si longtemps secrète, œuvre de patience, œuvre de
génie sans doute, s'il fallait en croire la tête de Vierge que le jeune
Poussin avait si franchement admirée, et qui belle encore, même près
de l'*Adam* de Mabuse, attestait le faire impérial d'un des princes de
l'art; tout en ce vieillard allait au delà des bornes de la nature humaine. Ce que la riche imagination de Nicolas Poussin put saisir de
clair et de perceptible en voyant cet être surnaturel, était une complète image de la nature artiste, de cette nature folle à laquelle tant de
pouvoirs sont confiés, et qui trop souvent en abuse, emmenant la
froide raison, les bourgeois et même quelques amateurs, à travers
mille routes pierreuses, où, pour eux, il n'y a rien; tandis que folâtre
en ses fantaisies, cette fille aux ailes blanches y découvre des épopées,
des châteaux, des œuvres d'art. Nature moqueuse et bonne, féconde
et pauvre! Ainsi, pour l'enthousiaste Poussin, ce vieillard était devenu,
par une transfiguration subite, l'Art lui-même, l'art avec ses secrets,
ses fougues et ses rêveries.

— Oui, mon cher Porbus, reprit Frenhofer, il m'a manqué jusqu'à
présent de rencontrer une femme irréprochable, un corps dont les
contours soient d'une beauté parfaite, et dont la carnation. . . . Mais
où est-elle vivante, dit-il en s'interrompant, cette introuvable Vénus
des anciens, si souvent cherchée, et de qui nous rencontrons à peine
quelques beautés éparses? Oh! pour voir un moment, une seule fois,
la nature divine, complète, l'idéal enfin, je donnerais toute ma fortune, mais j'irais te chercher dans tes limbes, beauté céleste!
Comme Orphée, je descendrais dans l'enfer de l'art pour en
ramener la vie.

— Nous pouvons partir d'ici, dit Porbus à Poussin, il ne nous entend plus, ne nous voit plus!

— Allons à son atelier, répondit le jeune homme émerveillé.

— Oh! le vieux reître a su en défendre l'entrée. Ses trésors sont
trop bien gardés pour que nous puissions y arriver. Je n'ai pas attendu
votre avis et votre fantaisie pour tenter l'assaut du mystère.

— Il y a donc un mystère?

— Oui, répondit Porbus. Le vieux Frenhofer est le seul élève
que Mabuse ait voulu faire. Devenu son ami, son sauveur, son
père, Frenhofer a sacrifié la plus grande partie de ses trésors à satisfaire les passions de Mabuse; en échange, Mabuse lui a légué le
secret du relief, le pouvoir de donner aux figures cette vie extraordinaire, cette fleur de nature, notre désespoir éternel, mais dont il

beautiful artistic endeavors, his wealth, his ways, Pourbus's deference toward him, that painting kept a secret for so long—a labor of patience, a labor of genius, no doubt, if one were to judge by the head of the Virgin that young Poussin had so candidly admired, and which, still beautiful even alongside Mabuse's *Adam,* bespoke the imperial talents of one of the princes of art—everything about that old man exceeded the boundaries of human nature. The clear, perceivable image that Nicolas Poussin's rich imagination derived from his observation of that preternatural being was a total image of the artistic nature, that irrational nature to which such great powers have been entrusted, and which all too often abuses those powers, leading cool reason, the bourgeois, and even some connoisseurs over a thousand rocky roads where there is nothing for them, while that white-winged lass, a madcap of fantasies, discovers there epics, castles, works of art. Nature— mocking and kind, fertile and poor! And so, for the enthusiastic Poussin, that old man, through a sudden transfiguration, had become art itself, art with its secrets, its passions, and its daydreams.

"Yes, my dear Pourbus," Frenhofer resumed, "up to now I've been unable to find a flawless woman, a body whose contours are perfectly beautiful, and whose complexion . . . But," he said, interrupting himself, "where is she in the living flesh, that undiscoverable Venus of the ancients, so often sought for, and of whose beauty we scarcely come across even a few scattered elements here and there? Oh, if I could see for a moment, just once, that divine, complete nature—in short, that ideal—I'd give my entire fortune; but I'd go after you in the underworld, heavenly beauty! Like Orpheus, I'd descend to the Hades of art to bring back life from there."

"We can leave," said Pourbus to Poussin; "he can't hear us anymore or see us anymore!"

"Let's go to his studio," replied the amazed young man.

"Oh, the sly old customer has taken care to block all entry to it. His treasures are too well guarded for us to reach them. I didn't wait for your suggestion or your fancies to attempt an attack on the mystery."

"So there is a mystery?"

"Yes," Pourbus replied. "Old Frenhofer is the only pupil Mabuse was ever willing to train. Having become his friend, his rescuer, his father, Frenhofer sacrificed the largest part of his treasures in satisfying Mabuse's passions; in exchange, Mabuse transmitted to him the secret of three-dimensionality, the power to give figures that extraordinary life, that natural bloom, which is our eternal despair, but the

possédait si bien *le faire,* qu'un jour, ayant vendu et bu le damas à fleurs avec lequel il devait s'habiller à l'entrée de Charles Quint, il accompagna son maître avec un vêtement de papier peint en damas. L'éclat particulier de l'étoffe portée par Mabuse surprit l'empereur, qui, voulant en faire compliment au protecteur du vieil ivrogne, découvrit la supercherie. Frenhofer est un homme passionné pour notre art, qui voit plus haut et plus loin que les autres peintres. Il a profondément médité sur les couleurs, sur la vérité absolue de la ligne; mais, à force de recherches, il est arrivé à douter de l'objet même de ses recherches. Dans ses moments de désespoir, il prétend que le dessin n'existe pas et qu'on ne peut rendre avec des traits que des figures géométriques; ce qui est au delà du vrai, puisque avec le trait et le noir, qui n'est pas une couleur, on peut faire une figure; ce qui prouve que notre art est, comme la nature, composé d'une infinité d'éléments: le dessin donne un squelette, la couleur est la vie, mais la vie sans le squelette est une chose plus incomplète que le squelette sans la vie. Enfin, il y a quelque chose de plus vrai que tout ceci, c'est que la pratique et l'observation sont tout chez un peintre, et que si le raisonnement et la poésie se querellent avec les brosses, on arrive au doute comme le bonhomme, qui est aussi fou que peintre. Peintre sublime, il a eu le malheur de naître riche, ce qui lui a permis de divaguer, ne l'imitez pas! Travaillez! les peintres ne doivent méditer que les brosses à la main.

— Nous y pénétrerons, s'écria Poussin n'écoutant plus Porbus et ne doutant plus de rien.

Porbus sourit à l'enthousiasme du jeune inconnu, et le quitta en l'invitant à venir le voir.

Nicolas Poussin revint à pas lents vers la rue de la Harpe, et dépassa sans s'en apercevoir la modeste hôtellerie où il était logé. Montant avec une inquiète promptitude son misérable escalier, il parvint à une chambre haute, située sous une toiture en colombage, naïve et légère couverture des maisons du vieux Paris. Près de l'unique et sombre fenêtre de cette chambre, il vit une jeune fille qui, au bruit de la porte, se dressa soudain par un mouvement d'amour; elle avait reconnu le peintre à la manière dont il avait attaqué le loquet.

— Qu'as-tu? lui dit-elle.

— J'ai, j'ai, s'écria-t-il en étouffant de plaisir, que je me suis senti peintre! J'avais douté de moi jusqu'à présent, mais ce matin j'ai cru en moi-même! Je puis être un grand homme! Va, Gillette, nous serons riches, heureux! Il y a de l'or dans ces pinceaux.

technique of which he possessed so firmly that, one day, having sold for drink the flowered damask with which he was supposed to make garments to wear at Emperor Charles V's visit to the city, he accompanied his patron wearing paper clothing painted like damask. The particular brilliance of the material worn by Mabuse surprised the emperor, who, wanting to compliment the old drunkard's protector on it, discovered the deception. Frenhofer is a man who's impassioned over our art, who sees higher and further than other painters. He has meditated profoundly on color, on the absolute truth of line; but, by dint of so much investigation, he has come to have doubts about the very thing he was investigating. In his moments of despair, he claims that there is no such thing as drawing and that only geometric figures can be rendered in line; that is going beyond the truth, because with line and with black, which isn't a color, we can create a figure; which proves that our art, like nature, is made up of infinite elements: drawing supplies a skeleton, color supplies life; but life without the skeleton is even more incomplete than the skeleton without life. Lastly, there's something truer than all this: practice and observation are everything to a painter, and if reasoning and poetry pick a fight with our brushes, we wind up doubting like this fellow here, who is as much a lunatic as he is a painter. Although a sublime painter, he had the misfortune of being born into wealth, and that allowed his mind to wander. Don't imitate him! Work! Painters shouldn't meditate unless they have their brushes in their hand."

"We'll make our way in!" cried Poussin, no longer listening to Pourbus and no longer troubled by doubts.

Pourbus smiled at the young stranger's enthusiasm, and left him, inviting him to come and see him.

Nicolas Poussin went back slowly toward the Rue de la Harpe, walking past the modest hostelry in which he lodged, without noticing it. Climbing his wretched staircase with restless speed, he reached a upstairs room located beneath a half-timbered roof, that naïve, lightweight covering of old Parisian houses. Near the dark window, the only one in his room, he saw a girl, who, at the sound of the door, suddenly stood up straight, prompted by her love; she had recognized the painter by the way he had jiggled the latch.

"What's the matter?" she asked.

"The matter, the matter," he cried, choking with pleasure, "is that I really felt I was a painter! I had doubted myself up to now, but this morning I began to believe in myself! I can be a great man! Come, Gillette, we'll be rich and happy! There's gold in these brushes."

Mais il se tut soudain. Sa figure grave et vigoureuse perdit son expression de joie quand il compara l'immensité de ses espérances à la médiocrité de ses ressources. Les murs étaient couverts de simples papiers chargés d'esquisses au crayon. Il ne possédait pas quatre toiles propres. Les couleurs avaient alors un haut prix, et le pauvre gentilhomme voyait sa palette à peu près nue. Au sein de cette misère, il possédait et ressentait d'incroyables richesses de cœur, et la surabondance d'un génie dévorant. Amené à Paris par un gentilhomme de ses amis, ou peut-être par son propre talent, il y avait rencontré soudain une maîtresse, une de ces âmes nobles et généreuses qui viennent souffrir près d'un grand homme, en épousent les misères et s'efforcent de comprendre leurs caprices; forte pour la misère et l'amour, comme d'autres sont intrépides à porter le luxe, à faire parader leur insensibilité. Le sourire errant sur les lèvres de Gillette dorait ce grenier et rivalisait avec l'éclat du ciel. Le soleil ne brillait pas toujours, tandis qu'elle était toujours là, recueillie dans sa passion, attachée à son bonheur, à sa souffrance, consolant le génie qui débordait dans l'amour avant de s'emparer de l'art.

— Écoute, Gillette, viens.

L'obéissante et joyeuse fille sauta sur les genoux du peintre. Elle était toute grâce, toute beauté, jolie comme un printemps, parée de toutes les richesses féminines et les éclairant par le feu d'une belle âme.

— O Dieu! s'écria-t-il, je n'oserai jamais lui dire . . .

— Un secret? reprit-elle, je veux le savoir.

Le Poussin resta rêveur.

— Parle donc.

— Gillette! pauvre cœur aimé!

— Oh! tu veux quelque chose de moi?

— Oui.

— Si tu désires que je pose encore devant toi comme l'autre jour, reprit-elle d'un petit air boudeur, je n'y consentirai plus jamais, car, dans ces moments-là, tes yeux ne me disent plus rien. Tu ne penses plus à moi, et cependant tu me regardes.

— Aimerais-tu mieux me voir copiant une autre femme?

— Peut-être, dit-elle, si elle était bien laide.

— Eh! bien, reprit Poussin d'un ton sérieux, si pour ma gloire à venir, si pour me faire grand peintre, il fallait aller poser chez un autre?

— Tu veux m'éprouver, dit-elle. Tu sais bien que je n'irais pas.

Le Poussin pencha sa tête sur sa poitrine comme un homme qui succombe à une joie ou à une douleur trop forte pour son âme.

But he suddenly fell silent. His serious, energetic face lost its expression of joy when he compared the immensity of his hopes to the insignificance of his resources. The walls were covered with plain pieces of paper full of crayon sketches. He didn't own four clean canvases. Paints were expensive at the time, and the poor gentleman's palette was nearly bare. Living in such destitution, he possessed and was aware of incredible riches of the heart and the superabundance of a devouring genius. Brought to Paris by a nobleman who had befriended him, or perhaps by his own talent, he had suddenly found a sweetheart there, one of those noble, generous souls who accept suffering at the side of a great man, adopting his poverty and trying to understand his whims; brave in poverty and love just as other women are fearless in supporting luxury and making a public show of their lack of feelings. The smile that played on Gillette's lips gilded that garret, competing with the brightness of the sky. The sun didn't always shine, whereas she was always there, communing with his passion, devoted to his happiness and his suffering, consoling the genius that overflowed with love before seizing art.

"Listen, Gillette, come."

The joyful, obedient girl leaped onto the painter's knees. She was all grace, all beauty, lovely as springtime, adorned with all feminine riches and illumining them with the flame of a beautiful soul.

"Oh, God!" he cried. "I'll never have the courage to tell her."

"A secret?" she asked. "I want to hear it."

Poussin remained quiet, lost in thought.

"Well, talk."

"Gillette, my poor sweetheart!"

"Oh, you want something from me?"

"Yes."

"If you want me to pose for you again the way I did the other day," she continued in a rather sulky way, "I'll never agree to it again, because, at times like that, your eyes no longer tell me anything. You no longer think about me, even though you're looking at me."

"Would you prefer to see me drawing another woman?"

"Maybe," she said, "if she were good and ugly."

"So, then," Poussin went on in a serious tone, "what if, for my future glory, in order to make me a great painter, it were necessary to pose for someone else?"

"You want to test me," she said. "You know very well I wouldn't go."

Poussin's head dropped onto his chest, like that of a man succumbing to a joy or sorrow too strong for his soul.

— Écoute, dit-elle en tirant Poussin par la manche de son pourpoint usé, je t'ai dit, Nick, que je donnerais ma vie pour toi; mais je ne t'ai jamais promis, moi vivante, de renoncer à mon amour.

— Y renoncer? s'écria Poussin.

— Si je me montrais ainsi à un autre, tu ne m'aimerais plus. Et, moi-même, je me trouverais indigne de toi. Obéir à tes caprices, n'est-ce pas chose naturelle et simple? Malgré moi, je suis heureuse, et même fière de faire ta chère volonté. Mais pour un autre! fi donc.

— Pardonne, ma Gillette, dit le peintre en se jetant à ses genoux. J'aime mieux être aimé que glorieux. Pour moi, tu es plus belle que la fortune et les honneurs. Va, jette mes pinceaux, brûle ces esquisses. Je me suis trompé. Ma vocation, c'est de t'aimer. Je ne suis pas peintre, je suis amoureux. Périssent et l'art et tous ses secrets!

Elle l'admirait, heureuse, charmée! Elle régnait, elle sentait instinctivement que les arts étaient oubliés pour elle, et jetés à ses pieds comme un grain d'encens.

— Ce n'est pourtant qu'un vieillard, reprit Poussin. Il ne pourra voir que la femme en toi. Tu es si parfaite!

— Il faut bien aimer, s'écria-t-elle prête à sacrifier ses scrupules d'amour pour récompenser son amant de tous les sacrifices qu'il lui faisait. Mais, reprit-elle, ce serait me perdre. Ah! me perdre pour toi. Oui, cela est bien beau! mais tu m'oublieras. Oh! quelle mauvaise pensée as-tu donc eue là!

— Je l'ai eue et je t'aime, dit-il avec une sorte de contrition, mais je suis donc un infâme.

— Consultons le père Hardouin? dit-elle.

— Oh, non! que ce soit un secret entre nous deux.

— Eh! bien, j'irai; mais ne sois pas là, dit-elle. Reste à la porte, armé de ta dague; si je crie, entre et tue le peintre.

Ne voyant plus que son art, le Poussin pressa Gillette dans ses bras.

— Il ne m'aime plus! pensa Gillette quand elle se trouva seule.

Elle se repentait déjà de sa résolution. Mais elle fut bientôt en proie à une épouvante plus cruelle que son repentir, elle s'efforça de chaser une pensée affreuse qui s'élevait dans son cœur. Elle croyait aimer déjà moins le peintre en le soupçonnant moins estimable qu'auparavant.

"Listen," she said, tugging the sleeve of Poussin's threadbare doublet, "I've told you, Nick, that I'd give my life for you; but I've never promised you to give up my love for you while I was alive."

"Give it up?" cried Poussin.

"If I showed myself that way to somebody else, you wouldn't love me anymore. And I myself would feel unworthy of you. Isn't catering to your whims a natural, simple thing? In spite of myself, I'm happy, and even proud to do everything you ask me to. But for somebody else—oh, no."

"Forgive me, Gillette," said the painter, falling on his knees. "I'd rather be loved than famous. For me you're more beautiful than wealth and honors. Go, throw away my brushes, burn those sketches. I was wrong. My calling is to love you. I'm not a painter, I'm a lover. Art and all its secrets can go hang!"

She admired him, she was happy, delighted! She ruled supreme, she felt instinctively that the arts were forgotten for her sake and cast at her feet like a grain of incense.

"And yet he's only an old man," Poussin continued. "He'll only be able to see the woman in you. You're so perfect!"

"I've got to love you!" she cried, prepared to sacrifice her romantic scruples to reward her lover for all the sacrifices he made for her. "But," she went on, "it would mean ruining me. Ah, to ruin myself for you! Yes, it's a beautiful thing, but you'll forget me. Oh, what a terrible idea you've come up with!"

"I've come up with it, and I love you," he said with a kind of contrition, "but it makes me a scoundrel."

"Shall we consult Father Hardouin?" she asked.

"Oh, no. Let it be a secret between the two of us."

"All right, I'll go; but you mustn't be there," she said. "Remain outside the door, armed with your dagger; if I scream, come in and kill the painter."

No longer seeing anything but his art, Poussin crushed Gillette in his arms.

"He doesn't love me anymore!" Gillette thought when she was alone.

She already regretted her decision. But she soon fell prey to a fear that was even crueler than her regret; she did her best to drive away an awful thought that was taking shape in her heart. She was thinking that she already loved the painter less, suspecting him of being less estimable than before.

2. Catherine Lescault.

Trois mois après la rencontre du Poussin et de Porbus, celui-ci vint voir maître Frenhofer. Le vieillard était alors en proie à l'un de ces découragements profonds et spontanés dont la cause est, s'il faut en croire les mathématiciens de la médecine, dans une digestion mauvaise, dans le vent, la chaleur ou quelque empâtement des hypocondres; et, suivant les spiritualistes, dans l'imperfection de notre nature morale. Le bonhomme s'était purement et simplement fatigué à parachever son mystérieux tableau. Il était languissamment assis dans une vaste chaire de chêne sculpté, garnie de cuir noir; et, sans quitter son attitude mélancolique, il lança sur Porbus le regard d'un homme qui s'était établi dans son ennui.

— Eh! bien, maître, lui dit Porbus, l'outremer que vous êtes allé chercher à Bruges était-il mauvais, est-ce que vous n'avez pas su broyer votre nouveau blanc, votre huile est-elle méchante, ou les pinceaux rétifs?

— Hélas! s'écria le vieillard, j'ai cru pendant un moment que mon œuvre était accomplie; mais je me suis, certes, trompé dans quelques détails, et je ne serai tranquille qu'après avoir éclairci mes doutes. Je me décide à voyager et vais aller en Turquie, en Grèce, en Asie pour y chercher un modèle et comparer mon tableau à diverses natures. Peut-être ai-je là-haut, reprit-il en laissant échapper un sourire de contentement, la nature elle-même. Parfois, j'ai quasi peur qu'un souffle ne me réveille cette femme et qu'elle ne disparaisse.

Puis il se leva tout à coup, comme pour partir.

— Oh! oh! répondit Porbus, j'arrive à temps pour vous éviter la dépense et les fatigues du voyage.

— Comment, demanda Frenhofer étonné.

— Le jeune Poussin est aimé par une femme dont l'incomparable beauté se trouve sans imperfection aucune. Mais, mon cher maître, s'il consent à vous la prêter, au moins faudra-t-il nous laisser voir votre toile.

Le vieillard resta debout, immobile, dans un état de stupidité parfaite.

— Comment! s'écria-t-il enfin douloureusement, montrer ma créature, mon épouse? déchirer le voile sous lequel j'ai chastement couvert mon bonheur? Mais ce serait une horrible prostitution! Voilà dix ans que je vis avec cette femme, elle est à moi, à moi seul, elle m'aime. Ne m'a-t-elle pas souri à chaque coup de pinceau que je lui ai donné? Elle a une âme, l'âme dont je l'ai douée. Elle rougirait si d'autres yeux que les miens s'arrêtaient sur elle. La faire voir! mais quel est le mari, l'amant assez vil pour conduire sa femme au déshonneur? Quand tu

2. Catherine Lescault

Three months after Poussin and Pourbus first met, Pourbus paid a visit to Master Frenhofer. The old man was at the time a prey to one of those spontaneous fits of deep discouragement, the cause of which, if one is to believe the firm opinions of traditional doctors, is indigestion, the wind, heat, or some bloating of the hypochondriac regions; but, according to psychologists, is really the imperfection of our moral nature. The man was suffering from fatigue, pure and simple, after trying to finish his mysterious painting. He was seated languidly in an enormous chair of carved oak trimmed with black leather; and, without abandoning his melancholy attitude, he darted at Pourbus the glance of a man who had settled firmly into his distress.

"Well, master," Pourbus said, "was the ultramarine you went to Bruges for bad? Weren't you able to grind your new white? Is your oil defective, or your brushes stiff?"

"Alas!" exclaimed the old man, "for a moment I thought my picture was finished; but now I'm sure I was wrong about a few details, and I won't be calm until I've dispelled my doubts. I've decided to take a trip to Turkey, Greece, and Asia to look for a model and compare my picture to different types of natural beauties. Maybe," he went on, with a smile of satisfaction, "I've got nature herself upstairs. Sometimes I'm almost afraid that a breath of air might wake up that woman and she might disappear."

Then he suddenly rose, as if to depart.

"Oh, oh," Pourbus replied, "I've come just in time to save you the expense and fatigue of the journey."

"How so?" asked Frenhofer in surprise.

"Young Poussin has a sweetheart whose incomparable beauty is totally flawless. But, dear master, if he agrees to lend her to you, at the very least you'll have to show us your canvas."

The old man just stood there, motionless, in a state of complete stupefaction.

"What!" he finally cried in sorrow. "Show my creation, my wife? Rend the veil with which I've chastely covered my happiness? But that would be a terrible prostitution! For ten years now I've been living with this woman; she's mine, only mine, she loves me. Hasn't she smiled at me at each brushstroke I've given her? She has a soul, the soul that I endowed her with. She would blush if anyone's eyes but mine were fixed on her. Show her! But where is the husband or lover so vile as to lead his wife to dishonor? When you paint a picture for

fais un tableau pour la cour, tu n'y mets pas toute ton âme, tu ne vends aux courtisans que des mannequins coloriés. Ma peinture n'est pas une peinture, c'est un sentiment, une passion! Née dans mon atelier, elle doit y rester vierge, et n'en peut sortir que vêtue. La poésie et les femmes ne se livrent nues qu'à leurs amants! Possédons-nous le modèle de Raphaël, l'Angélique de l'Arioste, la Béatrix du Dante? Non! nous n'en voyons que les Formes. Eh! bien, l'œuvre que je tiens là-haut sous mes verrous est une exception dans notre art. Ce n'est pas une toile, c'est une femme! une femme avec laquelle je pleure, je ris, je cause et pense. Veux-tu que tout à coup je quitte un bonheur de dix années comme on jette un manteau? Que tout à coup je cesse d'être père, amant et Dieu. Cette femme n'est pas une créature, c'est une création. Vienne ton jeune homme, je lui donnerai mes trésors, je lui donnerai des tableaux du Corrège, de Michel-Ange, du Titien, je baiserai la marque de ses pas dans la poussière; mais en faire mon rival? honte à moi! Ha! ha! je suis plus amant encore que je ne suis peintre. Oui, j'aurai la force de brûler ma *Belle-Noiseuse* à mon dernier soupir; mais lui faire supporter le regard d'un homme, d'un jeune homme, d'un peintre? non, non! Je tuerais le lendemain celui qui l'aurait souillée d'un regard! Je te tuerais à l'instant, toi, mon ami, si tu ne la saluais pas à genoux! Veux-tu maintenant que je soumette mon idole aux froids regards et aux stupides critiques des imbéciles? Ah! l'amour est un mystère, il n'a de vie qu'au fond des cœurs, et tout est perdu quand un homme dit même à son ami: «Voilà celle que j'aime!»

Le vieillard semblait être redevenu jeune; ses yeux avaient de l'éclat et de la vie; ses joues pâles étaient nuancées d'un rouge vif, et ses mains tremblaient. Porbus, étonné de la violence passionnée avec laquelle ces paroles furent dites, ne savait que répondre à un sentiment aussi neuf que profond. Frenhofer était-il raisonnable ou fou? Se trouvait-il subjugué par une fantaisie d'artiste, ou les idées qu'il avait exprimées procédaient-elles de ce fanatisme inexprimable produit en nous par le long enfantement d'une grande œuvre? Pouvait-on jamais espérer de transiger avec cette passion bizarre?

En proie à toutes ces pensées, Porbus dit au vieillard:

— Mais n'est-ce pas femme pour femme? Poussin ne livre-t-il pas sa maîtresse à vos regards?

— Quelle maîtresse, répondit Frenhofer. Elle le trahira tôt ou tard. La mienne me sera toujours fidèle!

— Eh! bien, reprit Porbus, n'en parlons plus. Mais avant que vous ne trouviez, même en Asie, une femme aussi belle, aussi parfaite que celle dont je parle, vous mourrez peut-être sans avoir achevé votre tableau.

the royal court, you don't put your whole soul into it; all you're selling to the courtiers is colored dummies. My kind of painting isn't painting, it's emotion, passion! She was born in my studio, she must remain there as a virgin, she can only leave when fully dressed. Poetry and women only surrender themselves naked to their lovers! Do we possess Raphael's model, Ariosto's Angelica,[6] Dante's Beatrice? No, we only see their forms! Well, the picture I have under lock and key upstairs is something exceptional in our art. It isn't a canvas, it's a woman!—a woman with whom I weep, laugh, converse, and think. Do you want me suddenly to throw away ten years' happiness the way one throws off a coat? Do you want me suddenly to leave off being a father, a lover, God? That woman isn't a single creature, she's all of creation. Let your young man come; I'll give him my treasures, I'll give him pictures by Correggio, Michelangelo, Titian; I'll kiss the print of his feet in the dust; but make him my rival? Shame upon me! Ha, ha, I'm even more of a lover than I am a painter. Yes, I'll have the strength to burn my *Quarrelsome Beauty* with my dying breath; but to expose her to the eyes of a man, a young man, a painter? No, no! If anyone sullied her with a glance, I'd kill him the next day! I'd kill you on the spot, you, my friend, if you didn't salute her on your knees! Now do you want me to submit my idol to the cold eyes and stupid criticisms of imbeciles? Oh, love is a mystery, it lives only in the depths of our heart, and everything is ruined when a man says, even to his friend, 'This is the woman I love!'"

The old man seemed to have become young again; his eyes shone and were full of life; his pale cheeks were mottled with a vivid red, and his hands were trembling. Pourbus, astonished at the passionate vehemence with which those words were uttered, had nothing to say in reply to a sentiment that was as novel as it was profound. Was Frenhofer in his right mind or mad? Was he under the spell of some artistic fancy, or were the ideas he had expressed the result of that indescribable fanaticism produced in us by the long gestation of a great work? Could one ever hope to come to terms with that odd passion?

A prey to all these thoughts, Pourbus said to the old man:

"But isn't it one woman for another? Isn't Poussin exposing his sweetheart to your eyes?"

"Some sweetheart!" Frenhofer replied. "She'll betray him sooner or later. Mine will always be faithful to me!"

"All right," Pourbus continued, "let's drop the subject. But before you find, even in Asia, a woman as beautiful and perfect as the one I'm talking about, you may die without finishing your picture."

— Oh! il est fini, dit Frenhofer. Qui le verrait, croirait apercevoir une femme couchée sur un lit de velours, sous des courtines. Près d'elle un trépied d'or exhale des parfums. Tu serais tenté de prendre le gland des cordons qui retiennent les rideaux, et il te semblerait voir le sein de *Catherine Lescault,* une belle courtisane appelée *la Belle-Noiseuse,* rendre le mouvement de sa respiration. Cependant, je voudrais bien être certain . . .

— Va donc en Asie, répondit Porbus en apercevant une sorte d'hésitation dans le regard de Frenhofer.

Et Porbus fit quelques pas vers la porte de la salle.

En ce moment, Gillette et Nicolas Poussinn étaient arrivés près du logis de Frenhofer. Quand la jeune fille fut sur le point d'y entrer, elle quitta le bras du peintre, et se recula comme si elle eût été saisie par quelque soudain pressentiment.

— Mais que viens-je donc faire ici, demanda-t-elle à son amant d'un son de voix profond et en le regardant d'un œil fixe.

— Gillette, je t'ai laissée maîtresse et veux t'obéir en tout. Tu es ma conscience et ma gloire. Reviens au logis, je serai plus heureux, peut-être, que si tu . . .

— Suis-je à moi quand tu me parles ainsi? Oh! non, je ne suis plus qu'une enfant. — Allons, ajouta-t-elle en paraissant faire un violent effort, si notre amour périt, et si je mets dans mon cœur un long regret, ta célébrité ne sera-t-elle pas le prix de mon obéissance à tes désirs? Entrons, ce sera vivre encore que d'être toujours comme un souvenir dans ta palette.

En ouvrant la porte de la maison, les deux amants se rencontrèrent avec Porbus qui, surpris par la beauté de Gillette dont les yeux étaient alors pleins de larmes, la saisit toute tremblante, et l'amenant devant le vieillard:

— Tenez, dit-il, ne vaut-elle pas tous les chefs-d'œuvre du monde?

Frenhofer tressaillit. Gillette était là, dans l'attitude naïve et simple d'une jeune Géorgienne innocente et peureuse, ravie et présentée par des brigands à quelque marchand d'esclaves. Une pudique rougeur colorait son visage, elle baissait les yeux, ses mains étaient pendantes à ses côtés, ses forces semblaient l'abandonner, et des larmes protestaient contre la violence faite à sa pudeur. En ce moment, Poussin, au désespoir d'avoir sorti ce beau trésor de ce grenier, se maudit lui-même. Il devint plus amant qu'artiste, et mille scrupules lui torturèrent le cœur quand il vit l'œil rajeuni du vieillard, qui, par une habitude de peintre, déshabilla, pour ainsi dire, cette jeune fille en en

"Oh, it's finished," said Frenhofer. "Anyone who looked at it would imagine he saw a woman lying on a velvet bed beneath curtains. Near her, a golden tripod emits incense. You'd be tempted to take hold of the tassel of the cords that hold back the curtains, and you'd think you saw the bosom of Catherine Lescault, a beautiful courtesan nicknamed the Quarrelsome Beauty, heaving with her breath. And yet, I'd like to be sure . . ."

"Well, go to Asia," Pourbus replied, detecting a sort of hesitation in Frenhofer's eyes.

And Pourbus took a few steps toward the door of the room.

At that moment, Gillette and Nicolas Poussin had arrived near Frenhofer's dwelling. As the girl was about to go in, she freed herself from the painter's arm and recoiled as if gripped by some sudden presentiment.

"But what am I coming here for?" she asked her lover in deep tones, staring at him.

"Gillette, I've left it all up to you, and I want to obey you in all ways. You are my conscience and my glory. Go back to our room; I'll be happier, maybe, than if you . . ."

"Am I my own mistress when you speak to me that way? Oh, no, I'm only a child.—Let's go," she added, seeming to make a violent effort; "if our love dies and I'm laying in long days of regret for myself, won't your fame be the reward for my obedience to your wishes? Let's go in; being a kind of eternal memory on your palette will be like being still alive."

On opening the door to the house, the two lovers came upon Pourbus; amazed at the beauty of Gillette, whose eyes were full of tears at the moment, he took hold of her as she stood there trembling and, leading her in to the old man, said:

"Now, isn't she worth all the masterpieces in the world?"

Frenhofer gave a start. There was Gillette, in the naïve, simple attitude of an innocent, frightened girl of Caucasian Georgia who has been kidnapped and is being presented by brigands to a slave dealer. A modest blush gave color to her face, she lowered her eyes, her hands hung at her sides, her strength seemed to desert her, and tears protested against the violence being done to her modesty. At that moment, Poussin, in despair at having let that beautiful treasure out of his garret, cursed himself. He became a lover foremost and an artist next; a thousand scruples tortured his heart when he saw the rejuvenated eyes of the old man, who, as painters do, was mentally

devinant les formes les plus secrètes. Il revint alors à la féroce jalousie du véritable amour.

— Gillette, partons! s'écria-t-il.

A cet accent, à ce cri, sa maîtresse joyeuse leva les yeux sur lui, le vit, et courut dans ses bras.

— Ah! tu m'aimes donc, répondit-elle en fondant en larmes.

Après avoir eu l'énergie de taire sa souffrance, elle manquait de force pour cacher son bonheur.

— Oh! laissez-la-moi pendant un moment, dit le vieux peintre, et vous la comparerez à ma Catherine. Oui, j'y consens.

Il y avait encore de l'amour dans le cri de Frenhofer. Il semblait avoir de la coquetterie pour son semblant de femme, et jouir par avance du triomphe que la beauté de sa vierge allait remporter sur celle d'une vraie jeune fille.

— Ne le laissez pas se dédire, s'écria Porbus en frappant sur l'épaule de Poussin. Les fruits de l'amour passent vite, ceux de l'art sont immortels.

— Pour lui, répondit Gillette en regardant attentivement le Poussin et Porbus, ne suis-je donc pas plus qu'une femme? Elle leva la tête avec fierté; mais quand, après avoir jeté un coup d'œil étincelant à Frenhofer, elle vit son amant occupé à contempler de nouveau le portrait qu'il avait pris naguère pour un Giorgion:

— Ah! dit-elle, montons! Il ne m'a jamais regardée ainsi.

— Vieillard, reprit Poussin tiré de sa méditation par la voix de Gillette, vois cette épée, je la plongerai dans ton cœur au premier mot de plainte que prononcera cette jeune fille, je mettrai le feu à ta maison, et personne n'en sortira. Comprends-tu?

Nicolas Poussin était sombre, et sa parole fut terrible. Cette attitude et surtout le geste du jeune peintre consolèrent Gillette qui lui pardonna presque de la sacrifier à la peinture et à son glorieux avenir. Porbus et Poussin restèrent à la porte de l'atelier, se regardant l'un l'autre en silence. Si, d'abord, le peintre de la *Marie égyptienne* se permit quelques exclamations: — Ah! elle se déshabille, il lui dit de se mettre au jour! Il la compare! bientôt il se tut à l'aspect du Poussin dont le visage était profondément triste; et, quoique les vieux peintres n'aient plus de ces scrupules si petits en présence de l'art, il les admira tant ils étaient naïfs et jolis. Le jeune homme avait la main sur la garde de sa dague et l'oreille presque collée à la porte. Tous deux, dans l'ombre et debout, ressemblaient ainsi à deux conspirateurs attendant l'heure de frapper un tyran.

undressing the girl, divining her most secret forms. Then he reverted to the fierce jealousy of true love.

"Gillette, let's go!" he cried.

At that tone, at that cry, his joyful sweetheart raised her eyes in his direction, saw him, and rushed into his arms.

"Oh, you do love me!" she replied, bursting into tears.

After having had the energy to be silent about her suffering, she had no more strength left to conceal her happiness.

"Oh, leave her with me for just a while," said the old painter, "and you'll compare her to my Catherine. Yes, I consent."

There was still love in Frenhofer's cry. He seemed to have a lover's vanity for his painted woman and to be enjoying in advance the victory that his virgin's beauty would win over that of a real girl.

"Don't let him go back on his word!" cried Pourbus, tapping Poussin on the shoulder. "The fruits of love are quickly gone, those of art are immortal."

Looking hard at Poussin and Pourbus, Gillette replied, "Am I nothing more than a woman to him?" She raised her head proudly; but when, after darting a fierce glance at Frenhofer, she saw her lover busy contemplating once again the portrait he had recently taken for a Giorgione, she said:

"Ah! Let's go upstairs! He's never looked at me that way."

"Old man," Poussin resumed, torn from his meditation by Gillette's voice, "do you see this blade? I'll thrust it into your heart at the first word of complaint this girl utters; I'll set fire to your house, and no one will get out alive. Understand?"

Nicolas Poussin was somber, and his words were awesome. This attitude, and especially the young painter's gesture, consoled Gillette, who almost forgave him for sacrificing her to the art of painting and his glorious future. Pourbus and Poussin remained at the studio door, looking at each other in silence. If at first the painter of *St. Mary of Egypt* permitted himself a few exclamations—"Ah, she's getting undressed, he's asking her to stand in the daylight! He's comparing her!"—soon he fell silent at the sight of Poussin, whose face showed deep sadness. And, even though elderly painters no longer feel such petty scruples in the presence of art, he admired them for being so naïve and charming. The young man kept his hand on his dagger's hilt and his ear almost glued to the door. The two of them, standing there in the darkness, thus looked like two conspirators awaiting the moment when they would strike down a tyrant.

— Entrez, entrez, leur dit le vieillard rayonnant de bonheur. Mon œuvre est parfaite, et maintenant je puis la montrer avec orgueil. Jamais peintre, pinceaux, couleurs, toile et lumière ne feront une rivale à Catherine Lescault la belle courtisane.

En proie à une vive curiosité, Porbus et Poussin coururent au milieu d'un vaste atelier couvert de poussière, où tout était en désordre, où ils virent çà et là des tableaux accrochés aux murs. Ils s'arrêtèrent tout d'abord devant une figure de femme de grandeur naturelle, demi-nue, et pour laquelle ils furent saisis d'admiration.

— Oh! ne vous occupez pas de cela, dit Frenhofer, c'est une toile que j'ai barbouillée pour étudier une pose, ce tableau ne vaut rien. Voilà mes erreurs, reprit-il en leur montrant de ravissantes compositions suspendues aux murs, autour d'eux.

A ces mots, Porbus et Poussin, stupéfaits de ce dédain pour de telles œuvres, cherchèrent le portrait annoncé, sans réussir à l'apercevoir.

— Eh! bien, le voilà! leur dit le vieillard dont les cheveux étaient en désordre, dont le visage était enflammé par une exaltation surnaturelle, dont les yeux pétillaient, et qui haletait comme un jeune homme ivre d'amour. — Ah! ah! s'écria-t-il, vous ne vous attendiez pas à tant de perfection! Vous êtes devant une femme et vous cherchez un tableau. Il y a tant de profondeur sur cette toile, l'air y est si vrai, que vous ne pouvez plus le distinguer de l'air qui nous environne. Où est l'art? perdu, disparu! Voilà les formes mêmes d'une jeune fille. N'ai-je pas bien saisi la couleur, le vif de la ligne qui paraît terminer le corps? N'est-ce pas le même phénomène que nous présentent les objets qui sont dans l'atmosphère comme les poissons dans l'eau? Admirez comme les contours se détachent du fond? Ne semble-t-il pas que vous puissiez passer la main sur ce dos? Aussi, pendant sept années, ai-je étudié les effets de l'accouplement du jour et des objets. Et ces cheveux, la lumière ne les inonde-t-elle pas? . . . Mais elle a respiré, je crois! . . . Ce sein, voyez? Ah! qui ne voudrait l'adorer à genoux? Les chairs palpitent. Elle va se lever, attendez.

— Apercevez-vous quelque chose? demanda Poussin à Porbus.

— Non. Et vous?

— Rien.

Les deux peintres laissèrent le vieillard à son extase, regardèrent si la lumière, en tombant d'aplomb sur la toile qu'il leur montrait, n'en neutralisait pas tous les effets. Ils examinèrent alors la peinture en se mettant à droite, à gauche, de face, en se baissant et se levant tour à tour.

"Come in, come in," called the old man, beaming with happiness. "My picture is perfect, and now I can show it with pride. Never will a painter, brushes, paints, canvas, or light create any rival to Catherine Lescault, the beautiful courtesan."

Prey to a keen curiosity, Pourbus and Poussin rushed into the midst of a vast studio covered with dust, in which everything was in disorder, in which they saw here and there pictures hung on the walls. They first stopped in front of a life-size woman's figure, half draped, for which they were overcome with admiration.

"Oh, don't bother about that," said Frenhofer, "it's a canvas I daubed over to study a pose, it's a worthless picture. Here are my mistakes," he went on, showing them captivating compositions hanging on the walls all around them.

At these words, Pourbus and Poussin, dumbfounded at this contempt for works of that merit, looked for the portrait they had been told about, but failed to catch sight of it.

"Well, here it is!" said the old man, whose hair was mussed, whose face was inflamed with a preternatural excitement, whose eyes sparkled, and who was panting like a young man drunk with love. "Ah, ha!" he cried. "You weren't expecting so much perfection! You're standing in front of a woman, and looking for a picture. There's such great depth to this canvas, the air in it is so real, that you can no longer distinguish it from the air that surrounds us. Where is art? Lost, vanished! Here are the very forms of a girl. Haven't I really captured her coloring, the lifelikeness of the line that seems to bound her body? Isn't it the same phenomenon that's offered to us by objects that exist within the atmosphere just as fish live in water? Don't you admire the way the contours stand out from the background? Don't you imagine that you could run your hand down that back? Thus, for seven years, I studied the effects of the mating of daylight and objects. And that hair, doesn't the light inundate it? . . . But she drew a breath, I think! . . . That bosom, see? Oh, who wouldn't want to worship her on his knees? The flesh is throbbing. She's going to stand up, just wait."

"Can you make out anything?" Poussin asked Pourbus.

"No. What about you?"

"Not a thing."

The two painters left the old man to his ecstasy, and looked to see whether the light, falling vertically onto the canvas he was showing them, wasn't neutralizing all its effects. Then they examined the painting, placing themselves to the right, to the left, straight in front of it, stooping down and getting up again in turns.

— Oui, oui, c'est bien une toile, leur disait Frenhofer en se méprenant sur le but de cet examen scrupuleux. Tenez, voilà le châssis, le chevalet, enfin voici mes couleurs, mes pinceaux.

Et il s'empara d'une brosse qu'il leur présenta par un mouvement naïf.

— Le vieux lansquenet se joue de nous, dit Poussin en revenant devant le prétendu tableau. Je ne vois là que des couleurs confusément amassées et contenues par une multitude de lignes bizarres qui forment une muraille de peinture.

— Nous nous trompons, voyez?... reprit Porbus.

En s'approchant, ils aperçurent dans un coin de la toile le bout d'un pied nu qui sortait de ce chaos de couleurs, de tons, de nuances indécises, espèce de brouillard sans forme; mais un pied délicieux, un pied vivant! Ils restèrent pétrifiés d'admiration devant ce fragment échappé à une incroyable, à une lente et progressive destruction. Ce pied apparaissait là comme le torse de quelque Vénus en marbre de Paros qui surgirait parmi les décombres d'une ville incendiée.

— Il y a une femme là-dessous, s'écria Porbus en faisant remarquer à Poussin les couches de couleurs que le vieux peintre avait successivement superposées en croyant perfectionner sa peinture.

Les deux peintres se tournèrent spontanément vers Frenhofer, en commençant à s'expliquer, mais vaguement, l'extase dans laquelle il vivait.

— Il est de bonne foi, dit Porbus.

— Oui, mon ami, répondit le vieillard en se réveillant, il faut de la foi, de la foi dans l'art, et vivre pendant longtemps avec son œuvre pour produire une semblable création. Quelques-unes de ces ombres m'ont coûté bien des travaux. Tenez, il y a là sur la joue, au-dessous des yeux, une légère pénombre qui, si vous l'observez dans la nature, vous paraîtra presque intraduisible. Eh! bien, croyez-vous que cet effet ne m'ait pas coûté des peines inouïes à reproduire? Mais aussi, mon cher Porbus, regarde attentivement mon travail, et tu comprendras mieux ce que je te disais sur la manière de traiter le modelé et les contours. Regarde la lumière du sein, et vois comme, par une suite de touches et de *rehauts* fortement empâtés, je suis parvenu à accrocher la véritable lumière et à la combiner avec la blancheur luisante des tons éclairés; et comme, par un travail contraire, en effaçant les saillies et le grain de la pâte, j'ai pu, à force de caresser le contour de ma figure, noyé dans la demi-teinte, ôter jusqu'à l'idée de dessin et de moyens artificiels, et lui donner l'aspect et la rondeur même de la

"Yes, yes, it's really a canvas," Frenhofer said to them, misunderstanding the purpose of that careful scrutiny. "Look, here's the stretcher, the easel; finally, here are my paints, my brushes."

And he took hold of a brush that he showed them in a naïve gesture.

"The sly old fox is having a joke with us," said Poussin, coming back in front of the so-called painting. All I see there is colors in a jumbled heap, contained within a multitude of peculiar lines that form a wall of paint."

"We're wrong. See?" Pourbus said.

Coming closer, they could discern in a corner of the canvas the tip of a bare foot emerging from that chaos of colors, tints, and vague nuances, a sort of shapeless mist; but a delicious foot, a living foot! They stood awestruck with admiration before that fragment which had escaped from an unbelievable, slow, and progressive destruction. That foot appeared there like the torso of some Parian marble Venus rising up out of the ruins of a city that had been burned to the ground.

"There's a woman underneath all this!" cried Pourbus, indicating to Poussin the layers of paint that the old painter had set down one over the other, in the belief that he was making his painting perfect.

The two painters spontaneously turned toward Frenhofer, beginning to understand, though only vaguely, the state of ecstasy in which he existed.

"He's speaking in good faith," said Pourbus.

"Yes, my friend," replied the old man, awakening, "one must have faith, faith in art, and one must live with one's work for a long time in order to produce a creation like this. Some of these shadows cost me many labors. Look, on the cheek, beneath the eyes, there's a light penumbra that, if you observe it in nature, will seem all but uncapturable to you. Well, do you think that that effect didn't cost me unheard-of pains to reproduce? But also, dear Pourbus, look at my piece attentively and you'll understand more fully what I was telling you about the way to handle modeling and contours. Look at the light on the bosom and see how, by a series of strokes and highlights done in heavy impasto, I succeeded in catching true daylight and combining it with the gleaming whiteness of the illuminated areas; and how, to achieve the converse effect, eliminating the ridges and grain of the paint, I was able, by dint of caressing the figure's contour, which is submerged in demitints, to remove the very notion of a drawn line and such artificial procedures, and to give it the very look and solidity of

nature. Approchez, vous verrez mieux ce travail. De loin, il disparaît. Tenez? là il est, je crois, très remarquable.

Et du bout de sa brosse, il désignait aux deux peintres un pâté de couleur claire.

Porbus frappa sur l'épaule du vieillard en se tournant vers Poussin: — Savez-vous que nous voyons en lui un bien grand peintre? dit-il.

— Il est encore plus poète que peintre, répondit gravement Poussin.

— Là, reprit Porbus en touchant la toile, finit notre art sur terre.

— Et, de là, il va se perdre dans les cieux, dit Poussin.

— Combien de jouissances sur ce morceau de toile! s'écria Porbus.

Le vieillard absorbé ne les écoutait pas, et souriait à cette femme imaginaire.

— Mais, tôt ou tard, il s'apercevra qu'il n'y a rien sur sa toile, s'écria Poussin.

— Rien sur ma toile, dit Frenhofer en regardant tour à tour les deux peintres et son prétendu tableau.

— Qu'avez-vous fait! répondit Porbus à Poussin.

Le vieillard saisit avec force le bras du jeune homme et lui dit: — Tu ne vois rien, manant! maheustre! bélître! bardache! Pourquoi donc es-tu monté ici? — Mon bon Porbus, reprit-il en se tournant vers le peintre, est-ce que, vous aussi, vous vous joueriez de moi? répondez? je suis votre ami, dites, aurais-je donc gâté mon tableau?

Porbus, indécis, n'osa rien dire; mais l'anxiété peinte sur la physionomie blanche du vieillard était si cruelle, qu'il montra la toile en disant: — Voyez!

Frenhofer contempla son tableau pendant un moment et chancela.

— Rien, rien! Et avoir travaillé dix ans!

Il s'assit et pleura.

— Je suis donc un imbécile, un fou! je n'ai donc ni talent, ni capacité, je ne suis plus qu'un homme riche qui, en marchant, ne fait que marcher! Je n'aurai donc rien produit!

Il contempla sa toile à travers ses larmes, il se releva tout à coup avec fierté, et jeta sur les deux peintres un regard étincelant.

— Par le sang, par le corps, par la tête du Christ, vous êtes des jaloux qui voulez me faire croire qu'elle est gâtée pour me la voler! Moi, je la vois! cria-t-il, elle est merveilleusement belle.

En ce moment, Poussin entendit les pleurs de Gillette, oubliée dans un coin.

nature. Come close, you'll see better how I worked. From a distance, it can't be seen. There! In this spot, I think, it's highly remarkable."

And with the tip of his brush he pointed out a blob of bright paint to the two artists.

Pourbus tapped the old man on the shoulder, turning toward Poussin. "Do you know that we have a very great painter in him?" he said.

"He's even more of a poet than a painter," Poussin replied gravely.

"This," continued Pourbus, touching the canvas, "is the extreme limit of our art on earth."

"And from there it gets lost in the skies," said Poussin.

"How many pleasures in this bit of canvas!" exclaimed Pourbus.

The old man, absorbed, wasn't listening to them but was smiling at that imaginary woman.

"But sooner or later he'll notice that there's nothing on his canvas!" cried Poussin.

"Nothing on my canvas!" said Frenhofer, looking by turns at the two painters and at his so-called picture.

"What have you done?" Pourbus replied to Poussin.

The old man gripped the young man's arm violently, saying: "You see nothing, vagabond, good-for-nothing, cad, catamite![7] Why did you come up here, anyway?—My dear Pourbus," he went on, turning to that painter, "could you too be making fun of me? Answer me! I'm your friend; tell me, have I really spoiled my picture?"

Pourbus, undecided, didn't dare say a thing; but the anxiety depicted on the old man's pallid face was so cruel that he pointed to the canvas and said: "Just look!"

Frenhofer studied his picture for a moment and tottered.

"Nothing, nothing! And after working ten years on it!"

He sat down and began weeping.

"So I'm just an imbecile, a lunatic! So I have no talent, no ability; I'm just a rich man who, when he does something, merely does it! So I haven't created anything!"

He studied his canvas through his tears. Suddenly he stood up with pride, and darted a furious glance at the two painters.

"By the blood, body, and head of Christ, you are envious men trying to make me believe that she's ruined, so you can steal her from me! *I* can see her!" he cried. "She's wonderfully beautiful."

At that moment, Poussin heard the weeping of Gillette, who had been forgotten in a corner.

— Qu'as-tu, mon ange? lui demanda le peintre redevenu subitement amoureux.

— Tue-moi! dit-elle. Je serais une infâme de t'aimer encore, car je te méprise. Je t'admire, et tu me fais horreur. Je t'aime et je crois que je te hais déjà.

Pendant que Poussin écoutait Gillette, Frenhofer recouvrait sa Catherine d'une serge verte, avec la sérieuse tranquillité d'un joaillier qui ferme ses tiroirs en se croyant en compagnie d'adroits larrons. Il jeta sur les deux peintres un regard profondément sournois, plein de mépris et de soupçon, les mit silencieusement à la porte de son atelier, avec une promptitude convulsive. Puis, il leur dit sur le seuil de son logis: —Adieu, mes petits amis.

Cet adieu glaça les deux peintres. Le lendemain, Porbus, inquiet, revint voir Frenhofer, et apprit qu'il était mort dans la nuit, après avoir brûlé ses toiles.

Paris, février 1832.

"What's wrong, angel?" the painter asked her, suddenly becoming a lover again.

"Kill me!" she said. "I'd be a low creature if I still loved you, because I have contempt for you. I admire you, and you horrify me. I love you, and I think I hate you already."

While Poussin was listening to Gillette, Frenhofer was covering up his Catherine with a green serge, as gravely calm as a jeweler locking up his drawers because he thinks that skillful thieves are present. He threw the two painters a profoundly crafty look, full of scorn and suspicion, and silently turned them out of his studio, with convulsive haste. Then, on the threshold of his home, he said to them: "Farewell, my little friends."

That leavetaking chilled the heart of the two painters. The next day, Pourbus, worried, came to see Frenhofer again, and was informed that he had died during the night after burning his canvases.

Paris, February 1832.

LA FEMME ABANDONNÉE

A MADAME LA DUCHESSE D'ABRANTÈS,
SON AFFECTIONNÉ SERVITEUR,
HONORÉ DE BALZAC.
Paris, août 1835.

En 1822, au commencement du printemps, les médecins de Paris en-
voyèrent en Basse-Normandie un jeune homme qui relevait alors
d'une maladie inflammatoire causée par quelque excès d'étude, ou de
vie peut-être. Sa convalescence exigeait un repos complet, une nourriture douce, un air froid et l'absence totale de sensations extrêmes.
Les grasses campagnes du Bessin et l'existence pâle de la province
parurent donc propices à son rétablissement.

Il vint à Bayeux, jolie ville située à deux lieues de la mer, chez une
de ses cousines, qui l'accueillit avec cette cordialité particulière aux
gens habitués à vivre dans la retraite, et pour lesquels l'arrivée d'un
parent ou d'un ami devient un bonheur.

A quelques usages près, toutes les petites villes se ressemblent. Or,
après plusieurs soirées passées chez sa cousine Mme de Sainte-
Sévère, ou chez les personnes qui composaient sa compagnie, ce
jeune Parisien, nommé M. le baron Gaston de Nueil, eut bientôt
connu les gens que cette société exclusive regardait comme étant
toute la ville. Gaston de Nueil vit en eux le personnel immuable que
les observateurs retrouvent dans les nombreuses capitales de ces anciens Etats qui formaient la France d'autrefois.

C'était d'abord la famille dont la noblesse, inconnue à cinquante
lieues plus loin, passe, dans le département, pour incontestable et
de la plus haute antiquité. Cette espèce de *famille royale* au petit
pied effleure par ses alliances, sans que personne s'en doute, les
Navarreins, les Grandlieu, touche aux Cadignan, et s'accroche aux
Blamont-Chauvry. Le chef de cette race illustre est toujours un
chasseur déterminé. Homme sans manières, il accable tout le

THE FORSAKEN WOMAN

TO THE DUCHESSE D'ABRANTÈS,
HER LOVING SERVANT,
HONORÉ DE BALZAC.
Paris, August 1835.

In 1822, at the beginning of spring, the Paris doctors sent to Lower Normandy a young man who was just getting over an inflammatory illness caused by somehow overdoing his studies, or perhaps his whole way of life. His convalescence required complete rest, light food, cool air, and the total absence of excitement. The fertile farmland of the Bessin region and the pallid existence of the provinces thus seemed favorable to his full recovery.

He came to Bayeux, a lovely town located two leagues from the sea and stayed with one of his female cousins, who welcomed him with that cordiality peculiar to people accustomed to living in seclusion, people for whom the arrival of a relative or friend becomes a source of happiness.

Except for a few local customs, all small towns are alike. Now, after spending several evenings with his cousin, Madame de Sainte-Sevère,[1] or at the homes of her circle of friends, this young Parisian, Baron Gaston de Nueil, had soon met all the people regarded by that exclusive society as counting for anything in the town. Gaston de Nueil recognized in them the unchanging list of characters that observant people discover in all the numerous capitals of those old states that formerly comprised France.

First of all there was the family whose noble ancestry, never heard of fifty leagues away, is held in the *département* to be unquestioned and of the highest antiquity. This type of "royal family" on a small footing, through its marriage alliances (though no one suspects it), are ever so slightly connected with the Navarreins and the Grandlieu families, somewhat more closely with the Cadignans, and rather more firmly with the Blamont-Chauvrys. The head of this locally famous

135

monde de sa supériorité nominale; tolère le sous-préfet, comme il souffre l'impôt; n'admet aucune des puissances nouvelles créées par le dix-neuvième siècle, et fait observer, comme une monstruosité politique, que le premier ministre n'est pas gentilhomme. Sa femme a le ton tranchant, parle haut, a eu des adorateurs, mais fait régulièrement ses pâques; elle élève mal ses filles, et pense qu'elles seront toujours assez riches de leur nom. La femme et le mari n'ont d'ailleurs aucune idée du luxe actuel: ils gardent les livrées de théâtre, tiennent aux anciennes formes pour l'argenterie, les meubles, les voitures, comme pour les mœurs et le langage. Ce vieux faste s'allie d'ailleurs assez bien avec l'économie des provinces. Enfin c'est les gentilshommes d'autrefois, moins les lods et ventes, moins la meute et les habits galonnés; tous pleins d'honneur entre eux, tous dévoués à des princes qu'ils ne voient qu'à distance. Cette maison historique *incognito* conserve l'originalité d'une antique tapisserie de haute-lice.

Dans la famille végète infailliblement un oncle ou un frère, lieutenant-général, cordon rouge, homme de cour, qui est allé en Hanovre avec le maréchal de Richelieu, et que vous retrouvez là comme le feuillet égaré d'un vieux pamphlet du temps de Louis XV.

A cette famille fossile s'oppose une famille plus riche, mais de noblesse moins ancienne. Le mari et la femme vont passer deux mois d'hiver à Paris, ils en rapportent le ton fugitif et les passions éphémères. Madame est élégante, mais un peu guindée et toujours en retard avec les modes. Cependant elle se moque de l'ignorance affectée par ses voisins; son argenterie est moderne; elle a des grooms, des nègres, un valet de chambre. Son fils aîné a tilbury, ne fait rien, il a un majorat; le cadet est auditeur au conseil d'Etat.

Le père, très au fait des intrigues du ministère, raconte des anecdotes sur Louis XVIII et sur Mme du Cayla, il place dans le *cinq pour cent,* évite la conversation sur les cidres, mais tombe encore parfois dans la manie de rectifier le chiffre des fortunes départementales; il est membre du conseil général, se fait habiller à Paris, et porte la croix de la Légion d'honneur. Enfin ce gentilhomme a compris la Restauration, et bat monnaie à la Chambre; mais son royalisme est moins pur que celui de la famille avec laquelle il rivalise. Il reçoit *la Gazette* et *les Débats.* L'autre famille ne lit que *la Quotidienne.*

Monseigneur l'évêque, ancien vicaire-général, flotte entre ces deux

clan is always a dedicated hunter. Devoid of manners, he crushes everyone else with the superiority of his name; he puts up with the sub-prefect,[2] just as he tolerates the taxes; he refuses to acknowledge any of the new forces created by the nineteenth century, and considers it a political horror that the prime minister isn't a born gentleman. His wife has cutting ways, talks loud, has had admirers, but takes her Easter sacrament regularly; she raises her daughters badly, in the belief that their name will always be their fortune. Moreover, neither husband nor wife has any idea of what luxurious living means nowadays: they still dress their servants in livery out of some old play, they insist on old styles in silverware, furniture, and carriages, as well as in habits and forms of speech. Anyway, this outmoded finery is quite well suited to provincial frugality. In short, they are the gentlefolk of the past, minus the feudal trappings,[3] minus the pack of staghounds and the braided coats: all of them full of honor among themselves, all of them devoted to royal persons whom they see only from a distance. This kind of incognito historic house retains the originality of an old high-warp tapestry.

There infallibly vegetates within the family an uncle or brother who was a lieutenant general, decorated with the order of Saint-Louis, a courtier who went to Hanover with Marshal Richelieu,[4] and whom you find there like a stray leaf from an old pamphlet of Louis XV's day.

In opposition to that fossilized family is another that's wealthier but whose nobility doesn't go back as far. The husband and wife spend two months of the winter in Paris and bring back its transitory tone and ephemeral passions. The lady is elegant, but in a somewhat clumsy way, and always behind the times when it comes to fashions. Nevertheless she makes fun of her neighbors' ignorance; her silver-ware is up-to-date; she has grooms, black pageboys, a valet. Her eldest son drives a tilbury, is idle, has entailed property; the younger one is a probationary official of the State Council.[5]

The father, quite up on the intrigues of the ministry, tells anecdotes about Louis XVIII and Madame du Cayla;[6] he invests in the five-per-cent funds, avoids discussions about cider, but still at times succumbs to the mania of stating the correct amount of the wealth of everybody in the *département;* he's a member of the *département* legislative assem-bly, has his clothes made in Paris, and wears the cross of the Legion of Honor.[7] In short, this gentleman knows what the Restoration is all about, and coins money in the assembly; but his royalism is less pure than that of the family he's competing with. He takes in the *Gazette* and the *Débats.* The other family reads nothing but the *Quotidienne.*[8]

The bishop, a former vicar-general, hovers between these two

puissances qui lui rendent les honneurs dus à la religion, mais en lui faisant sentir parfois la morale que le bon La Fontaine a mise à la fin de *l'Ane chargé de reliques*. Le bonhomme est roturier.

Puis viennent les astres secondaires, les gentilshommes qui jouissent de dix ou douze mille livres de rente, et qui ont été capitaines de vaisseau, ou capitaines de cavalerie, ou rien du tout. A cheval par les chemins, ils tiennent le milieu entre le curé portant les sacrements et le contrôleur des contributions en tournée. Presque tous ont été dans les pages ou dans les mousquetaires, et achèvent paisiblement leurs jours dans une *faisance-valoir*, plus occupés d'une coupe de bois ou de leur cidre que de la monarchie. Cependant ils parlent de la Charte et des libéraux entre deux *rubbers* de whist ou pendant une partie de trictrac, après avoir calculé des dots et arrangé des mariages en rapport avec les généalogies qu'ils savent par cœur. Leurs femmes font les fières et prennent les airs de la cour dans leurs cabriolets d'osier; elles croient être parées quand elles sont affublées d'un châle et d'un bonnet; elles achètent annuellement deux chapeaux, mais après de mûres délibérations, et se les font apporter de Paris par occasion; elles sont généralement vertueuses et bavardes.

Autour de ces éléments principaux de la gent aristocratique se groupent deux ou trois vieilles filles de qualité qui ont résolu le problème de l'immobilisation de la créature humaine. Elles semblent être scellées dans les maisons où vous les voyez: leurs figures, leurs toilettes font partie de l'immeuble, de la ville, de la province; elles en sont la tradition, la mémoire, l'esprit. Toutes ont quelque chose de raide et de monumental; elles savent sourire ou hocher la tête à propos, et, de temps en temps, disent des mots qui passent pour spirituels.

Quelques riches bourgeois se sont glissés dans ce petit faubourg Saint-Germain, grâce à leurs opinions aristocratiques ou à leurs fortunes. Mais, en dépit de leurs quarante ans, là chacun dit d'eux:

— Ce petit *un tel* pense bien!

Et l'on en fait des députés. Généralement ils sont protégés par les vieilles filles, mais l'on en cause.

Puis enfin deux ou trois ecclésiastiques sont reçus dans cette société d'élite, pour leur étole, ou parce qu'ils ont de l'esprit, et que ces nobles personnes, s'ennuyant entre elles, introduisent l'élément bourgeois dans leurs salons, comme un boulanger met de la levure dans sa pâte.

La somme d'intelligence amassée dans toutes ces têtes se compose d'une certaine quantité d'idées anciennes auxquelles se mêlent quelques pensées nouvelles qui se brassent en commun tous les soirs. Semblables à l'eau d'une petite anse, les phrases qui représentent ces idées ont leur

forces, who give him the honors due to religion, while sometimes making him aware of the moral that good old La Fontaine put at the end of his fable "The Donkey Carrying Relics."[9] The fellow is a commoner.

Then come the lesser lights, the gentlemen with a private income of ten or twelve thousand francs a year; they were ship captains, cavalry captains, or nothing at all. Riding their horses on the road, they keep to the middle ground in between the priest carrying the sacraments and the tax inspector making his rounds. Almost all of them have been in the corps of royal pages or in the corps of royal musketeers, and are ending their days peacefully, managing their own small estates, and more concerned with selling a load of timber, or with their cider, than with the monarchy. And yet they speak about the Charter and the liberals between two rubbers of whist or during a game of backgammon, after working out dowries and arranging marriages that correspond to the pedigrees that they know by heart. Their wives act proud and assume courtly airs in their wicker gigs; they think they're in the height of style when decked out in a shawl and bonnet; they buy two hats a year, but only after weighty deliberations, and sometimes have them brought from Paris. They're usually virtuous and talkative.

Around these chief elements of the aristocracy are grouped two or three old maids of quality who have solved the problem of immobilizing[10] human beings. They seem to be sealed into the houses where you find them: their faces, their outfits, are part of the building, the town, the province; they are the local tradition, memory, spirit. All of them are somewhat stiff and monumental; they can smile or shake their head at the proper moment, and occasionally make remarks that are considered witty.

A few rich bourgeois have slipped into this miniature Faubourg Saint-Germain,[11] thanks to their aristocratic views or their wealth. But, even though they're in their forties, everyone there says about them:

"That little Mr. So-and-so is a right-minded chap."

And they make them deputies. Usually they're under the protection of the old maids, but people talk about that.

Then, finally, two or three clergymen are received in that elite society, because of their robes, or because they're bright and lively, and those noblemen, bored with one another, allow the bourgeois element into their salons just as a baker adds yeast to his dough.

The sum total of intelligence amassed in all those heads consists of a certain number of old ideas, mingled with a few new thoughts that are bandied about in company every evening. Like the water in a small inlet, the phrases expressing those ideas have their daily ebb and

flux et reflux quotidien, leur remous perpétuel, exactement pareil: qui en entend aujourd'hui le vide retentissement l'entendra demain, dans un an, toujours. Leurs arrêts immuablement portés sur les choses d'ici-bas forment une science traditionnelle à laquelle il n'est au pouvoir de personne d'ajouter une goutte d'esprit. La vie de ces routinières personnes gravite dans une sphère d'habitudes aussi incommutables que le sont leurs opinions religieuses, politiques, morales et littéraires.

Un étranger est-il admis dans ce cénacle, chacun lui dira, non sans une sorte d'ironie: — Vous ne trouverez pas ici le brillant de votre monde parisien!

Et chacun condamnera l'existence de ses voisins en cherchant à faire croire qu'il est une exception dans cette société, qu'il a tenté sans succès de la rénover. Mais si, par malheur, l'étranger fortifié par quelque remarque l'opinion que ces gens ont mutuellement d'eux-mêmes, il passe aussitôt pour un homme méchant, sans foi ni loi, pour un Parisien corrompu, *comme le sont en général tous les Parisiens.*

Quand Gaston de Nueil apparut dans ce petit monde, où l'étiquette était parfaitement observée, où chaque chose de la vie s'harmoniait, où tout se trouvait mis à jour, où les valeurs nobiliaires et territoriales étaient cotées comme le sont les fonds de la Bourse à la dernière page des journaux, il avait été pesé d'avance dans les balances infaillibles de l'opinion bayeusaine. Déjà sa cousine Mme de Sainte-Sevère avait dit le chiffre de sa fortune, celui de ses espérances, exhibé son arbre généalogique, vanté ses connaissances, sa politesse et sa modestie.

Il reçut l'accueil auquel il devait strictement prétendre, fut accepté comme un bon gentilhomme, sans façon, parce qu'il n'avait que vingt-trois ans; mais certaines jeunes personnes et quelques mères lui firent les yeux doux. Il possédait dix-huit mille livres de rente dans la vallée d'Auge, et son père devait tôt ou tard lui laisser le château de Manerville avec toutes ses dépendances. Quant à son instruction, à son avenir politique, à sa valeur personnelle, à ses talents, il n'en fut seulement pas question. Ses terres étaient bonnes et les fermages bien assurés; d'excellentes plantations y avaient été faites; les réparations et les impôts étaient à la charge des fermiers; les pommiers avaient trente-huit ans; enfin son père était en marché pour acheter deux cents arpents de bois contigus à son parc, qu'il voulait entourer de murs: aucune espérance ministérielle, aucune célébrité humaine ne pouvait lutter contre de tels avantages.

Soit malice, soit calcul, Mme de Sainte-Sevère n'avait pas parlé du

tide, their perpetual eddies, always exactly the same: if you hear their empty roar today, you'll hear it tomorrow, a year from now, forever. Their unchanging judgments on the things of this world form a body of traditional knowledge to which nobody is capable of adding the slightest new idea. The life of these devotees of routine is confined to a circle of habits as immutable as their opinions on religion, politics, morals, and literature.

If a stranger is admitted to this coterie, everyone will say to him, not without a tinge of irony: "You won't find the brilliancy of your Parisian society here!"

And each of them will vilify his neighbors' life style, asking you to believe that he constitutes an exception in that society, that he has tried in vain to bring it up to date. But if, by some evil chance, the stranger makes some remark that supports these people's avowed opinion of their neighbors, he is immediately considered malicious, a social outlaw, a corrupt Parisian, "the way all Parisians are in general."

When Gaston de Nueil made his appearance in this closed society, in which etiquette was perfectly observed, in which every facet of life was in harmony with all the rest, in which every ledger entry was promptly posted, in which one's family and property standing was quoted, the way stocks are on the last page of newspapers, he had been weighed in advance in the infallible scales of Bayeux opinion. His cousin, Madame de Sainte-Sevère, had already stated the amount he owned and the amount of his expectations; she had exhibited his family tree, boasted about the people he knew, his good manners, and his modesty.

He received the welcome that was strictly due to him; he was accepted as a proper gentleman, but unceremoniously because he was only twenty-three; but certain young ladies and a few mothers made eyes at him. He had property in the Auge valley that brought in eighteen thousand francs a year, and sooner or later his father would leave him the château at Manerville with all the lands belonging to it. As for his education, his political future, his personal attractions, and his talents, they didn't even come under discussion. His lands were good ones and the rents from his tenant farmers regular; excellent plantings had been made; repairs and taxes were the responsibility of the tenants; the apple trees were thirty-eight years old; lastly, his father was negotiating the purchase of two hundred wooded acres next to his park, which he intended to encircle with walls: no chances for a ministerial post, no merely human fame, could outweigh advantages like those.

Whether out of mischief or shrewdness, Madame de Sainte-Sevère

frère aîné de Gaston, et Gaston n'en dit pas un mot. Mais ce frère
était poitrinaire, et paraissait devoir être bientôt enseveli, pleuré,
oublié.

Gaston de Nueil commença par s'amuser de ces personnages; il en
dessina, pour ainsi dire, les figures sur son album dans la sapide vérité
de leurs physionomies anguleuses, crochues, ridées, dans la plaisante
originalité de leurs costumes et de leurs tics; il se délecta des *nor-
manismes* de leur idiome, du fruste de leurs idées et de leurs caractères. Mais, après avoir épousé pendant un moment cette existence
semblable à celle des écureuils occupés à tourner leur cage, il sentit
l'absence des oppositions dans une vie arrêtée d'avance, comme celle
des religieux au fond des cloîtres, et tomba dans une crise qui n'est encore ni l'ennui, ni le dégoût, mais qui en comporte presque tous les
effets. Après les légères souffrances de cette transition, s'accomplit
pour l'individu le phénomène de sa transplantation dans un terrain
qui lui est contraire, où il doit s'atrophier et mener une vie rachitique.
En effet, si rien ne le tire de ce monde, il en adopte insensiblement
les usages, et se fait à son vide qui le gagne et l'annule.

Déjà les poumons de Gaston s'habituaient à cette atmosphère. Prêt
à reconnaître une sorte de bonheur végétal dans ces journées passées
sans soins et sans idées, il commençait à perdre le souvenir de ce mouvement de sève, de cette fructification constante des esprits qu'il avait
si ardemment épousée dans la sphère parisienne, et allait se pétrifier
parmi ces pétrifications, y demeurer pour toujours, comme les compagnons d'Ulysse, content de sa grasse enveloppe.

Un soir Gaston de Nueil se trouvait assis entre une vieille dame et
l'un des vicaires-généraux du diocèse, dans un salon à boiseries
peintes en gris, carrelé en grands carreaux de terre blancs, décoré de
quelques portraits de famille, garni de quatre tables de jeu, autour
desquelles seize personnes babillaient en jouant au whist. Là, ne
pensant à rien, mais digérant un de ces dîners exquis, l'avenir de la
journée en province, il se surprit à justifier les usages du pays. Il
concevait pourquoi ces gens-là continuaient à se servir des cartes de
la veille, à les battre sur des tapis usés, et comment ils arrivaient à
ne plus s'habiller ni pour eux-mêmes ni pour les autres. Il devinait
je ne sais quelle philosophie dans le mouvement uniforme de cette
vie circulaire, dans le calme de ces habitudes logiques et dans
l'ignorance des choses élégantes. Enfin il comprenait presque l'inu-
tilité du luxe. La ville de Paris, avec ses passions, ses orages et ses
plaisirs, n'était déjà plus dans son esprit que comme un souvenir
d'enfance. Il admirait de bonne foi les mains rouges, l'air modeste et

hadn't spoken about Gaston's older brother, and Gaston never mentioned him. But that brother was consumptive, and it seemed as if he would soon be buried, mourned, and forgotten.

At first Gaston de Nueil was amused by these people; he drew their faces in his album, so to speak, in the delicious lifelikeness of their angular, hooked, wrinkled features, in the humorous oddity of their costumes and habits; he was entertained by the "Normanisms" in their speech, the lack of polish in their ideas and characters. But, after adopting for a time that existence of a squirrel turning the wheel in its cage, he became sharply aware of the absence of challenges in a pre-arranged life, like that of nuns buried in convents, and lapsed into a state that was not yet boredom or displeasure but had all the same effects. After the mild pains of this transitional period, an individual becomes thoroughly transplanted into a terrain unsuited to him, in which he necessarily atrophies and leads a stunted life. In fact, if nothing draws him out of such a society, he imperceptibly takes on its ways, and gets accustomed to its void, which overtakes him and nullifies him.

Gaston's lungs were already growing used to that atmosphere. On the point of finding a sort of vegetable bliss in those days spent without care and without ideas, he was beginning to lose the memory of that vigorous flow of thought, that constant cross-fertilization of minds, that he had so ardently espoused in his Parisian circle; he was on the way to become one more fossil among these fossils, ready to stay there always, satisfied with his plump exterior like Ulysses' companions.[12]

One evening Gaston de Nueil was seated between an old lady and one of the vicars-general of the diocese, in a salon with gray-painted paneling and large white terra-cotta floor tiles, decorated with a few family portraits, and decked out with four card tables, at which sixteen people were chattering while playing whist. There, thinking of nothing, but digesting one of those excellent dinners that are the crowning moments of the day in the provinces, he suddenly caught himself approving of local ways. He could understand why those people went on using yesterday's cards, slamming them down on worn-out cloth tabletops, and how it was that they no longer dressed up either for their own sake or for other people's. He could discern some philosophy or other in the uniform flow of that circular existence, in the tranquillity of those logical habits, and in the ignorance of elegant matters. Lastly, he nearly understood the needlessness of luxury. The city of Paris, with its passions, storms, and pleasures, was already no more than a childhood memory in his mind. He now sincerely admired the red

craintif d'une jeune personne dont, à la première vue, la figure lui avait paru niaise, les manières sans grâces, l'ensemble repoussant et la mine souverainement ridicule. C'en était fait de lui. Venu de la province à Paris, il allait retomber de l'existence inflammatoire de Paris dans la froide vie de province, sans une phrase qui frappa son oreille et lui apporta soudain une émotion semblable à celle que lui aurait causée quelque motif original parmi les accompagnements d'un opéra ennuyeux.

— N'êtes-vous pas allé voir hier Mme de Beauséant? dit une vieille femme au chef de la maison princière du pays.

— J'y suis allé ce matin, répondit-il. Je l'ai trouvée bien triste et si souffrante que je n'ai pas pu la décider à venir dîner demain avec nous.

— Avec Mme de Champignelles? s'écria la douairière en manifestant une sorte de surprise.

— Avec ma femme, dit tranquillement le gentilhomme. Mme de Beauséant n'est-elle pas de la maison de Bourgogne? Par les femmes, il est vrai; mais enfin ce nom-là blanchit tout. Ma femme aime beaucoup la vicomtesse et la pauvre dame est depuis si longtemps seule que . . .

En disant ces derniers mots, le marquis de Champignelles regarda d'un air calme et froid les personnes qui l'écoutaient en l'examinant; mais il fut presque impossible de deviner s'il faisait une concession au malheur ou à la noblesse de Mme de Beauséant, s'il était flatté de la recevoir, ou s'il voulait forcer par orgueil les gentilshommes du pays et leurs femmes à la voir.

Toutes les dames parurent se consulter en se jetant le même coup d'œil; et alors, le silence le plus profond ayant tout à coup régné dans le salon, leur attitude fut prise comme un indice d'improbation.

— Cette Mme de Beauséant est-elle par hasard celle dont l'aventure avec M. d'Ajuda-Pinto a fait tant de bruit? demanda Gaston à la personne près de laquelle il était.

— Parfaitement la même, lui répondit-on. Elle est venue habiter Courcelles après le mariage du marquis d'Ajuda, personne ici ne la reçoit. Elle a d'ailleurs beaucoup trop d'esprit pour ne pas avoir senti la fausseté de sa position: aussi n'a-t-elle cherché à voir personne. M. de Champignelles et quelques hommes se sont présentés chez elle, mais elle n'a reçu que M. de Champignelles à cause peut-être de leur parenté: ils sont alliés par les Beauséant. Le marquis de Beauséant le père a épousé une Champignelles de la branche aînée. Quoique la

hands, the modest, bashful air of a girl who, when he had first met her, had seemed to have a silly face, graceless manners, a repellent figure, and a totally ridiculous appearance. It was all up with him. Having come to Paris from the provinces, he was about to relapse from the hectic existence of Paris into the frigid life of the provinces, if it weren't for a sentence that met his ear and suddenly gave him an emotion like that he might have derived from some fresh, new motif in the orchestral accompaniment to a boring opera.

"Didn't you visit Madame de Beauséant yesterday?" an old woman said to the master of the most aristocratic house in town.

"I went there this morning," he replied. "I found her very unhappy and so unwell that I couldn't get her to agree to dine with us tomorrow."

"With Madame de Champignelles?" exclaimed the dowager, displaying some surprise.

"With my wife," the gentleman said calmly. "Isn't Madame de Beauséant of the house of Burgundy? Through the female line, it's true; but, of course, a name like that sets everything to rights. My wife is very fond of the viscountess, and the poor lady has been alone so long that . . ."

Saying these last few words, the Marquis de Champignelles looked calmly and coolly at the people who were listening to him and scrutinizing him; but it was almost impossible to guess whether he was making a concession to Madame de Beauséant's unhappiness or to her lineage, whether he was flattered to receive her or, out of pride, wanted to compel the local gentry and their wives to see her.

All the ladies seemed to be thinking something over as they gave each other identical glances; and then, the profoundest silence having suddenly descended upon the salon, their attitude was taken as a sign of disapproval.

"Is this Madame de Beauséant by any chance the one whose adventure with Monsieur d'Ajuda-Pinto created such a stir?" Gaston asked the lady next to him.

"The very same," was the reply. "She came to live at Courcelles after the Marquis d'Ajuda married; no one here receives her. Besides, she's too intelligent not to have felt how false her position is: and so she hasn't attempted to visit anyone. Monsieur de Champignelles and a few men have gone to her house, but she received only Monsieur de Champignelles, perhaps because they're related; they're relatives by marriage on the Beauséant side. The elder Marquis de Beauséant married a Champignelles from the senior branch. Although the

vicomtesse de Beauséant passe pour descendre de la maison de Bourgogne, vous comprenez que nous ne pouvions pas admettre ici une femme séparée de son mari. C'est de vieilles idées auxquelles nous avons encore la bêtise de tenir. La vicomtesse a eu d'autant plus de tort dans ses escapades que M. de Beauséant est un galant homme, un homme de cour: il aurait très bien entendu raison. Mais sa femme est une tête folle . . .

M. de Nueil, tout en entendant la voix de son interlocutrice, ne l'écoutait plus. Il était absorbé par mille fantaisies. Existe-t-il d'autre mot pour exprimer les attraits d'une aventure au moment où elle sourit à l'imagination, au moment où l'âme conçoit de vagues espérances, pressent d'inexplicables félicités, des craintes, des événements, sans que rien encore n'alimente ni ne fixe les caprices de ce mirage? L'esprit voltige alors, enfante des projets impossibles et donne en germe les bonheurs d'une passion. Mais peut-être le germe de la passion la contient-elle entièrement, comme une graine contient une belle fleur avec ses parfums et ses riches couleurs.

M. de Nueil ignorait que Mme de Beauséant se fût réfugiée en Normandie après un éclat que la plupart des femmes envient et condamnent, surtout lorsque les séductions de la jeunesse et de la beauté justifient presque la faute qui l'a causé.

Il existe un prestige inconcevable dans toute espèce de célébrité, à quelque titre qu'elle soit due. Il semble que, pour les femmes comme jadis pour les familles, la gloire d'un crime en efface la honte. De même que telle maison s'enorgueillit de ses têtes tranchées, une jolie, une jeune femme devient plus attrayante par la fatale renommée d'un amour heureux ou d'une affreuse trahison. Plus elle est à plaindre, plus elle excite de sympathies. Nous ne sommes impitoyables que pour les choses, pour les sentiments et les aventures vulgaires. En attirant les regards, nous paraissons grands. Ne faut-il pas en effet s'élever au-dessus autres pour en être vu? Or, la foule éprouve involontairement un sentiment de respect pour tout ce qui s'est grandi, sans trop demander compte des moyens.

En ce moment, Gaston de Nueil se sentait poussé vers Mme de Beauséant par la secrète influence de ces raisons, ou peut-être par la curiosité, par le besoin de mettre un intérêt dans sa vie actuelle, enfin par cette foule de motifs impossibles à dire, et que le mot de *fatalité* sert souvent à exprimer.

La vicomtesse de Beauséant avait surgi devant lui tout à coup, accompagnée d'une foule d'images gracieuses: elle était un monde nouveau; près d'elle sans doute il y avait à craindre, à espérer, à

Vicomtesse de Beauséant is supposed to be descended from the house of Burgundy, you understand that we cannot welcome here a woman who's living apart from her husband. These are old-fashioned notions we're still foolish enough to respect. The viscountess was especially to blame in her escapades because Monsieur de Beauséant is a man of the world, a courtier: he wouldn't have made trouble for them. But his wife is so impetuous . . ."

Monsieur de Nueil, though he still heard the voice of his conversation partner, was no longer listening to her. He was absorbed by a thousand fancies. Is there another word that expresses the lure of an adventure at the moment when it beckons the imagination, when the mind conceives vague hopes, foresees indescribable bliss, fears, events, although nothing yet fuels or defines the whims of that vision? Then the spirit soars, engenders impossible plans, and supplies the germ of a fortunate love affair. But perhaps the germ of an affair contains it in its entirety, just as a seed contains a beautiful flower with its fragrance and its rich color.

Monsieur de Nueil was unaware that Madame de Beauséant had escaped to Normandy after a scandal that most women envy and decry, especially when the seductions of youth and beauty almost justify the false step that caused it.

There is an unimaginable glamour in any kind of fame, whatever it is due to. It seems that, for women as once for families, the glory of a misdeed erases the shame of it. Just as some families are proud of its members who have been beheaded, a young, pretty woman becomes more attractive when disastrously renowned for a happy affair or a terrible betrayal. The more she is to be pitied, the more friendly is the feeling she arouses. We are only pitiless toward things, sentiments, and adventures that are commonplace. When we catch people's eyes, we seem to be great. Indeed, isn't it necessary to rise above others for them to be able to see us? Now, the crowd involuntarily has a feeling of respect for everything that has become great, and they don't care too much what were the means employed.

At that moment, Gaston de Nueil felt drawn toward Madame de Beauséant by the secret force of those reasons, or perhaps out of curiosity, out of the need to add some interest to his current life; in short, through that vast number of reasons that cannot be stated, but which are often expressed by the phrase, "It was fated to happen."

The Vicomtesse de Beauséant had suddenly loomed up before him, accompanied by a host of graceful images: she was a new world; certainly with her there was the possibility of fears, hopes, struggle, and

combattre, à vaincre. Elle devait contraster avec les personnes que
Gaston voyait dans ce salon mesquin; enfin c'était une femme, et il
n'avait point encore rencontré de femme dans ce monde froid où les
calculs remplaçaient les sentiments, où la politesse n'était plus que
des devoirs, et où les idées les plus simples avaient quelque chose de
trop blessant pour être acceptées ou émises. Mme de Beauséant
réveillait en son âme le souvenir de ses rêves de jeune homme et ses
plus vivaces passions, un moment endormies.

Gaston de Nueil devint distrait pendant le reste de la soirée. Il pensait aux moyens de s'introduire chez Mme de Beauséant, et certes il
n'en existait guère. Elle passait pour être éminemment spirituelle.
Mais, si les personnes d'esprit peuvent se laisser séduire par les choses
originales ou fines, elles sont exigeantes, savent tout deviner; auprès
d'elles il y a donc autant de chances pour se perdre que pour réussir
dans la difficile entreprise de plaire. Puis la vicomtesse devait joindre
à l'orgueil de sa situation la dignité que son nom lui commandait. La
solitude profonde dans laquelle elle vivait semblait être la moindre
des barrières élevées entre elle et le monde. Il était donc presque impossible à un inconnu, de quelque bonne famille qu'il fût, de se faire
admettre chez elle.

Cependant le lendemain matin M. de Nueil dirigea sa promenade
vers le pavillon de Courcelles, et fit plusieurs fois le tour de l'enclos
qui en dépendait. Dupé par les illusions auxquelles il est si naturel de
croire à son âge, il regardait à travers les brèches ou par dessus les
murs, restait en contemplation devant les persiennes fermées ou examinait celles qui étaient ouvertes. Il espérait un hasard romanesque,
il en combinait les effets sans s'apercevoir de leur impossibilité, pour
s'introduire auprès de l'inconnue.

Il se promena pendant plusieurs matinées fort infructueusement;
mais, à chaque promenade, cette femme placée en dehors du monde,
victime de l'amour, ensevelie dans la solitude, grandissait dans sa pensée et se logeait dans son âme. Aussi le cœur de Gaston battait-il
d'espérance et de joie si par hasard, en longeant les murs de Courcelles, il venait à entendre le pas pesant de quelque jardinier.

Il pensait bien à écrire à Mme de Beauséant; mais que dire à la
femme que l'on n'a pas vue et qui ne nous connaît pas? D'ailleurs
Gaston se défiait de lui-même; puis, semblable aux jeunes gens encore pleins d'illusions, il craignait plus que la mort les terribles dé-
dains du silence, et frissonnait en songeant à toutes les chances que
pouvait avoir sa première prose amoureuse d'être jetée au feu. Il était
en proie à mille idées contraires qui se combattaient. Mais enfin, à

conquest. She had to be different from the people Gaston saw around him in that paltry salon; finally, she was a woman, and he hadn't yet met any women in that cold world in which calculation substituted for feeling, in which politeness was merely a duty, and the simplest ideas contained something too shocking to be accepted or even uttered. Madame de Beauséant reawakened in his soul the memory of his youthful dreams and his liveliest passions, which had been dormant for a while.

Gaston de Nueil became absentminded for the rest of the evening. He was thinking of ways to visit Madame de Beauséant, and, to be sure, there were hardly any. She was said to be unusually bright. But, if bright people can be charmed by original or clever things, they're demanding, they can see through everything; thus, with them you stand as many chances of failing as of succeeding in the difficult enterprise of making yourself desirable. And then, the viscountess was sure to have not only the pride her situation made necessary, but also the dignity that her name demanded. The profound solitude in which she lived seemed like the least of the barriers raised between her and the world. Thus it was almost impossible for a stranger, no matter how noble his family, to gain admittance to her presence.

Nevertheless, the next morning Monsieur de Nueil took his walk in the direction of the Courcelles garden house, and made several circuits of the walled area that belonged to it. Deceived by the illusions it's so natural to believe in at his age, he looked through the gaps or over the walls, stood in contemplation in front of the closed blinds, or studied those that were open. He hoped for some storybook stroke of luck and counted on its results—without realizing how impossible all this was—to get him into the unknown woman's home.

For several mornings he took the same walk quite fruitlessly; but with each walk that woman situated beyond the world, a victim of love, buried in solitude, loomed larger in his thoughts and became more fixed in his mind. Thus, Gaston's heart would beat with hope and joy whenever, in his walks along the walls of Courcelles, he happened to hear the heavy tread of some gardener.

Of course he thought of writing to Madame de Beauséant; but what can we say to a woman we haven't seen, who doesn't know us? Besides, Gaston lacked self-confidence; and then, like all young men who are still full of illusions, he feared worse than death the terrible scorn that her silence would indicate, and shuddered as he thought of the great likelihood that his very first love letter would be thrown in the fire. He was prey to a thousand conflicting, contradictory ideas.

force d'enfanter des chimères, de composer des romans et de se creuser la cervelle, il trouva l'un de ces heureux stratagèmes qui finissent par se rencontrer dans le grand nombre de ceux que l'on rêve, et qui révèlent à la femme la plus innocente l'étendue de la passion avec laquelle un homme s'est occupé d'elle.

Souvent les bizarreries sociales créent autant d'obstacles réels entre une femme et son amant que les poètes orientaux en ont mis dans les délicieuses fictions de leurs contes, et leurs images les plus fantastiques sont rarement exagérées. Aussi, dans la nature comme dans le monde des fées, la femme doit-elle toujours appartenir à celui qui sait arriver à elle et la délivrer de la situation où elle languit.

Le plus pauvre des calenders, tombant amoureux de la fille d'un calife, n'en était pas certes séparé par une distance plus grande que celle qui se trouvait entre Gaston et Mme de Beauséant. La vicomtesse vivait dans une ignorance absolue des circonvallations tracées autour d'elle par M. de Nueil, dont l'amour s'accroissait de toute la grandeur des obstacles à franchir, et qui donnaient à sa maîtresse improvisée les attraits que possède toute chose lointaine.

Un jour, se fiant à son inspiration, il espéra tout de l'amour qui devait jaillir de ses yeux. Croyant la parole plus éloquente que ne l'est la lettre la plus passionnée, et spéculant aussi sur la curiosité naturelle à la femme, il alla chez M. de Champignelles en se proposant de l'employer à la réussite de son entreprise.

Il dit au gentilhomme qu'il avait à s'acquitter d'une commission importante et délicate auprès de Mme de Beauséant; mais, ne sachant point si elle lisait les lettres d'une écriture inconnue ou si elle accorderait sa confiance à un étranger, il le priait de demander à la vicomtesse, lors de sa première visite, si elle daignerait le recevoir. Tout en invitant le marquis à garder le secret en cas de refus, il l'engagea fort spirituellement à ne point taire à Mme de Beauséant les raisons qui pouvaient le faire admettre chez elle. N'était-il pas homme d'honneur, loyal et incapable de se prêter à une chose de mauvais goût ou même malséante!

Le hautain gentilhomme, dont les petites vanités avaient été flattées, fut complètement dupé par cette diplomatie de l'amour qui prête à un jeune homme l'aplomb et la haute dissimulation d'un vieil ambassadeur. Il essaya bien de pénétrer les secrets de Gaston; mais celui-ci, fort embarrassé de les lui dire, opposa des phrases normandes aux adroites interrogations de M. de Champignelles, qui, en chevalier français, le complimenta sur sa discrétion.

Aussitôt le marquis courut à Courcelles avec cet empressement

But finally, by dint of begetting fantastic notions, making up adventures, and racking his brains, he lit on one of those lucky stratagems that we finally find among the great number of them we dream up, stratagems which reveal to even the most innocent woman the extent of the passion that has beset a man on her account.

Often, the vagaries of society create as many real obstacles between a woman and her lover as Oriental poets have created in the delicious fictions of their tales, and their most fantastic images are seldom an exaggeration. Thus, in real life as in the realm of genies, woman must always belong to the man who can find his way to her and free her from the situation in which she is languishing.

When the poorest of all mendicant dervishes fell in love with a caliph's daughter, he was surely not separated from her by a distance greater than that between Gaston and Madame de Beauséant. The viscountess was living in total ignorance of all the marches around her and her walls made by Monsieur de Nueil, whose love was being heightened by the very magnitude of the obstacles to be surmounted, obstacles that lent his would-be mistress the attraction of all distant things.

One day, trusting to inspiration, he placed all his hopes in the love that she had to see shining in his eyes. Believing that the spoken word is more eloquent than even the most impassioned letter, and also speculating on women's natural curiosity, he visited Monsieur de Champignelles with a view to enlisting him in the success of his enterprise.

He told that gentleman that he had to deliver an important and delicate message to Madame de Beauséant; but, not knowing whether she read letters in an unfamiliar handwriting or would give her trust to a stranger, he begged him to ask the viscountess, the next time he visited her, if she would deign to receive him. While urging the marquis to keep this a secret in case she refused, he requested him most intelligently not to hide from Madame de Beauséant the reasons that might make her consent to see him. Wasn't he a man of honor, honest, and incapable of undertaking anything in bad taste or even unseemly?

The haughty gentleman, whose vanity had been flattered, was completely taken in by that amorous diplomacy which gives a young man the self-assurance and the fine art of dissembling worthy of an old ambassador. He did try to learn Gaston's secrets; but Gaston, who couldn't possibly tell him the truth, replied with shrewd Norman phrases[13] to the adroit interrogations of Monsieur de Champignelles, who, as a French cavalier, complimented him on his discretion.

The marquis dashed right over to Courcelles with the eagerness

que les gens d'un certain âge mettent à rendre service aux jolies femmes.

Dans la situation où se trouvait la vicomtesse de Beauséant, un message de cette espèce était de nature à l'intriguer. Aussi, quoiqu'elle ne vît, en consultant ses souvenirs, aucune raison qui pût amener chez elle M. de Nueil, n'aperçut-elle aucun inconvénient à le recevoir, après toutefois s'être prudemment enquise de sa position dans le monde.

Elle avait cependant commencé par refuser; puis elle avait discuté ce point de convenance avec M. de Champignelles, en l'interrogeant pour tâcher de deviner s'il savait le motif de cette visite; puis était revenue sur son refus. La discussion et la discrétion forcée du marquis avaient irrité sa curiosité.

M. de Champignelles, ne voulant point paraître ridicule, prétendait, en homme instruit, mais discret, que la vicomtesse devait parfaitement bien connaître l'objet de cette visite, quoiqu'elle le cherchât de bien bonne foi sans le trouver. Mme de Beauséant créait des liaisons entre Gaston et des gens qu'il ne connaissait pas, se perdait dans d'absurdes suppositions, et se demandait à elle-même si elle avait jamais vu M. de Nueil.

La lettre d'amour la plus vraie ou la plus habile n'eût certes pas produit autant d'effet que cette espèce d'énigme sans mot de laquelle Mme de Beauséant fut occupée à plusieurs reprises.

Quand Gaston apprit qu'il pouvait voir la vicomtesse, il fut tout à la fois dans le ravissement d'obtenir si promptement un bonheur ardemment souhaité et singulièrement embarrassé de donner un dénouement à sa ruse.

— Bah! *la* voir, répétait-il en s'habillant, la voir, c'est tout!

Puis il espérait, en franchissant la porte de Courcelles, rencontrer un expédient pour dénouer le nœud gordien qu'il avait serré lui-même. Gaston était du nombre de ceux qui, croyant à la toute-puissance de la nécessité, vont toujours; et, au dernier moment, arrivés en face du danger, ils s'en inspirent et trouvent des forces pour le vaincre.

Il mit un soin particulier à sa toilette. Il s'imaginait, comme les jeunes gens, que d'une boucle bien ou mal placée dépendait son succès, ignorant qu'au jeune âge tout est charme et attrait. D'ailleurs les femmes de choix qui ressemblent à Mme de Beauséant ne se laissent séduire que par les grâces de l'esprit et par la supériorité du caractère. Un grand caractère flatte leur vanité, leur promet une grande passion et paraît devoir admettre les exigences de leur cœur. L'esprit les

middle-aged men display when performing a service for good-looking women.

In the situation in which the Vicomtesse de Beauséant found herself, a message of that nature was such as to intrigue her. Thus, after searching her memory in vain for any reason why Monsieur de Nueil should want to see her, she nevertheless saw no obstacle to receiving him, though she first prudently inquired about his position in the world.

And yet she had refused at first; then she had discussed that matter of propriety with Monsieur de Champignelles, questioning him to try to discern whether he knew the reason for that visit; then she had revoked her refusal. The discussion and the marquis's enforced discretion had aroused her curiosity.

Monsieur de Champignelles, not wishing to look ridiculous, insisted, as an educated but discreet man, that the viscountess must be perfectly well aware of the reason for that visit, even though she very honestly tried to come up with one but couldn't. Madame de Beauséant was creating connections between Gaston and people he didn't know; she was getting lost in absurd suppositions and was wondering if she had ever seen Monsieur de Nueil.

Even the most genuine or the most skillful love letter would certainly not have made as great an effect as that sort of riddle without an answer that occupied Madame de Beauséant repeatedly.

When Gaston learned that he could see the viscountess, he was both delighted to gain so promptly a happiness he had ardently wished for, and greatly perplexed as to how he should play out his scheme.

"Bah!" he repeated as he dressed, "to see *her*, to see her is everything!"

Then he hoped that, as he passed the gateway at Courcelles, he would find a way to undo the Gordian knot he himself had tied. Gaston was among those who believe in the almightiness of fate, and keep on forging ahead; at the last possible moment, when face to face with danger, they derive inspiration from it and find the strength to overcome it.

He took special pains with his toilette. Like most young men, he imagined that his success depended on the right or wrong position of a curl, unaware that in the young everything is charming and attractive. Besides, choice women like Madame de Beauséant are allured only by the graces of a man's mind and the superiority of his character. A great character flatters their vanity, promises them a great passion, and seems certain to fulfill the demands their heart makes. Intelligence

amuse, répond aux finesses de leur nature, et elles se croient comprises. Or, que veulent toutes les femmes, si ce n'est d'être amusées, comprises ou adorées?

Mais il faut avoir bien réfléchi sur les choses de la vie pour deviner la haute coquetterie que comportent la négligence du costume et la réserve de l'esprit dans une première entrevue. Quand nous devenons assez rusés pour être d'habiles politiques, nous sommes trop vieux pour profiter de notre expérience. Tandis que Gaston se défiait assez de son esprit pour emprunter des séductions à son vêtement, Mme de Beauséant elle-même mettait instinctivement de la recherche dans sa toilette et se disait en arrangeant sa coiffure:

— Je ne veux cependant pas être à faire peur.

M. de Nueil avait dans l'esprit, dans sa personne et dans les manières, cette tournure naïvement originale qui donne une sorte de saveur aux gestes et aux idées ordinaires, permet de tout dire et fait tout passer. Il était instruit, pénétrant, d'une physionomie heureuse et mobile comme son âme impressible. Il y avait de la passion, de la tendresse dans ses yeux vifs; et son cœur, essentiellement bon, ne les démentait pas. La résolution qu'il prit en entrant à Courcelles fut donc en harmonie avec la nature de son caractère franc et de son imagination ardente. Malgré l'intrépidité de l'amour, il ne put cependant se défendre d'une violente palpitation quand, après avoir traversé une grande cour dessinée en jardin anglais, il arriva dans une salle où un valet de chambre, lui ayant demandé son nom, disparut et revint pour l'introduire.

— Monsieur le baron de Nueil.

Gaston entra lentement, mais d'assez bonne grâce, chose plus difficile encore dans un salon où il n'y a qu'une femme que dans celui où il y en a vingt. A l'angle de la cheminée, où, malgré la saison, brillait un grand foyer, et sur laquelle se trouvaient deux candélabres allumés jetant de molles lumières, il aperçut une jeune femme assise dans cette moderne bergère à dossier très élevé, dont le siège bas lui permettait de donner à sa tête des poses variées pleines de grâce et d'élégance, de l'incliner, de la pencher, de la redresser languissamment, comme si c'était un fardeau pesant; puis de plier ses pieds, de les montrer ou de les rentrer sous les longs plis d'une robe noire.

La vicomtesse voulut placer sur une petite table ronde le livre qu'elle lisait; mais ayant en même temps tourné la tête vers M. de Nueil, le livre, mal posé, tomba dans l'intervalle qui séparait la table de la bergère. Sans paraître surprise de cet accident, elle se rehaussa,

entertains them and corresponds to the subtleties in their own nature, and they think they're being understood. Now, don't all women want just that: to be entertained, to be understood, and to be worshipped?

But only a man who has reflected a long time on life can realize how attractive one can make oneself by dressing casually and by refraining from clever talk at a first rendezvous. When we become sly enough to be adroit politicians, we're too old to take advantage of our experience. Whereas Gaston had so little confidence in his wit that he was counting on his clothes to make him attractive, Madame de Beauséant was instinctively dressing with great care; and she said to herself as she arranged her hair:

"After all, I don't want to look a fright."

Monsieur de Nueil had in his mind, his person, and his manners that naïvely original turn which lends a kind of savor to ordinary gestures and ideas, which allows a man to say anything and get away with it. He was educated and perceptive, and his features were as pleasing and lively as his impressionable mind. There was passion and tenderness in his bright eyes; and his heart, essentially kind, didn't give them the lie. Thus his resolve, as he entered Courcelles, was in harmony with the nature of his candid character and his glowing imagination. Despite the fearlessness of love, he couldn't avoid feeling a violent pounding of the heart when, crossing a large courtyard in the form of an English garden, he arrived at a room where a manservant asked his name, vanished, and came back to show him in.

"The Baron de Nueil."

Gaston entered slowly but very gracefully, something even harder to do in a salon containing only one woman than in one containing twenty. At the corner of the fireplace, in which, despite the season, a large fire was burning, and on the mantel of which were two lit candelabra casting a soft light, he saw a young woman sitting in one of those modern easy chairs with a very high back, whose low seat allowed her to place her head in various poses full of grace and elegance, leaning it to one side, lowering it to her breast, and raising it again languidly as if it were a heavy burden; and which also allowed her to shift her feet, now revealing them, now withdrawing them beneath the long folds of her black dress.

The viscountess tried to place the book she was reading on a little round table; but since, at the same time, she had turned her head to look at Monsieur de Nueil, the book, precariously set down, fell into the space separating the table from the easy chair. Without appearing

et s'inclina pour répondre au salut du jeune homme, mais d'une manière imperceptible et presque sans se lever de son siège où son corps resta plongé. Elle se courba pour s'avancer, remua vivement le feu; puis elle se baissa, ramassa un gant qu'elle mit avec négligence à sa main gauche, en cherchant l'autre par un regard promptement réprimé; car de sa main droite, main blanche, presque transparente, sans bagues, fluette, à doigts effilés, et dont les ongles roses formaient un ovale parfait, elle montra une chaise comme pour dire à Gaston de s'asseoir.

Quand son hôte inconnu fut assis, elle tourna la tête vers lui par un mouvement interrogeant et coquet dont la finesse ne saurait se peindre; il appartenait à ces intentions bienveillantes, à ces gestes gracieux, quoique précis, que donnent l'éducation première et l'habitude constante des choses de bon goût.

Ces mouvements multipliés se succédèrent rapidement en un instant, sans saccades ni brusquerie, et charmèrent Gaston par ce mélange de soin et d'abandon qu'une jolie femme ajoute aux manières aristocratiques de la haute compagnie. Mme de Beauséant contrastait trop vivement avec les automates parmi lesquels il vivait depuis deux mois d'exil au fond de la Normandie, pour ne pas lui personnifier la poésie de ses rêves; aussi ne pouvait-il en comparer les perfections à aucune de celles qu'il avait jadis admirées. Devant cette femme et dans ce salon meublé comme l'est un salon du faubourg Saint-Germain, plein de ces riens si riches qui traînent sur les tables, en apercevant des livres et des fleurs, il se retrouva dans Paris. Il foulait un vrai tapis de Paris, revoyait le type distingué, les formes frêles de la Parisienne, sa grâce exquise, et sa négligence des effets cherchés qui nuisent tant aux femmes de province.

Mme le vicomtesse de Beauséant était blonde, blanche comme une blonde, et avait les yeux bruns. Elle présentait noblement son front, un front d'ange déchu qui s'enorgueillit de sa faute et ne veut point de pardon. Ses cheveux, abondants et tressés en hauteur au-dessus de deux bandeaux qui décrivaient sur ce front de larges courbes, ajoutaient encore à la majesté de sa tête. L'imagination retrouvait, dans les spirales de cette chevelure dorée, la couronne ducale de Bourgogne; et, dans les yeux brillants de cette grande dame, tout le courage de sa maison; le courage d'une femme forte seulement pour repousser le mépris ou l'audace, mais pleine de tendresse pour les sentiments doux. Les contours de sa petite tête, admirablement posée sur un long col blanc; les traits de sa figure fine, ses lèvres déliées et

surprised by that accident, she straightened up and bowed in response to the young man's greeting, but imperceptibly and almost without rising from the chair, on which her body remained firmly seated. She stooped over to reach in front of her, and stirred the fire briskly; then she bent down and picked up a glove, which she casually put on her left hand while looking for the other one with a glance she quickly cut short; for with her right hand, a white, nearly transparent hand, without rings, slim, with tapering fingers whose pink nails formed a perfect oval, she pointed to a chair as if inviting Gaston to sit down.

When her unknown guest was seated, she turned her head to look at him in a coquettishly questioning manner of indescribable delicacy; it was one of those well-meaning attentions, those graceful though precise gestures, inculcated by early upbringing and the constant practice of good taste.

These varied movements succeeded one another rapidly in an instant's time, neither jerkily nor brusquely, and charmed Gaston with that mixture of care and unconstraint which a pretty woman adds to the aristocratic manners of high society. Madame de Beauséant was far too different from the automata among whom he had been living during his two months of exile in the depths of Normandy, not to personify for him the poetry of his dreams; thus he couldn't compare her perfections to any of those women he had formerly admired. In the presence of that woman, in that salon furnished like a salon in the Faubourg Saint-Germain, full of those expensive trifles lying about on the tables, seeing books and flowers, he found himself back in Paris. He was walking on a real Parisian carpet, he was seeing once more the elegant nature, the slender figure of the Parisienne, her exquisite grace, and her disregard for those conscious effects that are so prejudicial to provincial women.

The Vicomtesse de Beauséant was blond, fair-complexioned as blondes are, and had brown eyes. She presented her forehead nobly, the brow of a fallen angel who takes pride in his fault and asks no forgiveness. Her very full hair, piled up on top, and combed into two *bandeaux* over her temples which framed her forehead in wide curves, added even more to the majesty of her head. One's imagination rediscovered in the spirals of that golden hair the ducal crown of Burgundy, and, in the shining eyes of that great lady, all the courage of her ancestors; the courage of a woman who is only brave when it comes to combating scorn and audacity, but is full of tenderness for the gentler feelings. The outlines of her small head, which was admirably posed on a long, white neck; the features of her delicate face,

sa physionomie mobile gardaient une expression de prudence exquise, une teinte d'ironie affectée qui ressemblait à de la ruse et à de l'impertinence. Il était difficile de ne pas lui pardonner ces deux péchés féminins en pensant à ses malheurs, à la passion qui avait failli lui coûter la vie, et qu'attestaient soit les rides qui, par le moindre mouvement, sillonnaient son front, soit la douloureuse éloquence de ses beaux yeux souvent levés vers le ciel.

N'était-ce pas un spectacle imposant, et encore agrandi par la pensée, de voir dans un immense salon silencieux cette femme séparée du monde entier, et qui, depuis trois ans, demeurait au fond d'une petite vallée, loin de la ville, seule avec les souvenirs d'une jeunesse brillante, heureuse, passionnée, jadis remplie par des fêtes, par de constants hommages, mais maintenant livrée aux horreurs du néant? Le sourire de cette femme annonçait une haute conscience de sa valeur. N'étant ni mère ni épouse, repoussée par le monde, privée du seul cœur qui pût faire battre le sien sans honte, ne tirant d'aucun sentiment les secours nécessaires à son âme chancelante, elle devait prendre sa force sur elle-même, vivre de sa propre vie, et n'avoir d'autre espérance que celle de la femme abandonnée: attendre la mort, en hâter la lenteur malgré les beaux jours qui lui restaient encore. Se sentir destinée au bonheur, et périr sans le recevoir, sans le donner? . . . une femme! Quelles douleurs!

M. de Nueil fit ces réflexions avec la rapidité de l'éclair, et se trouva bien honteux de son personnage en présence de la plus grande poésie dont puisse s'envelopper une femme. Séduit par le triple éclat de la beauté, du malheur et de la noblesse, il demeura presque béant, songeur, admirant la vicomtesse, mais ne trouvant rien à lui dire.

Mme de Beauséant, à qui cette surprise ne déplut sans doute point, lui tendit la main par un geste doux, mais impératif; puis, rappelant un sourire sur ses lèvres pâlies, comme pour obéir encore aux grâces de son sexe, elle lui dit:

— M. de Champignelles m'a prévenue, monsieur, du message dont vous vous êtes si complaisamment chargé pour moi. Serait-ce de la part de . . .

En entendant cette terrible phrase, Gaston comprit encore mieux le ridicule de sa situation, le mauvais goût, la déloyauté de son procédé envers une femme et si noble et si malheureuse. Il rougit. Son regard, empreint de mille pensées, se troubla; mais tout à coup, avec cette force que de jeunes cœurs savent puiser dans le sentiment de leurs fautes, il se rassura; puis, interrompant Mme de Beauséant,

her thin lips and mobile expressions, retained a look of exquisite prudence, a tinge of affected irony that resembled craftiness and impudence. It was hard not to forgive her for those two feminine sins when one recalled her misfortunes, that passion which had nearly cost her her life and was reflected not only in the wrinkles that furrowed her brow at the slightest movement, but also in the sorrowful eloquence of her beautiful eyes, which were often raised toward heaven.

Wasn't it an imposing spectacle, one which grew greater on reflection, to see in an immense, silent salon that woman, separated from the whole world, who for three years had been living deep in a little valley, far from town, alone with the memories of a brilliant, happy, passionate youth, which was once filled with parties and the constant attentions of admirers, but was now given over to the horrors of the void? That woman's smile bespoke a full awareness of her own worth. Being neither mother nor wife, rejected by society, deprived of the only heart that could make hers beat without shame, finding in none of her feelings the aid necessary to her tottering soul, she was surely drawing her strength from herself, living on her own vital powers, and she had no other hopes than those of forsaken women: to await death, to hasten its slow approach, despite the long life that was still ahead of her. To feel oneself destined for happiness and to die without getting it, without giving it? And for a woman! What misery!

Monsieur de Nueil reflected on all this with the speed of lightning, and felt quite ashamed at the role he was playing in the presence of the greatest poetry in which a woman can be clad. Charmed by the triple brilliance of beauty, misfortune, and nobility, he sat there virtually dumbfounded, in a reverie, admiring the viscountess but finding nothing to say to her.

Madame de Beauséant, who was most likely not at all displeased by his state of surprise, held out her hand to him gently but imperiously; then, summoning a smile to her pale lips, as if once more complying with the graciousness of her sex, she said:

"Sir, Monsieur de Champignelles has informed me of the message you have so obligingly undertaken to deliver to me. Might it be from . . . ?"

Hearing that terrible phrase, Gaston understood even more the foolishness of his position, the bad taste and dishonesty of his behavior toward a woman both so noble and so unfortunate. He blushed. His eyes, which revealed a thousand thoughts, grew dim; but suddenly, with that strength which young hearts can derive from the knowledge they have done wrong, he became reassured; then,

non sans faire un geste plein de soumission, il lui répondit d'une voix émue:

— Madame, je ne mérite pas le bonheur de vous voir; je vous ai indignement trompée. Le sentiment auquel j'ai obéi, si grand qu'il puisse être, ne saurait faire excuser le misérable subterfuge qui m'a servi pour arriver jusqu'à vous. Mais, madame, si vous aviez la bonté de me permettre de vous dire . . .

La vicomtesse lança sur M. de Nueil un coup d'œil plein de hauteur et de mépris, leva la main pour saisir le cordon de sa sonnette, sonna; le valet de chambre vint; elle lui dit, en regardant le jeune homme avec dignité:

— Jacques, éclairez monsieur.

Elle se leva fière, salua Gaston, et se baissa pour ramasser le livre tombé. Ses mouvements furent aussi secs, aussi froids que ceux par lesquels elle l'accueillit avaient été mollement élégants et gracieux.

M. de Nueil s'était levé, mais il restait debout. Mme de Beauséant lui jeta de nouveau un regard comme pour lui dire:

— Eh! bien, vous ne sortez pas?

Ce regard fut empreint d'une moquerie si perçante, que Gaston devint pâle comme un homme près de défaillir. Quelques larmes roulèrent dans ses yeux; mais il les retint, les sécha dans les feux de la honte et du désespoir, regarda Mme de Beauséant avec une sorte d'orgueil qui exprimait tout ensemble et de la résignation et une certaine conscience de sa valeur: la vicomtesse avait le droit de le punir, mais le devait-elle? Puis il sortit.

En traversant l'antichambre, la perspicacité de son esprit, et son intelligence aiguisée par la passion lui firent comprendre tout le danger de sa situation.

— Si je quitte cette maison, se dit-il, je n'y pourrai jamais rentrer; je serai toujours un sot pour la vicomtesse. Il est impossible à une femme, et elle est femme! de ne pas deviner l'amour qu'elle inspire; elle ressent peut-être un regret vague et involontaire de m'avoir si brusquement congédié, mais elle ne doit pas, elle ne peut pas révoquer son arrêt: c'est à moi de la comprendre.

A cette réflexion, Gaston s'arrête sur le perron, laisse échapper une exclamation, se retourne vivement et dit:

— J'ai oublié quelque chose!

Et il revint vers le salon suivi du valet de chambre, qui plein de respect pour un baron et pour les droits sacrés de la propriété, fut complètement abusé par le ton naïf avec lequel cette phrase fut dite.

interrupting Madame de Beauséant, and making a gesture indicative of submission, he answered in a voice trembling with emotion:

"Madame, I don't deserve the happiness of visiting you; I have deceived you shamefully. The feeling I obeyed, as lofty as it may be, is powerless to excuse the wretched subterfuge I employed to gain access to you. But, Madame, if you would be so kind as to let me tell you . . ."

The viscountess darted a glance full of haughtiness and contempt at Monsieur de Nueil, raised her hand to reach the bellpull, and rang; the manservant arrived; she said to him, as she looked at the young man with dignity:

"Jacques, light the gentleman's way out."

She stood up proudly, nodded good-bye to Gaston, and bent down to pick up the fallen book. Her movements were as dry and cold as those with which she had greeted him had been languidly elegant and graceful.

Monsieur de Nueil had risen, but he kept standing there. Madame de Beauséant cast another glance at him, as if to say:

"Well, aren't you going?"

That glance was full of such stabbing mockery that Gaston turned as pale as a man about to faint. A few tears appeared in his eyes, but he held them back, drying them away in the heat of shame and despair; he looked at Madame de Beauséant with a sort of pride that expressed not only resignation but also a certain awareness of his own worth: the viscountess had the right to punish him, but was it proper of her to do so? Then he left.

As he was crossing the vestibule, the perspicacity of his mind and his intelligence, sharpened by passion, made him understand the full peril of his situation.

"If I walk out of this house," he said to himself, "I'll never be able to return; the viscountess will always think of me as a fool. It's impossible for a woman—and how womanly she is!—not to guess the love she inspires; perhaps she's feeling a vague, involuntary regret at having shown me the door so brusquely, but she must not, she cannot, revoke her decree: it's up to *me* to understand *her*."

Upon that reflection, Gaston stopped short on the steps to the house, uttered an exclamation, turned around briskly, and said:

"I've forgotten something!"

And he returned to the salon, followed by the manservant, who, full of respect for a baron and the sacred rights of property, was completely taken in by the candid tone in which that sentence was spoken.

Gaston entra doucement sans être annoncé. Quand la vicomtesse, pensant peut-être que l'intrus était son valet de chambre, leva la tête, elle trouva devant elle M. de Nueil.

— Jacques m'a éclairé, dit-il en souriant. Son sourire, empreint d'une grâce à demi triste, ôtait à ce mot tout ce qu'il avait de plaisant, et l'accent avec lequel il était prononcé devait aller à l'âme.

Mme de Beauséant fut désarmée.

— Eh! bien, asseyez-vous, dit-elle.

Gaston s'empara de la chaise par un mouvement avide. Ses yeux, animés par la félicité, jetèrent un éclat si vif que la vicomtesse ne put soutenir ce jeune regard, baissa les yeux sur son livre et savoura le plaisir toujours nouveau d'être pour un homme le principe de son bonheur, sentiment impérissable chez la femme. Puis, Mme de Beauséant avait été devinée. La femme est si reconnaissante de rencontrer un homme au fait des caprices si logiques de son cœur, qui comprenne les allures en apparence contradictoires de son esprit, les fugitives pudeurs de ses sensations tantôt timides, tantôt hardies, étonnant mélange de coquetterie et de naïveté!

— Madame, s'écria doucement Gaston, vous connaissez ma faute, mais vous ignorez mes crimes. Si vous saviez quel bonheur j'ai . . .

— Ah! prenez garde, dit-elle en levant un de ses doigts d'un air mystérieux à la hauteur de son nez, qu'elle effleura; puis, de l'autre main, elle fit un geste pour prendre le cordon de la sonnette.

Ce joli mouvement, cette gracieuse menace provoquèrent sans doute une triste pensée, un souvenir de sa vie heureuse, du temps où elle pouvait être tout charme et tout gentillesse, où le bonheur justifiait les caprices de son esprit comme il donnait un attrait de plus aux moindres mouvements de sa personne. Elle amassa les rides de son front entre ses deux sourcils; son visage, si doucement éclairé par les bougies, prit une sombre expression; elle regarda M. de Nueil avec une gravité dénuée de froideur, et lui dit en femme profondément pénétrée par le sens de ses paroles:

— Tout ceci est bien ridicule! Un temps a été, monsieur, où j'avais le droit d'être follement gaie, où j'aurais pu rire avec vous et vous recevoir sans crainte; mais aujourd'hui, ma vie est bien changée, je ne suis plus maîtresse de mes actions, et suis forcée d'y réfléchir. A quel sentiment dois-je votre visite? Est-ce curiosité? Je paie alors bien cher un fragile instant de bonheur. Aimeriez-vous déjà *passionnément* une femme infailliblement calomniée et que vous n'avez jamais vue? Vos sentiments seraient donc fondés sur la mésestime, sur une faute à laquelle le hasard a donné de la célébrité.

Gaston entered quietly without being announced. When the viscountess, perhaps thinking that the intruder was her manservant, raised her head, she found herself face to face with Monsieur de Nueil.

"Jacques has lighted my way," he said with a smile. His smile, tinged with a half-sad grace, prevented his words from sounding like a joke, and the tone in which he spoke them was such as to melt any heart.

Madame de Beauséant was disarmed.

"All right, sit down," she said.

Gaston seized a chair greedily. His eyes, shining with bliss, flashed so brightly that the viscountess was unable to bear that youthful gaze; she lowered her eyes to her book, savoring the ever-new pleasure of being the source of a man's happiness, an undying emotion for a woman. And then, Madame de Beauséant's true feelings had been divined. A woman is so grateful when she meets a man knowledgeable about the whims of her heart—whims that are so logical!—a man who understands the apparently contradictory aspects of her mind, the ephemeral modesty of her emotions, now timid, now bold, an astonishing blend of coquetry and simplicity!

"Madame," Gaston softly exclaimed, "you know my misdemeanor, but you don't know my serious crimes. If you knew what happiness I . . ."

"Oh, be careful," she said, mysteriously raising a finger to her nose and lightly touching it; then, with her other hand, she made as if to take hold of the bellpull.

That pretty gesture, that graceful warning, no doubt evoked a sad thought, a memory of her happy life, of the time when she could be full of charm and kindness, when happiness justified the whims of her mind, just as it lent additional allurement to the slightest movements of her body. She gathered the wrinkles on her brow between her two eyebrows; her face, so gently lit by the wax candles, took on a somber expression; she looked at Monsieur de Nueil with a seriousness that was devoid of coldness, and said, like a woman deeply conscious of the meaning of her words:

"All this is really ridiculous! There was a time, sir, when I had the right to be wildly merry, when I could have laughed with you and received you without fear; but today my life is greatly changed, I am no longer mistress of my own actions, and I'm compelled to think twice about them. To what feeling do I owe your visit? Is it curiosity? If so, I'm paying a high price for a fragile instant of happiness. Could you already be 'passionately' in love with a woman who must inevitably be slandered, a woman you've never laid eyes on? In that case, your feelings would be based on a lack of esteem, on a false step which by chance has become notorious."

Elle jeta son livre sur la table avec dépit.

— Hé! quoi, reprit-elle après avoir lancé un regard terrible sur Gaston, parce que j'ai été faible, le monde veut donc que je le sois toujours? Cela est affreux, dégradant. Venez-vous chez moi pour me plaindre? Vous êtes bien jeune pour sympathiser avec des peines de cœur. Sachez-le bien, monsieur, je préfère le mépris à la pitié; je ne veux subir la compassion de personne.

Il y eut un moment de silence.

— Eh! bien, vous voyez, monsieur, reprit-elle en levant la tête vers lui d'un air triste et doux, quel que soit le sentiment qui vous ait porté à vous jeter étourdiment dans ma retraite, vous me blessez. Vous êtes trop jeune pour être tout à fait dénué de bonté, vous sentirez donc l'inconvenance de votre démarche; je vous la pardonne, et vous en parle maintenant sans amertume. Vous ne reviendrez plus ici, n'est-ce pas? Je vous prie quand je pourrais ordonner. Si vous me faisiez une nouvelle visite, il ne serait ni en votre pouvoir ni au mien d'empêcher toute la ville de croire que vous devenez mon amant, et vous ajouteriez à mes chagrins un chagrin bien grand. Ce n'est pas votre volonté, je pense.

Elle se tut en le regardant avec une dignité vraie qui le rendit confus.

— J'ai eu tort, madame, répondit-il d'un ton pénétré; mais l'ardeur, l'irréflexion, un vif besoin de bonheur sont à mon âge des qualités et des défauts. Maintenant, reprit-il, je comprends que je n'aurais pas dû chercher à vous voir, et cependant mon désir était bien naturel . . .

Il tâcha de raconter avec plus de sentiment que d'esprit les souffrances auxquelles l'avait condamné son exil nécessaire. Il peignit l'état d'un jeune homme dont les feux brûlaient sans aliment, en faisant penser qu'il était digne d'être aimé tendrement, et néanmoins n'avait jamais connu les délices d'un amour inspiré par une femme jeune, belle, pleine de goût, de délicatesse. Il expliqua son manque de convenance sans vouloir le justifier. Il flatta Mme de Beauséant en lui prouvant qu'elle réalisait pour lui le type de la maîtresse incessamment mais vainement appelée par la plupart des jeunes gens. Puis, en parlant de ses promenades matinales autour de Courcelles, et des idées vagabondes qui le saisissaient à l'aspect du pavillon où il s'était enfin introduit, il excita cette indéfinissable indulgence que la femme trouve dans son cœur pour les folies qu'elle inspire. Il fit entendre une voix passionnée dans cette froide solitude, où il apportait les chaudes inspirations du jeune âge et les charmes d'esprit qui décèlent une éducation soignée.

She threw her book onto the table in vexation.

"All right!" she resumed after darting a frightening glance at Gaston. "Because I was weak once, does society insist that I always will be? That's awful, degrading. Have you come to my house to pity me? You're too young to empathize with sufferings of the heart. Let me inform you, sir, that I prefer contempt to pity; I don't want to arouse anybody's compassion."

There was a moment of silence.

"Well, then, you see, sir," she resumed, raising her head and looking at him sadly and gently, "whatever the feeling was that led you to break into my solitude thoughtlessly, you're hurting me. You're too young to be totally devoid of kindness, and so you must realize the impropriety of your behavior; I forgive you for it, and right now I'm speaking to you without bitterness. Please don't come back here. I'm asking you when I could order you. If you paid me another visit, it wouldn't be in your power or in mine to keep the whole town from believing that you are becoming my lover, and you'd be adding a very great affliction to those I already have. I don't believe that's what you intended."

She fell silent, looking at him with a genuine dignity that embarrassed him.

"I was wrong, madame," he replied in heartfelt tones, "but ardor, lack of reflection, and a keenly felt need of happiness are the good and bad points of men my age. Now," he continued, "I understand that I shouldn't have tried to see you, but my desire was quite natural . . ."

He tried, with more feeling than wit, to explain the suffering he had been condemned to by his unavoidable exile. He depicted the situation of a young man whose passions were burning though they found no fuel, making him believe that he deserved to be loved tenderly; but who nevertheless had never known the delights of a love inspired by a woman who was young and beautiful, endowed with taste and delicacy. He explained his lack of propriety without trying to justify it. He flattered Madame de Beauséant by proving to her that for him she embodied the sweetheart ceaselessly but vainly sought for by most young men. Then, speaking of his morning walks around Courcelles and the vagabond thoughts that came over him when he saw the house he had now finally entered, he awoke that indefinable indulgence women find in their hearts for the irrational behavior they inspire. He caused an impassioned voice to resound in that frigid loneliness, to which he brought the warm feelings of youth and the intellectual charms that betoken a careful upbringing.

Mme de Beauséant était privée depuis trop longtemps des émotions que donnent les sentiments vrais finement exprimés pour ne pas en sentir vivement les délices. Elle ne put s'empêcher de regarder la figure expressive de M. de Nueil, et d'admirer en lui cette belle confiance de l'âme qui n'a encore été ni déchirée par les cruels enseignements de la vie du monde, ni dévorée par les perpétuels calculs de l'ambition ou de la vanité. Gaston était le jeune homme dans sa fleur, et se produisait en homme de caractère qui méconnaît encore ses hautes destinées.

Ainsi tous deux faisaient à l'insu l'un de l'autre les réflexions les plus dangereuses pour leur repos, et tâchaient de se les cacher.

M. de Nueil reconnaissait dans la vicomtesse une de ces femmes si rares, toujours victimes de leur propre perfection et de leur inextinguible tendresse, dont la beauté gracieuse est le moindre charme quand elles ont une fois permis l'accès de leur âme où les sentiments sont infinis, où tout est bon, où l'instinct du beau s'unit aux expressions les plus variées de l'amour pour purifier les voluptés et les rendre presque saintes: admirable secret de la femme, présent exquis si rarement accordé par la nature.

De son côté, la vicomtesse, en écoutant l'accent vrai avec lequel Gaston lui parlait des malheurs de sa jeunesse, devinait les souffrances imposées par la timidité aux grands enfants de vingt-cinq ans, lorsque l'étude les a garantis de la corruption et du contact des gens du monde dont l'expérience raisonneuse corrode les belles qualités du jeune âge. Elle trouvait en lui le rêve de toutes les femmes, un homme chez lequel n'existait encore ni cet égoïsme de famille et de fortune, ni ce sentiment personnel qui finissent par tuer, dans leur premier élan, le dévouement, l'honneur, l'abnégation, l'estime de soi-même, fleurs d'âme si tôt fanées qui d'abord enrichissent la vie d'émotions délicates, quoique fortes, et ravivent en l'homme la probité du cœur.

Une fois lancés dans les vastes espaces du sentiment, ils arrivèrent très loin en théorie, sondèrent l'un et l'autre la profondeur de leurs âmes, s'informèrent de la vérité de leurs expressions. Cet examen, involontaire chez Gaston, était prémédité chez Mme de Beauséant. Usant de sa finesse naturelle ou acquise, elle exprimait, sans se nuire à elle-même, des opinions contraires aux siennes pour connaître celles de M. de Nueil. Elle fut si spirituelle, si gracieuse, elle fut si bien elle-même avec un jeune homme qui ne réveillait point sa défiance, en croyant ne plus le revoir, que Gaston s'écria naïvement à un mot délicieux dit par elle-même:

Madame de Beauséant had been deprived for so long of the emotions caused by true feelings delicately expressed, that she couldn't fail to feel their delights keenly. She couldn't refrain from looking at Monsieur de Nueil's expressive face, or from admiring in him that beautiful trustfulness of soul that has not yet been either lacerated by the cruel lessons of life in society, or consumed by the perpetual calculations of ambition or vanity. Gaston embodied man in his youthful prime; he was the image of a man of character who is still unaware of his great future.

And so both of them, each without the other's knowledge, were thinking the thoughts that were most hazardous to their peace of mind, and were trying to hide these thoughts from each other.

Monsieur de Nueil recognized in the viscountess one of those very rare women who are always victims of their own perfection and their inextinguishable tenderness, whose graceful beauty is the least of their charms when they have once allowed their souls to enter the realm where sentiments are infinite, where all is good, where the instinct for beauty, added to the most varied expressions of love, purifies sensual enjoyment and makes it almost holy: a wonderful secret of woman, a priceless gift so seldom granted by nature.

On her side, the viscountess, listening to the candid way in which Gaston told her of the sorrows of his youth, could guess at the suffering that shyness creates for big children of twenty-five, when their studies have shielded them from corruption and from contact with worldlings whose experience and reasoning corrodes the fine qualities of youth. She found in him every woman's dream, a man who still lacked the vanity due family and wealth, and a selfish outlook, two qualities that finally kill, in their first flush, devotion, honor, abnegation, and self-esteem, flowers of the soul which fade so quickly but which at the outset enrich life with delicate, though strong, emotions, and reawaken the honesty of a man's heart.

Once launched into the vast spaces of feeling, they traveled quite far in theory, each sounding the depths of the other's soul and examining the genuineness of the other's expressions. That examination, involuntary on Gaston's part, was premeditated on Madame de Beauséant's. Using her inborn or acquired shrewdness, she expressed—in such a way as not to injure herself—opinions that were opposed to her own real ones, in order to ascertain Monsieur de Nueil's. She was so witty, so gracious, she was so much herself with a young man who didn't put her on her guard, since she thought she'd never see him again, that Gaston, in response to a delightful remark of hers, naïvely cried:

— Eh! madame, comment un homme a-t-il pu vous abandonner?

La vicomtesse resta muette. Gaston rougit, il pensait l'avoir offensée. Mais cette femme était surprise par le premier plaisir profond et vrai qu'elle ressentait depuis le jour de son malheur. Le roué le plus habile n'eût pas fait à force d'art le progrès que M. de Nueil dut à ce cri parti du cœur. Ce jugement arraché à la candeur d'un homme jeune la rendait innocente à ses yeux, condamnait le monde, accusait celui qui l'avait quittée, et justifiait la solitude où elle était venue languir. L'absolution mondaine, les touchantes sympathies, l'estime sociale, tant souhaitées, si cruellement refusées, enfin ses plus secrets désirs étaient accomplis par cette exclamation qu'embellissaient encore les plus douces flatteries du cœur et cette admiration toujours avidement savourée par les femmes. Elle était donc entendue et comprise, M. de Nueil lui donnait tout naturellement l'occasion de se grandir de sa chute. Elle regarda la pendule.

— Oh! madame, s'écria Gaston, ne me punissez pas de mon étourderie. Si vous ne m'accordez qu'une soirée, daignez ne pas l'abréger encore.

Elle sourit du compliment.

— Mais, dit-elle, puisque nous ne devons plus nous revoir, qu'importe un moment de plus ou de moins? Si je vous plaisais, ce serait un malheur.

— Un malheur tout venu, répondit-il tristement.

— Ne me dites pas cela, reprit-elle gravement. Dans toute autre position je vous recevrais avec plaisir. Je vais vous parler sans détour, vous comprendrez pourquoi je ne veux pas, pourquoi je ne dois pas vous revoir. Je vous crois l'âme trop grande pour ne pas sentir que si j'étais seulement soupçonnée d'une seconde faute, je deviendrais, pour tout le monde, une femme méprisable et vulgaire, je ressemblerais aux autres femmes. Une vie pure et sans tache donnera donc du relief à mon caractère. Je suis trop fière pour ne pas essayer de demeurer au milieu de la Société comme un être à part, victime des lois par mon mariage, victime des hommes par mon amour. Si je ne restais pas fidèle à ma position, je mériterais tout le blâme qui m'accable, et perdrais ma propre estime. Je n'ai pas eu la haute vertu sociale d'appartenir à un homme que je n'aimais pas. J'ai brisé, malgré les lois, les liens du mariage: c'était un tort, un crime, ce sera tout ce que vous voudrez; mais pour moi cet état équivalait à la mort. J'ai voulu vivre. Si j'eusse été mère, peut-être aurais-je trouvé des forces pour supporter le supplice d'un mariage imposé par les convenances.

"Oh, madame, how could any man have left you?"

The viscountess fell silent. Gaston blushed, he thought he had insulted her. But the woman had been suddenly surprised by the first genuine, deep pleasure she had felt since the day of her misfortune. The most skillful rake, using all his ploys, couldn't have made the headway that Monsieur de Nueil owed to that heartfelt exclamation. That judgment, involuntarily pronounced by a young man's candor, made her innocent in her own eyes; it condemned society, accused the man who had left her, and justified the solitude in which she had been languishing. The forgiveness of society, a touching sympathy, the esteem of her peers—so fervently wished for, so cruelly refused—in short, her most secret desires, were all achieved by that outcry, which was made even more beautiful by the sweetest flatteries of the heart and that admiration which is always greedily savored by women. Thus, she was understood and appreciated; in the most natural way, Monsieur de Nueil had given her the opportunity to grow greater because of her fall. She looked at the clock.

"Oh, madame," cried Gaston, "don't punish me for my thoughtlessness! If you're granting me only one evening, please don't cut it short so soon!"

She smiled at the compliment, and said:

"But, since we'll never see each other again, what does a minute more or less matter? If you were to take a liking to me, it would be a disaster."

"A most welcome disaster," he replied sadly.

"Don't say that," she went on, gravely. "In any other situation, I'd be glad to have you visit me. I'm going to speak to you forthrightly, you'll understand why I don't want to see you again, why I mustn't. I believe you have too lofty a soul not to realize that, if I were so much as suspected of another lapse, everyone would consider me a contemptible, vulgar woman, I'd be just like all those other women. Thus, a chaste, blameless life will add luster to my character. I'm too proud not to try to remain in the midst of society as a being set apart, a victim of the law through my marriage, a victim of men through my love. If I didn't remain loyal to my position, I would deserve all the blame that's showered on me, and I'd lose my own self-esteem. I didn't have the lofty social virtue of clinging to a man I didn't love. In defiance of the law, I broke the bonds of marriage; it was a fault, it was a crime, call it anything you like; but for me that situation was tantamount to death. I decided to live. If I had been a mother, perhaps I would have found the strength to endure the torment of a marriage of convenience.

A dix-huit ans, nous ne savons guère, pauvres jeunes filles, ce que l'on nous fait faire. J'ai violé les lois du monde, le monde m'a punie; nous étions justes l'un et l'autre. J'ai cherché le bonheur. N'est-ce pas une loi de notre nature que d'être heureuses? J'étais jeune, j'étais belle . . . J'ai cru rencontrer un être aussi aimant qu'il paraissait passionné. J'ai été bien aimée pendant un moment! . . .

Elle fit une pause.

— Je pensais, reprit-elle, qu'un homme ne devait jamais abandonner une femme dans la situation où je me trouvais. J'ai été quittée, j'aurai déplu. Oui, j'ai manqué sans doute à quelque loi de nature: j'aurai été trop aimante, trop dévouée ou trop exigeante, je ne sais. Le malheur m'a éclairée. Après avoir été longtemps l'accusatrice, je me suis résignée à être la seule criminelle. J'ai donc absous à mes dépens celui de qui je croyais avoir à me plaindre. Je n'ai pas été assez adroite pour le conserver: la destinée m'a fortement punie de ma maladresse. Je ne sais qu'aimer: le moyen de penser à soi quand on aime? J'ai donc été l'esclave quand j'aurais dû me faire tyran. Ceux qui me connaîtront pourront me condamner, mais ils m'estimeront. Mes souffrances m'ont appris à ne plus m'exposer à l'abandon. Je ne comprends pas comment j'existe encore, après avoir subi les douleurs des huit premiers jours qui ont suivi cette crise, la plus affreuse dans la vie d'une femme. Il faut avoir vécu pendant trois ans seule pour avoir acquis la force de parler comme je le fais en ce moment de cette douleur. L'agonie se termine ordinairement par la mort, eh! bien, monsieur, c'était une agonie sans le tombeau pour dénouement. Oh! j'ai bien souffert.

La vicomtesse leva ses beaux yeux vers la corniche à laquelle sans doute elle confia tout ce que ne devait pas entendre un inconnu. Une corniche est bien la plus douce, la plus soumise, la plus complaisante confidente que les femmes puissent trouver dans les occasions où elles n'osent regarder leur interlocuteur. La corniche d'un boudoir est une institution. N'est-ce pas un confessionnal, moins le prêtre?

En ce moment, Mme de Beauséant était éloquente et belle; il faudrait dire coquette, si ce mot n'était pas trop fort. En se rendant justice, en mettant, entre elle et l'amour, les plus hautes barrières, elle aiguillonnait tous les sentiments de l'homme: et, plus elle élevait le but, mieux elle l'offrait aux regards. Enfin elle abaissa ses yeux sur Gaston, après leur avoir fait perdre l'expression trop attachante que leur avait communiquée le souvenir de ses peines.

— Avouez que je dois rester froide et solitaire? lui dit-elle d'un ton calme.

At eighteen, we poor girls hardly know what we're made to do. I broke the laws of society, and society has punished me; both of us were fair. I sought happiness. Isn't it a law of our feminine nature to be happy? I was young, I was beautiful . . . I thought I had met a being who was as loving as he was seemingly passionate. I was really loved for a time! . . .

She paused.

"I thought," she continued, "that a man ought never to desert a woman in the situation I was in. I was left, so I must have ceased to please him. Yes, I most likely didn't fulfill some law of nature: I may have been too loving, too devoted, or too demanding, I don't know. My misfortune has enlightened me. After being the one to cast the blame for a long time, I became resigned to being the only one at fault. And so, at my own expense, I've absolved the man I thought I should complain about. I wasn't clever enough to hold onto him: fate has punished me direly for my lack of skill. I only knew how to love: how can you think about yourself when you're in love? And so I acted the slave when I should have played the tyrant. Those who get to know me may condemn me, but they'll respect me. My suffering has taught me not to leave myself open to desertion ever again. I don't understand how it is that I'm still alive, after undergoing the sorrow of the first week that followed that critical moment, the most frightful in a woman's life. Only after living alone for three years can you acquire the strength to speak about that grief the way I'm doing now. Agony usually ends in death; well, sir, that was an agony without the tomb as its finale. Oh, I really suffered!"

The viscountess raised her beautiful eyes and looked at the molding beneath the ceiling, to which she then probably confided all that a stranger shouldn't hear. A molding is surely the most gentle, submissive, and obliging confidant that women can find on occasions when they don't dare look at their conversation partner. A boudoir molding is an institution. Isn't it a confessional minus the priest?

At that moment, Madame de Beauséant was elegant and beautiful; I would really say coquettish, if that weren't too strong a word. By doing justice to herself, by placing the highest barriers between herself and love, she was exciting every masculine emotion; and the higher she raised the goal, the more conspicuous she made it. Finally she lowered her eyes to look at Gaston, after making them lose the too-endearing expression that the memory of her sorrow had given them.

"You must admit I have to remain cold and solitary," she said calmly.

M. de Nueil se sentait une violente envie de tomber aux pieds de cette femme alors sublime de raison et de folie, il craignit de lui paraître ridicule; il réprima donc et son exaltation et ses pensées: il éprouvait à la fois et la crainte de ne point réussir à les bien exprimer, et la peur de quelque terrible refus ou d'une moquerie dont l'appréhension glace les âmes les plus ardentes. La réaction des sentiments qu'il refoulait au moment où ils s'élançaient de son cœur lui causa cette douleur profonde que connaissent les gens timides et les ambitieux, souvent forcés de dévorer leurs désirs. Cependant il ne put s'empêcher de rompre le silence pour dire d'une voix tremblante:

— Permettez-moi, madame, de me livrer à une des plus grandes émotions de ma vie, en vous avouant ce que vous me faites éprouver. Vous m'agrandissez le cœur! je sens en moi le désir d'occuper ma vie à vous faire oublier vos chagrins, à vous aimer pour tous ceux qui vous ont haïe ou blessée. Mais c'est une effusion de cœur bien soudaine, qu'aujourd'hui rien ne justifie et que je devrais . . .

— Assez, monsieur, dit Mme de Beauséant. Nous sommes allés trop loin l'un et l'autre. J'ai voulu dépouiller de toute dureté le refus qui m'est imposé, vous en expliquer les tristes raisons, et non m'attirer des hommages. La coquetterie ne va bien qu'à la femme heureuse. Croyez-moi, restons étrangers l'un à l'autre. Plus tard, vous saurez qu'il ne faut point former de liens quand ils doivent nécessairement se briser un jour.

Elle soupira légèrement, et son front se plissa pour reprendre aussitôt la pureté de sa forme.

— Quelles souffrances pour une femme, reprit-elle, de ne pouvoir suivre l'homme qu'elle aime dans toutes les phases de sa vie! Puis ce profond chagrin ne doit-il pas horriblement retentir dans le cœur de cet homme, si elle en est bien aimée. N'est-ce pas un double malheur?

Il y eut un moment de silence, après lequel elle dit en souriant et en se levant pour faire lever son hôte:

— Vous ne vous doutiez pas en venant à Courcelles d'y entendre un sermon.

Gaston se trouvait en ce moment plus loin de cette femme extraordinaire qu'à l'instant où il l'avait abordée. Attribuant le charme de cette heure délicieuse à la coquetterie d'une maîtresse de maison jalouse de déployer son esprit, il salua froidement la vicomtesse, et sortit désespéré.

Chemin faisant, le baron cherchait à surprendre le vrai carac-

Monsieur de Nueil felt a violent urge to kneel at the feet of that woman, who at that moment was so sublime both in her rationality and in her folly, but he was afraid of looking ridiculous; so he repressed both his excitement and his thoughts: he was, at one and the same time, not only afraid he wouldn't be able to express them adequately, but also afraid of receiving some terrible refusal or hearing that mockery the apprehension of which freezes even the most ardent souls. The countereffect of the feelings he repressed just as they were pouring from his heart caused him that deepseated pain familiar to shy or ambitious people, who are often forced to conceal their desires. Nevertheless, he couldn't refrain from breaking the silence, saying in a trembling voice:

"Madame, permit me to yield to one of the strongest emotions in my life by confessing to you all that you make me feel. You make my heart nobler! I feel within me the desire to spend my life making you forget your grief, loving you so much that I will make up for all those who have hated you or hurt you. But it's an outpouring of my heart that's so sudden, one that nothing that happened today can authorize, and one that I should . . ."

"No more, sir," said Madame de Beauséant. "We've both of us gone too far. I intended to make the refusal I'm bound to give you as gentle as possible, and to explain to you the sad reasons for it—not to fish for compliments. Flirtatiousness is only becoming to fortunate women. Trust me, let's remain strangers. Later on, you'll find out that you shouldn't create relationships when they must inevitably be broken off some day."

She heaved a gentle sigh, and her brow puckered, only to recover its pure form instantly.

"What misery for a woman," she continued, "to be unable to follow the man she loves through all the developments in his life! And then, mustn't that deep sorrow reecho horribly in that man's heart if he truly loves her? Isn't that a double misfortune?"

There was a moment of silence, after which she said, smiling and standing up so that her guest would do the same:

"When you came to Courcelles, you didn't expect to hear a sermon."

At that moment, Gaston was farther away from that extraordinary woman than when he had first approached her. Attributing the charm of that delightful hour to the coquetry of a hostess eager to display her wit, he took leave of the viscountess coldly, and left in despair.

On his way, the baron attempted to identify the real nature of that

tère de cette créature souple et dure comme un ressort; mais il lui
avait vu prendre tant de nuances, qu'il lui fut impossible d'asseoir
sur elle un jugement vrai. Puis les intonations de sa voix lui retentissaient encore aux oreilles, et le souvenir prêtait tant de
charmes aux gestes, aux airs de tête, au jeu des yeux, qu'il s'éprit
davantage à cet examen. Pour lui, la beauté de la vicomtesse reluisait encore dans les ténèbres, les impressions qu'il en avait
reçues se réveillaient attirées l'une par l'autre, pour de nouveau le
séduire en lui révélant des grâces de femme et d'esprit inaperçues
d'abord.

Il tomba dans une de ces méditations vagabondes pendant
lesquelles les pensées les plus lucides se combattent, se brisent les
unes contre les autres, et jettent l'âme dans un court accès de folie. Il
faut être jeune pour révéler et pour comprendre les secrets de ces
sortes de dithyrambes, où le cœur, assailli par les idées les plus justes
et les plus folles, cède à la dernière qui le frappe, à une pensée
d'espérance ou de désespoir, au gré d'une puissance inconnue.

A l'âge de vingt-trois ans, l'homme est presque toujours dominé
par un sentiment de modestie: les timidités, les troubles de la jeune
fille l'agitent, il a peur de mal exprimer son amour, il ne voit que des
difficultés et s'en effraie, il tremble de ne pas plaire, il serait hardi
s'il n'aimait pas tant; plus il sent le prix du bonheur, moins il croit
que sa maîtresse puisse le lui facilement accorder; d'ailleurs, peut-
être se livre-t-il trop entièrement à son plaisir, et craint-il de n'en
point donner; lorsque, par malheur, son idole est imposante, il
l'adore en secret et de loin; s'il n'est pas deviné, son amour expire.
Souvent cette passion hâtive, morte dans un jeune cœur, y reste brillante d'illusions. Quel homme n'a pas plusieurs de ces vierges souvenirs qui, plus tard, se réveillent, toujours plus gracieux, et appor-
tent l'image d'un bonheur parfait? souvenirs semblables à ces enfants perdus à la fleur de l'âge, et dont les parents n'ont connu que
les sourires.

M. de Nueil revint donc de Courcelles, en proie à un sentiment
gros de résolutions extrêmes. Mme de Beauséant était déjà devenue
pour lui la condition de son existence: il aimait mieux mourir que de
vivre sans elle. Encore assez jeune pour ressentir ces cruelles fascinations que la femme parfaite exerce sur les âmes neuves et passionnées, il dut passer une de ces nuits orageuses pendant lesquelles les
jeunes gens vont du bonheur au suicide, du suicide au bonheur,
dévorent toute une vie heureuse et s'endorment impuissants. Nuits

creature who was as pliant and as hard as a metal spring; but he had seen her assume so many shadings that he was unable to make a real decision about her. And then, the intonations of her voice were still echoing in his ears, and memory lent such charm to her gestures, to the actions of her head and eyes, that he became even more smitten during that examination. For him, the viscountess's beauty was still gleaming in the darkness; the impressions he had formed of her were reawakened, each summoned up by the one before it, and were charming him once again, revealing womanly and intellectual graces he hadn't at first noticed.

He sank into one of those vagabond meditations in which the most lucid thoughts clash with one another and break into bits against one another, casting the soul into a brief fit of insanity. One must be young to reveal and to understand the secrets of such dithyrambs, in which the heart, assailed by the most sensible and the most outlandish ideas, succumbs to the latest one that attacks it, to a thought of hope or of despair, at the mercy of some unknown power.

At the age of twenty-three, a man is almost always subjugated by a feeling of modesty: he is troubled by bashfulness and confusion just like a girl's; he's afraid of avowing his love too clumsily; he sees only diffi-culties ahead and is afraid of them; he worries about not making a good impression; he'd be bolder if he weren't so much in love; the more value he sets on his happiness, the less he believes that his sweetheart can grant it readily; besides, he may be too interested in his own pleasure and may be afraid of not giving any. When, unfortunately, his idol is an imposing figure, he worships her in secret and from afar; if his love isn't discovered, it expires. Frequently, that hasty passion, which has died in a young heart, continues to fill it with bright illusions. What man doesn't have several of those virginal memories that are later reawak-ened, more charming on each occasion, showing him the picture of per-fect happiness?—memories similar to children who died in infancy, and whose parents never knew anything of them but their smiles.

And so Monsieur de Nueil returned from Courcelles a prey to a feel-ing that was pregnant with extreme resolves. Madame de Beauséant had already become the basis of his existence: he would rather die than live without her. Still young enough to feel the cruel fascinations that a perfect woman exerts on inexperienced, passionate souls, he must surely have spent one of those stormy nights during which a young man's thoughts veer from happiness to suicide, from suicide to happi-ness, as they consume an entire life of good fortune, and finally drop

fatales, où le plus grand malheur qui puisse arriver est de se réveiller philosophe.

Trop véritablement amoureux pour dormir, M. de Nueil se leva, se mit à écrire des lettres dont aucune ne le satisfit, et les brûla toutes.

Le lendemain, il alla faire le tour du petit enclos de Courcelles; mais à la nuit tombante, car il avait peur d'être aperçu par la vicomtesse. Le sentiment auquel il obéissait alors appartient à une nature d'âme si mystérieuse, qu'il faut être encore jeune homme, ou se trouver dans une situation semblable, pour en comprendre les muettes félicités et les bizarreries; toutes choses qui feraient hausser les épaules aux gens assez heureux pour toujours voir le *positif* de la vie.

Après des hésitations cruelles, Gaston écrivit à Mme de Beauséant la lettre suivante, qui peut passer pour un modèle de la phraséologie particulière aux amoureux, et se comparer aux dessins faits en ca-chette par les enfants pour la fête de leurs parents; présents détesta-bles pour tout le monde, excepté pour ceux qui les reçoivent.

«Madame,

«Vous exercez un si grand empire sur mon cœur, sur mon âme et ma personne, qu'aujourd'hui ma destinée dépend entièrement de vous. Ne jetez pas ma lettre au feu. Soyez assez bienveillante pour la lire. Peut-être me pardonnerez-vous cette première phrase en vous aperce-vant que ce n'est pas une déclaration vulgaire ni intéressée, mais l'ex-pression d'un fait naturel. Peut-être serez-vous touchée par la mo-destie de mes prières, par la résignation que m'inspire le sentiment de mon infériorité, par l'influence de votre détermination sur ma vie. A mon âge, madame, je ne sais qu'aimer, j'ignore entièrement et ce qui peut plaire à une femme et ce qui la séduit; mais je me sens au cœur, pour elle, d'enivrantes adorations. Je suis irrésistiblement attiré vers vous par le plaisir immense que vous me faites éprouver, et pense à vous avec tout l'égoïsme qui nous entraîne, là où, pour nous, est la chaleur vitale. Je ne me crois pas digne de vous. Non, il me semble im-possible à moi, jeune, ignorant, timide, de vous apporter la millième partie du bonheur que j'aspirais en vous entendant, en vous voyant. Vous êtes pour moi la seule femme qu'il y ait dans le monde. Ne con-cevant point la vie sans vous, j'ai pris la résolution de quitter la France et d'aller jouer mon existence jusqu'à ce que je la perde dans quelque entreprise impossible, aux Indes, en Afrique, je ne sais où. Ne faut-il pas que je combatte un amour sans bornes par quelque chose d'infini? Mais si vous voulez me laisser l'espoir, non pas d'être à vous, mais

off to sleep exhausted. Fateful nights, after which the greatest misfortune that can occur is to wake up as a coldly reasoning philosopher.

Too genuinely in love to sleep, Monsieur de Nueil got out of bed and started to write letters; none of them satisfied him, and he burnt them all.

The next day, he walked around the little estate of Courcelles, but only at nightfall, because he was afraid the viscountess would see him. The feeling with which he was then complying is an aspect of such a mysterious state of soul that one must still be a young man, or be in a similar situation, to understand its unspoken bliss and its oddity: all things which would make merely shrug their shoulders those people fortunate enough always to see the "positive side" of life.

After cruel hesitations, Gaston wrote to Madame de Beauséant the following letter, which can stand as a model of the phraseology peculiar to lovers, and can be compared to the drawings children make clandestinely for their parents' namedays: presents that are abominable to everyone but their recipients.

"Madame,
"You have such total control over my heart, my soul, and my body that today my destiny depends entirely on you. Don't throw my letter in the fire. Be kind enough to read it. Perhaps you will forgive me for that opening sentence when you realize that it isn't a vulgar or self-seeking declaration, but the expression of a natural fact. Perhaps you will be touched by the modesty of my requests, by the resignation inspired in me by the feeling of my inferiority, by the influence of your decision on my life. At my age, Madame, all I know is that I am in love, I'm totally ignorant of what pleases a woman and what attracts her; but I feel intoxicating adoration for her in my heart. I am drawn to you irresistibly by the immense pleasure you make me feel, and I think of you with all the selfishness that leads us to where we find the warmth of life. I don't believe myself worthy of you. No, it seems impossible that I, young, ignorant, and shy, could give you the thousandth part of the happiness that I imbibed when hearing you and seeing you. For me you are the only woman in the world. Since I cannot conceive of life without you, I've made up my mind to leave France and to gamble with my existence until I lose it in some impossible undertaking, in India, in Africa, anywhere. Isn't it necessary for me to fight against a boundless love by attempting something infinite? But if you wish to leave me the hope, not of belonging to you, but of gaining your friendship, I shall stay here. Permit me to spend

d'obtenir votre amitié, je reste. Permettez-moi de passer près de vous, rarement même si vous l'exigez, quelques heures semblables à celles que j'ai surprises. Ce frêle bonheur, dont les vives jouissances peuvent m'être interdites à la moindre parole trop ardente, suffira pour me faire endurer les bouillonnements de mon sang. Ai-je trop présumé de votre générosité en vous suppliant de souffrir un commerce où tout est profit pour moi seulement? Vous saurez bien faire voir à ce monde, auquel vous sacrifiez tant, que je ne vous suis rien. Vous êtes si spiri-tuelle et si fière! Qu'avez-vous à craindre? Maintenant je voudrais pouvoir vous ouvrir mon cœur, afin de vous persuader que mon hum-ble demande ne cache aucune arrière-pensée. Je ne vous aurais pas dit que mon amour était sans bornes en vous priant de m'accorder de l'amitié, si j'avais l'espoir de vous faire partager le sentiment profond enseveli dans mon âme. Non, je serai près de vous ce que vous voudrez que je sois, pourvu que j'y sois. Si vous me refusiez, et vous le pouvez, je ne murmurerai point, je partirai. Si plus tard une femme autre que vous entre pour quelque chose dans ma vie, vous aurez eu raison; mais si je meurs fidèle à mon amour, vous concevrez quelque regret peut-être! L'espoir de vous causer un regret adoucira mes angoisses, et sera toute la vengeance de mon cœur méconnu . . .»

Il faut n'avoir ignoré aucun des excellents malheurs du jeune âge, il faut avoir grimpé sur toutes les Chimères aux doubles ailes blanches qui offrent leur croupe féminine à de brûlantes imaginations, pour comprendre le supplice auquel Gaston de Nueil fut en proie quand il supposa son premier *ultimatum* entre les mains de Mme de Beauséant.

Il voyait la vicomtesse froide, rieuse et plaisantant de l'amour comme les êtres qui n'y croient plus. Il aurait voulu reprendre sa let-tre, il la trouvait absurde, il lui venait dans l'esprit mille et une idées infiniment meilleures, ou qui eussent été plus touchantes que ses froides phrases, ses maudites phrases alambiquées, sophistiques, pré-tentieuses, mais heureusement assez mal ponctuées et fort bien écrites de travers. Il essayait de ne pas penser, de ne pas sentir; mais il pensait, il sentait et souffrait.

S'il avait eu trente ans, il se serait enivré; mais ce jeune homme en-core naïf ne connaissait ni les ressources de l'opium, ni les expédients de l'extrême civilisation. Il n'avait pas là, près de lui, un de ces bons amis de Paris, qui savent si bien vous dire: Pœte, non dolet! en vous tendant une bouteille de vin de Champagne, ou vous entraînent à une orgie pour vous adoucir les douleurs de l'incertitude. Excellents amis,

with you, even if only rarely, should you so insist, a few hours like those I caught on the wing. That meager happiness, the keen enjoyment of which you can forbid to me at the least word that is too ardent, will be enough to make me endure the seething of my blood. Have I counted too much on your generosity by beseeching you to permit a relationship in which the advantages are all mine? You will surely be able to indicate to that society, for which you make such great sacrifices, that I mean nothing to you. You're so clever and so proud! What have you to fear? Now I would like to be able to open my heart to you, so I can convince you that my humble request has no hidden ulterior motive. I wouldn't have told you that my love was boundless, while asking you to grant me your friendship, if I had any hopes of making you share the deep feelings buried in my soul. No, in your presence I shall be whatever you want me to be, as long as I'm there. If you were to refuse me, and you can, I won't grumble, I'll leave. If in the future some woman other than you ever means anything to me, I will admit you were right; but if I die faithful to my love, perhaps you will feel some regret! The hope of causing you a regret will assuage my anguish, and will be the full vengeance exacted by my misunderstood heart . . ."

You must have experienced each and every one of the charming sorrows of youth, you must have mounted all the white-winged Chimeras that offer their feminine cruppers to feverish imaginations, to understand the torment to which Gaston de Nueil was prey at the moment he believed his first "ultimatum" was in Madame de Beauséant's hands.

He could see the viscountess cool, laughing, and making sport of love like those creatures who no longer believe in it. He would have liked to reclaim his letter, he found it absurd, he thought of a thousand and one ideas that were infinitely better, or that would have been more touching than his cold sentences, his damned finespun, sophisticated, pretentious sentences, which were fortunately quite badly punctuated, however, and written very neatly on a slant. He tried not to think, not to feel; but he thought, he felt, and he suffered.

If he were thirty, he would have gotten intoxicated; but this young man, still naïve, knew nothing about either the aids of opium or the devices of refined civilization. He didn't have with him there one of those good Parisian friends, who are so good at telling you "Paete, non dolet"[14] while handing you a bottle of champagne, or who drag you to an orgy to assuage the pains of your uncertainty. Excellent friends,

toujours ruinés lorsque vous êtes riche, toujours aux Eaux quand vous
les cherchez, ayant toujours perdu leur dernier louis au jeu quand
vous leur en demandez un, mais ayant toujours un mauvais cheval à
vous vendre; au demeurant, les meilleurs enfants de la terre, et toujours prêts à s'embarquer avec vous pour descendre une des ces
pentes rapides sur lesquelles se dépensent le temps, l'âme et la vie!

Enfin M. de Nueil reçut des mains de Jacques une lettre ayant un
cachet de cire parfumée aux armes de Bourgogne, écrite sur un petit
papier vélin, et qui sentait la jolie femme.

Il courut aussitôt s'enfermer pour lire et relire *sa* lettre.

«Vous me punissez bien sévèrement, monsieur, et de la bonne
grâce que j'ai mise à vous sauver la rudesse d'un refus, et de la séduc-
tion que l'esprit exerce toujours sur moi. J'ai eu confiance en la noblesse du jeune âge, et vous m'avez trompée. Cependant je vous ai
parlé sinon à cœur ouvert, ce qui eût été parfaitement ridicule, du
moins avec franchise, et vous ai dit ma situation, afin de faire concevoir ma froideur à une âme jeune. Plus vous m'avez intéressée, plus
vive a été la peine que vous m'avez causée. Je suis naturellement tendre et bonne; mais les circonstances me rendent mauvaise. Une autre
femme eût brûlé votre lettre sans lire; moi je l'ai lue, et j'y réponds.
Mes raisonnements vous prouveront que, si je ne suis pas insensible à
l'expression d'un sentiment que j'ai fait naître, même involontairement, je suis loin de le partager, et ma conduite vous démontrera bien
mieux encore la sincérité de mon âme. Puis, j'ai voulu, pour votre
bien, employer l'espèce d'autorité que vous me donnez sur votre vie,
et désire l'exercer une seule fois pour faire tomber le voile qui vous
couvre les yeux.

«J'ai bientôt trente ans, monsieur, et vous en avez vingt-deux à
peine. Vous ignorez vous-même ce que seront vos pensées quand vous
arriverez à mon âge. Les serments que vous jurez si facilement aujourd'hui pourront alors vous paraître bien lourds. Aujourd'hui, je
veux bien le croire, vous me donneriez sans regret votre vie entière,
vous sauriez mourir même pour un plaisir éphémère; mais à trente
ans, l'expérience vous ôterait la force de me faire chaque jour des sacrifices, et moi, je serais profondément humiliée de les accepter. Un
jour, tout vous commandera, la nature elle-même vous ordonnera de
me quitter; je vous l'ai dit, je préfère la mort à l'abandon. Vous le
voyez, le malheur m'a appris à calculer. Je raisonne, je n'ai point de
passion. Vous me forcez à vous dire que je ne vous aime point, que je
ne dois, ne peux, ni ne veux vous aimer. J'ai passé le moment de la vie

always penniless when you're in the money, always away taking the waters when you need them; they've always lost their last cent gambling when you ask them for a loan, but they always have a bad horse to sell you; all the same, the best fellows on earth, and always ready to join you in plummeting down one of those deep abysses where your time, your soul, and your life are wasted!

Finally Monsieur de Nueil received from Jacques's hands a letter sealed with perfumed wax and bearing the arms of Burgundy, written on a small sheet of vellum paper, and with the scent of a pretty woman.

He instantly went off to read and reread *her* letter.

"You punish me quite severely, sir, both for the graceful way I tried to spare you the bluntness of a refusal, and for the attraction that a clever mind always has for me. I trusted in the nobility of youth, and you deceived me. And yet I spoke to you—if not from the bottom of my heart, which would have been perfectly ridiculous—at least candidly, and told you my situation, so as to explain my coldness to a young heart. The more you interested me, the keener was the pain you have given me. I am tender and kind by nature, but my circumstances make me hard. Another woman would have burnt your letter without reading it; *I* read it, and I'm answering it. My arguments will prove to you that, although I am not indifferent to the declaration of a feeling I inspired, even if it was involuntarily, I am far from sharing it; and my conduct will demonstrate the sincerity of my heart to you even more clearly. And then, for your own good, I have decided to use the sort of authority over your life that you attribute to me, and I wish to exercise it just once to remove the veil covering your eyes.

"I am almost thirty, sir, and you are scarcely twenty-two. You yourself don't know what your thinking will be when you reach my age. The oaths you swear so readily today may then seem like quite an encumbrance to you. Today, I'm willing to believe it, you would give me your entire life without regrets, you could even die for a fleeting pleasure; but, at thirty, experience would deprive you of the strength to make daily sacrifices for me, and, for my part, I would be deeply humiliated to accept them. Some day everything will urge you, nature herself will order you, to leave me; as I've told you, I'd rather die than be forsaken. As you see, my misfortune has taught me to calculate. I reason, I have no passion. You force me to tell you that I don't love you, that I must not, cannot, and don't want to love you. I've passed that time of life when women give in to unreflecting im-

où les femmes cèdent à des mouvements de cœur irréfléchis, et ne saurais plus être la maîtresse que vous quêtez. Mes consolations, monsieur, viennent de Dieu, non des hommes. D'ailleurs je lis trop clairement dans les cœurs à la triste lumière de l'amour trompé, pour accepter l'amitié que vous demandez, que vous offrez. Vous êtes la dupe de votre cœur, et vous espérez bien plus en ma faiblesse qu'en votre force. Tout cela est un effet d'instinct. Je vous pardonne cette ruse d'enfant, vous n'en êtes pas encore complice. Je vous ordonne, au nom de cet amour passager, au nom de votre vie, au nom de ma tranquillité, de rester dans votre pays, de ne pas y manquer une vie honorable et belle pour une illusion qui s'éteindra nécessairement. Plus tard, lorsque vous aurez, en accomplissant votre véritable destinée, développé tous les sentiments qui attendent l'homme, vous apprécierez ma réponse, que vous accusez peut-être en ce moment de sécheresse. Vous retrouverez alors avec plaisir une vieille femme dont l'amitié vous sera certainement douce et précieuse: elle n'aura été soumise ni aux vicissitudes de la passion, ni aux désenchantements de la vie; enfin de nobles idées, des idées religieuses la conserveront pure et sainte. Adieu, monsieur, obéissez-moi en pensant que vos succès jetteront quelque plaisir dans ma solitude, et ne songez à moi que comme on songe aux absents.»

Après avoir lu cette lettre, Gaston de Nueil écrivit ces mots:

«Madame, si je cessais de vous aimer en acceptant les chances que vous m'offrez d'être un homme ordinaire, je mériterais bien mon sort, avouez-le? Non, je ne vous obéirai pas, et je vous jure une fidélité qui ne se déliera que par la mort. Oh! prenez ma vie, à moins cependant que vous ne craigniez de mettre un remords dans la vôtre . . .»

Quand le domestique de M. de Nueil revint de Courcelles, son maître lui dit:
— A qui as-tu remis mon billet?
— A madame la vicomtesse elle-même; elle était en voiture, et partait . . .
— Pour venir en ville?
— Monsieur, je ne le pense pas. La berline de madame la vicomtesse était attelée avec des chevaux de poste.
— Ah! elle s'en va, dit le baron.
— Oui, monsieur, répondit le valet de chambre.

pulses of the heart, and I could no longer be the lover you seek. Sir, my consolations come from God, not from mankind. Besides, I read too clearly in people's hearts, by the sad light of betrayed love, to accept the friendship you request and offer. You are being deceived by your heart, and you hope much more from my weakness than from your own strength. All that is a result of instinct. I forgive you for that childish ruse, you are not yet a conscious accessory to that wrongdoing. I order you, in the name of this transitory love, in the name of your future, in the name of my peace of mind, to remain in your own country and not to pass up an honorable and beautiful life for an illusion that will inevitably fade away. Later on, when, fulfilling your true destiny, you have developed all the feelings of a mature man, you will appreciate this reply of mine, which you now perhaps blame for its aridity. Then you will renew a pleasurable acquaintance with an old lady whose friendship will certainly be sweet and precious to you: that friendship will not have undergone either the vicissitudes of passion or the disenchantments of life; in short, noble ideas, religious ideas, will keep it pure and holy. Farewell, sir, obey me, with the thought that your successes in life will shed a little pleasure over my solitude; and think of me only as people think of those far away."

After reading that letter, Gaston de Nueil wrote these words:

"Madame, if I ceased loving you and accepted the chances you offer me of being an ordinary man, I would really deserve my fate, wouldn't I? No, I shall not obey you, and I swear a fidelity to you that only death will destroy. Oh, take my life—that is, unless you fear adding remorse to yours . . ."

When Monsieur de Nueil's servant returned from Courcelles, his master said:
"To whom did you hand my note?"
"To the viscountess herself; she was in her coach and was leaving . . ."
"To come to town?"
"No, sir, I don't think so. The viscountess's coach was being drawn by post horses."
"Oh, she's going away!" said the baron.
"Yes, sir," replied his valet.

Aussitôt Gaston fit ses préparatifs pour suivre Mme de Beauséant, et elle le mena jusqu'à Genève sans se savoir accompagnée par lui.

Entre les mille réflexions qui l'assaillirent pendant ce voyage, celle-ci: — Pourquoi s'est-elle en allée? l'occupa plus spécialement.

Ce mot fut le texte d'une multitude de suppositions, parmi lesquelles il choisit naturellement la plus flatteuse, et que voici:

— Si la vicomtesse veut m'aimer, il n'y a pas de doute qu'en femme d'esprit, elle préfère la Suisse où personne ne nous connaît, à la France où elle rencontrerait des censeurs.

Certains hommes passionnés n'aimeraient pas une femme assez habile pour choisir son terrain, c'est des raffinés. D'ailleurs rien ne prouve que la supposition de Gaston fût vraie.

La vicomtesse prit une petite maison sur le lac. Quand elle y fut installée, Gaston s'y présenta par une belle soirée, à la nuit tombante.

Jacques, valet de chambre essentiellement aristocratique, ne s'étonna point de voir M. de Nueil, et l'annonça en valet habitué à tout comprendre. En entendant ce nom, en voyant le jeune homme, Mme de Beauséant laissa tomber le livre qu'elle tenait; sa surprise donna le temps à Gaston d'arriver à elle, et de lui dire d'une voix qui lui parut délicieuse:

— Avec quel plaisir je prenais les chevaux qui vous avaient menée!

Etre si bien obéie dans ses vœux secrets! Où est la femme qui n'eût pas cédé à un tel bonheur?

Une Italienne, une de ces divines créatures dont l'âme est à l'antipode de celle des Parisiennes, et que de ce côté des Alpes l'on trouverait profondément immorale, disait en lisant les romans français:

— Je ne vois pas pourquoi ces pauvres amoureux passent autant de temps à arranger ce qui doit être l'affaire d'une matinée.

Pourquoi le narrateur ne pourrait-il pas, à l'exemple de cette bonne Italienne, ne pas trop faire languir ses auditeurs ni son sujet? Il y aurait bien quelques scènes de coquetterie charmantes à dessiner, doux retards que Mme de Beauséant voulait apporter au bonheur de Gaston pour tomber avec grâce comme les vierges de l'antiquité; peut-être aussi pour jouir des voluptés chastes d'un premier amour, et le faire arriver à sa plus haute expression de force et de puissance. M. de Nueil était encore dans l'âge où un homme est la dupe de ces caprices, de ces jeux qui affriandent tant les femmes, et qu'elles prolongent, soit pour bien stipuler leurs conditions, soit

Immediately Gaston made preparations for following Madame de Beauséant, and she led him all the way to Geneva, unaware that he was accompanying her.

Among the thousand reflections that beset him during that journey, one occupied his attention most particularly: "Why did she go away?"

That question became the text for a multitude of suppositions, among which he naturally chose the most flattering, as follows:

"If the viscountess is willing to love me, there's no doubt that, as an intelligent woman, she prefers Switzerland, where nobody knows us, to France, where she would run into disapproving people."

Certain passionate men wouldn't like a woman clever enough to choose her terrain, but they're highly fastidious. Besides, there's no proof that Gaston's supposition was correct.

The viscountess took a little house by the lake. When she had moved in, Gaston showed up one fine evening, at nightfall.

Jacques, an essentially aristocratic manservant, was not in the least surprised to see Monsieur de Nueil, and announced him like a servant accustomed to understand every situation. Hearing that name, seeing the young man, Madame de Beauséant dropped the book she was holding; her surprise gave Gaston the time to come up to her and say in a voice she found delightful:

"What a pleasure it was to hire the horses that had been drawing your coach!"

To be so fully obeyed in her secret wishes! Where's the woman who wouldn't have yielded to such happiness?

An Italian woman, one of those divine creatures whose soul is at the antipodes of that of Parisian women, and who would be considered greatly immoral on this side of the Alps, used to say when reading French novels:

"I don't see why those poor lovers spend so much time in preparation for what ought to be one morning's work."

Why couldn't the narrator, following the precept of that good Italian lady, avoid keeping his readers in suspense and stretching out his story? There would naturally be a few scenes of flirtation that could be depicted delightfully, sweet delays that Madame de Beauséant wished to impose on Gaston's happiness so that she could yield gracefully like the virgins of ancient times; perhaps also so she could enjoy the chaste pleasures of a first love and bring it to the height of its strength and might. Monsieur de Nueil was still at an age where a man can be fooled by such whims, those games that are so alluring to women, and which they prolong, either so they can fully

pour jouir plus longtemps de leur pouvoir dont la prochaine diminution est instinctivement devinée par elles. Mais ces petits protocoles de boudoir, moins nombreux que ceux de la conférence de Londres, tiennent trop peu de place dans l'histoire d'une passion vraie pour être mentionnés.

Mme de Beauséant et M. de Nueil demeurèrent pendant trois années dans la villa située sur le lac de Genève que la vicomtesse avait louée. Ils y restèrent seuls, sans voir personne, sans faire parler d'eux, se promenant en bateau, se levant tard, enfin heureux comme nous rêvons tous de l'être. Cette petite maison était simple, à persiennes vertes, entourée de larges balcons ornés de tentes, une véritable maison d'amants, maison à canapés blancs, à tapis muets, à tentures fraîches, où tout reluisait de joie. A chaque fenêtre le lac apparaissait sous des aspects différents; dans le lointain, les montagnes et leurs fantaisies nuageuses, colorées, fugitives; au-dessus d'eux, un beau ciel; puis, devant eux, une longue nappe d'eau capricieuse, changeante! Les choses semblaient rêver pour eux, et tout leur souriait.

Des intérêts graves rappelèrent M. de Nueil en France: son frère et son père étaient morts; il fallut quitter Genève. Les deux amants achetèrent cette maison, ils auraient voulu briser les montagnes et faire enfuir l'eau du lac en ouvrant une soupape, afin de tout emporter avec eux.

Mme de Beauséant suivit M. de Nueil. Elle réalisa sa fortune, acheta, près de Manerville, une propriété considérable qui joignait les terres de Gaston, et où ils demeurèrent ensemble. M. de Nueil abandonna très gracieusement à sa mère l'usufruit des domaines de Manerville, en retour de la liberté qu'elle lui laissa de vivre garçon.

La terre de Mme de Beauséant était située près d'une petite ville, dans une des plus jolies positions de la vallée d'Auge. Là, les deux amants mirent entre eux et le monde des barrières que ni les idées sociales, ni les personnes ne pouvaient franchir, et retrouvèrent leurs bonnes journées de la Suisse. Pendant neuf années entières, ils goûtèrent un bonheur qu'il est inutile de décrire; le dénouement de cette aventure en fera sans doute deviner les délices à ceux dont l'âme peut comprendre, dans l'infini de leurs modes, la poésie et la prière.

Cependant, M. le marquis de Beauséant (son père et son frère aîné étaient morts), le mari de Mme de Beauséant, jouissait d'une parfaite santé. Rien ne nous aide mieux à vivre que la certitude de faire le bonheur d'autrui par notre mort. M. de Beauséant était un de ces gens

stipulate their terms or else so they can have a longer enjoyment of their power, which they instinctively guess will soon dwindle. But these little protocols of the boudoir, less numerous than those of the London conference,[15] occupy too little space in the history of a true passion to be mentioned.

Madame de Beauséant and Monsieur de Nueil stayed three years in the villa by the Lake of Geneva that the viscountess had rented. They remained alone there, seeing no one, giving no one any occasion to talk about them, taking boat rides, getting up late—in short, as happy as we all dream of being. That little house was simple; it had green blinds, and was encircled by wide, awninged balconies—a real house for lovers, a house with white sofas, noiseless carpets, fresh wallpaper, where everything gleamed with joy. Through each window the lake appeared in different guises; in the distance, the mountains and their snowy, colorful, fleeting fantasies; above them, a beautiful sky; then, in front of them, a long sheet of capricious, iridescent water! All things seemed to be dreaming for their benefit, and everything smiled at them.

Serious business recalled Monsieur de Nueil to France: his brother and father had died; they had to leave Geneva. The two lovers bought that house; they would have liked to break up the mountains and drain the lake by pulling out a plug, so they could take it all with them.

Madame de Beauséant followed Monsieur de Nueil. She converted her assets into cash and bought a large estate near Manerville adjoining Gaston's lands; there they lived together. Most graciously Monsieur de Nueil made over to his mother the usufruct of the Manerville domains, in exchange for the freedom she granted him to remain a bachelor.

Madame de Beauséant's property was located near a small town, in one of the prettiest situations in the Auge valley. There the two lovers put up barriers between themselves and the rest of the world which neither the opinions of society nor any persons could cross, and regained the happiness they had known in Switzerland. For nine full years they tasted a bliss that it is needless to describe; the end of this adventure will surely make its delights conceivable to those whose soul can comprehend poetry and prayer in their infinite modalities.

And yet the Marquis de Beauséant (his father and elder brother were now dead), Madame de Beauséant's husband,[16] still enjoyed perfect health. Nothing keeps us alive as much as the knowledge that our death will make others happy. Monsieur de Beauséant was one of

ironiques et entêtés qui, semblables à des rentiers viagers, trouvent un plaisir de plus que n'en ont les autres à se lever bien portants chaque matin. Galant homme du reste, un peu méthodique, cérémonieux, et calculateur capable de déclarer son amour à une femme aussi tranquillement qu'un laquais dit:

— Madame est servie.

Cette petite notice biographique sur le marquis de Beauséant a pour objet de faire comprendre l'impossibilité dans laquelle était la marquise d'épouser M. de Nueil.

Or, après ces neuf années de bonheur, le plus doux bail qu'une femme ait jamais pu signer, M. de Nueil et Mme de Beauséant se trouvèrent dans une situation tout aussi naturelle et tout aussi fausse que celle où ils étaient restés depuis le commencement de cette aventure; crise fatale néanmoins, de laquelle il est impossible de donner une idée, mais dont les termes peuvent être posés avec une exactitude mathématique.

Mme la comtesse de Nueil, mère de Gaston, n'avait jamais voulu voir Mme de Beauséant. C'était une personne roide et vertueuse, qui avait très légalement accompli le bonheur de M. de Nueil le père.

Mme de Beauséant comprit que cette honorable douairière devait être son ennemie, et tenterait d'arracher Gaston à sa vie immorale et anti-religieuse.

La marquise aurait bien voulu vendre sa terre, et retourner à Genève. Mais c'eût été se défier de M. de Nueil, elle en était incapable. D'ailleurs, il avait précisément pris beaucoup de goût pour la terre de Valleroy, où il faisait force plantations, force mouvements de terrains. N'était-ce pas l'arracher à une espèce de bonheur mécanique que les femmes souhaitent toujours à leurs maris et même à leurs amants?

Il était arrivé dans le pays une demoiselle de La Rodière, âgée de vingt-deux ans, et riche de quarante mille livres de rente. Gaston rencontrait cette héritière à Manerville toutes les fois que son devoir l'y conduisait.

Ces personnages étant ainsi placés comme les chiffres d'une proportion arithmétique, la lettre suivante, écrite et remise un matin à Gaston, expliquera maintenant l'affreux problème que, depuis un mois, Mme de Beauséant tâchait de résoudre.

«Mon ange aimé, t'écrire quand nous vivons cœur à cœur, quand rien ne nous sépare, quand nos caresses nous servent si souvent de

those ironic, obstinate people who, like those living on a lifetime an-
nuity, find an additional pleasure, not enjoyed by others, in waking up
healthy every morning. Aside from that, an honorable man, a little
methodical, ceremonious, and calculating, a man capable of declaring
his love to a woman as calmly as a lackey says:

"Dinner is served."

The purpose of this brief biography of the Marquis de Beauséant is
to explain that it was impossible for the marquise to marry Monsieur
de Nueil.

Now, after these nine years of happiness, the sweetest lease a
woman has ever been able to sign, Monsieur de Nueil and Madame
de Beauséant found themselves in a position that was just as natural
and just as false as the one they had remained in since the beginning
of this adventure; nevertheless this was a fateful, critical period, of
which it is impossible to give an idea, but the terms of which can be
stated with mathematical precision.

The Countess de Nueil, Gaston's mother, had always refused to
meet Madame de Beauséant. She was a stiff, virtuous person who had
made the elder Monsieur de Nueil happy very much to the letter of
the law.

Madame de Beauséant understood that that honorable dowager
had to be her enemy, and would try to tear Gaston away from his immoral and irreligious life.

The marquise would have liked to sell her property and return to
Geneva. But that would have indicated a lack of trust in Monsieur de
Nueil, of which she was incapable. Besides, he had acquired a great
liking for that very estate of Valleroy, where he was planting extensively and actively laying out the grounds. Wouldn't it mean depriving
him of a sort of mechanical happiness that women always wish their
husbands, and even their lovers, to enjoy?

A certain Mademoiselle de La Rodière had arrived in the neighborhood; she was twenty-two and had a private income of forty thousand francs a year. Gaston met that heiress at Manerville each time his
affairs brought him there.

These characters being thus situated like the numbers in an arith-
metical ratio, the following letter, written and delivered to Gaston one
morning, will now explain the terrible problem Madame de
Beauséant had been trying for a month to solve.

"My beloved angel, to write to you when we live heart to heart, when
nothing divides us, when our caresses so often take the place of speech,

langage, et que les paroles sont aussi des caresses, n'est-ce pas un contre-sens? Eh! bien, non, mon amour. Il est certaines choses qu'une femme ne peut dire en présence de son amant; la seule pensée de ces choses lui ôte la voix, lui fait refluer tout son sang vers le cœur; elle est sans force et sans esprit. Etre ainsi près de toi me fait souffrir; et souvent j'y suis ainsi. Je sens que mon cœur doit être tout vérité pour toi, ne te déguiser aucune de ses pensées, même les plus fugitives; et j'aime trop ce doux laissez-aller qui me sied si bien, pour rester plus longtemps gênée, contrainte. Aussi vais-je te confier mon angoisse: oui, c'est une angoisse. Ecoute-moi? Ne fais pas ce petit: *ta ta ta* . . . par lequel tu me fais taire avec une impertinence que j'aime, parce que de toi tout me plaît. Cher époux du ciel, laisse-moi te dire que tu as effacé tout souvenir des douleurs sous le poids desquelles jadis ma vie allait succomber. Je n'ai connu l'amour que par toi. Il a fallu la candeur de ta belle jeunesse, la pureté de ta grande âme pour satisfaire aux exigences d'un cœur de femme exigeante. Ami, j'ai bien souvent palpité de joie en pensant que, durant ces neuf années, si rapides et si longues, ma jalousie n'a jamais été réveillée. J'ai eu toutes les fleurs de ton âme, toutes tes pensées. Il n'y a pas eu le plus léger nuage dans notre ciel, nous n'avons pas su ce qu'était un sacrifice, nous avons toujours obéi aux inspirations de nos cœurs. J'ai joui d'un bonheur sans bornes pour une femme. Les larmes qui mouillent cette page te diront-elles bien toute ma reconnaissance? J'aurais voulu l'avoir écrite à genoux. Eh! bien, cette félicité m'a fait connaître un supplice plus affreux que ne l'était celui de l'abandon. Cher, le cœur d'une femme a des replis bien profonds: j'ai ignoré moi-même jusqu'aujourd'hui l'étendue du mien, comme j'ignorais l'étendue de l'amour. Les misères les plus grandes qui puissent nous accabler sont encore légères à porter en comparaison de la seule idée du malheur de celui que nous aimons. Et si nous le causions, ce malheur, n'est-ce pas à en mourir? . . . Telle est la pensée qui m'oppresse. Mais elle en traîne après elle une autre beaucoup plus pesante; celle-là dégrade la gloire de l'amour, elle le tue, elle en fait une humiliation qui ternit à jamais la vie. Tu as trente ans et j'en ai quarante. Combien de terreurs cette différence d'âge n'inspire-t-elle pas à une femme aimante? Tu peux avoir d'abord involontairement, puis sérieusement senti les sacrifices que tu m'as faits, en renonçant à tout au monde pour moi. Tu as pensé peut-être à ta destinée sociale, à ce mariage qui doit augmenter nécessairement ta fortune, te permettre d'avouer ton bonheur, tes enfants, de transmettre tes biens, de reparaître dans le monde et d'y occuper ta

and when words are also caresses: isn't that contrary to good sense? Well, no, my love. There are certain things a woman can't say in her lover's presence; the very thought of those things robs her of her voice, makes all her blood surge to her heart; she is devoid of strength or intelligence. To feel that way next to you makes me suffer; and yet I frequently do. I feel that my heart should be nothing but truth for you, shouldn't conceal any of its thoughts from you, even the most transitory; and I'm too fond of that sweet unconstraint, which suits me so well, to remain uneasy and held in check any longer. And so I'm going to confide my anguish to you: yes, it's anguish. Are you listening? Don't utter that little 'ta, ta, ta' with which you make me keep still with an impudence that I love, because everything about you is to my liking. Dear heavenly husband, let me tell you that you have erased every memory of the sorrows beneath which my life was giving way, back then. I've known love only through you. It took the candor of your beautiful youth, the purity of your lofty soul, to satisfy the demands of the heart of a demanding woman. My friend, how often I've thrilled with joy to think that, in these nine years, so rapid yet so full, my jealousy has never been aroused! I've possessed all the flowers of your soul, your every thought. There has never been the slightest cloud in our sky, we've never known what a sacrifice meant, we've always obeyed the dictates of our heart. I've enjoyed a happiness that is boundless for a woman. Will the tears that are wetting this letter tell you clearly just how grateful I am? I would have liked to write it kneeling. Well, that bliss has acquainted me with a torment more frightful than that of my desertion was. Dear, a woman's heart has deep, secret recesses: until today I myself was unaware of the depth of mine, just as I was unaware of the extent of my love. The greatest miseries that can overwhelm us are still easy to bear in comparison with just the idea that the one we love is unhappy. And if we were causing that unhappiness, isn't that something we could die of? . . . That is the nature of the thought that is oppressing me. But it draws in its wake another, much more crushing thought, and that one tarnishes love's glory; it kills love, it changes it into a humiliation that makes life forever dismal. You are thirty and I'm forty. How many terrors that difference in age causes a woman in love! It's possible that, involuntarily at first, but then after serious reflection, you have become aware of the sacrifices you've made for me by giving up everything in the world for my sake. Perhaps you have thought about your future in society, a marriage that must inevitably increase your fortune, allowing you to confess your happiness publicly, acknowledge your children, bequeath your property, reenter society, and take your proper place there with honor. But you have probably repressed those thoughts, happy to sacrifice for me, without my knowledge, an

place avec honneur. Mais tu auras réprimé ces pensées, heureux de me sacrifier, sans que je le sache, une héritière, une fortune et un bel avenir. Dans ta générosité de jeune homme, tu auras voulu rester fidèle aux serments qui ne nous lient qu'à la face de Dieu. Mes douleurs passées te seront apparues, et j'aurai été protégée par le malheur d'où tu m'as tirée. Devoir ton amour à ta pitié! cette pensée m'est plus horrible encore que la crainte de te faire manquer ta vie. Ceux qui savent poignarder leurs maîtresses sont bien charitables quand ils les tuent heureuses, innocentes, et dans la gloire de leurs illusions . . . Oui, la mort est préférable aux deux pensées qui, depuis quelques jours, attristent secrètement mes heures. Hier, quand tu m'as demandé si doucement: Qu'as-tu? ta voix m'a fait frissonner. J'ai cru que, selon ton habitude, tu lisais dans mon âme, et j'attendais tes confidences, imaginant avoir eu de justes pressentiments en devinant les calculs de ta raison. Je me suis alors souvenue de quelques attentions qui te sont habituelles, mais où j'ai cru apercevoir cette sorte d'affectation par laquelle les hommes trahissent une loyauté pénible à porter. En ce moment, j'ai payé bien cher mon bonheur, j'ai senti que la nature nous vend toujours les trésors de l'amour. En effet, le sort ne nous a-t-il pas séparés? Tu te seras dit: «Tôt ou tard, je dois quitter la pauvre Claire, pourquoi ne pas m'en séparer à temps?» Cette phrase était écrite au fond de ton regard. Je t'ai quitté pour aller pleurer loin de toi. Te dérober des larmes! voilà les premières que le chagrin m'ait fait verser depuis dix ans, et je suis trop fière pour te les montrer; mais je ne t'ai point accusé. Oui, tu as raison, je ne dois point avoir l'égoïsme d'assujettir ta vie brillante et longue à la mienne bientôt usée . . . Mais si je me trompais? . . . si j'avais pris une de tes mélancolies d'amour pour une pensée de raison? . . . ah! mon ange, ne me laisse pas dans l'incertitude, punis ta jalouse femme; mais rends-lui la conscience de son amour et du tien: toute la femme est dans ce sentiment, qui sanctifie tout. Depuis l'arrivée de ta mère, et depuis que tu as vu chez elle Mlle de La Rodière, je suis en proie à des doutes qui nous déshonorent. Fais-moi souffrir, mais ne me trompe pas: je veux tout savoir, et ce que ta mère te dit et ce que tu penses! Si tu as hésité entre quelque chose et moi, je te rends ta liberté . . . Je te cacherai ma destinée, je saurai ne pas pleurer devant toi; seulement, je ne veux plus te revoir . . . Oh! je m'arrête, mon cœur se brise.» . . .

«Je suis restée morne et stupide pendant quelques instants. Ami, je ne me trouve point de fierté contre toi, tu es si bon, si franc! tu ne saurais ni me blesser, ni me tromper; mais tu me diras la vérité,

heiress, a fortune, and a fine future. In your young man's generosity, you have probably decided to remain faithful to the oaths that only bind us in the eyes of God. My past sorrows have probably occurred to you, and I have probably been protected by the misfortune from which you released me. To owe your love to your pity! That thought is even more horrible to me than the fear of making you lose your chances in life. Men who can stab their lovers to death are very charitable when they kill them while still in the midst of their happiness, their innocence, and the glory of their illusions . . . Yes, death is preferable to the two thoughts that, for some days, have been secretly saddening my life. Yesterday, when you asked me so gently, 'What's wrong?', your voice made me shudder. I thought that, as usual, you were reading my inmost thoughts, and I was expecting you to confide in me, imagining that my presentiments were correct when I guessed the calculations behind your reasonable arguments. Then I recalled several attentions you pay me that are habitual with you, but in which I thought I noticed that sort of simulation through which men reveal that their fidelity is hard for them to maintain. At that moment, I paid dearly for my happiness, I realized that nature is always just selling us the treasures of love. In fact, hasn't fate separated us? You must have said to yourself, 'Sooner or later I'll have to leave poor Claire, why not break off with her at the right time?' That sentence was written deep down in your eyes. I walked away from you so I could cry my fill out of your sight. To hide tears from you! And they were the first ones that sorrow had made me shed in ten years; I was too proud to let you see them; but I didn't blame you. Yes, you're right, I shouldn't be so selfish as to tie down your long, brilliant life to mine, which is nearly used up . . . But what if I were wrong? What if I had mistaken one of your moments of melancholy for a reasoned-out idea? Oh, my angel, don't leave me in uncertainty; punish your jealous wife, but give her back the knowledge of her love and yours: all of womanhood resides in that emotion, which sanctifies all things. Since your mother arrived, and since you met Mademoiselle de La Rodière at her house, I've been a prey to doubts that do us dishonor. Make me suffer, but don't deceive me: I want to know everything, both what your mother tells you and what you yourself think! If you've been wavering between me and something else, I give you back your freedom . . . I won't let you know my fate, I'll be strong enough not to cry while you're around; only, I don't want to see you again . . . Oh, I must stop, my heart is breaking . . .

"For a few minutes I just sat there, gloomy and dazed. My friend, I can't attack you with my pride, you're so kind, so candid! You couldn't hurt me or deceive me; but you will tell me the truth, won't you,

quelque cruelle qu'elle puisse être. Veux-tu que j'encourage tes aveux? Eh! bien, cœur à moi, je serai consolée par une pensée de femme. N'aurais-je pas possédé de toi l'être jeune et pudique, toute grâce, toute beauté, toute délicatesse, un Gaston que nulle femme ne peut plus connaître et de qui j'ai délicieusement joui . . . Non, tu n'aimeras plus comme tu m'as aimée, comme tu m'aimes; non, je ne saurais avoir de rivale. Mes souvenirs seront sans amertume en pensant à notre amour, qui fait toute ma pensée. N'est-il pas hors de ton pouvoir d'enchanter désormais une femme par les agaceries enfantines, par les jeunes gentillesses d'un cœur jeune, par ces coquetteries d'âme, ces grâces du corps et ces rapides ententes de volupté, enfin par l'adorable cortège qui suit l'amour adolescent? Ah! tu es homme! maintenant, tu obéiras à ta destinée en calculant tout. Tu auras des soins, des inquiétudes, des ambitions, des soucis qui *la* priveront de ce sourire constant et inaltérable par lequel tes lèvres étaient toujours embellies pour moi. Ta voix, pour moi toujours si douce, sera parfois chagrine. Tes yeux, sans cesse illuminés d'un éclat céleste en me voyant, se terniront souvent pour *elle*. Puis, comme il est impossible de t'aimer comme je t'aime, cette femme ne te plaira jamais autant que je t'ai plu. Elle n'aura pas ce soin perpétuel que j'ai eu de moi-même et cette étude continuelle de ton bonheur dont jamais l'intelligence ne m'a manqué. Oui, l'homme, le cœur, l'âme que j'aurai connus n'existeront plus; je les ensevelirai dans mon souvenir pour en jouir encore, et vivre heureuse de cette belle vie passée, mais inconnue à tout ce qui n'est pas nous.

«Mon cher trésor, si cependant tu n'as pas conçu la plus légère idée de liberté, si mon amour ne te pèse pas, si mes craintes sont chimériques, si je suis toujours pour toi ton Eve, la seule femme qu'il y ait dans le monde, cette lettre lue, viens! accours!

«Ah, je t'aimerai dans un instant plus que je ne t'ai aimé, je crois, pendant ces neuf années.

«Après avoir subi le supplice inutile de ces soupçons dont je m'accuse, chaque jour ajouté à notre amour, oui, un seul jour, sera toute une vie de bonheur. Ainsi, parle! sois franc: ne me trompe pas, ce serait un crime. Dis? veux-tu ta liberté? As-tu réfléchi à ta vie d'homme? As-tu un regret? Moi, te causer un regret! j'en mourrais. Je te l'ai dit: j'ai assez d'amour pour préférer ton bonheur au mien, ta vie à la mienne. Quitte, si tu le peux, la riche mémoire de nos neuf années de bonheur pour n'en être pas influencé dans ta décision; mais parle! Je te suis soumise, comme à Dieu, à ce seul consolateur qui me reste si tu m'abandonnes.»

however cruel it may be? Do you want me to encourage you to confess? Well, my darling, there's an idea of the sort women have that will console me. Haven't I possessed your chaste youth, so graceful, beautiful, and delicate, a Gaston that no other woman in the future can know, but whom I delightfully enjoyed? No, you will no longer love anyone the way you loved me, the way you love me now; no, I can never have a rival. My memories will be free of bitterness when I think about our love, which occupies all my thoughts. Isn't it beyond your power from now on to enchant a woman with your childish cajoling, with the youthful kindness of a young heart, with those coquetries of the soul, those graces of the body, and those swift intuitions of sensual pleasure; in short, with the charms attendant on a youngster's love? Oh, you're now a man! Now you'll follow your destiny, thinking everything out coolly. You'll have worries, uneasiness, ambitions, cares that will deprive *her* of that constant, unchanging smile that always beautified your lips for me. Your voice, always so gentle for me, will sometimes be vexed. Your eyes, ceaselessly illuminated with a heavenly brightness when you looked at me, will often grow dark for *her.* And then, since it's impossible for anyone else to love you as I have, you will never love that woman as well as you loved me. She won't take those constant pains with herself that I did, or continually look out for your happiness as skillfully as I always did. Yes, the man, the heart, the soul that I knew will no longer exist; I shall bury them in my memory so I can go on enjoying, and deriving my happiness from, that beautiful life that has passed by, but is unknown to anyone but us.

"My dear treasure, if, on the other hand, you haven't formed the slightest idea of freeing yourself, if my love is not a burden to you, if my fears are idle fancies, if I'm still your Eve, the only woman in the world, come running to me when you've read this letter!

"Oh, in an instant I'll love you more than I think I've loved you these nine years.

"After suffering the needless torment of these suspicions that I accuse myself of harboring, every day added to our love, even a single day, will be a whole life of happiness. Well, then, speak! Be frank: don't deceive me, it would be a crime. Tell me! Do you want your freedom? Have you thought about your mature life? Do you have any regrets? That I should cause you regrets! I'd die of it. I've told you: I love you enough to prefer your happiness to mine, your life to my own. If you can, forget the rich memory of our nine years of happiness so as not to be influenced by it in your decision; but speak! I am submissive to you, as I am to God, who is the only consoler I have left if you forsake me."

Quand Mme de Beauséant sut la lettre entre les mains de M. de Nueil, elle tomba dans un abattement si profond, et dans une méditation si engourdissante, par la trop grande abondance de ses pensées, qu'elle resta comme endormie. Certes, elle souffrit de ces douleurs dont l'intensité n'a pas toujours été proportionnée aux forces de la femme, et que les femmes seules connaissent.

Pendant que la malheureuse marquise attendait son sort, M. de Nueil était, en lisant sa lettre, fort *embarrassé,* selon l'expression employée par les jeunes gens dans ces sortes de crises. Il avait alors presque cédé aux instigations de sa mère et aux attraits de Mlle de La Rodière, jeune personne assez insignifiante, droite comme un peuplier, blanche et rose, muette à demi, suivant le programme prescrit à toutes les jeunes filles à marier; mais ses quarante mille livres de rente en fonds de terre parlaient suffisamment pour elle.

Mme de Nueil, aidée par sa sincère affection de mère, cherchait à embaucher son fils pour la Vertu. Elle lui faisait observer ce qu'il y avait pour lui de flatteur à être préféré par Mlle de La Rodière, lorsque tant de riches partis lui étaient proposés: il était bien temps de songer à son sort, une si belle occasion ne se retrouverait plus; il aurait un jour quatre-vingt mille livres de rente en biens-fonds; la fortune consolait de tout; si Mme de Beauséant l'aimait pour lui, elle devait être la première à l'engager à se marier. Enfin cette bonne mère n'oubliait aucun des moyens d'action par lesquels une femme peut influer sur la raison d'un homme. Aussi avait-elle amené son fils à chanceler.

La lettre de Mme de Beauséant arriva dans un moment où l'amour de Gaston luttait contre toutes les séductions d'une vie arrangée convenablement et conforme aux idées du monde; mais cette lettre décida le combat. Il résolut de quitter la marquise et de se marier.

— Il faut être homme dans la vie! se dit-il.

Puis il soupçonna les douleurs que sa résolution causerait à sa maîtresse. Sa vanité d'homme autant que sa conscience d'amant les lui grandissant encore, il fut pris d'une sincère pitié. Il ressentit tout d'un coup cet immense malheur, et crut nécessaire, charitable d'amortir cette mortelle blessure. Il espéra pouvoir amener Mme de Beauséant à un état calme, et se faire ordonner par elle ce cruel mariage, en l'accoutumant par degrés à l'idée d'une séparation nécessaire, en laissant toujours entre eux Mlle de La Rodière comme un fantôme, et en la lui sacrifiant d'abord pour se la faire imposer plus tard. Il allait, pour réussir dans cette compatissante entreprise,

When Madame de Beauséant knew that her letter was in Monsieur de Nueil's hands, she fell into a depression so deep, a meditation so numbing, because of the plethora of her thoughts, that she seemed to be asleep. Of course, she suffered those pains for whose intensity a woman's strength has not always been a match, and which only women know.

While the unhappy marquise was awaiting her fate, Monsieur de Nueil, reading her letter, was greatly "disconcerted," to employ the expression that young men use in that sort of crisis. At the time he had practically given in to his mother's encitements and Mademoiselle de La Rodière's attractions. She was a rather insignificant young woman, straight as a poplar, white and pink, largely speechless in accordance with the program prescribed for all marriageable girls; but her real estate yielding forty thousand a year spoke for her sufficiently.

Madame de Nueil, aided by her sincere maternal love, was trying to enlist her son on the side of virtue. She pointed out to him how flattered he should be to be Mademoiselle de La Rodière's choice, when so many rich matches were proposed to her: it was high time to think about his future, such a wonderful opportunity wouldn't recur; one day he'd have a yearly income of eighty thousand francs from landed property; a fortune like that was a consolation for any grief; if Madame de Beauséant loved him for himself, she should be the first to urge him to marry. In short, that good mother didn't forget a single one of those ways a woman possesses to influence a man's mind. And so she had led her son to the point of wavering.

Madame de Beauséant's letter arrived at a moment when Gaston's love was struggling against all the allurements of a life arranged with propriety and in conformity with the ideas of society; but that letter was the deciding factor. He made up his mind to leave the marquise and get married.

"In life one has to act like a man!" he said to himself.

Then he had a suspicion of the sorrow his decision would cause his mistress. His male vanity, just as much as his lover's conscience, magnified that sorrow in his mind, and a sincere pity gripped him. Suddenly he realized the immensity of that misfortune, and thought it was necessary, charitable, to soften that mortal blow. He hoped he could bring Madame de Beauséant around to a calm state, and even induce her to order him to accept that cruel marriage, by accustoming her gradually to the idea that a separation was necessary, by leaving Mademoiselle de La Rodière like a ghost constantly between them, at first sacrificing the girl to her, only to have her thrust the girl on him

jusqu'à compter sur la noblesse, la fierté de la marquise, et sur les belles qualités de son âme. Il lui répondit alors afin d'endormir ses soupçons.

Répondre! Pour une femme qui joignait à l'intuition de l'amour vrai les perceptions les plus délicates de l'esprit féminin, la lettre était un arrêt.

Aussi, quand Jacques entra, qu'il s'avança vers Mme de Beauséant pour lui remettre un papier plié triangulairement, la pauvre femme tressaillit-elle comme une hirondelle prise. Un froid inconnu tomba de sa tête à ses pieds, en l'enveloppant d'un linceul de glace. S'il n'accourait pas à ses genoux, s'il n'y venait pas pleurant, pâle, amoureux, tout était dit. Cependant il y a tant d'espérances dans le cœur des femmes qui aiment! il faut bien des coups de poignard pour les tuer, elles aiment et saignent jusqu'au dernier.

— Madame a-t-elle besoin de quelque chose? demanda Jacques d'une voix douce en se retirant.

— Non, dit-elle.

— Pauvre homme! pensa-t-elle en essuyant une larme, il me devine, lui, un valet!

Elle lut:

Ma bien-aimée, tu te crees des chimères . . .

En apercevant ces mots, un voile épais se répandit sur les yeux de la marquise. La voix secrète de son cœur lui criait:

— Il ment.

Puis, sa vue embrassant toute la première page avec cette espèce d'avidité lucide que communique la passion, elle avait lu en bas ces mots: *Rien n'est arrêté . . .*

Tournant la page avec une vivacité convulsive, elle vit distinctement l'esprit qui avait dicté les phrases entortillées de cette lettre où elle ne retrouva plus les jets impétueux de l'amour; elle la froissa, la déchira, la roula, la mordit, la jeta dans le feu, et s'écria:

— Oh! l'infâme! il m'a possédée ne m'aimant plus! . . .

Puis, demi-morte, elle alla se jeter sur son canapé.

M. de Nueil sortit après avoir écrit sa lettre. Quand il revint, il trouva Jacques sur le seuil de la porte, et Jacques lui remit une lettre en lui disant: — Madame la marquise n'est plus au château.

M. de Nueil étonné brisa l'enveloppe et lut:

«Madame, si je cessais de vous aimer en acceptant les chances que vous m'offrez d'être un homme ordinaire, je mériterais bien mon sort, avouez-le? Non, je ne vous obéirai pas, et je vous jure une fidélité qui

later on. To succeed in that compassionate undertaking, he went so far as to count on the marquise's nobility and pride and the fine qualities of her soul. Then he replied to her, to lull her suspicions to rest.

Replied! For a woman whose intuition of true love was combined with the most delicate perceptiveness of the female mind, the letter was a judge's sentence.

And so, when Jacques came in, when he approached Madame de Beauséant to hand her a sheet of paper folded into a triangle, the poor woman started like a captured swallow. An unfamiliar chill ran from her head to her feet, enveloping her in an icy shroud. If he wasn't running over to fall at her knees, if he wasn't coming there in tears, pale with love, it was all over. And yet there's so much hope in the heart of women in love! It takes many a dagger thrust to kill them, they love and bleed till the very last.

"Does Madame require anything?" Jacques asked softly as he withdrew.

"No," she said.

"Poor man!" she thought, wiping away a tear. "He understands me, he, a servant!"

She read:

"My beloved, you're imagining things . . ."

When she saw those words, a thick veil covered the marquise's eyes. The secret voice of her heart was crying out to her:

"He's lying."

Then, her eyes taking in the entire first page with that sort of lucid greediness produced by passion, she read at the bottom the words: "Nothing is settled yet."

Turning the page with convulsive speed, she saw distinctly the spirit that had dictated the tangled sentences of that letter, in which she no longer recognized the impetuous utterances of love; she crushed it, tore it up, rolled it into a ball, bit it, threw it into the fire, and exclaimed:

"Oh, the beast! He slept with me when he no longer loved me!"

Then, half dead, she threw herself onto her sofa.

Monsieur de Nueil went out after writing his letter. When he returned, he found Jacques on the threshold of his door, and Jacques handed him a letter, saying: "The marquise is no longer at the château."

Surprised, Monsieur de Nueil tore open the envelope and read:

"Madame, if I ceased loving you and accepted the chances you offer me of being an ordinary man, I would really deserve my fate, wouldn't I? No, I shall not obey you, and I swear a fidelity to you that

ne se déliera que par la mort. Oh! prenez ma vie, à moins cependant que vous ne craigniez de mettre un remords dans la vôtre.»

C'était le billet qu'il avait écrit à la marquise au moment où elle partait pour Genève. Au dessous, Claire de Bourgogne avait ajouté:

Monsieur, vous êtes libre.

M. de Nueil retourna chez sa mère, à Manerville. Vingt jours après, il épousa Mlle Stéphanie de La Rodière.

Si cette histoire d'une vérité vulgaire se terminait là, ce serait presque une mystification. Presque tous les hommes n'en ont-ils pas une plus intéressante à se raconter? Mais la célébrité du dénouement, malheureusement vrai; mais tout ce qu'il pourra faire naître de souvenirs au cœur de ceux qui ont connu les célestes délices d'une passion infinie, et l'ont brisée eux-mêmes ou perdue par quelque fatalité cruelle, mettront peut-être ce récit à l'abri des critiques.

Mme la marquise de Beauséant n'avait point quitté son château de Valleroy lors de sa séparation avec M. de Nueil. Par une multitude de raisons qu'il faut laisser ensevelies dans le cœur des femmes, et d'ailleurs chacune d'elles devinera celles qui lui seront propres, Claire continua d'y demeurer après le mariage de M. de Nueil. Elle vécut dans une retraite si profonde que ses gens, sa femme de chambre et Jacques exceptés, ne la virent point. Elle exigeait un silence absolu chez elle, et ne sortait de son appartement que pour aller à la chapelle de Valleroy, où un prêtre du voisinage venait lui dire la messe tous les matins.

Quelques jours après son mariage, le comte de Nueil tomba dans une espèce d'apathie conjugale, qui pouvait faire supposer le bonheur tout aussi bien que le malheur.

Sa mère disait à tout le monde: — Mon fils est parfaitement heureux.

Mme Gaston de Nueil, semblable à beaucoup de jeunes femmes, était un peu terne, douce, patiente; elle devint enceinte après un mois de mariage. Tout cela se trouvait conforme aux idées reçues. M. de Nueil était très bien pour elle, seulement il fut, deux mois après avoir quitté la marquise, extrêmement rêveur et pensif.

— Mais il avait toujours été sérieux, disait sa mère.

Après sept mois de ce bonheur tiède, il arriva quelques événements légers en apparence, mais qui comportent de trop larges développements de pensées, et accusent de trop grands troubles d'âme, pour n'être pas rapportés simplement, et abandonnés au caprice des interprétations de chaque esprit.

Un jour, pendant lequel M. de Nueil avait chassé sur les terres de Manerville et de Valleroy, il revint par le parc de Mme de Beauséant,

only death will destroy. Oh, take my life—that is, unless you fear adding remorse to yours."

It was the note he had written to the marquise when she was setting out for Geneva. At the bottom, Claire de Bourgogne had added: "Sir, you are free."

Monsieur de Nueil returned to his mother's house at Manerville. Three weeks later, he married Mademoiselle Stéphanie de La Rodière.

If this story, of such a commonplace, true-to-life nature, ended here, it would be almost a hoax. Don't nearly all men have a more interesting one to tell one another? But the fame acquired by its unfortunately true ending, and all the memories it may evoke in the heart of those who have known the heavenly delights of a boundless passion and have either destroyed it themselves or lost it through some cruel decree of fate, may possibly protect this narrative from carping critics.

At the time of her separation from Monsieur de Nueil, the Marquise de Beauséant hadn't left her château of Valleroy. For a multitude of reasons that must be left buried in women's hearts—anyway, every woman will divine those that correspond to her own case—Claire continued to live there after Monsieur de Nueil's marriage. She lived in such deep seclusion that her servants, with the exception of her personal maid and Jacques, never saw her. She insisted on absolute silence in her house and only left her apartment to visit the Valleroy chapel, where a priest from the vicinity came to say Mass for her every morning.

A few days after his marriage, the Count de Nueil lapsed into a sort of conjugal apathy, which could lead people to assume it was from happiness just as well as the opposite.

His mother would tell everyone, "My son is perfectly happy."

Madame Gaston de Nueil, like many young women, was a little lackluster, gentle, patient; she became pregnant after being married a month. All that was in conformity with traditional ideas. Monsieur de Nueil was very good to her; only, two months after leaving the marquise, he was extremely absentminded and pensive.

"But he's always been serious," his mother said.

After seven months of that lukewarm happiness, a few events occurred that were seemingly inconsequential, but which lead to such extensive trains of thought, and reveal such great psychological unrest, that they must be reported simply and left to the whim of each reader's interpretations.

One day, on which Monsieur de Nueil had been hunting on the grounds of Manerville and Valleroy, he returned by way of Madame

fit demander Jacques, l'attendit; et, quand le valet de chambre fut venu:

— La marquise aime-t-elle toujours le gibier? lui demanda-t-il.

Sur la réponse affirmative de Jacques, Gaston lui offrit une somme assez forte, accompagnée de raisonnements très spécieux, afin d'obtenir de lui le léger service de réserver pour la marquise le produit de sa chasse.

Il parut fort peu important à Jacques que sa maîtresse mangeât une perdrix tuée par son garde ou par M. de Nueil, puisque celui-ci désirait que la marquise ne sût pas l'origine du gibier.

— Il a été tué sur ses terres, dit le comte.

Jacques se prêta pendant plusieurs jours à cette innocente tromperie. M. de Nueil partait dès le matin pour la chasse, et ne revenait chez lui que pour dîner, n'ayant jamais rien tué.

Une semaine entière se passa ainsi. Gaston s'enhardit assez pour écrire une longue lettre à la marquise et la lui fit parvenir. Cette lettre lui fut renvoyée sans avoir été ouverte.

Il était presque nuit quand le valet de chambre de la marquise la lui rapporta. Soudain le comte s'élança hors du salon où il paraissait écouter un caprice d'Hérold écorché sur le piano par sa femme, et courut chez la marquise avec la rapidité d'un homme qui vole à un rendez-vous. Il sauta dans le parc par une brèche qui lui était connue, marcha lentement à travers les allées en s'arrêtant par moments comme pour essayer de réprimer les sonores palpitations de son cœur; puis, arrivé près du château, il en écouta les bruits sourds, et présuma que tous les gens étaient à table.

Il alla jusqu'à l'appartement de Mme de Beauséant. La marquise ne quittait jamais sa chambre à coucher, M. de Nueil put en atteindre la porte sans avoir fait le moindre bruit. Là, il vit à la lueur de deux bougies la marquise maigre et pâle, assise dans un grand fauteuil, le front incliné, les mains pendantes, les yeux arrêtés sur un objet qu'elle paraissait ne point voir. C'était la douleur dans son expression la plus complète. Il y avait dans cette attitude une vague espérance, mais l'on ne savait si Claire de Bourgogne regardait vers la tombe ou dans le passé.

Peut-être les larmes de M. de Nueil brillèrent-elles dans les ténèbres, peut-être sa respiration eut-elle un léger retentissement, peut-être lui échappa-t-il un tressaillement involontaire, ou peut-être sa présence était-elle impossible sans le phénomène d'intussusception dont l'habitude est à la fois la gloire, le bonheur et la preuve du véritable amour. Mme de Beauséant tourna lentement son visage vers la porte et vit son ancien amant. Le comte fit alors quelques pas.

de Beauséant's park, sent for Jacques, and waited for him; when the manservant came, he asked him:

"Does the marquise still like game?"

On Jacques's affirmative reply, Gaston offered him a substantial sum, accompanied by highly specious arguments, to obtain from him the minor service of saving his catch for the marquise.

It seemed very unimportant to Jacques whether his mistress ate a partridge killed by her gamekeeper or by Monsieur de Nueil, since the latter insisted that the marquise not know who the game came from.

"It was killed on her property," the count said.

For several days Jacques participated in that innocent deception. Monsieur de Nueil went out hunting in the morning and only returned home for dinner, without anything to show for his efforts.

A whole week went by that way. Gaston became bold enough to write a long letter to the marquise, and had it brought to her. That letter was returned to him unopened.

It was nearly nighttime when the marquise's manservant brought it back to him. Suddenly the count dashed out of the salon in which he had seemed to be listening to a caprice by Hérold that his wife was murdering on the piano, and ran to the marquise's house with the speed of a man rushing to a rendezvous. He leaped into the park through a gap he knew, walked slowly along the paths, stopping at times as if trying to control the loud pounding of his heart; then, coming near the château, he listened to its muffled sounds and guessed that all the servants were eating.

He went all the way to Madame de Beauséant's apartment. The marquise never left her bedroom, and Monsieur de Nueil was able to reach its door without making the slightest sound. There, by the light of two wax candles, he saw the marquise, thin and pale, sitting in a large armchair, her head off to one side, her arms dangling, her eyes fixed on an object she seemed not to see. She embodied sorrow in its fullest form. In that attitude there were signs of a vague hope, but it was unclear whether Claire de Bourgogne was looking toward the tomb or into the past.

Perhaps Monsieur de Nueil's tears glistened in the dark, perhaps his breathing was slightly audible, perhaps he gave an involuntary start, or perhaps his presence unavoidably triggered the phenomenon of intuition, the possession of which is the glory, happiness, and proof, all combined, of true love. Madame de Beauséant slowly turned her face to the door and saw her former lover. Then the count took a few steps inside.

— Si vous avancez, monsieur, s'écria la marquise en pâlissant, je me jette par cette fenêtre.

Elle sauta sur l'espagnolette, l'ouvrit, et se tint un pied sur l'appui extérieur de la croisée, la main au balcon et la tête tournée vers Gaston.

— Sortez! sortez! cria-t-elle, ou je me précipite.

A ce cri terrible, M. de Nueil, entendant les gens en émoi, se sauva comme un malfaiteur.

Revenu chez lui, le comte écrivit une lettre très courte, et chargea son valet de chambre de la porter à Mme de Beauséant, en lui recommandant de faire savoir à la marquise qu'il s'agissait de vie ou de mort pour lui.

Le messager parti, M. de Nueil rentra dans le salon et y trouva sa femme qui continuait à déchiffrer le caprice. Il s'assit en attendant la réponse. Une heure après, le caprice fini, les deux époux étaient l'un devant l'autre, silencieux, chacun d'un côté de la cheminée, lorsque le valet de chambre revint de Valleroy, et remit à son maître la lettre qui n'avait pas été ouverte.

M. de Nueil passa dans un boudoir attenant au salon, où il avait mis son fusil en revenant de la chasse, et se tua.

Ce prompt et fatal dénouement si contraire à toutes les habitudes de la jeune France est naturel.

Les gens qui ont bien observé, ou délicieusement éprouvé les phénomènes auxquels l'union parfaite de deux êtres donne lieu, comprendront parfaitement ce suicide.

Une femme ne se forme pas, ne se plie pas en un jour aux caprices de la passion. La volupté, comme une fleur rare, demande les soins de la culture la plus ingénieuse; le temps, l'accord des âmes, peuvent seuls en révéler toutes les ressources, faire naître ces plaisirs tendres, délicats, pour lesquels nous sommes imbus de mille superstitions et que nous croyons inhérents à la personne dont le cœur nous les prodigue.

Cette admirable entente, cette croyance religieuse, et la certitude féconde de ressentir un bonheur particulier ou excessif près de la personne aimée, sont en partie le secret des attachements durables et des longues passions. Près d'une femme qui possède le génie de son sexe, l'amour n'est jamais une habitude: son adorable tendresse sait revêtir des formes si variées; elle est si spirituelle et si aimante tout ensemble; elle met tant d'artifices dans sa nature, ou de naturel dans ses artifices, qu'elle se rend aussi puissante par le souvenir qu'elle l'est par sa présence. Auprès d'elle toutes les femmes pâlissent. Il faut avoir eu la crainte de perdre un amour si vaste, si brillant, ou l'avoir perdu

"If you come any closer, sir," the marquise called out, turning pale, "I'll throw myself out of this window!"

She leaped toward the fastening rod, opened it, and stood with one foot on the outer ledge of the casement, her hand on the balcony, and her face turned toward Gaston.

"Leave! Leave!" she shouted; "or else I'll jump!"

At that terrible cry, Monsieur de Nueil, hearing the servants in a commotion, escaped like a criminal.

Back at home, the count wrote a very brief letter and ordered his valet to take it to Madame de Beauséant, urging him to inform the marquise that it was a matter of life or death to him.

When the messenger was gone, Monsieur de Nueil reentered the salon, where he found his wife still working her way through the caprice. He sat down to await the reply. An hour later, when the caprice was over, the husband and wife were facing each other in silence on opposite sides of the fireplace, when the valet returned from Valleroy and handed the unopened letter back to his master.

Monsieur de Nueil walked to a boudoir adjoining the salon, where he had put his rifle on returning from the hunt, and killed himself.

This prompt and fatal ending, so opposed to all the habits of French youth, is natural.

People who have carefully observed, or blissfully experienced, the phenomena produced by the perfect union of two beings, will understand that suicide perfectly.

A woman doesn't mold herself or conform herself to the caprices of passion in one day. Sensual pleasure, like a rare blossom, requires the most intelligent cultivation; only time and the harmony of souls can reveal all its resources and give rise to that tender and delicate enjoyment, on the subject of which we are beset with a thousand superstitions, believing it to be an inborn property of the woman whose heart lavishes it upon us.

That wonderful meeting of minds, that religious belief, and the fruitful certainty of feeling a special or excessive happiness alongside the beloved person, are part of the secret of permanent affections and long-lasting passions. At the side of a woman who possesses the genius of her sex, love is never a habit: her charming tenderness can assume such varied shapes; she is so clever and so amorous at the same time; she puts so much artifice in her nature, or so much nature in her artifice, that she makes herself as powerful in one's memory as she is in one's presence. Next to her all other women fade away. One has to have known the fear of losing so vast and brilliant a love, or to have

pour en connaître tout le prix. Mais si l'ayant connu, un homme s'en est privé pour tomber dans quelque mariage froid; si la femme avec laquelle il a espéré rencontrer les mêmes félicités lui prouve, par quelques-uns de ces faits ensevelis dans les ténèbres de la vie conjugale, qu'elles ne renaîtront plus pour lui; s'il a encore sur les lèvres le goût d'un amour céleste, et qu'il ait blessé mortellement sa véritable épouse au profit d'une chimère sociale, alors il lui faut mourir ou avoir cette philosophie matérielle, égoïste, froide qui fait horreur aux âmes passionnées.

Quant à Mme de Beauséant, elle ne crut sans doute pas que le désespoir de son ami allât jusqu'au suicide, après l'avoir largement abreuvé d'amour pendant neuf années. Peut-être pensait-elle avoir seule à souffrir. Elle était d'ailleurs bien en droit de se refuser au plus avilissant partage qui existe, et qu'une épouse peut subir par de hautes raisons sociales; mais qu'une maîtresse doit avoir en haine, parce que dans la pureté de son amour en réside toute la justification.

Angoulême, septembre 1832.

lost it, in order to know its full worth. But if, once having known it, a man has deprived himself of it in order to lapse into some frigid marriage; if the woman with whom he hoped to regain the same bliss proves to him, by some of those actions that are buried in the shadows of conjugal life, that he will never find them again; if he still has on his lips the flavor of a heavenly love, and has mortally wounded his true wife in favor of a fantasy of society, then he must either die or acquire that materialistic, selfish, cold philosophy that horrifies passionate souls.

As for Madame de Beauséant, she surely didn't think that her friend's despair would lead to suicide, after she had showered love in plenty upon him for nine years. Perhaps she thought that she alone should suffer. Moreover, she was perfectly right to refuse the most demeaning of all situations: sharing a man with another woman. A wife may endure it out of higher social considerations; but a mistress must loathe it, because in the purity of her love resides its entire justification.

Angoulême, September 1832.

FACINO CANE

Je demeurais alors dans une petite rue que vous ne connaissez sans doute pas, la rue de Lesdiguières: elle commence à la rue Saint-Antoine, en face d'une fontaine près de la place de la Bastille et débouche dans la rue de La Cerisaie.

L'amour de la science m'avait jeté dans une mansarde où je travaillais pendant la nuit, et je passais le jour dans une bibliothèque voisine, celle de MONSIEUR. Je vivais frugalement, j'avais accepté toutes les conditions de la vie monastique, si nécessaire aux travailleurs.

Quand il faisait beau, à peine me promenais-je sur le boulevard Bourdon. Une seule passion m'entraînait en dehors de mes habitudes studieuses; mais n'était-ce pas encore de l'étude: j'allais observer les mœurs du faubourg, ses habitants et leurs caractères. Aussi mal vêtu que les ouvriers, indifférent au décorum, je ne les mettais point en garde contre moi; je pouvais me mêler à leurs groupes, les voir concluant leurs marchés, et se disputant à l'heure où ils quittent le travail.

Chez moi l'observation était déjà devenue intuitive, elle pénétrait l'âme sans négliger le corps; ou plutôt elle saisissait si bien les détails extérieurs, qu'elle allait sur-le-champ au delà; elle me donnait la faculté de vivre de la vie de l'individu sur laquelle elle s'exerçait, en me permettant de me substituer à lui comme le derviche des *Mille et Une Nuits* prenait le corps et l'âme des personnes sur lesquelles il prononçait certaines paroles.

Lorsque, entre onze heures et minuit, je rencontrais un ouvrier et sa femme revenant ensemble de l'Ambigu-Comique, je m'amusais à les suivre depuis le boulevard du Pont-aux-Choux jusqu'au boulevard Beaumarchais. Ces braves gens parlaient d'abord de la pièce qu'ils avaient vue; de fil en aiguille, ils arrivaient à leurs affaires; la mère tirait son enfant par la main, sans écouter ni ses plaintes ni ses demandes; les deux époux comptaient l'argent qui

FACINO CANE

I was living at the time on a little street you surely don't know, the Rue de Lesdiguières: it begins at the Rue Saint-Antoine, opposite a fountain near the Place de la Bastille, and ends at the Rue de La Cerisaie.[1]

The love of learning had cast me into a garret, where I worked at night, spending the daytime in a nearby library, that of Monsieur. I lived frugally, having accepted all the conditions of the monastic life, so essential to hard workers.

When the weather was good, I might walk for a while on the Boulevard Bourdon. One passion alone drew me away from my studious habits—but wasn't that also study of a kind? I went out to observe the customs of the neighborhood, its inhabitants and their character. Dressed as poorly as the laborers, caring nothing about decorum, I didn't put them on their guard against me; I could mingle in their groups and watch them making their deals and arguing when they finished their work for the day.

My powers of observation had already become intuitive, penetrating the soul while not disregarding the body; or, rather, they grasped the outer details so firmly that they immediately passed beyond them; they gave me the ability to live the life of the individual on which they focused, allowing me to take his place, just as the dervish in the *Arabian Nights* took on the body and soul of the people over whom he uttered certain words.

When, between eleven and midnight, I would come across a laborer and his wife returning together from the Ambigu-Comique Theater, I would amuse myself by following them from the Boulevard du Pont-aux-Choux to the Boulevard Beaumarchais. Those worthy people would first speak about the play they had seen; little by little they would get down to their own concerns; the mother would tug her child by the hand, paying no attention to its laments or requests; the

leur serait payé le lendemain, ils le dépensaient de vingt manières différentes.

C'était alors des détails de ménage, des doléances sur le prix excessif des pommes de terre, ou sur la longueur de l'hiver et le renchérissement des mottes, des représentations énergiques sur ce qui était dû au boulanger; enfin des discussions qui s'envenimaient, et où chacun d'eux déployait son caractère en mots pittoresques.

En entendant ces gens, je pouvais épouser leur vie, je me sentais leurs guenilles sur le dos, je marchais les pieds dans leurs souliers percés; leurs désirs, leurs besoins, tout passait dans mon âme, ou mon âme passait dans la leur. C'était le rêve d'un homme éveillé. Je m'échauffais avec eux contre les chefs d'atelier qui les tyrannisaient, ou contre les mauvaises pratiques qui les faisaient revenir plusieurs fois sans les payer.

Quitter ses habitudes, devenir un autre que soi par l'ivresse des facultés morales, et jouer ce jeu à volonté, telle était ma distraction. A quoi dois-je ce don? Est-ce une seconde vue? est-ce une de ces qualités dont l'abus mènerait à la folie? Je n'ai jamais recherché les causes de cette puissance; je la possède et m'en sers, voilà tout. Sachez seulement que, dès ce temps, j'avais décomposé les éléments de cette masse hétérogène nommée le peuple, que je l'avais analysée de manière à pouvoir évaluer ses qualités bonnes ou mauvaises.

Je savais déjà de quelle utilité pourrait être ce faubourg, ce séminaire de révolutions qui renferme des héros, des inventeurs, des savants pratiques, des coquins, des scélérats, des vertus et des vices, tous comprimés par la misère, étouffés par la nécessité, noyés dans le vin, usés par les liqueurs fortes.

Vous ne sauriez imaginer combien d'aventures perdues, combien de drames oubliés dans cette ville de douleur! Combien d'horribles et belles choses! L'imagination n'atteindra jamais au vrai qui s'y cache et que personne ne peut aller découvrir; il faut descendre trop bas pour trouver ces admirables scènes ou tragiques ou comiques, chefs-d'œuvre enfantés par le hasard.

Je ne sais comment j'ai si longtemps gardé sans la dire l'histoire que je vais vous raconter, elle fait partie de ces récits curieux restés dans le sac d'où la mémoire les tire capricieusement comme des numéros de loterie: j'en ai bien d'autres, aussi singuliers que celui-ci, également enfouis; mais ils auront leur tour, croyez-le.

Un jour ma femme de ménage, la femme d'un ouvrier, vint me prier d'honorer de ma présence la noce d'une de ses sœurs. Pour vous

couple would count the money they would be paid the next day, planning to spend it in twenty different ways.

Then came details about the household, complaints about the exorbitant price of potatoes, or how long the winter was lasting and how the cost of peat fuel was going up; forceful protestations about how much they owed the baker; finally, arguments that became nasty, in which each one's character was revealed in picturesque phrases.

Listening to these people, I was able to see myself in their place; I felt their rags on my back, I walked with my feet in their torn shoes; their desires, their needs were all transferred into my soul, or my soul was transferred into theirs. It was a waking dream. I would get angry along with them at the workshop foremen who tyrannized them, or at the bad customers who made them come back time after time without paying them.

To doff one's own habits, to become someone else through an intoxication of the mental faculties, and to play that game at will, such was my diversion. To what do I owe this gift? Is it second sight? Is it one of those capacities the abuse of which would lead to madness? I've never investigated the causes of this power; I possess it and I use it, and that's that. Let me merely say that, beginning with that period, I had decomposed the elements of that heterogeneous mass called the common folk, that I had analyzed it in such a way as to be able to evaluate its good or bad qualities.

I already knew how useful that neighborhood could be—that hotbed of revolutions containing heroes, inventors, applied scientists, rogues, scoundrels, virtues and vices, all oppressed by poverty, stifled by need; drowned in wine, worn out by strong liquor.

You can't imagine all the lost adventures, all the forgotten dramas in that city of sorrow! So many horrible and beautiful things! Imagination will never conceive the reality hidden there, and no one can discover it; one must descend too low to find those admirable scenes, either tragic or comic, masterpieces engendered by chance.

I don't know how I have kept to myself, without divulging it, the story I'm about to tell you; it's one of those curious narratives left in the sack from which memory draws them capriciously like numbers in a lottery: I have many others, just as unusual as this one and just as deeply buried; but they'll have their turn, believe me.

One day my cleaning woman, the wife of a laborer, came and asked me to honor with my presence the wedding of one of her sisters. To

faire comprendre ce que pouvait être cette noce, il faut vous dire que
je donnais quarante sous par mois à cette pauvre créature, qui venait
tous les matins faire mon lit, nettoyer mes souliers, brosser mes
habits, balayer la chambre et préparer mon déjeuner; elle allait pendant le reste du temps tourner la manivelle d'une mécanique, et gagnait à ce dur métier dix sous par jour. Son mari, un ébéniste, gagnait
quatre francs. Mais comme ce ménage avait trois enfants, il pouvait à
peine honnêtement manger du pain.

Je n'ai jamais rencontré de probité plus solide que celle de cet
homme et de cette femme.

Quand j'eus quitté le quartier, pendant cinq ans, la mère Vaillant est
venue me souhaiter ma fête en m'apportant un bouquet et des oranges,
elle qui n'avait jamais dix sous d'économie. La misère nous avait rap-
prochés. Je n'ai jamais pu lui donner autre chose que dix francs, souvent
empruntés pour cette circonstance. Ceci peut expliquer ma promesse
d'aller à la noce, je comptais me blottir dans la joie de ces pauvres gens.

Le festin, le bal, tout eut lieu chez un marchand de vin de la rue de
Charenton, au premier étage, dans une grande chambre éclairée par
des lampes à réflecteurs en fer-blanc, tendue d'un papier crasseux à
hauteur des tables, et le long des murs de laquelle il y avait des bancs
de bois. Dans cette chambre, quatre-vingts personnes endimanchées,
flanquées de bouquets et de rubans, toutes animées par l'esprit de la
Courtille, le visage enflammé, dansaient comme si le monde allait
finir. Les mariés s'embrassaient à la satisfaction générale, et c'étaient
des hé! hé! des ha! ha! facétieux mais réellement moins indécents que
ne le sont les timides œillades des jeunes filles bien élevées. Tout ce
monde exprimait un contentement brutal qui avait je ne sais quoi de
communicatif.

Mais ni les physionomies de cette assemblée, ni la noce, ni rien de
ce monde n'a trait à mon histoire. Retenez soulement la bizarrerie du
cadre. Figurez-vous bien la boutique ignoble et peinte en rouge, sen-
tez l'odeur du vin, écoutez les hurlements de cette joie, restez bien
dans ce faubourg, au milieu de ces ouvriers, de ces vieillards, de ces
pauvres femmes livrés au plaisir d'une nuit!

L'orchestre se composait de trois aveugles des Quinze-Vingts; le
premier était violon, le second clarinette, et le troisième flageolet.
Tous trois étaient payés en bloc sept francs pour la nuit. Sur ce prix-
là, certes, ils ne donnaient ni du Rossini, ni du Beethoven, ils jouaient
ce qu'ils voulaient et ce qu'ils pouvaient; personne ne leur faisait de
reproches, charmante délicatesse! Leur musique attaquait si brutale-
ment le tympan, qu'après avoir jeté les yeux sur l'assemblée, je

help you understand what sort of wedding that could be, I must inform you that I paid forty sous a month to that poor creature, who came every morning to make my bed, clean my shoes, brush my clothes, sweep the room, and prepare my lunch. The rest of the day she would go and turn the crank of some machine, earning ten sous a day at that hard trade. Her husband, a cabinetmaker, earned four francs. But, as that household included three children, they could scarcely eat a decent meal.

I've never come across honesty as solid as that man's and that woman's.

After I left that quarter, for five years Mother Vaillant came to congratulate me on my nameday, bringing me a bouquet and oranges, she who never had ten sous saved up. Poverty had made us close. I was never able to give her more than ten francs, often borrowed for the occasion. This may explain my promise to attend the wedding; I expected to take refuge in the joy of those poor people.

The party, the dance, all took place at a wineseller's on the Rue de Charenton, one floor up, in a large room lit by lamps with tinplate reflectors, papered with a greasy paper up to table height, and furnished with wooden benches along its walls. In that room eighty people in their Sunday best, adorned with bouquets and ribbons, all animated by a spirit of merrymaking,[2] their faces flushed, were dancing as if the world were coming to an end. The newlyweds kissed to everyone's satisfaction, and there were facetious ho-ho's and ha-ha's that were actually less indecent than the shy but meaningful glances of well-brought-up girls. Everyone here was expressing an animal contentment that had something contagious about it.

But neither the facial characteristics of that gathering, nor the wedding, nor anything about those people is connected with my story. Merely keep in mind the oddness of the setting. Imagine the cheap locale, painted red, smell the wine, listen to those howls of joy; remember you're in that neighborhood, in the midst of those laborers, those old men, those poor women given over to the pleasure of a single night!

The orchestra was made up of three blind men from the hospice of the Quinze-Vingts; the first played the violin, the second the clarinet, and the third the flageolet. The three were paid a total of seven francs for the night. At that price they naturally weren't offering Rossini or Beethoven, but playing what they felt like and what was within their ability; nobody blamed them for that—what charming tact! Their music assailed the eardrums so brutally that, after casting a glance at

regardai ce trio d'aveugles, et fus tout d'abord disposé à l'indulgence en reconnaissant leur uniforme.

Ces artistes étaient dans l'embrasure d'une croisée; pour distinguer leurs physionomies, il fallait donc être près d'eux: je n'y vins pas sur-le champ; mais quand je m'en rapprochai, je ne sais pourquoi, tout fut dit, la noce et sa musique disparut, ma curiosité fut excitée au plus haut degré, car mon âme passa dans le corps du joueur de clarinette. Le violon et le flageolet avaient tous deux des figures vulgaires, la figure si connue de l'aveugle, pleine de contention, attentive et grave; mais celle de la clarinette était un de ces phénomènes qui arrêtent tout court l'artiste et le philosophe.

Figurez-vous le masque en plâtre de Dante, éclairé par la lueur rouge du quinquet, et surmonté d'une forêt de cheveux d'un blanc argenté. L'expression amère et douloureuse de cette magnifique tête était agrandie par la cécité, car les yeux morts revivaient par la pensée; il s'en échappait comme une lueur brûlante, produite par un désir unique, incessant, énergiquement inscrit sur un front bombé que traversaient des rides pareilles aux assises d'un vieux mur.

Ce vieillard soufflait au hasard, sans faire la moindre attention à la mesure ni à l'air, ses doigts se baissaient ou se levaient, agitaient les vieilles clefs par une habitude machinale; il ne se gênait pas pour faire ce que l'on nomme des *canards* en termes d'orchestre, les danseurs ne s'en apercevaient pas plus que les deux acolytes de mon Italien; car je voulais que ce fût un Italien, et c'était un Italien.

Quelque chose de grand et de despotique se rencontrait dans ce vieil Homère qui gardait en lui-même une Odyssée condamnée à l'oubli. C'était une grandeur si réelle qu'elle triomphait encore de son abjection, c'était un despotisme si vivace qu'il dominait la pauvreté.

Aucune des violentes passions qui conduisent l'homme au bien comme au mal, en font un forçat ou un héros, ne manquait à ce visage noblement coupé, livīdement italien, ombragé par des sourcils grisonnants qui projetaient leur ombre sur des cavités profondes où l'on tremblait de voir reparaître la lumière de la pensée, comme on craint de voir venir à la bouche d'une caverne quelques brigands armés de torches et de poignards.

Il existait un lion dans cette cage de chair, un lion dont la rage s'était inutilement épuisée contre le fer de ses barreaux. L'incendie du désespoir s'était éteint dans ses cendres, la lave s'était refroidie; mais les sillons, les bouleversements, un peu de fumée attestaient la violence de l'éruption, les ravages du feu.

the gathering, I looked at that trio of blind men, and became disposed to be indulgent as soon as I recognized their uniform.

Those performers were sitting in the recess of a casement window; to make out their features, therefore, one had to get close to them. I didn't go over at once but, when I did come near, I can't say why, that settled the matter; the wedding and its music vanished, and my curiosity was aroused to its highest pitch, for my soul was transferred into the body of the clarinet player. Both the violinist and the flageolet player had common faces, the well-known blind man's face, full of strain, attentive and serious; but that of the clarinetist was one of those phenomena that bring the artist and the philosopher to a sudden halt.

Picture the plaster death mask of Dante illuminated by the red gleam of the oil lamps and topped by a thicket of silvery white hair. The bitter, sorrowful expression of that magnificent head was heightened by his blindness, for the dead eyes were brought back to life by strength of thought; a sort of burning glow emanated from them, produced by a single, incessant desire energetically engraved on a convex brow crossed by wrinkles that were like the courses of an old wall.

This old man was blowing his instrument at random, without paying the least attention to the beat or the tune; his fingers descended or ascended, shaking the old keys out of mechanical routine; he wasn't embarrassed over producing what in orchestral terms are called "sour notes"; the dancers didn't notice them any more than my Italian's two acolytes did; you see, I wanted him to be an Italian, and he *was* an Italian.

Something grand and despotic was to be found in this old Homer who kept within himself an *Odyssey* doomed to oblivion. It was a grandeur so real that it even triumphed over his abject state, it was a despotism so vivid that it overcame his poverty.

None of the violent passions that lead a man to goodness or evil, that make him a convict or a hero, was lacking in that face, nobly chiseled, of an Italian olive hue, shaded by graying eyebrows that cast their shadow onto deep cavities, in which you feared to see the light of thought reappear, just as people are afraid to see a group of brigands, armed with torches and daggers, appear at the mouth of a cave.

A lion was pent up in that cage of flesh, a lion whose fury had been exhausted in vain against the iron of his bars. The blaze of despair had fallen to ashes and gone out, the lava had cooled; but the furrows, the upheavals, and a little smoke bore witness to the violence of the eruption, the ravages of the fire.

Ces idées, réveillées par l'aspect de cet homme, étaient aussi chaudes dans mon âme qu'elles étaient froides sur sa figure.

Entre chaque contredanse, le violon et le flageolet, sérieusement occupés de leur verre et de leur bouteille, suspendaient leur instrument au bouton de leur redingote rougeâtre, avançaient la main sur une petite table placée dans l'embrasure de la croisée où était leur cantine, et offraient toujours à l'Italien un verre plein qu'il ne pouvait prendre lui-même, car la table se trouvait derrière sa chaise; chaque fois, la clarinette les remerciait par un signe de tête amical. Leurs mouvements s'accomplissaient avec cette précision qui étonne toujours chez les aveugles des Quinze-Vingts, et qui semble faire croire qu'ils voient. Je m'approchai des trois aveugles pour les écouter; mais quand je fus près d'eux, ils m'étudièrent, ne reconnurent sans doute pas la nature ouvrière, et se tinrent cois.

— De quel pays êtes-vous, vous qui jouez de la clarinette?

— De Venise, répondit l'aveugle avec un léger accent italien.

— Etes-vous né aveugle, ou êtes-vous aveugle par . . .

— Par accident, répondit-il vivement, une maudite goutte sereine.

— Venise est une belle ville, j'ai toujours eu la fantaisie d'y aller.

La physionomie du vieillard s'anima, ses rides s'agitèrent, il fut violemment ému.

— Si j'y allais avec vous, vous ne perdriez pas votre temps, me dit-il.

— Ne lui parlez pas de Venise, me dit le violon, ou notre doge va commencer son train; avec ça qu'il a déjà deux bouteilles dans le bocal, le prince!

— Allons, en avant, père Canard, dit le flageolet.

Tous trois se mirent à jouer; mais pendant le temps qu'ils mirent à exécuter les quatre contredanses, le Vénitien me flairait, il devinait l'excessif intérêt que je lui portais. Sa physionomie quitta sa froide expression de tristesse; je ne sais quelle espérance égaya tous ses traits, se coula comme une flamme bleue dans ses rides; il sourit, et s'essuya le front, ce front audacieux et terrible; enfin il devint gai comme un homme qui monte sur son dada.

— Quel âge avez-vous? lui demandai-je.

— Quatre-vingt-deux ans!

— Depuis quand êtes-vous aveugle?

— Voici bientôt cinquante ans, répondit-il avec un accent qui an-

These ideas, awakened by this man's looks, were as hot in my soul as they were cold on his face.

After every quadrille, the violinist and the flageolet player, seriously occupied with their glass and their bottle, hung their instruments from the button of their reddish frock coat, and stretched out their hands toward a little table, placed in the recess of the casement, where their own private bar was located, and, each time, they offered the Italian a full glass, which he couldn't reach on his own because the table was behind his chair; each time, the clarinetist thanked them with a friendly nod of his head. Their movements were carried out with that precision which is always a surprising trait of the Quinze-Vingts blind, and which almost makes you think they can see. I approached the three blind men to listen to them; but, when I was near them, they studied me, no doubt realized I couldn't be one of the laborers, and kept silent.

"Where are you from, clarinet player?"

"From Venice," replied the blind man, with a slight Italian accent.

"Were you born blind, or did you become blind through . . ."

"Through an accident," he replied sharply, "from a damned gutta serena."[3]

"Venice is a beautiful city; I've always dreamed about going there."

The old man's features lit up, his wrinkles stirred, he felt a violent emotion.

"If I went there with you, you wouldn't waste your time," he said to me.

"Don't talk to him about Venice," the violinist said to me, "or you'll get our Doge going again; not to mention that he's already got two bottlefuls in his belly, the prince!"

"Come on, let's go, old man Canard,"[4] said the flageolet player.

All three started playing; but during the time it took them to play the four quadrilles, the Venetian was smelling me out, guessing the enormous interest I had in him. His face dropped its cold expression of sadness; a hope of some kind brightened every feature and spread among his wrinkles like a blue flame; he smiled and wiped his brow, that bold and awesome brow; finally he became merry, like a man climbing onto his hobbyhorse.

"How old are you?" I asked him.

"Eighty-two!"

"How long have you been blind?"

"For almost fifty years now," he replied, in a tone that indicated that

nonçait que ses regrets ne portaient pas seulement sur la perte de sa vue, mais sur quelque grand pouvoir dont il aurait été dépouillé.

— Pourquoi vous appellent-ils donc le doge? lui demandai-je.

— Ah! une farce, me dit-il, je suis patricien de Venise, et j'aurais été doge tout comme un autre.

— Comment vous nommez-vous donc?

— Ici, me dit-il, le père Canet. Mon nom n'a jamais pu s'écrire autrement sur les registres; mais, en italien, c'est *Marco Facino Cane, principe de Varese.*

— Comment? vous descendez du fameux condottiere Facino Cane dont les conquêtes ont passé aux ducs de Milan?

— *E vero,* me dit-il. Dans ce temps-là, pour n'être pas tué par les Visconti, le fils de Cane s'est réfugié à Venise et s'est fait inscrire sur le Livre d'or. Mais il n'y a pas plus de Cane maintenant que de livre. Et il fit un geste effrayant de patriotisme éteint et de dégoût pour les choses humaines.

— Mais si vous étiez sénateur de Venise, vous deviez être riche; comment avez-vous pu perdre votre fortune?

A cette question il leva la tête vers moi, comme pour me contempler par un mouvement vraiment tragique, et me répondit: — Dans les malheurs!

Il ne songeait plus à boire, il refusa par un geste le verre du vin que lui tendit en ce moment le vieux flageolet, puis il baissa la tête. Ces détails n'étaient pas de nature à éteindre ma curiosité. Pendant la contredanse que jouèrent ces trois machines, je contemplai le vieux noble vénitien avec les sentiments qui dévorent un homme de vingt ans. Je voyais Venise et l'Adriatique, je la voyais en ruines sur cette figure ruinée. Je me promenais dans cette ville si chère à ses habitants, j'allais du Rialto au grand canal, du quai des Esclavons au Lido, je revenais à sa cathédrale, si originalement sublime; je regardais les fenêtres de la *Casa Doro,* dont chacune a des ornements différents; je contemplais ces vieux palais si riches de marbre, enfin toutes ces merveilles avec lesquelles le savant sympathise d'autant plus qu'il les colore à son gré, et ne dépoétise pas ses rêves par le spectacle de la réalité.

Je remontais le cours de la vie de ce rejeton du plus grand des condottieri, en y cherchant les traces de ses malheurs et les causes de cette profonde dégradation physique et morale, qui rendait plus belles encore les étincelles de grandeur et de noblesse ranimées en ce moment. Nos pensées étaient sans doute communes, car je crois que la cécité rend les communications intellectuelles beaucoup plus

his regrets were not merely for his loss of sight but also for some great power of which he had been deprived.

"Why do they call you the Doge?" I asked him.

"Oh, as a joke," he said to me. "I'm a patrician of Venice, and I could have become Doge as readily as anyone else."

"What's your name, then?"

"Here," he said, "I'm old man Canet. They've never been able to write my name any other way in their records. But in Italian, I'm Marco Facino Cane, Prince of Varese."

"What? You're descended from that notorious condottiere Facino Cane whose conquests were turned over to the dukes of Milan?"

"*È vero*,"[5] he said. "At that time, in order not to be killed by the Visconti, Cane's son took refuge in Venice and had himself inscribed in the Golden Book.[6] But now neither the Canes nor the book exist anymore." And he made a frightening gesture, denoting a patriotism that had been snuffed out and a disgust for human affairs.

"But if you were a senator of Venice, you ought to be rich; how did you happen to lose your fortune?"

At that question, he raised his head toward me, as if to contemplate me in a really tragic upwelling of emotion, and replied: "In misfortunes!"

He gave no more thought to drinking; with a gesture he declined the glass of wine the old flageolet player held out to him at that moment, then he lowered his head. These details were not such as to lessen my curiosity. During the quadrille those three automata played, I contemplated the old Venetian nobleman with the emotions that devour a twenty-year-old. I saw Venice and the Adriatic, I saw them in ruins on that ruined face. I was strolling in that city so beloved by its inhabitants, I went from the Rialto to the Grand Canal, from the Riva degli Schiavoni to the Lido; I returned to the cathedral, sublime in so original a manner; I looked at the windows of the Ca' d'Oro, each of which has a different decoration; I contemplated those old palaces so rich with marble; in short, all those wonders with which the scholar is all the more in sympathy when he paints them according to his fancy and doesn't drain the poetry from his dreams by viewing the reality.

I was tracing back the events in the life of this scion of the greatest of condottieri, seeking the imprints of his misfortunes and the causes of that deep physical and mental degradation that made even more beautiful the sparks of grandeur and nobility that had been revivified at that moment. Our thoughts were certainly shared, for I believe that blindness makes mental communication much more rapid by

rapides en défendant à l'attention de s'éparpiller sur les objets extérieurs. La preuve de notre sympathie ne se fit pas attendre.

Facino Cane cessa de jouer, se leva, vint à moi et me dit un: — Sortons! qui produisit sur moi l'effet d'une douche électrique. Je lui donnai le bras, et nous nous en allâmes.

Quand nous fûmes dans la rue, il me dit:

— Voulez-vous me mener à Venise, m'y conduire, voulez-vous avoir foi en moi? vous serez plus riche que ne le sont les dix maisons les plus riches d'Amsterdam ou de Londres, plus riche que les Rothschild, enfin riche comme les *Mille et Une Nuits.*

Je pensai que cet homme était fou; mais il y avait dans sa voix une puissance à laquelle j'obéis. Je me laissai conduire et il me mena vers les fossés de la Bastille comme s'il avait eu des yeux. Il s'assit sur une pierre dans un endroit fort solitaire où depuis fut bâti le pont par lequel le canal Saint-Martin communique avec la Seine. Je me mis sur une autre pierre devant ce vieillard dont les cheveux blancs brillèrent comme des fils d'argent à la clarté de la lune. Le silence que troublait à peine le bruit orageux des boulevards qui arrivait jusqu'à nous, la pureté de la nuit, tout contribuait à rendre cette scène vraiment fantastique.

— Vous parlez de millions à un jeune homme, et vous croyez qu'il hésiterait à endurer mille maux pour les recueillir! Ne vous moquez-vous pas de moi?

— Que je meure sans confession, me dit-il avec violence, si ce que je vais vous dire n'est pas vrai.

«J'ai eu vingt ans comme vous les avez en ce moment, j'étais riche, j'étais beau, j'étais noble, j'ai commencé par la première des folies, par l'amour. J'ai aimé comme l'on n'aime plus, jusqu'à me mettre dans un coffre et risquer d'y être poignardé sans avoir reçu autre chose que la promesse d'un baiser. Mourir pour *elle* me semblait toute une vie. En 1760 je devins amoureux d'une Vendramini, une femme de dix-huit ans, mariée à un Sagredo, l'un des plus riches sénateurs, un homme de trente ans, fou de sa femme. Ma maîtresse et moi nous étions innocents comme deux chérubins, quand le *sposo* nous surprit causant d'amour; j'étais sans armes, il me manqua, je sautai sur lui, je l'étranglai de mes deux mains en lui tordant le cou comme à un poulet. Je voulus partir avec Bianca, elle ne voulut pas me suivre. Voilà les femmes! Je m'en allai seul, je fus condamné, mes biens furent séquestrés au profit de mes héritiers; mais j'avais emporté mes diamants, cinq tableaux de Titien roulés, et tout mon or. J'allai à Milan, où je ne fus pas inquiété: mon affaire n'intéressait point l'État.

preventing one's attention from being dispersed among external objects. The proof of our meeting of minds was not long in coming.

Facino Cane stopped playing, stood up, came over to me, and addressed me with a "Let's get out of here!" that affected me like an electric shock. I gave him my arm, and we left.

When we were out on the street, he said to me:

"Are you willing to take me to Venice, to lead me there? Are you willing to trust me? You'll be richer than the ten richest firms in Amsterdam or London, richer than the Rothschilds—in short, as rich as the *Arabian Nights*."

I thought the man was crazy; but in his voice was a power I obeyed. I let myself be led, and he took me over to the moat of the Bastille as if he could see. He sat down on a stone in a very solitary spot where later on they built the bridge linking the Canal Saint-Martin with the Seine. I took a seat on another stone in front of that old man, whose white hair was shining like silver threads in the moonlight. The silence, scarcely broken by the rumbling that reached us from the boulevards, the purity of the night, everything helped make that scene truly fantastic.

"You talk to a youngster about millions, and you think he'd hesitate to endure a thousand ills to obtain them! Aren't you pulling my leg?"

"May I die without confession," he said to me truculently, "if what I'm going to tell you isn't true.

"I was twenty years old just as you are now, I was rich, I was good-looking, I was a nobleman. I started my career with the greatest of all follies, love. I loved in a way people no longer love, to the point of climbing into a chest and risking being killed by a dagger there, and all without receiving anything but the promise of a kiss. To die for *her* seemed like an entire life to me. In 1760 I fell in love with a Vendramini, a woman of eighteen, married to a Sagredo, one of the richest senators, a man of thirty who loved his wife madly. My sweetheart and I were as innocent as two cherubs when the *sposo*[1] caught us speaking of love; I had no weapon, he missed me, I jumped on him, I strangled him with my two hands, wringing his neck like a chicken's. I wanted to go away with Bianca, she refused to come with me. There's women for you! I went away on my own, I was condemned, my property was confiscated for the benefit of my heirs; but I had taken along my diamonds, five paintings by Titian, rolled up, and all of my gold. I went to Milan, where I wasn't bothered: my affair didn't interest the government in the least.

— Une petite observation avant de continuer, dit-il après une pause. Que les fantaisies d'une femme influent ou non sur son enfant pendant qu'elle le porte ou quand elle le conçoit, il est certain que ma mère eut une passion pour l'or pendant sa grossesse. J'ai pour l'or une monomanie dont la satisfaction est si nécessaire à ma vie que, dans toutes les situations où je me suis trouvé, je n'ai jamais été sans or sur moi; je manie constamment de l'or; jeune, je portais toujours des bijoux et j'avais toujours sur moi deux ou trois cents ducats.

En disant ces mots, il tira deux ducats de sa poche et me les montra.

— Je sens l'or. Quoique aveugle, je m'arrête devant les boutiques de joailliers. Cette passion m'a perdu, je suis devenu joueur pour jouer de l'or. Je n'étais pas fripon, je fus friponné, je me ruinai.

«Quand je n'eus plus de fortune, je fus pris par la rage de voir Bianca: je revins secrètement à Venise, je la retrouvai, je fus heureux pendant six mois, caché chez elle, nourri par elle.

«Je pensais délicieusement à finir ainsi ma vie. Elle était recherchée par le Provéditeur; celui-ci devina un rival, en Italie on les sent: il nous espionna, nous surprit au lit, le lâche! Jugez combien vive fut notre lutte: je ne le tuai pas, je le blessai grièvement.

«Cette aventure brisa mon bonheur. Depuis ce jour je n'ai jamais retrouvé de Bianca.

«J'ai eu de grands plaisirs, j'ai vécu à la cour de Louis XV parmi les femmes les plus célèbres; nulle part je n'ai trouvé les qualités, les grâces, l'amour de ma chère Vénitienne.

«Le Provéditeur avait ses gens, il les appela, le palais fut cerné, envahi; je me défendis pour pouvoir mourir sous les yeux de Bianca qui m'aidait à tuer le Provéditeur. Jadis cette femme n'avait pas voulu s'enfuir avec moi; mais après six mois de bonheur elle voulait mourir de ma mort, et reçut plusieurs coups. Pris dans un grand manteau que l'on jeta sur moi, je fus roulé, porté dans une gondole et transporté dans un cachot des puits. J'avais vingt-deux ans, je tenais si bien le tronçon de mon épée que pour l'avoir il aurait fallu me couper le poing.

«Par un singulier hasard, ou plutôt inspiré par une pensée de précaution, je cachai ce morceau de fer dans un coin, comme s'il pouvait me servir. Je fus soigné. Aucune de mes blessures n'était mortelle. A vingt-deux ans, on revient de tout. Je devais mourir décapité, je fis le malade afin de gagner du temps. Je croyais être dans un cachot voisin du canal, mon projet était de m'évader en creusant le mur et

"One small observation before I go on," he said after a pause. "Whether or not a woman's fancies influence a child while she is carrying him or when she conceives him, it's a fact that my mother had a passion for gold during her pregnancy. I have a monomania for gold, the satisfaction of which is so necessary to my existence that, in every situation in which I've found myself, I've never been without some gold on my person; I constantly handle gold; when young, I always wore jewelry and always had two or three hundred ducats on me."

Saying this, he took two ducats out of his pocket and showed them to me.

"I can sense gold. Although blind, I stop in front of jewelry shops. This passion ruined me; I became a gambler so I could stake gold. I wasn't a sharpster, I got outsharped, I was wiped out.

"When my fortune was gone, I was seized with the rage to see Bianca; I returned to Venice secretly, I found her again, I was happy for six months, hidden in her home, nourished by her.

"I thought in my bliss I could live out my life that way. She was courted by the Provveditore;[8] he guessed he had a rival; in Italy men can sense it. He spied on us and caught us in bed, the coward! You can imagine how brisk our fight was: I didn't kill him, but wounded him badly.

"That adventure cut short my happiness. From that day on I never found a woman like Bianca again.

"I've had great pleasures. I've lived at the court of Louis XV among the most celebrated women; nowhere did I find the qualities, the grace, the love of my dear Venetian woman.

"The Provveditore had his people, he summoned them, the palace was surrounded, invaded; I defended myself so I could die before the eyes of Bianca, who helped me kill the Provveditore. Earlier that woman had refused to run away with me; but after six months of happiness she wanted to share my death, and she received several wounds. Caught in a large cloak that was thrown over me, I was rolled up in it, transported in a gondola, and taken to a dungeon in the Wells.[9] I was twenty-two, and I held onto the stump of my sword so tightly that, to get it, they would have had to cut off my hand.

"By a singular chance or, rather, inspired with a precautionary thought, I hid this piece of steel in a corner, as if I could make use of it. I was tended to. None of my wounds was mortal. At twenty-two a man gets over everything. I was due to be decapitated; I pretended to be ill in order to buy time. I thought I was in a dungeon near the canal; my plan was to escape by digging through the wall and

traversant le canal à la nage, au risque de me noyer. Voici sur quels raisonnements s'appuyait mon espérance.

«Toutes les fois que le geôlier m'apportait à manger, je lisais des indications écrites sur les murs, comme: *côté du palais, côté du canal, côté du souterrain*, et je finis par apercevoir un plan dont le sens m'inquiétait peu, mais explicable par l'état actuel du palais ducal qui n'est pas terminé.

«Avec le génie que donne le désir de recouvrer la liberté, je parvins à déchiffrer, en tâtant du bout des doigts la superficie d'une pierre, une inscription arabe par laquelle l'auteur de ce travail avertissait ses successeurs qu'il avait détaché deux pierres de la dernière assise, et creusé onze pieds de souterrain. Pour continuer son œuvre, il fallait répandre sur le sol même du cachot les parcelles de pierre et de mortier produites par le travail de l'excavation.

«Quand même les gardiens ou les inquisiteurs n'eussent pas été rassurés par la construction de l'édifice qui n'exigeait qu'une surveillance extérieure, la disposition des puits, où l'on descend par quelques marches, permettait d'exhausser graduellement le sol sans que les gardiens s'en aperçussent.

«Cet immense travail avait été superflu, du moins pour celui qui l'avait entrepris, car son inachèvement annonçait la mort de l'inconnu. Pour que son dévouement ne fût pas à jamais perdu, il fallait qu'un prisonnier sût l'arabe; mais j'avais étudié les langues orientales au couvent des Arméniens. Une phrase écrite derrière la pierre disait le destin de ce malheureux, mort victime de ses immenses richesses, que Venise avait convoitées et dont elle s'était emparée.

«Il me fallut un mois pour arriver à un résultat. Pendant que je travaillais, et dans les moments où la fatigue m'anéantissait, j'entendais le son de l'or, je voyais de l'or devant moi, j'étais ébloui par des diamants! Oh! attendez.

«Pendant une nuit, mon acier émoussé trouva du bois. J'aiguisai mon bout d'épée, et fis un trou dans ce bois. Pour pouvoir travailler, je me roulais comme un serpent sur le ventre, je me mettais nu pour travailler à la manière des taupes, en portant mes mains en avant et me faisant de la pierre même un point d'appui. La surveille du jour où je devais comparaître devant mes juges, pendant la nuit, je voulus tenter un dernier effort; je perçai le bois, et mon fer ne rencontra rien au delà. Jugez de ma surprise quand j'appliquai les yeux sur le trou! J'étais dans le lambris d'une cave où une faible lumière me permettait d'apercevoir un monceau d'or. Le doge et l'un des Dix étaient dans ce caveau, j'entendais leurs voix; leurs discours

swimming across the canal, at the risk of drowning. This is the reasoning on which my hopes were founded:

"Every time the jailer brought me food, I would read indications written on the walls, such as 'Palace Side,' 'Canal Side,' and 'Underground Side,' and I finally recognized in this an arrangement whose meaning hardly troubled me, but which was explainable by the current state of the ducal palace, which isn't completed.

"With the genius supplied by the desire to regain freedom, by feeling the surface of a stone with my fingertips, I succeeded in deciphering an Arabic inscription in which the engraver notified his successors that he had loosened two stones of the lowest course and had dug a tunnel eleven feet down. To continue his accomplishment, it was necessary to spread out on the very floor of the dungeon the pieces of stone and mortar produced by working on the excavation.

"Even if the guards or inquisitors hadn't been reassured by the solid construction of the building, which called for an outside surveillance only, the layout of the Wells, into which a few steps led down, made it possible to raise the ground level gradually without the guards' noticing.

"That immense effort had been for naught, at least for the man who had undertaken it, for its lack of completion indicated that the unknown man had died. For his dedication not to be wasted forever, it was necessary for a prisoner to know Arabic; but I had studied Eastern languages at the Armenian monastery. A sentence written behind the stone explained the fate of that unfortunate man, who died a victim to his enormous riches, which Venice had coveted and seized.

"It took me a month to achieve a result. While I was working, and in the moments when fatigue overwhelmed me, I could hear the sound of gold, I could see gold in front of me, I was dazzled by diamonds! Oh, wait!

"One night, my blunted steel struck on wood. I sharpened my sword stump and made a hole in that wood. To be able to work, I rolled onto my stomach like a snake, I stripped bare so I could work like a mole, stretching out my hands in front of me and supporting myself on the very stone. Two days before the day on which I was to appear before my judges, during the night, I decided on attempting one last effort; I pierced through the wood, and my steel found nothing beyond it. Imagine my surprise when I put my eyes to the hole! I was inside the paneling of a cellar in which a dim light allowed me to catch sight of a heap of gold. The Doge and one of the Council of Ten[10] were in that vault, I heard their voices; their conversation

m'apprirent que là était le trésor secret de la République, les dons des doges, et les réserves du butin appelé le denier de Venise, et pris sur le produit des expéditions. J'étais sauvé! Quand le geôlier vint, je lui proposai de favoriser ma fuite et de partir avec moi en emportant tout ce que nous pourrions prendre. Il n'y avait pas à hésiter, il accepta.

«Un navire faisait voile pour le Levant, toutes les précautions furent prises, Bianca favorisa les mesures que je dictais à mon complice. Pour ne pas donner l'éveil, Bianca devait nous rejoindre à Smyrne.

«En une nuit le trou fut agrandi, et nous descendîmes dans le trésor secret de Venise.

«Quelle nuit! J'ai vu quatre tonnes pleines d'or. Dans la pièce précédente, l'argent était également amassé en deux tas qui laissaient un chemin au milieu pour traverser la chambre où les pièces relevées en talus garnissaient les murs à cinq pieds de hauteur. Je crus que le geôlier deviendrait fou; il chantait, il sautait, il riait, il gambadait dans l'or; je le menaçai de l'étrangler s'il perdait le temps ou s'il faisait du bruit. Dans sa joie, il ne vit pas d'abord une table où étaient les diamants. Je me jetai dessus assez habilement pour emplir ma veste de matelot et les poches de mon pantalon. Mon Dieu! je n'en pris pas le tiers. Sous cette table étaient des lingots d'or.

«Je persuadai à mon compagnon de remplir autant de sacs que nous pourrions en porter, en lui faisant observer que c'était la seule manière de n'être pas découverts à l'étranger.

« — Les perles, les bijoux, les diamants nous feraient reconnaître, lui dis-je.

«Quelle que fût notre avidité, nous ne pûmes prendre que deux mille livres d'or, qui nécessitèrent six voyages à travers la prison jusqu'à la gondole. La sentinelle à la porte d'eau avait été gagnée moyennant un sac de dix livres d'or. Quant aux deux gondoliers, ils croyaient servir la République. Au jour, nous partîmes.

«Quand nous fûmes en pleine mer, et que je me souvins de cette nuit; quand je me rappelai les sensations que j'avais éprouvées, que je revis cet immense trésor où, suivant mes évaluations, je laissais trente millions en argent et vingt millions en or, plusieurs millions en diamants, perles et rubis, il se fit en moi comme un mouvement de folie. J'eus la fièvre de l'or. Nous nous fîmes débarquer à Smyrne, et nous nous embarquâmes aussitôt pour la France. Comme nous montions sur le bâtiment français, Dieu me fit la grâce de me débarrasser de mon complice. En ce moment je ne pensais pas à toute la portée de ce méfait du hasard, dont je me réjouis beaucoup.

«Nous étions si complètement énervés que nous demeurions

informed me that this was the secret treasury of the Republic, the gifts of the Doges, and the reserves of the booty known as the 'Venice pence,' a portion of the proceeds from their expeditions. I was saved! When the jailer came, I made him the proposition of allowing me to escape and joining me in making off with all we could carry. There was no cause to hesitate; he agreed.

"A ship was setting sail for the Levant, all precautions were taken, Bianca helped in taking the measures I dictated to my accomplice. So as not to arouse suspicions, Bianca was to rejoin us at Smyrna.

"In one night the hole was widened, and we went down into Venice's secret treasury.

"What a night! I saw four casks full of gold. In the anteroom, silver was likewise heaped up in two piles that left a path in the middle, to make it possible to cross the room; there coins were banked up five feet high along the walls. I thought the jailer would go mad; he was singing, jumping, laughing, skipping around in the gold; I threatened to strangle him if he wasted time or made noise. In his joy, he failed to notice at first a table that held the diamonds. I leapt onto it dexterously enough to fill up my sailor's jacket and trouser pockets. God, I didn't even take a third of them! Beneath that table were gold ingots.

"I persuaded my companion to fill up as many sacks of them as we could carry, informing him that that was the only way to escape being found out in foreign countries.

"'Pearls, jewels, and diamonds would cause us to be recognized,' I said to him.

"Greedy as we might be, we were only able to take two thousand pounds of gold, which necessitated six trips across the prison to the gondola. The sentinel at the water gate had been won over by means of a sack containing ten pounds of gold. As for the two gondoliers, they thought they were serving the Republic. At daylight we left.

"When we were out at sea, and I recalled that night; when I remembered my emotions; when I saw in my memory that immense treasury, in which, according to my calculations, I had left behind thirty million in silver and twenty million in gold, as well as several million in diamonds, pearls, and rubies, I experienced a kind of onset of madness. I had gold fever. We disembarked at Smyrna and immediately embarked for France. As we were boarding the French vessel, God did me the favor of ridding me of my accomplice. At that moment I wasn't thinking of the full import of that stroke of bad luck; in fact, I felt very happy about it.

"We were so completely unstrung that we remained in a daze and

hébétés, sans nous rien dire, attendant que nous fussions en sûreté pour jouir à notre aise. Il n'est pas étonnant que la tête ait tourné à ce drôle. Vous verrez combien Dieu m'a puni. Je ne me crus tranquille qu'après avoir vendu les deux tiers de mes diamants à Londres et à Amsterdam, et réalisé ma poudre d'or en valeurs commerciales.

«Pendant cinq ans, je me cachai dans Madrid; puis, en 1770, je vins à Paris sous un nom espagnol, et menai le train le plus brillant. Bianca était morte.

«Au milieu de mes voluptés, quand je jouissais d'une fortune de six millions, je fus frappé de cécité. Je ne doute pas que cette infirmité ne soit le résultat de mon séjour dans le cachot, de mes travaux dans la pierre, si toutefois ma faculté de voir l'or n'emportait pas un abus de la puissance visuelle qui me prédestinait à perdre les yeux.

«En ce moment, j'aimais une femme à laquelle je comptais lier mon sort; je lui avais dit le secret de mon nom, elle appartenait à une famille puissante, j'espérais tout de la faveur que m'accordait Louis XV; j'avais mis ma confiance en cette femme, qui était l'amie de madame du Barry; elle me conseilla de consulter un fameux oculiste de Londres: mais, après quelques mois de séjour dans cette ville, j'y fus abandonné par cette femme dans Hyde-Park, elle m'avait dépouillé de toute ma fortune sans me laisser aucune ressource; car, obligé de cacher mon nom, qui me livrait à la vengeance de Venise, je ne pouvais invoquer l'assistance de personne, je craignais Venise.

«Mon infirmité fut exploitée par les espions que cette femme avait attachés à ma personne.

«Je vous fais grâce d'aventures dignes de Gil Blas.

«Votre révolution vint. Je fus forcé d'entrer aux Quinze-Vingts, où cette créature me fit admettre après m'avoir tenu pendant deux ans à Bicêtre comme fou; je n'ai jamais pu la tuer, je n'y voyais point, et j'étais trop pauvre pour acheter un bras. Si avant de perdre Benedetto Carpi, mon geôlier, je l'avais consulté sur la situation de mon cachot, j'aurais pu reconnaître le trésor et retourner à Venise quand la république fut anéantie par Napoléon.

«Cependant, malgré ma cécité, allons à Venise! Je retrouverai la porte de la prison, je verrai l'or à travers les murailles, je le sentirai sous les eaux où il est enfoui; car les événements qui ont renversé la puissance de Venise sont tels que le secret de ce trésor a dû mourir avec Vendramino, le frère de Bianca, un doge, qui, je l'espérais, aurait fait ma paix avec les Dix.

«J'ai adressé des notes au premier consul, j'ai proposé un traité à l'empereur d'Autriche, tous m'ont éconduit comme un fou! Venez,

didn't talk to each other, waiting to be in safety so we could enjoy ourselves at our ease. It isn't surprising that that odd fellow lost his head.
You'll see to what an extent God punished me. I didn't feel calm until
I had sold two-thirds of my diamonds in London and Amsterdam, and
bought business shares with my gold dust.

"For five years I hid in Madrid; then, in 1770, I came to Paris
under a Spanish name, and led an extremely brilliant life. Bianca was
dead.

"In the midst of my pleasures, while I was enjoying a fortune of six
million, I was struck blind. I have no doubt but that that infirmity was
the result of my stay in the dungeon and my digging through the
stone, unless my ability to see gold produced a strain on my vision that
predestined me to lose my sight.

"At that moment I was in love with a woman whose fate I hoped to
link with mine; I had told her the secret of my name. She belonged to
a powerful family; I derived all sorts of hopes from the favor with
which Louis XV looked on me. I had placed my confidence in that
woman, who was a friend of Mme. du Barry;[11] she advised me to consult a well-known eye specialist in London; but, after living a few
months in that city, I was abandoned by that woman in Hyde Park; she
had robbed me of my entire fortune, leaving me without resources;
for, being obliged to conceal my name, which would expose me to the
vengeance of Venice, I was unable to call upon anyone's aid; I was
afraid of Venice.

"My infirmity was exploited by the spies whom that woman had set
upon me.

"I spare you a number of adventures worthy of Gil Blas.[12]

"Your revolution arrived. I was compelled to enter the Quinze-
Vingts, where that creature had me admitted after having held me for
two years at Bicêtre as a madman; I was never able to kill her, I
couldn't see and I was too poor to hire an assassin. If, before losing
Benedetto Carpi, my jailer, I had consulted him as to the precise location of my dungeon, I would have been able to rediscover the treasure,
returning to Venice when the Republic was abolished by Napoleon.[13]

"And yet, in spite of my blindness, let's go to Venice! I'll find the gate
to the prison again, I'll see the gold through the walls, I'll sense it beneath the waters where it's buried; for the events that have overturned
the power of Venice are of such a nature that the secret of that treasure
must have died along with Vendramino, Bianca's brother, a Doge who I
hoped would have made peace between me and the Council of Ten.

"I wrote notes to the First Consul,[14] I proposed a deal to the
Emperor of Austria, they all showed me the door as if I were a

partons pour Venise, partons mendiants, nous reviendrons million-naires; nous rachèterons mes biens, et vous serez mon héritier, vous serez prince de Varese.»

Étourdi de cette confidence, qui dans mon imagination prenait les proportions d'un poème, à l'aspect de cette tête blanchie, et devant l'eau noire des fossés de la Bastille, eau dormante comme celle des canaux de Venise, je ne répondis pas.

Facino Cane crut sans doute que je le jugeais comme tous les autres, avec une pitié dédaigneuse; il fit un geste qui exprima toute la philosophie du désespoir.

Ce récit l'avait reporté peut-être à ses heureux jours, à Venise: il saisit sa clarinette et joua mélancoliquement une chanson vénitienne, barcarolle pour laquelle il retrouva son premier talent, son talent de patricien amoureux. Ce fut quelque chose comme le *Super flumina Babylonis.* Mes yeux s'emplirent de larmes.

Si quelques promeneurs attardés vinrent à passer le long du boule-vard Bourdon, sans doute ils s'arrêtèrent pour écouter cette dernière prière du banni, le dernier regret d'un nom perdu, auquel se mêlait le souvenir de Bianca.

Mais l'or reprit bientôt le dessus, et la fatale passion éteignit cette lueur de jeunesse.

— Ce trésor, me dit-il, je le vois toujours, éveillé comme en rêve; je m'y promène, les diamants étincellent, je ne suis pas aussi aveu-gle que vous le croyez: l'or et les diamants éclairent ma nuit, la nuit du dernier Facino Cane, car mon titre passe aux Memmi. Mon Dieu! la punition du meurtrier a commencé de bien bonne heure! *Ave Maria . . .*

Il récita quelques prières que je n'entendis pas.

— Nous irons à Venise, m'écriai-je quand il se leva.

— J'ai donc trouvé un homme, s'écria-t-il le visage en feu.

Je le reconduisis en lui donnant le bras; il me serra la main à la porte des Quinze-Vingts, au moment où quelques personnes de la noce revenaient en criant à tue-tête.

— Partirons-nous demain? dit le vieillard.

— Aussitôt que nous aurons quelque argent.

— Mais nous pouvons aller à pied, je demanderai l'aumône . . . Je suis robuste, et l'on est jeune quand on voit de l'or devant soi.

Facino Cane mourut pendant l'hiver après avoir langui deux mois. Le pauvre homme avait un catarrhe.

Paris, mars 1836.

madman! Come, let's set out for Venice, let's set out as beggars and come back as millionaires; we'll buy back my property and you'll be my heir, you'll be prince of Varese."

Stunned by this confidence, which in my imagination was taking on the proportions of an epic poem, at the sight of that white hair, and in view of the black water of the Bastille moat, a water as stagnant as that in the canals of Venice, I made no reply.

Facino Cane no doubt believed that I was judging him as all the others had, with a disdainful pity; he made a gesture that expressed the entire philosophy of despair.

That narrative had carried him back, perhaps, to his happy days, to Venice: he grasped his clarinet and, in a melancholy way, played a Venetian song, a barcarolle, for which he regained his original talent, that of a patrician in love. It was something like the *Super flumina Babylonis.*[15] My eyes filled with tears.

If a few belated strollers happened to be walking along the Boulevard Bourdon, they no doubt stopped to listen to that final prayer of the exile, the final regret for a lost name, in which was mingled the memory of Bianca.

But soon gold resumed the upper hand, and the fatal passion extinguished that gleam of youth.

"That treasure," he said to me, "I see it always, awake or in my dreams; I walk through it, the diamonds sparkle, I'm not as blind as you think: the gold and the diamonds illumine my night, the night of the last Facino Cane, for my title will be transferred to the Memmi clan. God! The punishment for the murderer began very early! *Ave Maria . . .*"

He recited a few prayers that I didn't hear.

"We'll go to Venice," I exclaimed when he rose.

"So I've found my man," he exclaimed, his face on fire.

I led him home on my arm; he shook my hand at the gate to the Quinze-Vingts, at the moment when some members of the wedding were going home and yelling at the top of their voices.

"Shall we leave tomorrow?" said the old man.

"As soon as we have some money."

"But we can go on foot, I'll beg for alms . . . I'm sturdy, and people are young when they see gold before them."

Facino Cane died during the winter, after languishing for two months. The poor man had caught a severe cold.

Paris, March 1836.

NOTES

Introduction

1. *Noiseuse* has been translated in this volume as "quarrelsome (woman)," the only definition found in any dictionary in the reference section of the Central Research Library of The New York Public Library, and, even there, only in the masculine form *noiseur.* Just for the record, however, in one of the only two older English translations it was possible to consult, the word is rendered as "Nut-girl." Three French editions and a 258-page monograph on the story failed to shed any further light. An annotated French set of Balzac from the 1910s was unfortunately unavailable, assuming that the troublesome word was explained even there! A German translation, as well as the other English translation that was consulted, simply left "Belle-Noiseuse" in French, without further ado! To cap it all, *La Belle Noiseuse* is actually the title of the heavily adapted and protracted film version of the story, directed by Jacques Rivette (1991); the translation of the title in the notes on the home-video box is "the beautiful nuisance," which appears to be a wild stab based on look-alike words, but at least is closer to "quarrelsome" than to "nuts"!

2. This is the information supplied by Pierre Citron, editor of the 1965–6 complete edition of the *Comédie humaine* published by the Editions du Seuil, Paris, in their series "L'Intégrale." On the other hand, Roger Pierrot, in the 1959 "Bibliothèque de la Pléiade" (Gallimard) volume of notes and other apparatus to the *Comédie,* omits mention of the *Cabinet de lecture* publication, and states that the story first appeared under Balzac's name in the same volume with his novel *Modeste Mignon* in 1844.

3. According to the Seuil annotator, it was the *Revue de Paris,* but that statement is very dubious.

"Un épisode sous la Terreur"

1.   For the dedicatee, Parisian locales, characters in the story, and general historical background, see the appropriate section of the Introduction.

2.   After the Revolution, the terms "Monsieur" and "Madame" were considered too aristocratic, and were replaced by *citoyen* and *citoyenne* (a reminiscence of the era of the ancient Roman republic, which inspired many institutions of the First Republic in France).

3.   The Phrygian cap, sign of a dedicated citizen of the new Republic, and official headgear for members of the Commune of Paris at the time when the story takes place.

4.   Literally, "as black as the devil."

5.   The citizens' militia formed at the very outset of the Revolution, to replace royal troops. It was given its name by its first formal commander, La Fayette.

6.   This may refer to the famous arrest of Carmelite nuns in Compiègne in 1792 (they were guillotined in July 1794) that inspired a story, film scenario, play, and opera (*Dialogues of the Carmelites*).

7.   Near Meaux, east of Paris; a seventeenth-century convent.

8.   "Thy will be done."

9.   That is, a priest who refused to subscribe to the 1790 Civil Constitution of the Clergy, which in effect severed the Church in France from the Vatican. Nonjurors were persecuted.

10.   The French text calls this a ciborium, which is a container for the Host, but Balzac obviously still is referring to the chalice.

11.   "I shall enter and approach the altar of God"; words preliminary to a Mass.

12.   "Our Father"; the Lord's Prayer.

13.   "God save the king."

14.   The eldest surviving son of Louis XVI was consigned to the custody of a cobbler after his father's execution. The unhygienic conditions in which he was confined led to his death in 1795.

15.   The Convention Nationale, the chief governing body in France from 1792 to 1795.

16.   There seems to be no good reason for Balzac to call the abbé a Jansenist (follower of a Roman Catholic reform movement that had been prominent in France since the seventeenth century and, after papal condemnation, in 1723 elected its first bishop in Holland as a separate Jansenist church), unless he meant to indicate that he was learned and devout. Actually, at the time of the Revolution, most

Jansenists did not feel closely bound to the Vatican, and most of them did subscribe to the Civil Constitution of the Clergy.
17.   Counterrevolutionaries in the west of France.
18.   Balzac's chronology is so loose as to be absurd, since the historical events now being recounted took place in the July that followed.

"Une passion dans le désert"

1.   For the characters in the story and the general historical background, see the appropriate section of the Introduction.
2.   From the Arabic word meaning "west, sunset," and thus connoting dwellers in the extreme west of the Islamic world, this term is usually applied to inhabitants of Tunisia, Algeria, and Morocco, but not to Egyptians, as Balzac does here.
3.   There are numerous sets of cataracts; probably the northernmost are meant here.
4.   No actual "Saracens" worked on that Romanesque cathedral.
5.   A crocodile in the middle of the desert! A tiger in Africa!
6.   Another misapprehension; there are further questionable statements about natural history later on.
7.   In French, *grisettes,* the term for those milliners' assistants or other shopgirls who were proverbially approachable and easy to get, and were traditional sharers of students' or artists' garrets.
8.   The strong, hot, dusty wind that characteristically blows in the Sahara.
9.   Here the French word is *grognard* ("grumbler"), which is specifically applied to Napoleon's veterans.

"Le réquisitionnaire"

1.   Another work by Balzac, highly autobiographical, yet fantastic at the same time.
2.   For the dedicatee, the locale, the characters in the story, the general historical background, and the exact meaning of the title, see the appropriate section of the Introduction.
3.   The inhabitants of Normandy are proverbially depicted as cunning and devious.
4.   See Note 15 to "Un épisode sous la Terreur."
5.   The full form of this title, *procureur-syndic,* occurs later in the story. This official was the executive enforcing the decisions of the local (commune) legislative assembly. Two sentences later, when the

public prosecutor is called a former *procureur,* this appears to be the most usual and general meaning of the term, a procurator who handles other people's business matters by proxy.

6. For "nonjuring priest," see Note 9 to "Un épisode sous la Terreur." For "Vendée," see Note 17 to the same story.

7. The Chouans were anti-Revolution peasant guerillas in the west of France.

8. A town not far from Carentan, which the Vendéens attacked unsuccessfully in 1793. Apparently Madame de Dey's son had not emigrated to Germany, with many other nobles, but, in a sort of "internal emigration," to the west of France.

9. Brigitte's husband, another servant.

10. A coat with a high collar and short tails.

11. They were to be quartered on civilians.

12. See Note 2 to "Un épisode sous la Terreur."

"Le chef-d'œuvre inconnu"

1. For the dedicatee, Parisian streets, characters in the story, and general historical background, see the appropriate section of the Introduction. For the term *noiseuse,* see Note 1 to the Introduction.

2. Becoming a saint only after long, repentant austerities in the desert, this legendary figure of the early Christian centuries began life as a prostitute. Wishing to visit the Holy Sepulcher in Jerusalem, but short of money, she offered the Alexandrian ship's captain her professional services in lieu of fare.

3. In Greek mythology, Prometheus created man and gave him fire, stolen from the gods.

4. In Greek mythology, Proteus was a sea deity who rapidly changed into one shape after another to elude capture.

5. "Graceful chariot," "handsome man" (Latin).

6. A beautiful heroine of his epic poem *Orlando Furioso.*

7. The French words used are somewhat archaic, indicating that Frenhofer goes far back into the sixteenth century.

"La femme abandonnée"

1. For the characters in this story, the dedicatee, and the general historical background, see the appropriate section of the Introduction.

2. Bayeux is the county seat (*sous-préfecture,* headed by a *sous-préfet*) of the *arrondissement* of Bayeux within the *département* (similar to U.S. state) of Calvados.

3. The *lods et ventes* of the French text were pre-Revolutionary payments made by vassals to their feudal lords on the occasion of some change of ownership of the land in question.

4. The Duc de Richelieu (1698–1788), a grandnephew of the famous cardinal, fought for France in Hanover and elsewhere during the Seven Years' War (the North American theater of which was the French and Indian War).

5. The *conseil d'Etat* has meant different things at different times in French history, but in general it can be defined as the highest council of the central government, advising the head of government, whether a king, emperor, president, or other chief executive.

6. A mistress of the king.

7. This decoration was instituted by Napoleon in 1802, and so was a much more recent, "upstart" decoration than the one mentioned two paragraphs earlier. This helps to accentuate the contrast between the two families in question.

8. The first two newspapers mentioned were mildly liberal, whereas the last-named was the official organ of the conservative, pro-monarchy party.

9. This fable (Book V, No. 14) concerns a donkey carrying relics of saints who thinks that the respect shown by the people he passes is meant for him. The moral in question is: "When a magistrate is ignorant, it's merely his robe that people honor."

10. A multiple word play. Not only are the old maids "immobile" in their physical and social stiffness, but also, being "sealed" into their houses, they themselves have become "real estate" (*immeubles*). On top of that, at the time Balzac wrote this story, *immobilisation* was a buzzword connoting a total unwillingness to change the political status quo, an attitude hostile to "progress."

11. The Faubourg Saint-Germain was a Parisian neighborhood (Left Bank, west of the Latin Quarter) in which many aristocrats resided.

12. Changed to pigs by the sorceress Circe in the *Odyssey.*

13. See Note 3 to "Le réquisitionnaire."

14. "Paetus, it doesn't hurt!" Attributed to a Roman woman, Arria, who stabbed herself first to give her husband Aulus Paetus Caecina courage, after he had been ordered to kill himself by the emperor Claudius in 42 A.D.

15. Since this story was written in August 1832, this most likely

alludes to the international conference that confirmed the independence of Greece and settled its boundaries; this conference began in 1827, but was still in the news as late as July 1832. It is just barely possible, however, that Balzac is alluding to the 1830–1831 London conference, which confirmed the independence of Belgium.

16.   Madame de Beauséant's husband, a viscount at the beginning of the story, having now inherited his father's title of marquis, she herself is henceforth referred to as a marquise. Similarly, Gaston is called a count for the remainder of the story, because of the changes in his own family.

"Facino Cane"

1.   For the Parisian streets and buildings, and for the characters in the story, see the appropriate section of the Introduction.

2.   Literally, "the spirit of the Courtille." The Courtille, an area in the Belleville section of northeastern Paris, was famed from the Middle Ages to Balzac's day for its rowdy taverns and dance halls, as well as for its elaborate masquerade processions at Carnival time.

3.   Gutta serena, or amaurosis, is a deterioration of the optic nerve, causing blindness without leaving visible external signs.

4.   A pun, using the word for "sour note" instead of the man's real name.

5.   "It's true" in Italian.

6.   The Venetian registry of nobility.

7.   "Husband" in Italian.

8.   A high administrative official of the Venetian Republic.

9.   The Pozzi, an infamous subterranean prison in the Palace of the Doges (Palazzo Ducale) complex (the prison called the Piombi [Leads] was situated just below the roof).

10.   The Consiglio dei Dieci, the supreme governing body of the Venetian Republic.

11.   Influential mistress of Louis XV.

12.   Picaresque novel, published between 1715 and 1735, by Alain-René Le Sage.

13.   In 1797; thereafter Venice was an Austrian possession.

14.   Napoleon's title during the Consulate (1799–1804), the form of French central government between the Directory and the (First) Empire.

15.   "By the waters of Babylon," Psalm 137.

A CATALOG OF SELECTED
DOVER BOOKS
IN ALL FIELDS OF INTEREST

A CATALOG OF SELECTED DOVER
BOOKS IN ALL FIELDS OF INTEREST

CONCERNING THE SPIRITUAL IN ART, Wassily Kandinsky. Pioneering work by father of abstract art. Thoughts on color theory, nature of art. Analysis of earlier masters. 12 illustrations. 80pp. of text. 5⅜ x 8½.   23411-8 Pa. $4.95

ANIMALS: 1,419 Copyright-Free Illustrations of Mammals, Birds, Fish, Insects, etc., Jim Harter (ed.). Clear wood engravings present, in extremely lifelike poses, over 1,000 species of animals. One of the most extensive pictorial sourcebooks of its kind. Captions. Index. 284pp. 9 x 12.   23766-4 Pa. $14.95

CELTIC ART: The Methods of Construction, George Bain. Simple geometric techniques for making Celtic interlacements, spirals, Kells-type initials, animals, humans, etc. Over 500 illustrations. 160pp. 9 x 12. (USO)   22923-8 Pa. $9.95

AN ATLAS OF ANATOMY FOR ARTISTS, Fritz Schider. Most thorough reference work on art anatomy in the world. Hundreds of illustrations, including selections from works by Vesalius, Leonardo, Goya, Ingres, Michelangelo, others. 593 illustrations. 192pp. 7⅛ x 10¼.   20241-0 Pa. $9.95

CELTIC HAND STROKE-BY-STROKE (Irish Half-Uncial from "The Book of Kells"): An Arthur Baker Calligraphy Manual, Arthur Baker. Complete guide to creating each letter of the alphabet in distinctive Celtic manner. Covers hand position, strokes, pens, inks, paper, more. Illustrated. 48pp. 8¼ x 11.   24336-2 Pa. $3.95

EASY ORIGAMI, John Montroll. Charming collection of 32 projects (hat, cup, pelican, piano, swan, many more) specially designed for the novice origami hobbyist. Clearly illustrated easy-to-follow instructions insure that even beginning papercrafters will achieve successful results. 48pp. 8¼ x 11.   27298-2 Pa. $3.50

THE COMPLETE BOOK OF BIRDHOUSE CONSTRUCTION FOR WOOD-WORKERS, Scott D. Campbell. Detailed instructions, illustrations, tables. Also data on bird habitat and instinct patterns. Bibliography. 3 tables. 63 illustrations in 15 figures. 48pp. 5¼ x 8½.   24407-5 Pa. $2.50

BLOOMINGDALE'S ILLUSTRATED 1886 CATALOG: Fashions, Dry Goods and Housewares, Bloomingdale Brothers. Famed merchants' extremely rare catalog depicting about 1,700 products: clothing, housewares, firearms, dry goods, jewelry, more. Invaluable for dating, identifying vintage items. Also, copyright-free graphics for artists, designers. Co-published with Henry Ford Museum & Greenfield Village. 160pp. 8¼ x 11.   25780-0 Pa. $10.95

HISTORIC COSTUME IN PICTURES, Braun & Schneider. Over 1,450 costumed figures in clearly detailed engravings–from dawn of civilization to end of 19th century. Captions. Many folk costumes. 256pp. 8⅜ x 11¾.   23150-X Pa. $12.95

STICKLEY CRAFTSMAN FURNITURE CATALOGS, Gustav Stickley and L. & J. G. Stickley. Beautiful, functional furniture in two authentic catalogs from 1910. 594 illustrations, including 277 photos, show settles, rockers, armchairs, reclining chairs, bookcases, desks, tables. 183pp. 6½ x 9¼. 23838-5 Pa. $11.95

AMERICAN LOCOMOTIVES IN HISTORIC PHOTOGRAPHS: 1858 to 1949, Ron Ziel (ed.). A rare collection of 126 meticulously detailed official photographs, called "builder portraits," of American locomotives that majestically chronicle the rise of steam locomotive power in America. Introduction. Detailed captions. xi + 129pp. 9 x 12. 27393-8 Pa. $13.95

AMERICA'S LIGHTHOUSES: An Illustrated History, Francis Ross Holland, Jr. Delightfully written, profusely illustrated fact-filled survey of over 200 American lighthouses since 1716. History, anecdotes, technological advances, more. 240pp. 8 x 10¾. 25576-X Pa. $12.95

TOWARDS A NEW ARCHITECTURE, Le Corbusier. Pioneering manifesto by founder of "International School." Technical and aesthetic theories, views of industry, economics, relation of form to function, "mass-production split" and much more. Profusely illustrated. 320pp. 6⅛ x 9¼. (USO) 25023-7 Pa. $9.95

HOW THE OTHER HALF LIVES, Jacob Riis. Famous journalistic record, exposing poverty and degradation of New York slums around 1900, by major social reformer. 100 striking and influential photographs. 233pp. 10 x 7⅞. 22012-5 Pa. $11.95

FRUIT KEY AND TWIG KEY TO TREES AND SHRUBS, William M. Harlow. One of the handiest and most widely used identification aids. Fruit key covers 120 deciduous and evergreen species; twig key 160 deciduous species. Easily used. Over 300 photographs. 126pp. 5⅜ x 8½. 20511-8 Pa. $3.95

COMMON BIRD SONGS, Dr. Donald J. Borror. Songs of 60 most common U.S. birds: robins, sparrows, cardinals, bluejays, finches, more–arranged in order of increasing complexity. Up to 9 variations of songs of each species.
Cassette and manual 99911-4 $8.95

ORCHIDS AS HOUSE PLANTS, Rebecca Tyson Northen. Grow cattleyas and many other kinds of orchids–in a window, in a case, or under artificial light. 63 illustrations. 148pp. 5⅜ x 8½. 23261-1 Pa. $5.95

MONSTER MAZES, Dave Phillips. Masterful mazes at four levels of difficulty. Avoid deadly perils and evil creatures to find magical treasures. Solutions for all 32 exciting illustrated puzzles. 48pp. 8¼ x 11. 26005-4 Pa. $2.95

MOZART'S DON GIOVANNI (DOVER OPERA LIBRETTO SERIES), Wolfgang Amadeus Mozart. Introduced and translated by Ellen H. Bleiler. Standard Italian libretto, with complete English translation. Convenient and thoroughly portable–an ideal companion for reading along with a recording or the performance itself. Introduction. List of characters. Plot summary. 121pp. 5¼ x 8½.
24944-1 Pa. $3.95

TECHNICAL MANUAL AND DICTIONARY OF CLASSICAL BALLET, Gail Grant. Defines, explains, comments on steps, movements, poses and concepts. 15-page pictorial section. Basic book for student, viewer. 127pp. 5⅜ x 8½.
21843-0 Pa. $4.95

THE CLARINET AND CLARINET PLAYING, David Pino. Lively, comprehensive work features suggestions about technique, musicianship, and musical interpretation, as well as guidelines for teaching, making your own reeds, and preparing for public performance. Includes an intriguing look at clarinet history. "A godsend," The Clarinet, Journal of the International Clarinet Society. Appendixes. 7 illus. 320pp. 5⅜ x 8½. 40270-3 Pa. $9.95

HOLLYWOOD GLAMOR PORTRAITS, John Kobal (ed.). 145 photos from 1926-49. Harlow, Gable, Bogart, Bacall; 94 stars in all. Full background on photographers, technical aspects. 160pp. 8⅜ x 11¼. 23352-9 Pa. $12.95

THE ANNOTATED CASEY AT THE BAT: A Collection of Ballads about the Mighty Casey/Third, Revised Edition, Martin Gardner (ed.). Amusing sequels and parodies of one of America's best-loved poems: Casey's Revenge, Why Casey Whiffed, Casey's Sister at the Bat, others. 256pp. 5⅜ x 8½. 28598-7 Pa. $8.95

THE RAVEN AND OTHER FAVORITE POEMS, Edgar Allan Poe. Over 40 of the author's most memorable poems: "The Bells," "Ulalume," "Israfel," "To Helen," "The Conqueror Worm," "Eldorado," "Annabel Lee," many more. Alphabetic lists of titles and first lines. 64pp. 5$^{3}/_{16}$ x 8¼. 26685-0 Pa. $1.00

PERSONAL MEMOIRS OF U. S. GRANT, Ulysses Simpson Grant. Intelligent, deeply moving firsthand account of Civil War campaigns, considered by many the finest military memoirs ever written. Includes letters, historic photographs, maps and more. 528pp. 6⅛ x 9¼. 28587-1 Pa. $12.95

ANCIENT EGYPTIAN MATERIALS AND INDUSTRIES, A. Lucas and J. Harris. Fascinating, comprehensive, thoroughly documented text describes this ancient civilization's vast resources and the processes that incorporated them in daily life, including the use of animal products, building materials, cosmetics, perfumes and incense, fibers, glazed ware, glass and its manufacture, materials used in the mummification process, and much more. 544pp. 6⅛ x 9¼. (USO) 40446-3 Pa. $16.95

RUSSIAN STORIES/PYCCKNE PACCKA3bl: A Dual-Language Book, edited by Gleb Struve. Twelve tales by such masters as Chekhov, Tolstoy, Dostoevsky, Pushkin, others. Excellent word-for-word English translations on facing pages, plus teaching and study aids, Russian/English vocabulary, biographical/critical introductions, more. 416pp. 5⅜ x 8½. 26244-8 Pa. $9.95

PHILADELPHIA THEN AND NOW: 60 Sites Photographed in the Past and Present, Kenneth Finkel and Susan Oyama. Rare photographs of City Hall, Logan Square, Independence Hall, Betsy Ross House, other landmarks juxtaposed with contemporary views. Captures changing face of historic city. Introduction. Captions. 128pp. 8¼ x 11. 25790-8 Pa. $9.95

AIA ARCHITECTURAL GUIDE TO NASSAU AND SUFFOLK COUNTIES, LONG ISLAND, The American Institute of Architects, Long Island Chapter, and the Society for the Preservation of Long Island Antiquities. Comprehensive, well-researched and generously illustrated volume brings to life over three centuries of Long Island's great architectural heritage. More than 240 photographs with authoritative, extensively detailed captions. 176pp. 8¼ x 11. 26946-9 Pa. $14.95

NORTH AMERICAN INDIAN LIFE: Customs and Traditions of 23 Tribes, Elsie Clews Parsons (ed.). 27 fictionalized essays by noted anthropologists examine religion, customs, government, additional facets of life among the Winnebago, Crow, Zuni, Eskimo, other tribes. 480pp. 6⅛ x 9¼. 27377-6 Pa. $10.95

FRANK LLOYD WRIGHT'S DANA HOUSE, Donald Hoffmann. Pictorial essay of residential masterpiece with over 160 interior and exterior photos, plans, elevations, sketches and studies. 128pp. 9¼ x 10¾. 29120-0 Pa. $12.95

THE MALE AND FEMALE FIGURE IN MOTION: 60 Classic Photographic Sequences, Eadweard Muybridge. 60 true-action photographs of men and women walking, running, climbing, bending, turning, etc., reproduced from rare 19th-century masterpiece. vi + 121pp. 9 x 12. 24745-7 Pa. $10.95

1001 QUESTIONS ANSWERED ABOUT THE SEASHORE, N. J. Berrill and Jacquelyn Berrill. Queries answered about dolphins, sea snails, sponges, starfish, fishes, shore birds, many others. Covers appearance, breeding, growth, feeding, much more. 305pp. 5¼ x 8¼. 23366-9 Pa. $9.95

ATTRACTING BIRDS TO YOUR YARD, William J. Weber. Easy-to-follow guide offers advice on how to attract the greatest diversity of birds: birdhouses, feeders, water and waterers, much more. 96pp. 5³⁄₁₆ x 8¼. 28927-3 Pa. $2.50

MEDICINAL AND OTHER USES OF NORTH AMERICAN PLANTS: A Historical Survey with Special Reference to the Eastern Indian Tribes, Charlotte Erichsen-Brown. Chronological historical citations document 500 years of usage of plants, trees, shrubs native to eastern Canada, northeastern U.S. Also complete identifying information. 343 illustrations. 544pp. 6½ x 9¼. 25951-X Pa. $12.95

STORYBOOK MAZES, Dave Phillips. 23 stories and mazes on two-page spreads: Wizard of Oz, Treasure Island, Robin Hood, etc. Solutions. 64pp. 8¼ x 11. 23628-5 Pa. $2.95

AMERICAN NEGRO SONGS: 230 Folk Songs and Spirituals, Religious and Secular, John W. Work. This authoritative study traces the African influences of songs sung and played by black Americans at work, in church, and as entertainment. The author discusses the lyric significance of such songs as "Swing Low, Sweet Chariot," "John Henry," and others and offers the words and music for 230 songs. Bibliography. Index of Song Titles. 272pp. 6½ x 9¼. 40271-1 Pa. $9.95

MOVIE-STAR PORTRAITS OF THE FORTIES, John Kobal (ed.). 163 glamor, studio photos of 106 stars of the 1940s: Rita Hayworth, Ava Gardner, Marlon Brando, Clark Gable, many more. 176pp. 8⅜ x 11¼. 23546-7 Pa. $14.95

BENCHLEY LOST AND FOUND, Robert Benchley. Finest humor from early 30s, about pet peeves, child psychologists, post office and others. Mostly unavailable elsewhere. 73 illustrations by Peter Arno and others. 183pp. 5⅜ x 8½. 22410-4 Pa. $6.95

YEKL and THE IMPORTED BRIDEGROOM AND OTHER STORIES OF YIDDISH NEW YORK, Abraham Cahan. Film Hester Street based on Yekl (1896). Novel, other stories among first about Jewish immigrants on N.Y.'s East Side. 240pp. 5⅜ x 8½. 22427-9 Pa. $6.95

SELECTED POEMS, Walt Whitman. Generous sampling from *Leaves of Grass*. Twenty-four poems include "I Hear America Singing," "Song of the Open Road," "I Sing the Body Electric," "When Lilacs Last in the Dooryard Bloom'd," "O Captain! My Captain!"—all reprinted from an authoritative edition. Lists of titles and first lines. 128pp. 5³⁄₁₆ x 8¼. 26878-0 Pa. $1.00

THE BEST TALES OF HOFFMANN, E. T. A. Hoffmann. 10 of Hoffmann's most important stories: "Nutcracker and the King of Mice," "The Golden Flowerpot," etc. 458pp. 5⅜ x 8½. 21793-0 Pa. $9.95

FROM FETISH TO GOD IN ANCIENT EGYPT, E. A. Wallis Budge. Rich detailed survey of Egyptian conception of "God" and gods, magic, cult of animals, Osiris, more. Also, superb English translations of hymns and legends. 240 illustrations. 545pp. 5⅜ x 8½. 25803-3 Pa. $13.95

FRENCH STORIES/CONTES FRANÇAIS: A Dual-Language Book, Wallace Fowlie. Ten stories by French masters, Voltaire to Camus: "Micromegas" by Voltaire; "The Atheist's Mass" by Balzac; "Minuet" by de Maupassant; "The Guest" by Camus, six more. Excellent English translations on facing pages. Also French-English vocabulary list, exercises, more. 352pp. 5⅜ x 8½. 26443-2 Pa. $9.95

CHICAGO AT THE TURN OF THE CENTURY IN PHOTOGRAPHS: 122 Historic Views from the Collections of the Chicago Historical Society, Larry A. Viskochil. Rare large-format prints offer detailed views of City Hall, State Street, the Loop, Hull House, Union Station, many other landmarks, circa 1904-1913. Introduction. Captions. Maps. 144pp. 9⅜ x 12¼. 24656-6 Pa. $12.95

OLD BROOKLYN IN EARLY PHOTOGRAPHS, 1865-1929, William Lee Younger. Luna Park, Gravesend race track, construction of Grand Army Plaza, moving of Hotel Brighton, etc. 157 previously unpublished photographs. 165pp. 8⅞ x 11¾. 23587-4 Pa. $13.95

THE MYTHS OF THE NORTH AMERICAN INDIANS, Lewis Spence. Rich anthology of the myths and legends of the Algonquins, Iroquois, Pawnees and Sioux, prefaced by an extensive historical and ethnological commentary. 36 illustrations. 480pp. 5⅜ x 8½. 25967-6 Pa. $10.95

AN ENCYCLOPEDIA OF BATTLES: Accounts of Over 1,560 Battles from 1479 B.C. to the Present, David Eggenberger. Essential details of every major battle in recorded history from the first battle of Megiddo in 1479 B.C. to Grenada in 1984. List of Battle Maps. New Appendix covering the years 1967-1984. Index. 99 illustrations. 544pp. 6½ x 9¼. 24913-1 Pa. $16.95

SAILING ALONE AROUND THE WORLD, Captain Joshua Slocum. First man to sail around the world, alone, in small boat. One of great feats of seamanship told in delightful manner. 67 illustrations. 294pp. 5⅜ x 8½. 20326-3 Pa. $6.95

ANARCHISM AND OTHER ESSAYS, Emma Goldman. Powerful, penetrating, prophetic essays on direct action, role of minorities, prison reform, puritan hypocrisy, violence, etc. 271pp. 5⅜ x 8½. 22484-8 Pa. $7.95

MYTHS OF THE HINDUS AND BUDDHISTS, Ananda K. Coomaraswamy and Sister Nivedita. Great stories of the epics; deeds of Krishna, Shiva, taken from puranas, Vedas, folk tales; etc. 32 illustrations. 400pp. 5⅜ x 8½. 21759-0 Pa. $12.95

THE TRAUMA OF BIRTH, Otto Rank. Rank's controversial thesis that anxiety neurosis is caused by profound psychological trauma which occurs at birth. 256pp. 5⅜ x 8½. 27974-X Pa. $7.95

A THEOLOGICO-POLITICAL TREATISE, Benedict Spinoza. Also contains unfinished Political Treatise. Great classic on religious liberty, theory of government on common consent. R. Elwes translation. Total of 421pp. 5⅜ x 8½. 20249-6 Pa. $9.95

CATALOG OF DOVER BOOKS

MY BONDAGE AND MY FREEDOM, Frederick Douglass. Born a slave, Douglass became outspoken force in antislavery movement. The best of Douglass' autobiographies. Graphic description of slave life. 464pp. 5⅜ x 8½. 22457-0 Pa. $8.95

FOLLOWING THE EQUATOR: A Journey Around the World, Mark Twain. Fascinating humorous account of 1897 voyage to Hawaii, Australia, India, New Zealand, etc. Ironic, bemused reports on peoples, customs, climate, flora and fauna, politics, much more. 197 illustrations. 720pp. 5⅜ x 8½. 26113-1 Pa. $15.95

THE PEOPLE CALLED SHAKERS, Edward D. Andrews. Definitive study of Shakers: origins, beliefs, practices, dances, social organization, furniture and crafts, etc. 33 illustrations. 351pp. 5⅜ x 8½. 21081-2 Pa. $8.95

THE MYTHS OF GREECE AND ROME, H. A. Guerber. A classic of mythology, generously illustrated, long prized for its simple, graphic, accurate retelling of the principal myths of Greece and Rome, and for its commentary on their origins and significance. With 64 illustrations by Michelangelo, Raphael, Titian, Rubens, Canova, Bernini and others. 480pp. 5⅜ x 8½. 27584-1 Pa. $9.95

PSYCHOLOGY OF MUSIC, Carl E. Seashore. Classic work discusses music as a medium from psychological viewpoint. Clear treatment of physical acoustics, auditory apparatus, sound perception, development of musical skills, nature of musical feeling, host of other topics. 88 figures. 408pp. 5⅜ x 8½. 21851-1 Pa. $11.95

THE PHILOSOPHY OF HISTORY, Georg W. Hegel. Great classic of Western thought develops concept that history is not chance but rational process, the evolution of freedom. 457pp. 5⅜ x 8½. 20112-0 Pa. $9.95

THE BOOK OF TEA, Kakuzo Okakura. Minor classic of the Orient: entertaining, charming explanation, interpretation of traditional Japanese culture in terms of tea ceremony. 94pp. 5⅜ x 8½. 20070-1 Pa. $3.95

LIFE IN ANCIENT EGYPT, Adolf Erman. Fullest, most thorough, detailed older account with much not in more recent books, domestic life, religion, magic, medicine, commerce, much more. Many illustrations reproduce tomb paintings, carvings, hieroglyphs, etc. 597pp. 5⅜ x 8½. 22632-8 Pa. $12.95

SUNDIALS, Their Theory and Construction, Albert Waugh. Far and away the best, most thorough coverage of ideas, mathematics concerned, types, construction, adjusting anywhere. Simple, nontechnical treatment allows even children to build several of these dials. Over 100 illustrations. 230pp. 5⅜ x 8½. 22947-5 Pa. $8.95

THEORETICAL HYDRODYNAMICS, L. M. Milne-Thomson. Classic exposition of the mathematical theory of fluid motion, applicable to both hydrodynamics and aerodynamics. Over 600 exercises. 768pp. 6⅛ x 9¼. 68970-0 Pa. $20.95

SONGS OF EXPERIENCE: Facsimile Reproduction with 26 Plates in Full Color, William Blake. 26 full-color plates from a rare 1826 edition. Includes "TheTyger," "London," "Holy Thursday," and other poems. Printed text of poems. 48pp. 5¼ x 7. 24636-1 Pa. $4.95

OLD-TIME VIGNETTES IN FULL COLOR, Carol Belanger Grafton (ed.). Over 390 charming, often sentimental illustrations, selected from archives of Victorian graphics—pretty women posing, children playing, food, flowers, kittens and puppies, smiling cherubs, birds and butterflies, much more. All copyright-free. 48pp. 9¼ x 12¼. 27269-9 Pa. $7.95

PERSPECTIVE FOR ARTISTS, Rex Vicat Cole. Depth, perspective of sky and sea, shadows, much more, not usually covered. 391 diagrams, 81 reproductions of drawings and paintings. 279pp. 5⅜ x 8½. 22487-2 Pa. $7.95

DRAWING THE LIVING FIGURE, Joseph Sheppard. Innovative approach to artistic anatomy focuses on specifics of surface anatomy, rather than muscles and bones. Over 170 drawings of live models in front, back and side views, and in widely varying poses. Accompanying diagrams. 177 illustrations. Introduction. Index. 144pp. 8⅜ x11¼. 26723-7 Pa. $8.95

GOTHIC AND OLD ENGLISH ALPHABETS: 100 Complete Fonts, Dan X. Solo. Add power, elegance to posters, signs, other graphics with 100 stunning copyright-free alphabets: Blackstone, Dolbey, Germania, 97 more–including many lower-case, numerals, punctuation marks. 104pp. 8⅛ x 11. 24695-7 Pa. $8.95

HOW TO DO BEADWORK, Mary White. Fundamental book on craft from simple projects to five-bead chains and woven works. 106 illustrations. 142pp. 5⅜ x 8. 20697-1 Pa. $5.95

THE BOOK OF WOOD CARVING, Charles Marshall Sayers. Finest book for beginners discusses fundamentals and offers 34 designs. "Absolutely first rate . . . well thought out and well executed."–E. J. Tangerman. 118pp. 7¾ x 10⅝. 23654-4 Pa. $7.95

ILLUSTRATED CATALOG OF CIVIL WAR MILITARY GOODS: Union Army Weapons, Insignia, Uniform Accessories, and Other Equipment, Schuyler, Hartley, and Graham. Rare, profusely illustrated 1846 catalog includes Union Army uniform and dress regulations, arms and ammunition, coats, insignia, flags, swords, rifles, etc. 226 illustrations. 160pp. 9 x 12. 24939-5 Pa. $10.95

WOMEN'S FASHIONS OF THE EARLY 1900s: An Unabridged Republication of "New York Fashions, 1909," National Cloak & Suit Co. Rare catalog of mail-order fashions documents women's and children's clothing styles shortly after the turn of the century. Captions offer full descriptions, prices. Invaluable resource for fashion, costume historians. Approximately 725 illustrations. 128pp. 8⅜ x 11¼. 27276-1 Pa. $11.95

THE 1912 AND 1915 GUSTAV STICKLEY FURNITURE CATALOGS, Gustav Stickley. With over 200 detailed illustrations and descriptions, these two catalogs are essential reading and reference materials and identification guides for Stickley furniture. Captions cite materials, dimensions and prices. 112pp. 6½ x 9¼. 26676-1 Pa. $9.95

EARLY AMERICAN LOCOMOTIVES, John H. White, Jr. Finest locomotive engravings from early 19th century: historical (1804–74), main-line (after 1870), special, foreign, etc. 147 plates. 142pp. 11⅜ x 8¼. 22772-3 Pa. $10.95

THE TALL SHIPS OF TODAY IN PHOTOGRAPHS, Frank O. Braynard. Lavishly illustrated tribute to nearly 100 majestic contemporary sailing vessels: Amerigo Vespucci, Clearwater, Constitution, Eagle, Mayflower, Sea Cloud, Victory, many more. Authoritative captions provide statistics, background on each ship. 190 black-and-white photographs and illustrations. Introduction. 128pp. 8⅞ x 11¾. 27163-3 Pa. $14.95

LITTLE BOOK OF EARLY AMERICAN CRAFTS AND TRADES, Peter Stockham (ed.). 1807 children's book explains crafts and trades: baker, hatter, cooper, potter, and many others. 23 copperplate illustrations. 140pp. 4⅝ x 6.
23336-7 Pa. $4.95

VICTORIAN FASHIONS AND COSTUMES FROM HARPER'S BAZAR, 1867–1898, Stella Blum (ed.). Day costumes, evening wear, sports clothes, shoes, hats, other accessories in over 1,000 detailed engravings. 320pp. 9⅜ x 12¼.
22990-4 Pa. $15.95

GUSTAV STICKLEY, THE CRAFTSMAN, Mary Ann Smith. Superb study surveys broad scope of Stickley's achievement, especially in architecture. Design philosophy, rise and fall of the Craftsman empire, descriptions and floor plans for many Craftsman houses, more. 86 black-and-white halftones. 31 line illustrations. Introduction 208pp. 6½ x 9¼.
27210-9 Pa. $9.95

THE LONG ISLAND RAIL ROAD IN EARLY PHOTOGRAPHS, Ron Ziel. Over 220 rare photos, informative text document origin (1844) and development of rail service on Long Island. Vintage views of early trains, locomotives, stations, passengers, crews, much more. Captions. 8⅞ x 11¾.
26301-0 Pa. $13.95

VOYAGE OF THE LIBERDADE, Joshua Slocum. Great 19th-century mariner's thrilling, first-hand account of the wreck of his ship off South America, the 35-foot boat he built from the wreckage, and its remarkable voyage home. 128pp. 5⅜ x 8½.
40022-0 Pa. $4.95

TEN BOOKS ON ARCHITECTURE, Vitruvius. The most important book ever written on architecture. Early Roman aesthetics, technology, classical orders, site selection, all other aspects. Morgan translation. 331pp. 5⅜ x 8½. 20645-9 Pa. $8.95

THE HUMAN FIGURE IN MOTION, Eadweard Muybridge. More than 4,500 stopped-action photos, in action series, showing undraped men, women, children jumping, lying down, throwing, sitting, wrestling, carrying, etc. 390pp. 7⅞ x 10⅝.
20204-6 Clothbd. $27.95

TREES OF THE EASTERN AND CENTRAL UNITED STATES AND CANADA, William M. Harlow. Best one-volume guide to 140 trees. Full descriptions, woodlore, range, etc. Over 600 illustrations. Handy size. 288pp. 4½ x 6⅜.
20395-6 Pa. $6.95

SONGS OF WESTERN BIRDS, Dr. Donald J. Borror. Complete song and call repertoire of 60 western species, including flycatchers, juncoes, cactus wrens, many more—includes fully illustrated booklet. Cassette and manual 99913-0 $8.95

GROWING AND USING HERBS AND SPICES, Milo Miloradovich. Versatile handbook provides all the information needed for cultivation and use of all the herbs and spices available in North America. 4 illustrations. Index. Glossary. 236pp. 5⅜ x 8½.
25058-X Pa. $7.95

BIG BOOK OF MAZES AND LABYRINTHS, Walter Shepherd. 50 mazes and labyrinths in all—classical, solid, ripple, and more—in one great volume. Perfect inexpensive puzzler for clever youngsters. Full solutions. 112pp. 8⅛ x 11.
22951-3 Pa. $5.95

PIANO TUNING, J. Cree Fischer. Clearest, best book for beginner, amateur. Simple repairs, raising dropped notes, tuning by easy method of flattened fifths. No previous skills needed. 4 illustrations. 201pp. 5⅜ x 8½. 23267-0 Pa. $6.95

HINTS TO SINGERS, Lillian Nordica. Selecting the right teacher, developing confidence, overcoming stage fright, and many other important skills receive thoughtful discussion in this indispensible guide, written by a world-famous diva of four decades' experience. 96pp. 5³/₈ x 8¹/₂. 40094-8 Pa. $4.95

THE COMPLETE NONSENSE OF EDWARD LEAR, Edward Lear. All nonsense limericks, zany alphabets, Owl and Pussycat, songs, nonsense botany, etc., illustrated by Lear. Total of 320pp. 5⅜ x 8½. (USO) 20167-8 Pa. $7.95

VICTORIAN PARLOUR POETRY: An Annotated Anthology, Michael R. Turner. 117 gems by Longfellow, Tennyson, Browning, many lesser-known poets. "The Village Blacksmith," "Curfew Must Not Ring Tonight," "Only a Baby Small," dozens more, often difficult to find elsewhere. Index of poets, titles, first lines. xxiii + 325pp. 5⅜ x 8¼. 27044-0 Pa. $8.95

DUBLINERS, James Joyce. Fifteen stories offer vivid, tightly focused observations of the lives of Dublin's poorer classes. At least one, "The Dead," is considered a masterpiece. Reprinted complete and unabridged from standard edition. 160pp. 5³/₁₆ x 8¼. 26870-5 Pa. $1.00

GREAT WEIRD TALES: 14 Stories by Lovecraft, Blackwood, Machen and Others, S. T. Joshi (ed.). 14 spellbinding tales, including "The Sin Eater," by Fiona McLeod, "The Eye Above the Mantel," by Frank Belknap Long, as well as renowned works by R. H. Barlow, Lord Dunsany, Arthur Machen, W. C. Morrow and eight other masters of the genre. 256pp. 5⅜ x 8½. (USO) 40436-6 Pa. $8.95

THE BOOK OF THE SACRED MAGIC OF ABRAMELIN THE MAGE, translated by S. MacGregor Mathers. Medieval manuscript of ceremonial magic. Basic document in Aleister Crowley, Golden Dawn groups. 268pp. 5⅜ x 8½. 23211-5 Pa. $9.95

NEW RUSSIAN-ENGLISH AND ENGLISH-RUSSIAN DICTIONARY, M. A. O'Brien. This is a remarkably handy Russian dictionary, containing a surprising amount of information, including over 70,000 entries. 366pp. 4½ x 6¼. 20208-9 Pa. $10.95

HISTORIC HOMES OF THE AMERICAN PRESIDENTS, Second, Revised Edition, Irvin Haas. A traveler's guide to American Presidential homes, most open to the public, depicting and describing homes occupied by every American President from George Washington to George Bush. With visiting hours, admission charges, travel routes. 175 photographs. Index. 160pp. 8¼ x 11. 26751-2 Pa. $11.95

NEW YORK IN THE FORTIES, Andreas Feininger. 162 brilliant photographs by the well-known photographer, formerly with *Life* magazine. Commuters, shoppers, Times Square at night, much else from city at its peak. Captions by John von Hartz. 181pp. 9¼ x 10¾. 23585-8 Pa. $13.95

INDIAN SIGN LANGUAGE, William Tomkins. Over 525 signs developed by Sioux and other tribes. Written instructions and diagrams. Also 290 pictographs. 111pp. 6⅛ x 9¼. 22029-X Pa. $3.95

CATALOG OF DOVER BOOKS

ANATOMY: A Complete Guide for Artists, Joseph Sheppard. A master of figure drawing shows artists how to render human anatomy convincingly. Over 460 illustrations. 224pp. 8⅜ x 11¼. 27279-6 Pa. $11.95

MEDIEVAL CALLIGRAPHY: Its History and Technique, Marc Drogin. Spirited history, comprehensive instruction manual covers 13 styles (ca. 4th century thru 15th). Excellent photographs; directions for duplicating medieval techniques with modern tools. 224pp. 8⅜ x 11¼. 26142-5 Pa. $12.95

DRIED FLOWERS: How to Prepare Them, Sarah Whitlock and Martha Rankin. Complete instructions on how to use silica gel, meal and borax, perlite aggregate, sand and borax, glycerine and water to create attractive permanent flower arrangements. 12 illustrations. 32pp. 5⅜ x 8½. 21802-3 Pa. $1.00

EASY-TO-MAKE BIRD FEEDERS FOR WOODWORKERS, Scott D. Campbell. Detailed, simple-to-use guide for designing, constructing, caring for and using feeders. Text, illustrations for 12 classic and contemporary designs. 96pp. 5⅜ x 8½. 25847-5 Pa. $3.95

SCOTTISH WONDER TALES FROM MYTH AND LEGEND, Donald A. Mackenzie. 16 lively tales tell of giants rumbling down mountainsides, of a magic wand that turns stone pillars into warriors, of gods and goddesses, evil hags, powerful forces and more. 240pp. 5⅜ x 8½. 29677-6 Pa. $6.95

THE HISTORY OF UNDERCLOTHES, C. Willett Cunnington and Phyllis Cunnington. Fascinating, well-documented survey covering six centuries of English undergarments, enhanced with over 100 illustrations: 12th-century laced-up bodice, footed long drawers (1795), 19th-century bustles, l9th-century corsets for men, Victorian "bust improvers," much more. 272pp. 5⅜ x 8¼. 27124-2 Pa. $9.95

ARTS AND CRAFTS FURNITURE: The Complete Brooks Catalog of 1912, Brooks Manufacturing Co. Photos and detailed descriptions of more than 150 now very collectible furniture designs from the Arts and Crafts movement depict davenports, settees, buffets, desks, tables, chairs, bedsteads, dressers and more, all built of solid, quarter-sawed oak. Invaluable for students and enthusiasts of antiques, Americana and the decorative arts. 80pp. 6½ x 9¼. 27471-3 Pa. $8.95

WILBUR AND ORVILLE: A Biography of the Wright Brothers, Fred Howard. Definitive, crisply written study tells the full story of the brothers' lives and work. A vividly written biography, unparalleled in scope and color, that also captures the spirit of an extraordinary era. 560pp. 6⅛ x 9¼. 40297-5 Pa. $17.95

THE ARTS OF THE SAILOR: Knotting, Splicing and Ropework, Hervey Garrett Smith. Indispensable shipboard reference covers tools, basic knots and useful hitches; handsewing and canvas work, more. Over 100 illustrations. Delightful reading for sea lovers. 256pp. 5⅜ x 8½. 26440-8 Pa. $8.95

FRANK LLOYD WRIGHT'S FALLINGWATER: The House and Its History, Second, Revised Edition, Donald Hoffmann. A total revision–both in text and illustrations–of the standard document on Fallingwater, the boldest, most personal architectural statement of Wright's mature years, updated with valuable new material from the recently opened Frank Lloyd Wright Archives. "Fascinating"–*The New York Times*. 116 illustrations. 128pp. 9¼ x 10¾. 27430-6 Pa. $12.95

PHOTOGRAPHIC SKETCHBOOK OF THE CIVIL WAR, Alexander Gardner. 100 photos taken on field during the Civil War. Famous shots of Manassas Harper's Ferry, Lincoln, Richmond, slave pens, etc. 244pp. 10⅝ x 8¼. 22731-6 Pa. $10.95

FIVE ACRES AND INDEPENDENCE, Maurice G. Kains. Great back-to-the-land classic explains basics of self-sufficient farming. The one book to get. 95 illustrations. 397pp. 5⅜ x 8½. 20974-1 Pa. $7.95

SONGS OF EASTERN BIRDS, Dr. Donald J. Borror. Songs and calls of 60 species most common to eastern U.S.: warblers, woodpeckers, flycatchers, thrushes, larks, many more in high-quality recording. Cassette and manual 99912-2 $9.95

A MODERN HERBAL, Margaret Grieve. Much the fullest, most exact, most useful compilation of herbal material. Gigantic alphabetical encyclopedia, from aconite to zedoary, gives botanical information, medical properties, folklore, economic uses, much else. Indispensable to serious reader. 161 illustrations. 888pp. 6½ x 9¼. 2-vol. set. (USO) Vol. I: 22798-7 Pa. $9.95
Vol. II: 22799-5 Pa. $9.95

HIDDEN TREASURE MAZE BOOK, Dave Phillips. Solve 34 challenging mazes accompanied by heroic tales of adventure. Evil dragons, people-eating plants, blood-thirsty giants, many more dangerous adversaries lurk at every twist and turn. 34 mazes, stories, solutions. 48pp. 8¼ x 11. 24566-7 Pa. $2.95

LETTERS OF W. A. MOZART, Wolfgang A. Mozart. Remarkable letters show bawdy wit, humor, imagination, musical insights, contemporary musical world; includes some letters from Leopold Mozart. 276pp. 5⅜ x 8½. 22859-2 Pa. $7.95

BASIC PRINCIPLES OF CLASSICAL BALLET, Agrippina Vaganova. Great Russian theoretician, teacher explains methods for teaching classical ballet. 118 illustrations. 175pp. 5⅜ x 8½. 22036-2 Pa. $5.95

THE JUMPING FROG, Mark Twain. Revenge edition. The original story of The Celebrated Jumping Frog of Calaveras County, a hapless French translation, and Twain's hilarious "retranslation" from the French. 12 illustrations. 66pp. 5⅜ x 8½. 22686-7 Pa. $3.95

BEST REMEMBERED POEMS, Martin Gardner (ed.). The 126 poems in this superb collection of 19th- and 20th-century British and American verse range from Shelley's "To a Skylark" to the impassioned "Renascence" of Edna St. Vincent Millay and to Edward Lear's whimsical "The Owl and the Pussycat." 224pp. 5⅜ x 8½. 27165-X Pa. $5.95

COMPLETE SONNETS, William Shakespeare. Over 150 exquisite poems deal with love, friendship, the tyranny of time, beauty's evanescence, death and other themes in language of remarkable power, precision and beauty. Glossary of archaic terms. 80pp. 5³⁄₁₆ x 8¼. 26686-9 Pa. $1.00

BODIES IN A BOOKSHOP, R. T. Campbell. Challenging mystery of blackmail and murder with ingenious plot and superbly drawn characters. In the best tradition of British suspense fiction. 192pp. 5⅜ x 8½. 24720-1 Pa. $6.95

THE WIT AND HUMOR OF OSCAR WILDE, Alvin Redman (ed.). More than 1,000 ripostes, paradoxes, wisecracks: Work is the curse of the drinking classes; I can resist everything except temptation; etc. 258pp. 5⅜ x 8½. 20602-5 Pa. $6.95

SHAKESPEARE LEXICON AND QUOTATION DICTIONARY, Alexander Schmidt. Full definitions, locations, shades of meaning in every word in plays and poems. More than 50,000 exact quotations. 1,485pp. 6½ x 9¼. 2-vol. set.
Vol. 1: 22726-X Pa. $17.95
Vol. 2: 22727-8 Pa. $17.95

SELECTED POEMS, Emily Dickinson. Over 100 best-known, best-loved poems by one of America's foremost poets, reprinted from authoritative early editions. No comparable edition at this price. Index of first lines. 64pp. 5 3/16 x 8¼.
26466-1 Pa. $1.00

THE INSIDIOUS DR. FU-MANCHU, Sax Rohmer. The first of the popular mystery series introduces a pair of English detectives to their archnemesis, the diabolical Dr. Fu-Manchu. Flavorful atmosphere, fast-paced action, and colorful characters enliven this classic of the genre. 208pp. 5 3/16 x 8¼. 29898-1 Pa. $2.00

THE MALLEUS MALEFICARUM OF KRAMER AND SPRENGER, translated by Montague Summers. Full text of most important witchhunter's "bible," used by both Catholics and Protestants. 278pp. 6⅝ x 10. 22802-9 Pa. $12.95

SPANISH STORIES/CUENTOS ESPAÑOLES: A Dual-Language Book, Angel Flores (ed.). Unique format offers 13 great stories in Spanish by Cervantes, Borges, others. Faithful English translations on facing pages. 352pp. 5⅜ x 8½.
25399-6 Pa. $8.95

GARDEN CITY, LONG ISLAND, IN EARLY PHOTOGRAPHS, 1869–1919, Mildred H. Smith. Handsome treasury of 118 vintage pictures, accompanied by carefully researched captions, document the Garden City Hotel fire (1899), the Vanderbilt Cup Race (1908), the first airmail flight departing from the Nassau Boulevard Aerodrome (1911), and much more. 96pp. 8⅞ x 11¾. 40669-5 Pa. $12.95

OLD QUEENS, N.Y., IN EARLY PHOTOGRAPHS, Vincent F. Seyfried and William Asadorian. Over 160 rare photographs of Maspeth, Jamaica, Jackson Heights, and other areas. Vintage views of DeWitt Clinton mansion, 1939 World's Fair and more. Captions. 192pp. 8⅞ x 11. 26358-4 Pa. $12.95

CAPTURED BY THE INDIANS: 15 Firsthand Accounts, 1750-1870, Frederick Drimmer. Astounding true historical accounts of grisly torture, bloody conflicts, relentless pursuits, miraculous escapes and more, by people who lived to tell the tale. 384pp. 5⅜ x 8½. 24901-8 Pa. $8.95

THE WORLD'S GREAT SPEECHES (Fourth Enlarged Edition), Lewis Copeland, Lawrence W. Lamm, and Stephen J. McKenna. Nearly 300 speeches provide public speakers with a wealth of updated quotes and inspiration–from Pericles' funeral oration and William Jennings Bryan's "Cross of Gold Speech" to Malcolm X's powerful words on the Black Revolution and Earl of Spenser's tribute to his sister, Diana, Princess of Wales. 944pp. 5⅜ x 8⅜. 40903-1 Pa. $15.95

THE BOOK OF THE SWORD, Sir Richard F. Burton. Great Victorian scholar/adventurer's eloquent, erudite history of the "queen of weapons"–from prehistory to early Roman Empire. Evolution and development of early swords, variations (sabre, broadsword, cutlass, scimitar, etc.), much more. 336pp. 6⅛ x 9¼.
25434-8 Pa. $9.95

AUTOBIOGRAPHY: The Story of My Experiments with Truth, Mohandas K. Gandhi. Boyhood, legal studies, purification, the growth of the Satyagraha (nonviolent protest) movement. Critical, inspiring work of the man responsible for the freedom of India. 480pp. 5⅜ x 8½. (USO)   24593-4 Pa. $8.95

CELTIC MYTHS AND LEGENDS, T. W. Rolleston. Masterful retelling of Irish and Welsh stories and tales. Cuchulain, King Arthur, Deirdre, the Grail, many more. First paperback edition. 58 full-page illustrations. 512pp. 5⅜ x 8½.   26507-2 Pa. $9.95

THE PRINCIPLES OF PSYCHOLOGY, William James. Famous long course complete, unabridged. Stream of thought, time perception, memory, experimental methods; great work decades ahead of its time. 94 figures. 1,391pp. 5⅜ x 8½. 2-vol. set.
Vol. I: 20381-6 Pa. $13.95
Vol. II: 20382-4 Pa. $14.95

THE WORLD AS WILL AND REPRESENTATION, Arthur Schopenhauer. Definitive English translation of Schopenhauer's life work, correcting more than 1,000 errors, omissions in earlier translations. Translated by E. F. J. Payne. Total of 1,269pp. 5⅜ x 8½. 2-vol. set.   Vol. 1: 21761-2 Pa. $12.95
Vol. 2: 21762-0 Pa. $12.95

MAGIC AND MYSTERY IN TIBET, Madame Alexandra David-Neel. Experiences among lamas, magicians, sages, sorcerers, Bonpa wizards. A true psychic discovery. 32 illustrations. 321pp. 5⅜ x 8½. (USO)   22682-4 Pa. $9.95

THE EGYPTIAN BOOK OF THE DEAD, E. A. Wallis Budge. Complete reproduction of Ani's papyrus, finest ever found. Full hieroglyphic text, interlinear transliteration, word-for-word translation, smooth translation. 533pp. 6½ x 9¼.
21866-X Pa. $11.95

MATHEMATICS FOR THE NONMATHEMATICIAN, Morris Kline. Detailed, college-level treatment of mathematics in cultural and historical context, with numerous exercises. Recommended Reading Lists. Tables. Numerous figures. 641pp. 5⅜ x 8½.
24823-2 Pa. $11.95

PROBABILISTIC METHODS IN THE THEORY OF STRUCTURES, Isaac Elishakoff. Well-written introduction covers the elements of the theory of probability from two or more random variables, the reliability of such multivariable structures, the theory of random function, Monte Carlo methods of treating problems incapable of exact solution, and more. Examples. 502pp. 5³/₈ x 8¹/₂.   40691-1 Pa. $16.95

THE RIME OF THE ANCIENT MARINER, Gustave Doré, S. T. Coleridge. Doré's finest work; 34 plates capture moods, subtleties of poem. Flawless full-size reproductions printed on facing pages with authoritative text of poem. "Beautiful. Simply beautiful."–*Publisher's Weekly.* 77pp. 9¼ x 12.   22305-1 Pa. $7.95

NORTH AMERICAN INDIAN DESIGNS FOR ARTISTS AND CRAFTSPEOPLE, Eva Wilson. Over 360 authentic copyright-free designs adapted from Navajo blankets, Hopi pottery, Sioux buffalo hides, more. Geometrics, symbolic figures, plant and animal motifs, etc. 128pp. 8⅜ x 11. (EUK)   25341-4 Pa. $8.95

SCULPTURE: Principles and Practice, Louis Slobodkin. Step-by-step approach to clay, plaster, metals, stone; classical and modern. 253 drawings, photos. 255pp. 8⅛ x 11.
22960-2 Pa. $11.95

THE INFLUENCE OF SEA POWER UPON HISTORY, 1660–1783, A. T. Mahan. Influential classic of naval history and tactics still used as text in war colleges. First paperback edition. 4 maps. 24 battle plans. 640pp. 5⅜ x 8½.   25509-3 Pa. $14.95

THE STORY OF THE TITANIC AS TOLD BY ITS SURVIVORS, Jack Winocour (ed.). What it was really like. Panic, despair, shocking inefficiency, and a little heroism. More thrilling than any fictional account. 26 illustrations. 320pp. 5⅜ x 8½.
20610-6 Pa. $8.95

FAIRY AND FOLK TALES OF THE IRISH PEASANTRY, William Butler Yeats (ed.). Treasury of 64 tales from the twilight world of Celtic myth and legend: "The Soul Cages," "The Kildare Pooka," "King O'Toole and his Goose," many more. Introduction and Notes by W. B. Yeats. 352pp. 5⅜ x 8½.   26941-8 Pa. $8.95

BUDDHIST MAHAYANA TEXTS, E. B. Cowell and Others (eds.). Superb, accurate translations of basic documents in Mahayana Buddhism, highly important in history of religions. The Buddha-karita of Asvaghosha, Larger Sukhavativyuha, more. 448pp. 5⅜ x 8½.   25552-2 Pa. $12.95

ONE TWO THREE . . . INFINITY: Facts and Speculations of Science, George Gamow. Great physicist's fascinating, readable overview of contemporary science: number theory, relativity, fourth dimension, entropy, genes, atomic structure, much more. 128 illustrations. Index. 352pp. 5⅜ x 8½.   25664-2 Pa. $8.95

EXPERIMENTATION AND MEASUREMENT, W. J. Youden. Introductory manual explains laws of measurement in simple terms and offers tips for achieving accuracy and minimizing errors. Mathematics of measurement, use of instruments, experimenting with machines. 1994 edition. Foreword. Preface. Introduction. Epilogue. Selected Readings. Glossary. Index. Tables and figures. 128pp. 5³⁄₈ x 8¹⁄₂.
40451-X Pa. $6.95

DALÍ ON MODERN ART: The Cuckolds of Antiquated Modern Art, Salvador Dalí. Influential painter skewers modern art and its practitioners. Outrageous evaluations of Picasso, Cézanne, Turner, more. 15 renderings of paintings discussed. 44 calligraphic decorations by Dalí. 96pp. 5⅜ x 8½. (USO)   29220-7 Pa. $5.95

ANTIQUE PLAYING CARDS: A Pictorial History, Henry René D'Allemagne. Over 900 elaborate, decorative images from rare playing cards (14th–20th centuries): Bacchus, death, dancing dogs, hunting scenes, royal coats of arms, players cheating, much more. 96pp. 9¼ x 12¼.   29265-7 Pa. $12.95

MAKING FURNITURE MASTERPIECES: 30 Projects with Measured Drawings, Franklin H. Gottshall. Step-by-step instructions, illustrations for constructing handsome, useful pieces, among them a Sheraton desk, Chippendale chair, Spanish desk, Queen Anne table and a William and Mary dressing mirror. 224pp. 8⅛ x 11¼.
29338-6 Pa. $13.95

THE FOSSIL BOOK: A Record of Prehistoric Life, Patricia V. Rich et al. Profusely illustrated definitive guide covers everything from single-celled organisms and dinosaurs to birds and mammals and the interplay between climate and man. Over 1,500 illustrations. 760pp. 7½ x 10¼.   29371-8 Pa. $29.95

Prices subject to change without notice.

Available at your book dealer or write for free catalog to Dept. GI, Dover Publications, Inc., 31 East 2nd St., Mineola, N.Y. 11501. Dover publishes more than 500 books each year on science, elementary and advanced mathematics, biology, music, art, literary history, social sciences and other areas.